Andreas Herteux

Augen in der Finsternis

© 2016 Andreas Herteux

Verlag: Erich von Werner Verlag

Coverdesign: Covermanufaktur Sarah Buhr
Lektorat, Korrektorat: Michael Lohmann

ISBN: 978-3-9818388-1-7

Printed in Germany

1. Elena

Er ist tot. Gottfried ist tot. Nichts mehr bleibt am Ende. Unendliche Leere. Schreckliche Schuld. Abgestürzt aus den gemeinsamen Höhen. Tod der großen Liebe. Was nur habe ich getan? Mein Herz, zersprungen und ich selbst gebrochen. Oh, Gottfried! Wieso nur? Warum war uns kein zufriedenes Leben beschieden? Fort. Du bist gegangen. Einsamkeit. Warum hast du mich alleine gelassen? Ich bleibe zurück. Keine stolze Frau mehr, sondern nur ein verwirrtes Kind. Was nun? Ich brauche dich. Alles meine Schuld? Hätte ich dir folgen sollen? Aber wohin? Das Gefühl zu schwach? Ist Liebe nicht tiefste Wahrheit und immer stark? Hatten wir nicht alles, was man sich vorstellen wollte? So viele Feinde, die uns im Wege standen! Besiegt! Fast allen Konventionen getrotzt! Warum das Streben? Wohin hat es uns nur geführt?

Nun sitze ich hier in einem abgedunkelten Zimmer. Nur wenig Licht dringt durch den geschlossenen Vorhang. Dämmerndes Hell macht die Konturen unscharf. Verschwommen wie alles, was einst so klar und selbstverständlich erschien. Zerstört! Mein Leben. Ich. Wir. Oh, wäre ich dir nur gefolgt! Es gab die Wahl. Aber ich konnte es nicht. Nicht stark genug? Ein Herz, das so zu schlagen vermag, trägt keine Schwäche in sich.

Nein, auch du hattest eine andere Möglichkeit! Du hättest meinen Weg gehen können. Ich wollte dich zwingen. Ich hoffte auf unser ewiges Band und verlor alles.

Du warst mein Leben, der Grund meines Lachens, der Sinn meines Seins. Du hast mir die Schönheit dieser grauen Welt gezeigt, brachtest mir bei, was wichtig und was bedeutungslos ist. Kein Gedanke wird mich jemals trösten können. Was habe ich nur getan? Meine Schuld und Bürde. Mein Geliebter ist tot. Verführt von teuflischen Mächten! Verwirrt von den Dämonen. Gottfried ist tot.

Ja, Gottfried von Heldern war der einzige Grund, warum ich, Elena von Rathau, existierte. Herzen im gleichen Takt.

Hatte ich überhaupt ein Leben vorher? Ja, da gab es etwas. Unbedeutende Fetzen. Aufblitzende Episoden und Momente, die schnell wieder aus dem Geiste entschwinden. Verblasst ist die Erinnerung daran. Trostlos, so grau. Da ist kein Licht, keine Sonne. Nur Nebel. Dichter, undurchdringlicher

Nebel.

Es scheint mir so, als hätte allein Gottfried die Farben in mein Leben gebracht und sie am Ende wieder genommen. Doch wer möchte schon im Grauen hausen? Ist nicht ein Hauch Gefühl besser, als ewige Gleichförmigkeit? Lohnt sich hierfür nicht jeder Einsatz? Mich treiben lassen auf offenem Meer. Das möchte ich. Langsam untergehen und versinken in ewigen Schlummer mit schönsten Träumen.

Nein, Elena! Nein, das wäre dein Ende. Sei stark! Blumen verwelken und vergehen. Ich nicht. Ich gebe nicht auf. Es muss etwas geben, was mich an diese Welt bindet. Etwas, jenseits aller Trauer und des Elends. Der Funke, der das Feuer wieder entzünden kann. Das Leben ist es wert, nach ihm zu streben! So sahst du es doch immer, oder? Das Leben lieben! Die Lebendigkeit feiern! Wie groß war einst meine Gier danach! Sinniere! Erinnere dich! Elena, denke zurück! Suche die Bruchstücke!

Doch so wie ich mir meine Existenz nicht ohne ihn vorstellen kann, so scheint auch vorher nichts zu sein. Einige einzelne Bilder nur beschreiben den Großteil meines Seins. Leuchttürme im Dunkeln. Sie sind wie Fliegen, die beim leisesten Versuch davoneilen, sich ihnen zu nähern. Halt, wo ist der Halt?

Denk an irgendeinen schönen Moment oder eine gute Sache, die nichts mit ihm zu tun hat! Schnell! Jetzt!

Ganz blass in der Vergangenheit sehe ich eine kleine Puppe im blauen Kleid. Meine liebe Bernadette! So edel und von einer beispiellosen Eleganz. Ich bekam sie zu irgendeinem Geburtstag. Zu welchem? Zu wenig Konzentration. Zu verschwommen die Bilder. Keine Erinnerung möglich. Das wunderschöne Gesicht und ihre langen Haare, schwarz wie die meinen, passten zu dem blauen Ballkleid. Warum ein Ballkleid? Unwichtig. Porzellan. Ewig jung, unveränderlich für alle Zeiten, solange man sie nicht zerbrach.

Unschärfe. Da ist ein Kind. Ich sehe mich selbst. Wie oft spielte ich mit meiner Bernadette! Die erste Freundin und stets die liebste. Selbst als die Haare längst ausgefallen und das blaue Kleid Risse bekommen hatte, zog ich sie all den anderen Spielzeugen vor.

Treue. Bis in den Untergang. So bin ich doch? Oder nicht? Nein, ich bin es nicht. Ich verriet meinen

Liebsten. Nein, ich bin es nicht. Bin es nicht.

Die Gedanken! Muss sie zurückzwingen. Zurück in das Leben. Bernadette! Meine liebe Bernadette! Wie bitterlich ich weinte, als meine Erzieherin sie eines Tages einfach fortnahm und durch irgendein kaltes, gefühlloses neues Porzellanwesen ersetzte.

Auch hier gab es keinen Abschied. Aus meinem Leben gerissen, und doch hat es das tapfere kleine Mädchen überlebt, das ich einst war. Bernadette, meine kleine Gefährtin. Ich sehe sie vor mir. Weißes Porzellangesicht.

Ein schöner Gedanke, der sich langsam wieder verflüchtigt. Ein Wesen? Eine leblose Puppe! Nein, mehr! Meine Liebe machte sie lebendig. Doch dann war sie weg. Einfach weg!

Es soll keine Rolle spielen, Elena. Denk an dich! Nur an dich! Schönes Kind aus edlem Adelsgeschlecht. Elena von Rathau. Genauer gesagt Elena Victoria Mathilde Louise Anna Maria von Rathau. Teil einer uralten Familienlinie, geschmiedet in Jahrhunderten. Einzelne Bilder und Momente finden ihren Weg in meinen Geist. Von Rathau! Kein Name, und darauf legte man Wert, von Neureichen, die in dieser Zeit leicht emporsteigen konnten, sondern wahres, von Gott gefärbtes Blut. Hochadel. Edelste Geburt. Auserwählt.

Ja, die Erinnerung kommt wieder. Der eingetrichterte Stolz. Das ist doch ein starkes Gefühl, oder? Stolz? Schon allein aufgrund der Abstammung. Ihr Götter lasst mich diese Erhabenheit spüren, die so oft hinausgetönt wurde. Lasst das Edle meine Trauer bekämpfen! Ich flehe euch an!

Wie war das noch? Angeblich, so sagen es die Chroniken, soll einer meiner Vorfahren eine bedeutende Rolle am Hof Karls des Großen eingenommen haben. Große Vergangenheit. Als Dank folgte die Erhebung in den Adelsstand und eine Vermählung mit einer entfernten Verwandten des Kaisers. Das lässt sich zumindest aus einer Urkunde schließen, die seit Generationen stolz von der Wand des Lesezimmers unseres Gutes heruntersah.

Klare Erinnerung. Ja, ich sehe dieses alte Stück Papier genau vor mir. Eine Fälschung? Nachträglich erstellt? Wer bestimmt, was Wahrheit ist? Viel ließ sich nicht erkennen: ein Siegel, ein schlecht zu lesender Name und die Bekanntgabe der Heirat mit einer Gerda. Der Rest war, aufgrund der

Beanspruchungen durch die Jahrhunderte, nicht mehr zu entziffern. Den ursprünglichen Text kannte wohl niemand. Aber was spielte das für eine Rolle? Genügten nicht Name und Siegel? Es kommt nicht darauf an, ob ein Mythos real existiert, sondern nur darauf, dass man an ihn glaubt. So ist es wohl! Doch selbst, wenn besagtes Papier eine Fälschung wäre, dann ist es dennoch nicht zu leugnen: Das Buch der Geschichte kennt die von Rathaus.

Ja, ich bin Teil einer großartigen Familie. Sollte mich das nicht mit Stolz erfüllen? Lohnt es sich nicht, für eine solche Herkunft zu leben?

Oder ist es nur Schein? Eine Illusion, die selbst im Niedergang begriffen ist? Was war mit unserer Dynastie passiert? Irgendwann ein Wandel. Machtverlust. Der Adel zählte nicht mehr so viel wie noch in früheren Jahrhunderten. Überall Fabriken. Neureiche, die sich wie Fürsten gebären, aber doch so gar nicht edel sind. ›Industrielle Revolution‹ hat es jemand genannt. Unser Geschlecht besitzt keine Fabriken und die Erträge aus der Forst- und Landwirtschaft sanken stetig. Hat unser neues Kaiserreich die Fürsten mächtiger gemacht oder nur den Kaiser?

Seit 1871 ist nichts mehr so, wie es einst war. So ist das eben. Es herrscht der Kampf ums Dasein. Wer zu schwach ist, der wird vom Erdenrund getilgt.

Ja, wer zu schwach ist. Wie mich die Gedanken immer wieder zurückbringen. Gottfried ist tot. Meine Schuld. Unendliche Pein. Meine große Liebe ist fort und damit auch der Sinn meines Lebens. Was soll mich noch in dieser Welt halten? Ich war zu schwach. Ich, Elena von Rathau.

2. Gottfried

Einsam, jenseits aller Erlösung. Wie lange bin ich schon hier? Die Dunkelheit verschluckt jeden Anflug von Lebendigkeit. Aufgegangen? Gefangen! Für immer?

Tot? Nein, den Tod habe ich überwunden. Er ist nur eine Illusion schwacher Kreaturen.

Wer bin ich? Gottfried, oder? Gottfried von Heldern? Existiere ich überhaupt? Wie unwichtig! Was einzig zählt, ist das Sein. Nicht mehr, nicht weniger.

Aufblitzende Lichter. Ich erinnere mich an ein früheres Leben, obgleich ich weiß, dass es für mich kein Gestern gibt. Die Vergangenheit? Sie scheint nicht mehr als ein wiederkehrender Albtraum zu sein. Ein Schlafstörer, der mir all mein Glück und meine Zufriedenheit entriss.

Niemals endend. Immer in Gedanken. Ein Teil meiner Seele wurde mir gestohlen! Wie konnte das sein? Welch Zauber! Welch grausamer Fluch! Ein Unglück, das meinen verblassten Erinnerungen erst eine Bedeutung gibt. Ein brennendes Feuer, das die Schmerzen schafft.

Ich verfluche es! Verschwindet, ihr Schatten! Seid verdammt, ihr, die ihr mich im Dunkeln halten wollt. Warum quält ihr mich? Licht ist's, nach dem es mich dürstet. Wie breche ich eure Macht? Haltet mich nicht länger zurück! Diese finsteren Gedanken. Ketten, die mich binden. Woher kommen sie? Nur ohne Zweifel ist man frei. Hinfort! Und ich will nicht gefesselt sein. Es gelüstet mich nach der Vollkommenheit.

Doch, warum nur kann ich nicht entfliehen? Wieso gehe ich nicht im Hellen auf? Ich bin hier. Finsternis und Unendlichkeit. Ewiges Glück, unendliche Qual und über allem die Frage nach dem Warum. Wieder sehe ich die Bilder. Sie sind immer da und doch niemals. Erinnerungen. Teuflische Gedanken, die mich fesseln und binden.

Diese Fragen, sie kerkern mich ein in die alten Grenzen. Es sind die Mauern, an denen alles scheitern muss und in denen Freiheit nur ein Wort ohne Bedeutung ist. Nur für die Gefangenen gibt es einen Anfang und ein Ende. Ich bin nicht mehr im Käfig, und doch beginnt meine Geschichte. Aber endet sie auch? Der Faden muss zerschnitten werden. Abschluss! Ohne ihn keine Befreiung. Keine Erlösung! Nie mehr Freiheit! Was nur habe ich getan? Was nur? Ist es ein großes Schicksal oder die kalte Hölle? Bin ich gar im Hades?

Unsinn!

Dort. Der Leib zittert. Nur ein Phantomzucken, denn ein Körper existiert nicht mehr. Oder doch? Woher soll ich es in der Dunkelheit wissen?

Es beginnt erneut. Erinnerungen! Die Bilder der Vergangenheit! Wie war das? Ich sehe es, als wäre es der erste Tag. Wieder und wieder. Alles wirkt so real: die Sonne am Himmel, die Bäume, Häuser und Menschen. So echt. Roter Faden. Der Anfang. Immer gleich. Wieder und wieder dasselbe Buch.

Mein Leben! Gezwungen bin ich, es erneut zu durchwandern. Jedes Detail, damit dieses unselige Buch endlich geschlossen werden kann. Daher gilt es nicht, zu fühlen und nicht zu erleben. Nur betrachten. Sich nicht wieder von den Emotionen fangen lassen. Spöttische Distanz halten!

Dort. Es beginnt von Neuem. Die Bilder drängen sich in den Vordergrund. Unser Anwesen! Hier beginnt meine Geschichte, denn an diesem Platz wurde unsereins geboren.

Unsereins? Das war oder ist, wer vermag es zu sagen, Gottfried von Heldern, Sohn eines reichen

Kaufmannes. Nein, legen wir diese unnötige Bescheidenheit ab. Des mächtigsten Aufsteigers und Kapitalisten des gesamten Staates und vielleicht sogar des ganzen Reiches. Oder übertreibe ich in meiner Unbefangenheit nicht ein wenig?

Warum ich diesen glücklichen Umstand zuerst erwähne? Nun, weil mein Vater, der ehrenwerte Friedrich Heldern – man verzeihe mir, es hieß natürlich ›von Heldern‹, denn das kleinadelige ›von‹ konnte der alte Herr recht preiswert von einem klammen Großherzog erwerben – es mir so beigebracht hatte. Sei stolz auf das, was deine Familie, in Person: einzig der Vater, erreicht hat und verhalte dich so, dass Ruhm und Ehre stetig weiter anwachsen würden. Eine Parole ohne Tiefe? Was ist schon wahrhaftig tief?

Und Stolz? Nun gut. Vater hatte sich, schon vor meiner Geburt, von einem kleinen Krämer zum mächtigen Mann emporgeschwungen. Daedalos. Nicht Ikarus. Natürlich, so sagten manche Neider, nur aufgrund des glücklichen Umstandes, dass er zu jener Zeit, als die Not am größten war, noch über Lebensmittelreserven verfügte, die zuvor niemand zu erwerben bereit war. Hungersnot, Spekulation, Wissensvorsprung, Glück – ist es nicht immer die gleiche Geschichte? Merkwürdige Zufälle haben schon immer die Geschicke der Menschheit beeinflusst oder sind derartige Vorkommnisse vielleicht der Teil der Ordnung des Schicksals, die über den menschlichen Horizont hinausgehen? Nun ja, man sollte es dahin gestellt lassen.

Wer aber konnte schon ahnen, dass es wieder Unruhen geben würde? 1848, jene Zeit, in der das Volk aufstand und mit der Waffe in der Hand mehr Freiheit verlangte, war längst vorübergezogen. Trotzdem benötigte es nur eines schlechten Winters – und das Mahl wurde meinem Vater serviert. Reines Schicksal oder sein Instinkt für die politische Lage? Es spielte letztlich keine Rolle. Die Ernte fiel schlecht aus, die schrecklichen Unwetter zerstörten das Land. Es war, als hätten die alten Götter beschlossen, sich den Menschen in Erinnerung zu rufen. Not, Elend und die Urgewalt der Natur – manch ein Pfaffe sah wieder einmal den Weltuntergang kommen. Doch genau das, was für viele der Götterdämmerung gleichkam, war für unsere Familie der goldene Schlüssel zum Paradies: Nahrungsmittelknappheit. Und ein kleiner Krämer hatte, in weiser Voraussicht oder aus grausamstem Narrentum – ich vermute eine Fehlinvestition, die später zur Heldentat verklärt wurde – Scheunen voller Lebensmittel gelagert, die er nun an die Hungernden veräußerte. Alter Familienbesitz, zahlreiche Höfe und Äcker wechselten den Besitzer, so groß war die Not.

Ja, er war ein Wucherer! Einer, der die Lage durchschaute. Aber auch jemand, der eine Möglichkeit erfassen und nutzen konnte. Kein Genius, kein Erfinder, aber ein kühner Optimierer in eigener Sache und er investierte seine Gewinne zweifellos klug und voraussehend. Verspätete Gratulation von meiner Seite! Viele der damals noch zahlreichen Selbstversorger wurden in die Abhängigkeit der Manufakturen und Fabriken getrieben und folglich gehörte ein großer Teil der Dörfchen alsbald Friedrich von Heldern, besser Fridericus Rex, wie er sich gerne in Anlehnung an den Alten Fritz, Friedrich II. von Preußen, von ausgesuchten Personen nennen ließ.

Ein kapitalistisches Märchen. Doch wohin mit all den beinahe Besitzlosen? Sollten sie in die Fremde oder erbärmlich zugrunde gehen müssen? Und waren sie nicht gefährlich? Man erinnere sich nur an die Unruhen nach den Napoleonischen Kriegen und den zahlreichen sozialistischen Vulkanen, die schon einige Jahre brodelten, aber noch keinen Ort für einen Ausbruch gefunden hatten.

Letztendlich beschloss Vater, sie nicht ins Elend abgleiten zu lassen. Die Zeichen der Zeit. Fridericus wusste sie zu deuten. Investition war das Zauberwort, und das Vermögen floss alsbald in die Manufakturen und Fabriken, die in anderen Ländern schon lange eine Selbstverständlichkeit waren. Wir lebten nun bereits mehr als ein Vierteljahrhundert in einem Kaiserreich und hatten die Schwelle zur Moderne längst überschritten. Zeit für Pioniere und Kraftmenschen, die etwas wagten. Natürlich waren die Arbeitsbedingungen in den Manufakturen keineswegs angenehm und nicht mit der Selbstständigkeit zu vergleichen, doch wem wollte man hierfür die Verantwortung aufbürden? Etwas Einkommen oder kein Verdienst. Konnte der gemeine Mann auch die widrigen Umstände nicht vorhersehen, so hätte jener sich, ob der totalen Enteignung, wehren können. Was hätte Vater tun sollen, wenn der Mob die Scheunen gestürmt hätte? Aber es gab keinen Mob. Nur viele hungernde Einzelne. Erbärmlich, bettelnd und schwach. Sich selbst verkaufend und ohne Selbstachtung. Warum unterwarfen sie sich immer wieder Gesetzen, die andere gemacht hatten? Warum standen sie nicht entschlossen auf? Gleich, welche Ordnung auch kommen mochte. Der Gemeine wird stetig jammern und flennen, aber niemals gegen sie ankämpfen.

Nein, hier scheinen der Alte und ich uns ähnlich zu sein: Schwäche verdient vielleicht Mitleid, aber keine Aufwertung. Seht sie euch doch an! Sie sind, wie sie immer waren und sein werden.

Was rede ich da? War ich denn ein Mensch bar jeglichen Mitleids? Zwar kümmerte ich mich primär um mich, dennoch aber gab es da ein fühlendes Wesen.

Halt! Nein! Unsereins wird wieder vom distanzierten, spöttelnden Betrachter zu einem Mitfieberer. Nein, das darf nicht sein! Nein! Weg von den Emotionen!

Die Fabriken! Ich war bei den kalten und gefühllosen Fabriken. Kleidung, Haushaltswaren, Alltagsbedarf. Was stellten wir eigentlich nicht her? Wundervolle Fabriklandschaft. Überall Schornsteine. Rund um die Produktionsstätten wuchsen kleine Siedlungen. Ein wahres Imperium! Und ich der einzige Erbe.

Imperium? Erbe? Nur bedeutungsloses Gefasel. Wucherungen einer Scheinwelt. Die einzige Realität findet sich hier. Die Wahrheit hinter allen Dingen. Ich stehe kurz davor, ein Gott zu sein. Dafür muss ich nur den menschlichen Faden durchschneiden. Abschließen mit den Erinnerungen. Abschließen mit Elena. Einmal noch werde ich alles durchgehen. Erleben. Lachen. Weinen. Lieben. All das vermeiden. Eine kühle Bilanz soll es werden. Eine Abrechnung. Dann muss das Menschsein abgeschlossen sein. Es muss gelingen. Dieses Mal scheiterte ich nicht. Auf mich wartet die Allmacht. Ich bin ein Gott. Ich bin der einzige Gott.

3. Elena

Wo bin ich überhaupt? Wer hat mich vom Ort seines Todes fortgebracht? Sie waren alle hier und redeten auf mich ein. Verstehen konnte ich nichts. Völlig belanglos, was sie sagten, denn ändern vermochte es nichts.

Die Trauer erstickt alles. Bekannte Gesichter, doch vermag ich es nicht, sie zuzuordnen. Soll ich für sie noch leben? Für diese Marionetten? Nein! Nein! Gibt es denn nichts, was mich noch hält? Konzentriere dich auf dein früheres Leben, Elena! Nicht erneut den Faden verlieren! Die Familie! Ja, du stammst aus einem vornehmen Haus mit großer Geschichte.

Erinnere dich! Die Kindheit. Gab es nicht bereits damals eine Sache, die dich hätte zerstören können, wenn du sie in deine Seele gelassen hättest?

Ja, die Erbfolge. Ich war das einzige Kind und an mir gab es so gar nichts Männliches zu finden. Eine Bürde oder große Verantwortung? Namen sterben aus. So ist das nun einmal. Die Brüder meines Vaters fielen alle in jungen Jahren heldenhaft, auf dem Weg in den neuen Nationalstaat. Sie starben einen sinnlosen Tod für bedeutungslose Ziele. Obgleich sie höhere Ränge beim Militär begleiteten, verrotteten ihre Leichen auf irgendeinem Feld in Frankreich. Der Franzosenkaiser, der dritte Napoleon, hatte da bereits kapituliert und doch schieden sie dahin. Ein paar verirrte Kugeln, so sagte man. Ganz so wie gewöhnliche Gefreite. Der Tod ist immer kalt und einsam. Er nimmt jedes Blut, gleich welcher Farbe.

All das geschah noch vor meiner Zeit, doch ist es nicht merkwürdig, wie viel Leben bereits geschwunden war und wie wenige ich noch kennenlernen konnte?

Meine Großeltern schieden dahin, im neunzehnten Lebensjahr meines Vaters kurz nacheinander. Vielleicht auch wegen des Grams, drei Söhne in einem sinnlosen Krieg verloren zu haben. So erzählte man es mir zumindest. Da all die anderen keine männlichen Erben gezeugt hatten, lag es nun an ihm, dem letzten männlichen Vertreter der Linie. Es sah auch so aus, als sollte es ihm gelingen, doch ein Sohn, sie nannten ihn Maximilian, starb schon bei der Geburt. Danach folgte nur noch eine Tochter. Ich, Elena von Rathau. Das Pulver schien verschossen.

Trotzdem behandelten mich meine Eltern nie so,

als wäre ich unerwünscht oder als sollte ich ein anderer sein, ein männlicher Erbe. Sie gaben mir so viel Liebe und Zärtlichkeit mit, wie sie es in ihrem Stand als angemessen empfanden. Damit sei alles gesagt.

Freiheit in der Enge. Liebe im Käfig. Distanz. Aber das Geschlecht? Nein, ich fühlte mich nie deswegen belastet. Mein schwacher Geist schiebt diese angebliche Erinnerung nur vor und dramatisiert sie, um von meinem Schmerz abzulenken. Reine Fantasterei um das gebrochene Herz zu entlasten, damit es noch ein wenig Raum zu schlagen hat.

Ja, die Eltern! Denk lieber an sie, Elena! Waren sie nicht fürsorglich und liebevoll? Nein, das ist nicht das, was in den Vordergrund rückt, wenn ich sie in die Erinnerung hole. Kennzeichnete sie nicht vielmehr, dass sie stets sehr darauf bedacht waren, so zu handeln, wie andere es von ihnen erwarteten? Das ist wahrlich kein Kompliment. Vielmehr fast schon Verachtung.

Sitte, Norm, Anstand. Das zählte! Wie seltsam. Zweifellos muss ich einräumen, dass das Leben meiner Eltern von gesellschaftlichen Regeln und Normen beherrscht wurde. Untertanen der Form.

Oder brauchten sie all jene Gefängnismauern, um nicht an der Freiheit zu zerbrechen. Willen? Nein. Feigheit? Ich weiß es nicht.

Trotzdem hatte ich keine unglückliche Kindheit. Mutter besaß ein gutes Bestreben und auch Vater trug die Fürsorge in seinem Herzen. Immerhin stellten sie mir die besten Erzieher an meine Seite und in manchem intimen Moment spielte auch die Höflichkeitsanrede nur eine untergeordnete Rolle.

Ach, was rede ich mir da nur schön! Sie waren schwache Menschen, die sich ihr Leben diktieren ließen. Von der Moral, von anderen. Sie verdienen es nicht, dass sie in meiner Erinnerung auch nur schemenhaft erscheinen.

War ich nicht im Vergleich zu den beiden ein Titan? Stark, viel lebensfähiger? Warum sollte so eine Persönlichkeit das Leben aufgeben? Wäre das nicht Irrsinn, Elena? Bin ich denn nicht viel mehr als der Rest der hochgeborenen Familie?

Während die Linie derer von Rathaus mehr und mehr ihr dynastisches Ende erreichte, hatte meine Mutter noch mehrere lebende Schwestern sowie zahlreiche Vettern und Basen. Das hohe Haus Hahenwall selbst, ihre Familie, leitete seine edle

Herkunft von dem Kreuzritter Gotthelf Hahenwall ab, der durch seinen Mut und seine Tapferkeit in den Ritterstand erhoben wurde.

Wann das war? 1096, wenn mich die Erinnerung nicht täuscht. Aus den Gefolgen Emicho von Leiningens schloss er sich, nach weitem Wege, Raimund von Toulouse an. Es ging in das Heilige Land. Mittelalterliche Kreuzfahrer. Bekehrer und Eroberer. Herausragend sollen des Vorfahrens Leistungen beim Fund eines der mächtigsten Artefakte der Christenheit gewesen sein: der heiligen Lanze, jenem Relikt, dass der Römer Longinius dem gekreuzigten Jesus Christus in die Seite rammte. Weit bekannt und bis heute verehrt. Nach den Überlieferungen war es Gotthelf Hahenwall, der es dem gemeinen Bauern Peter Bartholomäus ermöglichte, vor den Grafen von Toulouse zu treten. Bekomme ich diese Geschichte noch zusammen? Zu jenen Zeiten war das Kreuzfahrerheer in einem katastrophalen Zustand. Eingeschlossen in den Stadtmauern. Alles schien zu enden. Belagert von den Heeren der Heiden. Jeder Mut verloren. Aufkommende Verzweiflung und Ausweglosigkeit, die ich selbst nun erfahre. Die Hoffnungslosigkeit ist das Schicksal so vieler.

Wider die Ablenkung, Elena! Nicht fallen. Zurück ins Heilige Land. Nutze die längst vergangenen Zeiten, um dort den dringend benötigten Mut zum Leben zu schöpfen. Ja, sie waren eingeschlossen, doch dann kam ein gewöhnlicher Bauer. Eben jener Peter Bartholomäus. Dieser einfache Mann erzählte von seinen Visionen, von einem mächtigen Artefakt. Sollte das gefunden werden, würden die Kreuzfahrer siegreich sein. Auch heute noch ist der 15. Juni ein Freudentag, der Tag, an dem Bartholomäus die heilige Lanze auf Weisung des heiligen Andreas fand. Das Heer der Kreuzfahrer war – ganz gleich, ob die Lanze nun eine Fälschung darstellte oder nicht – wieder siegessicher und voller neuen Mutes. Man bezwang die Heiden und einen Teil des Lobes verdiente sich dabei Gotthelf Hahenwall. Die Fürsten dankten ihm mit der Anerkennung, die ihm zuvor verwehrt geblieben war.

Danach kehrte Gotthelf, wie viele andere, dem Heiligen Land den Rücken, zog mit allen Empfehlungen und Errungenschaften in die deutschen Lande und ließ sich dort nieder, wo es ihm gefiel. Vielleicht nur irgendeine Erzählung, aber alleine der Gedanken, dass Gotthelf Hahenwall die heilige Lanze berührt haben soll, lässt auch heute noch jeden, der diese Geschichte hört, in Verzückung geraten. Manche sprechen sogar davon, dass er sich selbst damit eine kleine Wunde an der Brust zugefügt hat, aber das kann auch nachträgliche Dichtung sein. Sicher nur ein wohlgepflegter Mythos. Mitglieder des Hauses Hahenwall sollen auch fern des eigenen Landes am Tod von Johannes Hus oder am Fall Magdeburgs im Dreißigjährigen Krieg beteiligt gewesen sein und noch so vieles, vieles mehr.

Irgendwann in der Geschichte der beiden Linien trafen sich mein Vater und meine Mutter bei einem großen Empfang. Der Satz klingt so profan, aber er trifft es exakt. Die Begegnung war arrangiert. Angeblich mochten sie sich sofort und wirkliche Alternativen gab es nicht. Also heirateten sie, sieben Monate, nachdem sie sich zum ersten Mal gesehen hatten, mit den besten Wünschen der duldenden Familie. Keine Liebe, aber immerhin auch keine Abneigung.

Die notwendige Sympathie konnte mit der Zeit entstehen. Liebe wächst mit der Zeit. Eine Redewendung, die man in unseren Kreisen nicht selten hört. Mutter zog in das Gut derer von Rathau und wurde zur neuen Herrin. Eigentlich hätte nun ein Leben voller Freiheit beginnen können, schließlich war mein Vater mit erst dreiundzwanzig Jahren das Oberhaupt einer alteingesessenen Dynastie. Doch leider schaffte er es nie, die ihm eingegebenen Muster und Anschauungen abzulegen und ein Leben fern der Erwartungen anderer zu führen. Normen, Muster und Käfige. Verpflichtungen und die Gesellschaft. Ein Mann von schwachem Willen, der sich immer überzeugen ließ und seinen Standpunkt selten länger hielt.

Genau das falsche Verhaltensmuster für das Ende des 19. Jahrhunderts, denn so vieles hatte sich getan: das Aufkommen der Kaufmänner und Industriellen. Zentralisierung im neuen Deutschen Reich. Die Macht und der Einfluss der großen und kleinen Fürsten; beides schmolz dahin wie Schnee in der Sonne. Unser wirtschaftlicher Rückhalt beruhte auf göttlichem Recht und nicht auf Manufakturen oder Fabriken.

Teile unserer Wälder und Felder wurden bereits vor ein paar Jahren veräußert. Ähnlich erging es anderen Adelsfamilien, die ihr Land rund um unser Anwesen zum Verkauf anboten, da die darauf einst produzierten Güter dem steigenden Preisdruck nicht mehr standhielten. In meinen Kindheitstagen waren wir noch immer reich, doch gab es bereits Sorgen um die Zukunft und die Angst, den Anschluss zu verlieren.

Doch, was rede ich da? Ich hangele mich an Bildern entlang und suche den Halt. Halt – in der Familie wollte ich ihn finden. In der glorreichen Vergangenheit. Bei den Eltern – und wo lande ich? Bei den Finanzen, mit denen ich nicht einmal am Rande etwas zu tun hatte! Sagt das nicht alles? Nein, für diese Familie lohnt das Leben nicht.

Es gibt nur eine einzige Wahrheit: Gottfried ist tot. Kein Mann, kein Mensch hat mir je mehr bedeutet. Ich will gehen. Die Sache, kein liebevolleres Wort darf ich verwenden, für mich abschließen. Nichts hält mich mehr. Das Ende wartet. Aber ich darf nicht fallen. Muss verdrängen, vereisen und meine Gefühle vergraben. Das Leid beerdigen in tiefster, kalter Gruft, denn sonst bin ich verloren.

Ja, das Korsett. Eingebildete Pflicht. Die Ketten, die klagend rufen und die doch nicht abgeschüttelt werden können. Man hat im Leben immer die Möglichkeit, die Freiheit zu erlangen. Alle Menschen wollen sie, doch die meisten sind zu mutlos, sie zu ergreifen, weil sie die Sicherheit des Vorhandenen und die damit verbundenen Einschränkungen der Größe vorziehen. In Wahrheit bin ich, nein, war ich auch so ein Mensch. Vermutlich hätte ich ein Leben lang über die Enge geflucht und mich ihr doch irgendwann unterworfen. Gezetert, nichts getan. Jahr für Jahr, immer mit dem Traum, doch eines Tages auszubrechen und es nie zu tun. Was ist das für eine Existenz, in der man sich einredet, eigentlich ein anderer Mensch zu sein?

Eine Rolle? Nein, eine Lüge! So ist das Leben? Nein, so ist der Mensch! Das Leben selbst zerrinnt auch ohne Glück. Man arrangiert sich mit der Ordnung, aber man überwindet sie nicht. Nur wenigen Menschen ist dieses vergönnt. Der Rest wartet zeit des Lebens auf einen mysteriösen Retter, der den Weg in die Freiheit weist. Doch er kommt nicht. Es bleibt das Unglück allein.

Schwindel. Im Kopfe dreht sich alles. Schwankende Kreise. Ich suche einen Halt, doch ich finde ihn nicht. Jeder Gedanke an die Vergangenheit ohne meinen Liebsten verflüchtigt sich schnell. Nichts da, was der Erinnerung Wert erscheint. Es ist alles so unwichtig. Am Ende bleibt nur mein Liebster. Gottfried war mein Retter. Er gab mir den Mut, richtig zu handeln. Ohne unsere Liebe kein

Entkommen.

Doch jetzt ist er tot. Durch meine Schuld. Alles zerstört, alles vorbei. Ewige Leere und mein Geist alleine von ihr beherrscht. Gottfried ist gegangen. Ist es nicht an der Zeit, ihm zu folgen?

4. Gottfried

Wie soll das bei Jesus gewesen sein? Er kam auf Erden. Lebte als Mensch und erlöste durch sein Leiden alle Erdenbürger? Und doch blieb er stets göttlich. Inhaltlich sicher christlicher Unsinn, aber doch eine interessante Geschichte. Das Leiden als Vorherbestimmung. Als Übergang in das Paradies.

Die Parallele ist unverkennbar: Auch ich leide am vorherigen Menschsein. Nein, im Grunde genommen nur an der Liebe, diese schlimmste aller Krankheiten. Wie überwindet man Emotionen? Nur durch den Verstand. Kalte Rationalität tötet das Gefühl. Und genau so will ich meine Geschichte erneut studieren und sezieren. Am Ende werde ich diesen Menschen, der ich einst war, belächeln und vergessen.

Ja, so muss es dieses Mal sein. Erst, wenn ich die Schwäche überwinden kann, folgt die Erlösung.

Wo war ich doch gleich? Richtig! Die Kindheit! Der Vater! Das Fabrikdorf, das er errichtet hatte. Überall die arbeitenden Menschen. Ich erinnere mich noch gut an die Kutschenfahrten durch die Arbeiterbaracken, die wir, wie die Fabriken passieren mussten, wenn wir von unserem Herrenhaus in die Welt ziehen wollten.

Mit einigen war der alte Herr noch aus anderen Zeiten bekannt. Aus den Zeiten des kleinen Krämers. Er hasste diese Art der Erinnerung. Vermied jeden Kontakt mit diesen Menschen. Nein, an diese Periode wollte er nicht mehr denken und psychologisch konnte ich das auch nachvollziehen.

Aber im Vertrauen: Ich bin nicht traurig, das arme Dasein nicht mehr erlebt zu haben. Unsereins studierte es ja an den Arbeitern im schmutzigen Fabrikdorf. Mein Bedarf an Proletarier-Erfahrung war damit gedeckt. Dort zum Beispiel, das Bild ist klar, in der ersten Hütte, direkt neben der Kleiderfabrik, wohnte die Familie eines Müllermeisters. Einst sehr angesehene Leute, doch die ökonomische Apokalypse zwang sie, alles für ein wenig Brot – ist diese Vorstellung nicht herrlich und voller Ironie? – fortzugeben. Es war inzwischen weitaus billiger, Lebensmittel in Massen aus anderen Teilen des Reiches einzuführen. Kühle Logik. Preiskampf. Wettbewerb. Schließlich mussten sie die Mühle weit unter Wert verkaufen. Willkommen in der Manufaktur. Sieg des Monopols.

Müller, Bäcker, Tischler. Dort in den Baracken fand man sie alle und ironischerweise war jeder Klassenunterschied überwunden: Der nach London ins Exil Gegangene und sein Kompagnon sollten eigentlich Freude an der neuen Ordnung haben und nicht schon wieder eine bessere fordern. Ein Gespenst ging um und es nannte sich Fridericus Rex. Der ehemals reiche Bauer arbeitete Hand in Hand mit dem Knecht und der Metzgersbursche mit dem Meister. In der Fabrik waren alle gleich.

Anfangs, in meinen ersten zehn Jahren, als ich mit der Kutsche durch die Arbeitersiedlung fuhr, bemerkte ich irritiert, dass zwischen all dem Schmutz und dem Dreck auch Kinder spielten. Es waren Kinder, wie ich eines war. Vielleicht Kameraden?

Aber Vater, der meine Gedanken ahnte, machte mir in einer seiner berühmten Reden deutlich, dass er den Umgang mit den Gemeinen, wie er sie nannte, nicht dulden würde. Zumindest nicht auf gleicher Ebene. Immer wieder dieser Versuch, sich von der eigenen Vergangenheit zu distanzieren. Lächerlich und völlig unverständlich. Was war denn so schlimm daran, ein Aufsteiger zu sein? Ist es nicht der Mensch, der zählte? War sein Erfolg nicht der Beweis für seine Fähigkeiten? Fürchtete er irgendwelche Geschichte, Gerüchte oder Vereinnahmungen? Die hätte man mir sowieso irgendwann zugetragen. Ob der gute Friedrich wohl einst seelische Verletzungen erlitten hatte? Nein, das glaube ich nicht. Er war schlicht nicht der weltmännische Charakter, den er spielte, sondern ein kleiner geltungssüchtiger Krämer ohne wahre Größe. Es blieb gleich, denn damit war das Thema Spielkameraden vom Tische gefallen.

So war er, der alte Herr. Hart und unbarmherzig verweigerte er mir den Umgang mit Gleichaltrigen auf gleicher Ebene. Am Ende hatte ich Personal, aber keine Freunde. Für schwächere Kinder sicher negativ für die Entwicklung. Bei mir durch meinen Willen kompensiert.

Aber übertreibe ich nicht? Zeigte der Kerl nicht mehr als Kälte? Schon, als ich noch ein Junge war, wurde die Arbeitszeit in den Fabriken auf ein erträgliches Maß reduziert. Es gab Schulen, Ärzte und für die Alten und Kranken sogar kleine Renten. Armut erreicht selten ein hohes Alter. Alles Wohltaten, die mein Vater stets noch aufstockte und zu optimieren versuchte.

Ich würde sogar die Behauptung aufstellen, dass es den Menschen in unseren Fabriken besser ging als allen vergleichbaren Werktätigen. Handelte er aufgrund einer sozialen Ader? Nein, weil er es als gerechte Entlohnung für geleistete Dienste empfand.

Der bewunderte Bismarck machte es vor. Ja, es fiel immer etwas ab vom Tisch und außerdem: Sind wir nicht alle nur Gefangene? Ist es nicht eine Symbiose?

Industrialisierung. Kapitalismus. Viele verlieren, wenige gewinnen. Die Formel des 19. Jahrhunderts schlicht auf den Punkt gebracht. Zeit des Wandels und Übergang von einer Lebensweise in eine neue. Schleichend, langsam, aber unvermeidlich. Trotzdem auch eine Zeit, die jenen Möglichkeiten bot, die früher keine bekommen hätten. Herrschen ohne das richtige Blut? Früher nicht möglich und daher ist die Entwicklung als Fortschritt zu betrachten. Ja, Fridericus Rex hatte das gut hinbekommen. Das muss man einräumen, fast schon bewundern.

Meine Mutter? Richtig, aus jemandes Schoß musste ich entsprungen sein. Nun ja, was gibt es von Marianne von Heldern zu erzählen? Verschwommene Gestalt. Unscheinbares Nebelwesen. Sie war nicht mehr als ein Schatten. Fast erschien es mir, als hätte sie nicht einmal existiert. Nur irgendeine verblasste Erinnerung, nicht mehr. Blondes Haar, von kleiner rundlicher Statur. Immer blass und leise die Stimme, dass sie wohl Mäuse nicht vernommen hätten. Kränklich und vergehend. Kleines Fischerboot im stürmischen Ozean. Hilflos.

So schwach, so erbärmlich schwach. Grashalm im Wind.

Tochter einer Dienstbotenfamilie. Ein Relikt des Vaters aus schlechten Tagen. Womöglich war es einst Liebe, die den guten Friedrich bewog, das arme Mädchen zu sich zu nehmen. Liebe, von der zu einem späteren Zeitpunkt nicht viel geblieben war. Die Anschaffung eines kleinen Kaufmannes in jungen Jahren, als der Markt für ihn noch ein begrenzter zu sein schien. Nicht abzusehen, was noch geschehen würde. Doch er veränderte sein Leben.

Der Vater war irgendwann nicht mehr der arme Krämer, sondern ein reicher Mann. Was einem Friedrich steht, musste einem Fridericus keinesfalls gefallen. Warum wuchs die Frau, die meine Mutter spielte, nicht mit ihm? Warum blieb sie in allem stets nur die Dienstbotentochter? Ohne Bildung, ohne Vision.

So hart es klingen mag, aber sie passte einfach nicht in die neue Welt, war ihr gesellschaftlicher Stand doch selbst weit unter dem einstigen Krämerstatus meines Vaters anzusiedeln. So erklärte er es mir zumindest einst. Ein erneutes Hoch auf die selbst gestrickten Mythen! Schlichte Entwicklung. Nicht jeder ist für eine höhere Rolle geboren. Ein Irrtum, aber ich natürlich kein Teil davon. Nein, nein, nicht ich war das unerwünschte Wesen, sondern Marianne von Heldern. Mit jedem Tag mehr nur noch geduldet und erduldend: Dass der Vater, um es mit stilistischer Blüte zu umschreiben, sein körperliches Verlangen, wenn auch auf mehr oder weniger diskreter Art und Weise, bei anderen suchte, war niemals ein Geheimnis gewesen. Aus meiner Sicht ist es umso bemerkenswerter, dass ich mein Leben lang ein famoses Einzelkind geblieben bin. Scheinbar war der alte Bock mit allem wirklich ausgesprochen gründlich gewesen. Eine durchaus bewundernswerte Eigenart, die aus seiner sonstigen Kleingeistigkeit doch ein wenig herausstach.

Meine Mutter starb in meinem zehnten Lebensjahr. Eine schreckliche und zermürbende Erbkrankheit der Dienstbotenfamilie soll es gewesen sein. Die Erinnerung ist zerflossen. Nur eine Belanglosigkeit. Wie auch immer, ich kannte sie kaum, schließlich war ich zumeist mit dem anderen Elternteil auf Reisen, bei denen wir auf diese Person verzichten konnten. Den Rest erledigte teures Personal. Frau Mama lag ja stetig krank im Bette und zeige sich unfähig zu irgendeiner Handlung. Sie war nur die Frau, die mich einst geboren hatte, nicht mehr. Eine Gebärmaschine, eine Hülle. Nur ein Mittel zum Zweck. Wie kann man so jemanden etwas Gutes nachsagen? Ein farbloses, lebensuntüchtiges Weib. Jämmerliche Kreatur. Kraftloses Stück Fleisch, das mit jedem Tag mehr und mehr Lebenskraft verlor, bis sie schließlich diese Welt verließ.

Wie ich so hart von meiner Mutter reden kann? Ob unsereins ein übler Kerl ist? Doch, warum keine Wahrheit aussprechen? Zehn Sommer erlebte ich mit ihr und die gemeinsamen Tage mit meiner Mutter – es waren nicht viele. Ihr Stand? Belanglos! Vaters Herkunft war nicht nobler. Doch ihr Charakter? Er sagte alles über sie aus.

Ob sie mich geliebt hatte? Eine berührende Frage mit einer simplen Antwort: Kann eine Mutter lieben, die es zulässt, dass ihr das Kind von Anfang an vorenthalten wird? Hätte sie nicht, einer Löwin gleich, um ihr Fleisch und Blut kämpfen müssen? Konnte nicht mal ich ihrem erbärmlichen Sein einen Sinn geben? War ihr nicht einmal ihr eigenes Balg Grund genug aufzustehen und das natürlichste Recht zu fordern – das des Zusammenseins der Mutter mit ihrem Kind? Zu schwach? Kein Wille! Kein

Interesse! Am Ende keine Liebe! Wie soll ich nun gut über diese Frau sprechen? Wie kann ich überhaupt irgendetwas über diese Fremde sagen? Ein Schatten der Vergangenheit, mehr nicht. Mich schaudert es. Nein, es widert mich an. Nein, sie widert mich an.

Ich hatte schon von Kindesbeinen von Vater eines gelernt: Es gibt letztlich nur zwei Arten von Menschen: Diejenigen, die herrschen oder es zumindest versuchten. Und diejenigen, die schwiegen, jammerten und doch aufgrund ihrer Schwäche nicht bereit sind aufzustehen. Ob er sein eigenes Credo jemals selbst verstanden hatte?

Mit Besitz, Titel und Reichtum hatte all das in Wahrheit doch nichts zu tun. Vielleicht meinte das Fridericus, aber in Wahrheit kommt es auf die Haltung im Inneren an. Primitive, einfache Floskeln. Plakativ, aber doch so wahr? Oder nicht?

In jedem Fall gab man mir damals immer das Gefühl, dass Marianne von Heldern zu den charakterschwachen Marionetten gehörte und es nur gerecht war, diese nach ihrem Wesen zu beurteilen. Einen Fehler kann ich daran nicht erkennen.

Viel wichtiger und bedeutender als die Mutter war von Anfang an der Vater. Kraftmensch mit

Komplexen. Unglaublicher Macher und doch Scheinriese. Ein guter Plagiator, aber kein Visionär. Stark darin, die Ideen anderer anzuwenden und zu optimieren. Fridericus Rex war laut, selbstherrlich, gelegentlich derb, aber kraftvoll und durchsetzungsstark. Echtes Selbstbewusstsein und doch aufgeplustert. Einerseits kriecherisch gegenüber jenen, die gesellschaftlich anscheinend noch über ihm standen. Dann wieder voller Wut, wenn er merkte, dass sie ihn nicht als ebenbürtig betrachteten. Wie er immer tobte, wenn er wieder nicht zur feinen Gesellschaft oder einem Ball eingeladen war. Geschäftlich hatte er zwar mit Königen und Großherzögen zu tun, aber gesellschaftlich? Diesen Sprung schaffte der ungehobelte Klotz nie und das grämte ihn. Da nutzte auch alles Geld der Welt nichts. Er verfluchte den Hochadel, kaufte sich aber selbst einen kleinen Titel, den sie natürlich nicht anerkannten. Dennoch hoffte er auf persönliche Erlösung. Wieder und wieder! Was für ein Narr!

Ja, der alte Herr. Gerecht, wenn man ihm imponierte und seine Überlegenheit, akzeptierte sowie seinen eingebildeten Stand. Brutal, wenn es ihm nutzte. Darwinist. Bauernschlau mit Pseudobildung. Nachäffer ohne Tiefe. Strebend, innovativ, aber doch klein.

Eine gerechte Beschreibung des Wesens? So widersprüchlich wie das Bild erscheint, das ich zeichne, so komplex waren auch der Mensch und seine Persönlichkeit. Es sei angemerkt, dass diese Erinnerungsfetzen nie den ganzen Charakter eines Menschen erfassen können.

Nein, das können sie nicht. Trotzdem brauche ich sie. Pinselstriche, um das Bild zu vollenden und anschließend in die Rumpelkammer des Vergessens zu werfen. Nur ohne Gedanken ist man frei.

Mich dünkt, unsereins ist auf dem richtigen Weg. Ich werde den Menschen in mir überwinden. Dann bin ich endlich erlöst.

5. Elena

Oh, Gottfried, warum musste es so weit kommen? Schworen wir uns nicht ewige Liebe? Etwas so klar und rein, wie man es nur ein einziges Mal findet. Wollten wir nicht zusammen alt werden und gemeinsam vergehen? Unsere Ebenbilder aufwachsen sehen und uns an ihren kleinen und großen Taten erfreuen?

Welkende Blumen und kalte Winter. Gab es da nicht dieses Gefühl, das uns einflüsterte, für einander bestimmt zu sein? Keine Täuschung, Wahrhaftigkeit! Verließ uns die Kraft? War ich nicht stark genug? Versagende Schwäche? Ihr Himmel, ich flehe euch an, gebt mir unsere letzten Momente zurück! Diese schrecklichen Fehler. Irrtümer. Verwirrungen. Ich würde eine klügere Wahl treffen. Unzweifelhaft! Wie lässt sich das Rad der Zeit zurückdrehen? Mit welchen wundersamen Mitteln zurückholen, was verloren ist? Könnte ich doch erneut entscheiden! Mein Herz würde nur ihm und nicht der Angst und Ungewissheit folgen. Unterordnen würde ich meinen störrischen und kindlichen Willen. Helft mir, ihr hohen Mächte! Trümmer. Mein Kopf, mein Herz, von den Gedanken beherrscht und verzehrt. Wo ist die Erlösung? Wo ist Gott? Wurde ich nicht immer in die Kirche getrieben und durfte von seiner Barmherzigkeit hören? Wo ist er? Oder bleibt er fern, weil es der Teufel war, der Gottfried verführte?

Nein. Nein, es wäre nicht ehrlich, Fabelwesen für den größten Fehler meines Lebens verantwortlich zu machen. Einzig meine Entscheidung stand am Ende, die ihn in den sicheren Tod schickte. Meine Schuld. Meine große Schuld, oder nicht?. Wie soll ich damit leben? Zukunft? Für mich bleibt nur Finsternis. Ich sitze hier auf einem Stuhl. Es ist doch ein Stuhl? Dort ein Schrank. Wirklich ein Schrank? Nichts wirkt klar. Die Wände. Das Haus. Die Straßen. Die Menschen. Schemenhaft, alles unwirklich. Graue, unwirkliche Alternative. Nichts da draußen hat irgendeine Bedeutung. Wo bin ich überhaupt? Wie kam ich in diesen Raum? In Trance, bar jeglichen Willens. Alles dreht sich. Immer wieder dieselben Gedanken. Es gibt kein Vorankommen. Es ist ein ewiges Rund, ein Gefängnis, aus dem es kein Entrinnen gibt. Wenn ich meine Augen schließe, denke ich an Gottfried. Sie sind sie offen, ist es genauso. Totale Beherrschung meines Wesens. Alles ist verloren. Alles zerfällt.

Hatte ich nicht die Möglichkeit, die Ewigkeit mit ihm zu ergreifen? Habe nicht ich sie verneint? Wie kann ich es wagen, um eine weitere Chance zu betteln? Hatte jemals ein Liebender eine solche Gelegenheit? Was hielt mich nur zurück? Böser Wille. Falscher Eigennutz.

Nein, nicht so einfach. Was nützt der Wille, wenn der Teufel selbst wirkt? Es war ein durchtriebener Zauber. Widernatürlich. Ausgeburt der Hölle, die seinen Geist verwirrte und in den Wahnsinn trieb. Dämonen. Übernatürliche Magie. Oder nicht? War diese Kraft wirklich teuflisch oder verwirrte mich die Furcht? Wie kann eine einzelne Frau gegen die Zauberei antreten und erfolgreich sein? Die ganze Welt hatten wir besiegt.

Aber besiegt die Liebe nicht auch die dunkelsten Mächte, die sich uns offenbaren? Was auch immer sich manifestierte, es war falsch. Das Böse, das mit seinen widerwärtigen Klauen nach unserem Glück griff. Satans Klauen!

Alles richtig, und doch war es meine Entscheidung. Nichts kann mich jetzt noch halten. Ich falle, falle und keiner wird meinen Sturz bremsen. Niemand vermag es, mich zu trösten. Die Anwesenheit anderer ertrage ich nicht. Schatten. Abglanz einer Wirklichkeit, die nie real gewesen.

Scheinwelt. Was zählen auch irgendwelche Puppen mit austauschbaren Porzellangesichtern, wenn man den Liebsten verliert?

Im Grunde genommen war mein Leben eine einzige Qual, bis ich den Erretter traf. Meine Familiengeschicke wurden von Normen und Gesetzen diktiert, die auch mir keine Freiheit geben wollten. Daran gab es nichts zu beschönigen. Gottfried! Gottfried! Alles lief auf uns hinaus! Das Schicksal würfelt nicht. Es ist der Würfel. Reichtum, Titel, Ansehen. Alles bar jeglicher Bedeutung.

Bilder. Fetzen. Nur kleine Stücke. Brauche irgendeinen Gedanken, der mir etwas Lebenswertes zeigt. Eine Kleinigkeit, die das Atmen lohnt. Was sehe ich? Unser Anwesen. Meine Kindheit und Jugend. Enge. Immer nur diese Enge. Ich merkte schon früh, dass dieses Korsett in unseren Kreisen allgegenwärtig für eine junge Frau war. Im Besonderen eine meiner Tanten versuchte, mich immer wieder in ihre Vorstellungen eines gebührlichen Lebens einzubinden: Mathilde Luise Fredericke Adelberta Carolina Viktoria Elena Constanze von Hahenwall.

Was für eine Verschwendung schöner Namen!

Steif gelebter Konservatismus und religiöser Eifer, gepaart mit einem schrecklichen Willen zur Vernichtung. Hager. Inzwischen fast dürr. Angegraut das Haar und fahl das Gesicht.

Manche Narren sagen, sie wäre trotz allem noch eine schöne Frau, aber kannten sie ihr Wesen? Mussten sie die Bibelstunden mit ihr ertragen, in der sie mit ihrer schrillen Stimme eisern Passagen vortrug und sie interpretierte? Ich musste das beinahe jede Woche und durfte mir darüber hinaus mit Mutter und Vater zusammen ihre Vorträge über Sittsamkeit und die Erwartungen der Welt an uns Adlige anhören.

Und dann erst die Kontrolle. Über jeden Schritt ließ sie sich informieren. Die kleine Elena schwätzte in der Kirche? Sie lächelte gar einen jungen Mann an? Die Belehrung folgte auf dem Fuße.

Natürlich versuchte ich, mich zu wehren und ihr Tun zu hintertreiben. Gab Widerworte und grinste noch breiter. Aus Trotz. Weil ich sie hasste. Nur Erfolg hatte ich damit wenig, denn da war niemand, der mich unterstütze und von meinen Eltern gab es nichts mehr als ein bloßes Schweigen. Am Ende dauerten die Bibelstunden nur noch länger. Doch, ich bewahrte mir meinen Stolz. Ein wichtiges Gefühl. Wie ich diese Frau verabscheute. Doch gebrochen hat sie mich nicht. Niemals.

Eine schöne Frau? Nein, das fleischgewordene Übel. Eifernde Hexe. Lieblingstochter des verstorbenen Großvaters. Stets bevorzugt. Mathilde, die moralische Instanz der Familie. Selbsternannte Bewahrerin irgendwelcher Tugenden und Traditionen. Natürlich niemals verheiratet gewesen und nun zu alt für all die Freuden des Lebens. Angeblich einst verlobt, doch ihr Beinahe-Gatte machte sich mit einer anderen davon. Einer Dienstmagd. Was für eine Demütigung! Bei der Überfahrt in die Neue Welt starben er und seine Auserwählte bei einem Schiffsunglück. Man munkelte, der alte Drache hätte sich dunkler Mächte bedient, aber das sind natürlich nur die Gerüchte, die meinen Gefallen finden. Der Tod war sicher gnädiger als das Leben mit ihr.

So sparte sich Mathilde für die Familie auf. Nie suchte sie sich eine Seele und selbstverständlich fand auch nie jemand sie, sieht man einmal von einer unbestätigten Geschichte ab, an die ich im Moment jedoch nicht denken mag. Zu widernatürlich der Gedanke. Nach den Erzählungen meiner Mutter fand

Mathilde zur Religion, ohne jedoch, wie es sich gehörte, ganz ins Kloster überzusiedeln. Wie sie auch immer dieses umgangen hatte, in der Folge nutzte sie ihr wohlverdientes Unglück, um mit üblen Ränkespielen den mir unbekannten Großvater voll auf ihre Seite zu ziehen. Dieses Ungetüm weidete sich förmlich darin, spielte tapfer ihre Rolle der Leidenden und erhielt so ganz ungewöhnliche Möglichkeiten für eine Frau in dieser Zeit.

Fortan war sie darauf erpicht, ihre jüngeren Schwestern mit ihren Weltanschauungen zu peinigen. Alles Wahrheit oder teilweise Erfindung? Ein wenig zu ausgeschmückt berichtet? Unwichtig. Mir gefällt die Geschichte und sie passte zu diesem üblen Wesen. Am Ende hatte sie Einfluss und nutzte ihn. Das waren die unleugbaren Fakten. Wie und warum genau? Egal. Fragen der Erziehung? Oder bezüglich des Heiratsmarktes? Man komme zur Teufelin. Zweifellos gelang es ihr, sich auch außerhalb der Familie eine Position als die gute Ratgeberin in Heirats-, Religions- und Etikettenfragen zu erarbeiten und nutzte jenes mit geradezu missionarischem Eifer aus. Schamlose Person!

Während meine Mutter dabei noch von Glück sprechen konnte, erging es meinen anderen Tanten,

Gertrude und Constanze, weniger gut. Gertrude, ich sah sie nur ein einziges Mal, ähnlich wie meine Mutter, eine stille und zurückhaltende Person, wurde, dank Mathildes Vermittlung, mit einem Königsberger Grafen verheiratet. Sie starb fern der Heimat vor ein paar Jahre bei einem Seuchenausbruch. Aus Briefen an meine Mutter lässt sich folgern, dass sie sich in der Ferne niemals heimisch gefühlt hatte und ihr Mann sie offen und ohne Scham betrog. Welchen Nutzen man wohl aus dieser Partie zog?

Arme Gertrude! Doch auch bei Constanze hatte Mathilde ihre Finger im Spiel. Sie verkaufte sie, mit Duldung der Familie natürlich, an einen Adligen mittleren Alters, der für seinen schrecklichen Jähzorn weiträumig bekannt war. Mutter erzählte immer, wie fröhlich und lebenslustig Constanze einst war. Als ich sie zuletzt sah, erblickte ich nur noch einen Schatten ihrer selbst an der Seite eines grauenvollen Mannes.

Ja, es ist nicht zu leugnen. Alleine der Gedanke an Mathilde weckte Unmut in mir. Und wie sie sich ihr alle unterwarfen.

Wie oft hörte ich die Eltern klagen und sagen, dass sie dem Willen der Hexe bei nächster Gelegenheit nicht mehr folgen würden, doch brachen sie stets bereits nach wenigen Minuten ein. Ich erinnere mich gut daran, als ich einst im Winter, obwohl es als unschicklich galt, draußen im Schnee getobt hatte. Heimlich hatte ich mich hinausgeschlichen. Ich war dem Gefühl gefolgt, mich von einem herrlichen Wintertag inspirieren zu lassen. Einen schönen Mann aus Schnee errichtete ich. Gott, was war das für eine Freude und Abwechslung. Völlig durchnässt kam ich zurück zu unserem Anwesen, wo ich bereits von meinen Eltern und Mathilde erwartet wurde. Der Drache hielt mir einen Vortrag darüber, dass eine vornehme junge Dame nicht wie ein gemeines Kind herumzutollen hätte.

Das machte mich wütend und ich gab Widerworte. Am Ende musste ich zur Strafe zwei Stunden in nassen Kleidern in der Eingangshalle stehen. Es war eine wahre Qual, aber die Abneigung und die Tatsache, dass ich mich wehrte, erwärmten mich innerlich. Meine Eltern? Ich meine, mich zu erinnern, dass sich der Vater fast geräuspert hätte, aber ein böser Blick der Tante ließ nur ein Schweigen folgen. Ja, so war das. Genauso!

An diese Familie bindet mich wenig. Nichts Lebenswertes ist dort zu sehen. Lediglich das Glimmen des Stolzes darauf, ihr mit eigener Stärke getrotzt zu haben, erscheint mir beachtenswert. Vielleicht kann mir der Hass die Kraft zum Weiterleben geben. Das schien auch Mathildes Methode gewesen zu sein. Doch kann das Feuer wieder entfacht, der Wunsch nach der ewigen Ruhe, bekämpft werden. Ich fühle nur Kälte. Nichts mehr.

6. Gottfried

Die Betrachtung meines menschlichen Daseins kann niemals abgeschlossen werden, wenn sie den Vater ignoriert. Ihr Himmel, wie klein er doch war!

Ich erinnere mich noch sehr gut an eine Reise durch den Süden unseres neuen Kaiserreiches. Da gab es dieses kleine Dorf namens Rodringbach und auf dessen Friedhof fand sich eine prunkvolle Kreuzigungsgruppe aus dem 16. Jahrhundert. Ein faszinierender und merkwürdig vertrauter Anblick, aber ich schweife ab. Für den Garten wollte der alte Herr diese Gruppe, doch die kleinen Dörfler waren mit keinem Geld der Welt zum Verkauf zu bewegen. Letztendlich akzeptierte Vater das und restaurierte das Objekt sogar auf eigene Kosten. Nicht, weil er verloren hatte, sondern weil er den Mut und die Stärke zum Widerstand achtete. Zumindest in diesem einen Fall.

Bei den Kommunisten überhaupt nicht. Diese Geister hasste er zutiefst und betrachtete sie als Gefahr. Ja, Menschen sind komplexer, als es einzelne Geschichten berichten können. Man macht es sich nur lieber einfach. Das erspart das Denken und die Auseinandersetzung mit sich selbst.

Meine Bildung? Privatlehrer. Austauschbare Gesellen. Klassischer Humanismus. All das, was Vater für standesgemäß hielt und ihm nie zugutekam. Unwichtig. Prägender waren die Reisen. Ob Frankreich, Italien, Griechenland oder gar Ägypten – schon in jungen Jahren lernte ich viel von der Welt kennen. Ägypten, das große Land der Pharaonen war wohl das schönste Reiseziel gewesen. Tausende Jahre Faszination. Das könnte aber auch daran gelegen haben, dass zum damaligen Zeitpunkt, viele Jahrzehnte, nachdem ein Gelehrter die Schriften der früheren Bewohner des wundersamen Landes entschlüsselt hatte, einfach alles aus diesem großartigen Land interessant war. Bauten, Leben, Geschichte. Der wundervolle Nil. Die komplexe Götterwelt. Unbegreiflicher Aufstieg und tiefer Fall. Die Erhabenheit der Gottkönige.

Ich kann mich noch gut daran erinnern, als ich mit zwölf Jahren vor den Gizeh-Pyramiden stand und staunend diese Wunderwerke menschlicher Baukunst sah. Es erschreckte und faszinierte mich zugleich, erkennen zu müssen, dass selbst die Schöpfer einer solch prächtigen Kultur vergänglich waren. Wie konnte so ein erhabenes Reich nur untergehen?

Habe ich damals wirklich so gedacht? Oder denke

ich erst jetzt, mit der Kraft all meiner Erinnerungen so? In jedem Fall war ich beeindruckt: Alles war groß, mächtig. Grabmäler oder die Kornkammern des biblischen Josefs? Belanglos. Es waren Bauten für die Ewigkeit. Beeindruckend. Unendlich beeindruckend. Ich glaube, dem Vater ging es ebenso. Später erzählte er mir jedenfalls, dass er manches Mal damit geliebäugelt hatte, eine der zahlreichen populären Ausgrabungen zu finanzieren. Doch Vater verwarf diese Idee alsbald wieder. Es wäre eine langfristige Sache gewesen. Über Jahre. Fridericus Rex wollte aber schnelle Ergebnisse. Den langen Atem besaß er nur für Dinge, die seine wirkliche Leidenschaft weckten. Dort, wo er die Kontrolle ausüben konnte. Wenn ich es mit der Ehrlichkeit halte, dann trug er eine Art Maske und war nur einer, der diese Dinge mochte, weil sie gerade in Mode gekommen waren. Entlarvende Schlichtheit. Ein Plagiator, ohne den Sinn der Faszination darin zu verstehen. Ein Krämer, der Tiefe heuchelte. Oder ist das Urteil falsch?

Trotzdem hatte ich es gut getroffen, dass gerade Friedrich von Heldern ein so aufgeklärter Mann war und kein von Konventionen beherrschter Adliger oder gar ein kleiner Arbeiter. Man stelle sich vor, er wäre ein alter knochiger, moralverseuchter Kirchgänger gewesen, was wäre dann aus mir geworden? Ein anderer? Oder derselbe mit dem Unterschied des intensiveren Freikämpfens? Eine interessante Frage, nicht? Aber ich als Kämpfer für Roms wahres Wort oder sonst irgendeine Institution? Lächerlich. Man hätte unsereins niemals in so etwas hineindrängen können. Niemals. Das ist gewiss.

Die heilige apostolische Kirche und ihr müder protestantischer Abklatsch war im Übrigen nicht selten Zielscheibe von Vaters Spott. Hierfür soll er meinen Applaus ernten und wie man aus meinen Worten entnehmen kann, war Fridericus alles andere als gläubig: Schon als Kind nahm ich es amüsiert zur Kenntnis, wenn er den Pfarrer, der sich um das Seelenheil der Arbeiter kümmern wollte, auf das heftigste provozierte, als der einmal mehr um Geld für seinen Haushalt bei ihm betteln musste. Nach Vaters Meinung war der große Gott, von dem die Bibel berichtete, nichts mehr als ein Mittel einiger weniger gewesen, die Leute unter Kontrolle zu halten. Doch nun, so sagte er es immer, gab es einen neuen Gott. Manches Mal aus Gold, ein weiteres Mal silbern und nicht selten auch auf Papier gedruckt. Die Kirche hatte ihre Zeit gehabt, aber sich nicht bewährt. Folglich musste sie zwangsläufig untergehen, zumal auch ihre Glaubensinhalte mehr als fraglich waren.

An diesem Punkt verwies Vater immer auf die neuesten Erkenntnisse der Wissenschaft, nach der die Arten nicht von Gott vor ungefähr viertausend Jahren geschaffen worden waren, sondern sie sich allmählich über einen viel längeren Zeitraum entwickelt hätten. Der Darwinismus. Mehr als eine Modeerscheinung.

Nein, die neuesten Forschungsergebnisse schienen das alte christliche Weltbild überflüssig zu machen, es sogar als falsch zu entlarven.

Doch wir reden von meinen jungen Jahren. Vieles strömte auf das Kind und den Heranwachsenden herein und blieb oft unverdaut. Ob unsereins alles objektiv und gerecht wiedergibt? Natürlich, wenn auch aus subjektiver Perspektive. Ja, der Alte und sein angelesenes Kalenderblattwissen.

Doch egal. Was soll mich die Weltanschauung Dritter scheren? Sollte es doch so sein, dass es ein natürliches Gesetz war, das die Schwachen arm und die Reichen mächtig sein ließ. Es wäre mir aber damals auch egal gewesen, wenn alle Menschen gleich wären und wir sie nur mit unseren Waffen und unserer Macht unterworfen hätten. Warum sollte ich als Privilegierter darüber nachdenken, warum ich bevorzugt wurde? In diesem Alter. Ich zarter Knabe.

In einem jeden System muss nun mal irgendjemand an die Front. Hatte nicht auch Rom seine Sklaven? Die mächtigen ägyptischen Herrscher haben ihren Ruhm als unsterbliche Baumeister auch der ärmsten Schicht zu verdanken. Was ist mit den englischen Kolonien? Gibt es nicht dort ein Kastenwesen, eingeführt, wenn man den Völkerkundlern glauben darf, von unseren großen Vorvätern, das bis heute das Volk streng teilt? Demokratien? Die Sklaverei auf dem amerikanischen Kontinent wurde doch erst durch einen Krieg abgeschafft. Ob es auch einmal andere Ordnungen gegeben hat? Möglich wäre es zweifellos, aber ich befürchte dass ein jeder Idealist zum mehr oder weniger schlimmen Tyrannen wird, sobald er die Macht schmeckt. Aber, wer sagt, dass die Macht zwangsläufig zum Bösen führen muss? Unsinn. Es wäre eine Welt der Verderbnis, denn Macht gibt es immer.

Ach, verzeiht, dies sind die Momente, in denen mein Vater aus mir redet. Es sind letztlich seine

Worte, doch in gewissen Abschnitten meines Lebens hatte unsereins ebenso gedacht. Ohne all die Komplexe, versteht sich. Als wahrhaftiger Mensch, nicht als getriebener. Aber vielleicht ist es nicht von Übel, die Vorstellungen und die Verhaltensmuster noch einmal zu durchleben, die mir von Anfang eingebrannt wurden. Vielleicht versteht man dann meine Geschichte besser.

Doch was schwafele ich? Es gibt keine Zuhörer, es gibt sie nicht. Ich bin der Einzige. Der Einzige. Diese Bilder. Diese Erinnerung. Zurückgezwungen. Distanz halten. Rationalität walten lassen. Nicht erleben. Betrachten. Verhöhnen. Spotten. Auslachen. Das Buch, das man weglegt und anschließend verstauben lässt. Der Vorhang fällt und die Vorstellung ist vorbei. Für immer.

7. Elena

Das Leid droht mich zu ersticken, und ich finde so wenig, was mich hält. Die Liebe ist dahin. Gottfried ist tot. Mein Stolz ist zu wenig. Meine Familie? Am Ende doch so wenig wert. Welche zärtlichen Gefühle sollten mich an sie binden? Aber, vielleicht kann der Hass das ersetzten, was an Liebe verloren ging? Wer eignet sich besser dafür als die Tante.

Ja, Mathilde, die böse Marionettenspielerin. Diese verfluchte, verdorrte Jungfer. Dieser versiegte Brunnen. Wo war Mathildes Moral bei meinen Tanten gewesen? Verhasstes Ungetüm. Man gebe der Welt die große Inquisition zurück, um sie auf dem Scheiterhaufen zu verbrennen. Ihre Grausamkeit hätte es verdient. Ihre Verbitterung, ihr unendlicher Neid und ihre Missgunst. Nehmerin der Freiheit. Kerkermeisterin. Ich glaube Johann von Werner, ein ferner Verwandter, hatte ihren Charakter in einem Spottgedicht im Gassenjargon genau richtig getroffen.

Liebst Du die Welt, die Dich verlassen,
all die Menschen, die Dich hassen?
Haben andere einen Wert?

Nur Angst macht vor dem Fremden kehrt!
Vertraust Du auf Dein starkes Blut?
Wie es kocht mit all der Wut!
Sind die fremden Götter schlechter?
Wer nur machte Dich zum Wächter?
Bist Du der, der andere hetzt,
sie verfolgt und sie verletzt?
Liebst Du die Welt, die Dich verlassen?
Sie liebt Dich nicht. Sie kann nur hassen!

Natürlich zeigte Johann es nur mir. Sein Leben wäre wohl noch tragischer verlaufen, wenn die heilige Mathilde Kenntnis davon erlangt hätte.

Ja, Mathilde. Raffinierte Intrigantin. Überall Mathilde. Ihre verdorbene Heuchelei bewirkt Übelkeit bei mir. Stets in der ersten Reihe bei jedem Gottesdienst. Das Leben als zur Schau getragenes Martyrium. In ihren späteren Jahren breitete sie ihren Einfluss immer mehr aus. Ihre Frömmigkeit: überall bekannt. Manche, wohl nur die, die sie nicht kannten, bezeichneten sie als Heilige. Unglückseligerweise war es nicht nur ihre Heuchelei, sondern auch die Geschichte um die heilige Lanze des Longinus, die ihr beim Griff nach dem Heiligenschein halfen. Oder besser gesagt, der Drache verstand es, diese uralte Geschichte richtig einzusetzen und so verband sie stetig das von Gott beschlossene Unglück ihres Lebens mit der Legende von Sankt Andreas, Peter Bartholomäus und der heiligen Lanze. Welch widerwärtige Raffinesse einer verbitterten Frau. Dabei war ihr nur der Verlobte davongeeilt. Nichts sonst. Sie aber transformierte zur Heiligen, die man in alle feinen Häuser gern einlud, und vielleicht kannte die Muttergottes-Gleiche auch einen Jüngling oder eine Jungfer, die zum eigenen Spross passen würde? Macht und Einfluss konnte schließlich jeder gebrauchen und verkehrte nicht jene Mathilde in verschiedensten Adelshäusern? Doch damit nicht genug. Manche baten sie sogar darum, regelmäßige Bibel- und Gebetsstunden mit ihren Kindern abzuhalten, damit sie ebenso fromm werden würden wie sie. Und selbst wenn die Eltern nicht um diese Stunden bettelten, wer konnte schon einer Jüngerin den Eintritt verwehren? Wussten sie denn nicht, was sie ihren Kindern antaten?

Sie hatte es geschafft. Mathilde war so mächtig, wie es eine Frau zu jener Zeit sein konnte. Kein weibliches Wesen, sondern eine moralische Instanz. Wie es dazu kommen könnte? Neue Zeit. Wandel.

Klammern an alte Ideale, weil man den eigenen Untergang vor Augen hatte. Schwindel und eine bösartige Schläue.

Der Hochadel war kein Machtfaktor mehr an sich. Auf einmal sehnten sich viele nach dem verlorenen Glanz der vergangenen Tage. Doch statt den Schritt in die Gegenwart zu gehen, ging es zurück. Es bedurfte eines Richtungsweisers, eines Kompasses. Mathilde erfüllte diese Sehnsucht auf ihre Weise. Sie war die Aufseherin im Gefängnis des Adels, die sich darum kümmerte, dass die Gefangenen sich elitär benahmen. Schließlich galt es mehr denn je, sich abzugrenzen. Wahrlich, man hätte keine bessere Pharisäerin finden können. Das finsterste Mittelalter war zurück.

Ob ich zu verächtlich über sie spreche? Nein. Zu schrecklich war ihr Wirken. Hatte sie nicht schon genügend ins Unglück gestürzt? Ihre heuchlerische Art widert mich selbst jetzt noch an. Weil sie nie gelernt hatte zu lachen, sollte niemand Freude verspüren. Mathilde ergötzte sich an ihrem und dem Leid anderer. Sprechen die Christen nicht vom ewigen Neider? Warum erkannten sie ihn dann nicht? Braucht eine Gesellschaft den zersprungenen Spiegel, um sich besser zu fühlen? Ein wenig nur natürlich, nicht zu viel, aber doch genug, um das Gewissen zu erleichtern. Ja, eine Gesellschaft voller Heuchler braucht Zuchtmeister wie Tante Mathilde. Um der Heuchelei selbst Willen. Was für eine kranke Welt! Dabei hätte man ihren Aufstieg schon innerhalb der Familie verhindern können.

Fort mit der alten Jungfer, ab in die kalten Gemäuer eines Klosters! Man bedenke, mein Vater war der Kopf einer Dynastie und doch ein Mann, der sich von seiner Schwägerin anweisen ließ, das Futter für die Pferde nur bei adeligen Produzenten zu erwerben – für einen höheren Preis. Zumeist war es nicht einmal vonnöten, dass Mathilde ihre Wünsche artikulierte, denn es galt ein gewisser vorauseilender Gehorsam. Was ist das für eine Welt, in der man stetig daran dachte, was wohl der alte Drache von diesem oder jenem halten würde? So entstand eine Atmosphäre, die kaum zu ertragen war.

Ob es einfach daran lag, dass sie – auf ihre Art und Weise – so viel stärker war als ihre Schwestern? Viel klüger? Und sich so durchsetzen konnte? Welch Frage. Dabei kenne ich die Antwort nur zu gut. Das Ergebnis stand für sich. Eine bewundernswerte Stärke? Nein, eine verhunzte Kraft, die zum Falschen eingesetzt wurde. Ich selbst sollte Mathildes Macht noch zu spüren bekommen. Doch warum beschäftigen sich meine Gedanken mit dieser Frau?

Damit der Hass auf sie mich am Leben hält? Oder gar, dass sie mir ein schlechtes Beispiel wird, wie man die eigene Verzweiflung und Leere zur Lebensader werden lässt. Sie als Ideal. Wozu? Sie ist es nicht wert. Nur Gottfried verdient all mein Empfinden. Mein größtes Glück, mein größtes Glück. Es wurde zur schlimmsten Last. Wohin nur, Elena von Rathau? Ich bin schuld an seinem Tod, ich allein. Warum habe ich ihm nicht vertraut? Nein, Elena, hör auf, daran zu denken! Sei stark! Du wirst daran zerbrechen. Aber wie soll ich an etwas anderes denken als an ihn? Er war alles.

Neben meinem Liebsten verblassten meine sonstigen Erinnerungen und wurden unwichtig. Alles andere, was ich je erlebte, erscheint daneben wie eine Blume ohne Blüten, ein Fluss ohne Wasser. Ich vergehe und niemand kann mich retten. Nichts gibt mir mehr Halt, alles fließt dahin. Niemand kann mir Trost spenden. Kein verstaubter und längst vergessener Gott vermag mir zu helfen, denn mein Erlöser ist gestorben. Religion, Philosophie und all der faule Zauber; schmerzhaft musste ich erkennen, dass es nicht genügt zu wissen, sondern dass es einzig auf das Fühlen ankommt. Was nützt mir ein ewiges Himmelreich, was das Wissen um eine Scheinwelt, wenn du nicht mehr bei mir bist, Liebster? Alle Freuden vergangener Tage, sie scheinen nun so falsch und unwichtig. Warum gibt es dich nur mehr in meinen Herzen?

Ewig die gleichen Fragen. Hätte ich alles verhindern können? Es verhindern müssen? Aber wie konnte ich wissen, dass du dich so entscheiden würdest? Ließ ich dir keine Wahl? Meine Gedanken springen zwischen unseren Momenten hin und her. Du und immer wieder du! Der Gedanke an dich beherrscht mich, meinen Verstand, meine Seele. Ich hasse dich!

8. Gottfried

Ich war ein Auserkorener, würden die einen sagen. Ein Parasit und Ausbeuterabkömmling, die anderen. Wie auch immer, ich bekam immer alles, führte ein materiell sorgenfreies Leben, und auch der Vater ließ mich gewähren, solange ich nichts allzu Grobes tat. Unsereins hatte eine durchaus nette Kindheit.

Der kleine Gottfried legte selbst kleine Strecken mit einer der zahlreichen Kutschen zurück. Mein beschauliches Zimmer war größer als zwei Arbeiterbaracken zusammen, und natürlich hatte ich zwei Bedienstete, die immer zu meiner Verfügung standen.

Ja, ja. Martha und Johannes, ein älteres Ehepaar, beide wohl schon um die 50 Jahre alt. Dazu sollte ich vielleicht erwähnen, dass Arbeiter damals nicht allzu viele Jahre sammelten. Ernährung, Arbeitslast. Medizinische Versorgung. Kurz, der Umstände wegen. Die beiden hatten, bevor mein Vater durch Instinkt und Fügung zu Macht und Ansehen kam, einen kleinen Schusterbetrieb, der natürlich keine Wehrhaftigkeit gegen die neuen Fabriken zeigte. Durch irgendwelche Umwege kamen sie schließlich in unser Anwesen, was natürlich weitaus besser war, als in den Manufakturen tätig zu sein.

Leider gab es dann eine unrühmliche Geschichte mit den beiden und dem kleinen Gottfried im Mittelpunkt. Ich weiß noch genau, dass es ein sehr schöner Tag war. Ja, er war ein außergewöhnlich gelungenes Meisterwerk, grüne Wiesen, strahlende Sonne. Ich, der Prinz, spielte mit meinen gerade einmal elf Jahren Wagenrennen in unserem Haus. Wie man sich das vorstellen kann? Nun, ein Geschäftsfreund meines Vaters schenkte mir einst ein Buch mit Geschichten aus der Antike und daher wusste ich manches über die Spiele in den römischen Arenen. Natürlich hatte ich keinen Wagen – ich stellte ihn mir aber vor. Aber wieso sollte ich kindliche Fantasie erklären? Wie nutzlos. In jedem Fall tobte ich durch die Räumlichkeiten und zerbrach dabei eine alte Vase. Anfangs war ich erschrocken, schließlich war es meines Vaters Objekt. Dann jedoch beschloss ich, die Überreste unter einer der Eckbänke verschwinden zu lassen. Hoffentlich bald vergessene Heimlichkeit. Naive Vorstellung. Das Schicksal wollte natürlich, dass sie gefunden wurden.

Johannes und Martha mussten uns verlassen. Weswegen? Nun, der die Vase vermissende Vater fand die Scherben und fragte mich danach in

Anwesenheit einiger Dienstboden. Ich musste einen Schuldigen nennen und behauptete ohne Not, dass es Johannes gewesen war, der die Vase zerbrochen und dort versteckt hatte. Kinderdummheit. Nur einem Jüngling zu verzeihen. Fridericus Rex bekam einen fürchterlichen Wutanfall und ließ den armen Kerl zum Teufel jagen. Was ich daraufhin getan habe?

Unsereins hat Charakter. Mein Gewissen gebot es mir. Keine Heldentat, aber Anstand. Und so bin ich reumütig zu dem alten Herrn gegangen und habe ihm alles gebeichtet. Was aber geschah? Zu meiner Überraschung lachte er nur und lobte mich. Wofür er mich so pries? Ob der bösen Tat? Nein, dafür, dass ich, als er mich vor den Angestellten danach fragte, der fehlerlose Herr geblieben bin, zu dem er mich erziehen wollte. Niemals vor dem einfachen Volk Schwächen und Fehler zugeben, sonst würden sie noch auf die Idee kommen, dass auch sie Herren sein könnten. Ob das alte Ehepaar zurückkommen durfte? Nein, natürlich nicht. Schließlich waren sie die Sündenböcke, für die Fehler eines törichten Knaben und blieben es auch.

Meine Schuld? Hatte ich nicht alles versucht, was möglich war? Was hätte ein Elfjähriger tun sollen? Mein Gewissen ließ mich zu meinem Vater gehen.

Dort habe ich es schließlich auch gelassen und noch dazu einiges gelernt: Der Mächtige macht die Wahrheit!

Man sollte sich aber in meinem Wesen nicht täuschen. Fast könnte der Eindruck entstehen, als wäre meine Person ein grausames und unbarmherziges Kind gewesen. Doch das ist nur der selektierte Blick, der lediglich passende Erinnerungsfetzen heraussucht und unter Umständen bereits verklärt. Ginge es darum, mich in ein schlechtes Licht zu rücken, so fallen mir noch mehr Erlebnisse ein, die mein Gemüt zweifelhaft erscheinen lassen, wenngleich es sich nur um die Unvernunft eines Heranwachsenden handelte.

Da war zum Beispiel die Geschichte mit diesem kleinen Hund. Eines Tages, ich fuhr gerade mit der Kutsche durch die Fabriksiedlung, sah ich einige Kinder, die mit einem kleinen braunen Kläffer spielten. Wie sie lachten und wie sie sich freuten! Aus irgendeinem Grund fühlte ich mich plötzlich so merkwürdig. Die Kinder schienen im selben Alter wie ich zu sein. Arm, aber zufrieden und vor allem nicht einsam. Ich sagte zu meinem – so nannte mein Vater die Leute, die mich beschützten – Adjutanten Martin, alsbald ich unser Anwesen verließ, dass ich den Hund haben wollte. Zwar sah er mich seltsam an, machte aber dann doch dem Kutscher deutlich anzuhalten. Martin stieg aus, trat in die Mitte der Kinder, nahm den Hund, der in seinen riesigen Händen noch kleiner aussah, und brachte ihn mit in die Kutsche. Wie ich strahlte, als ich den Welpen in Besitz nehmen durfte. An die Kinder und wie es ihnen ging, verschwendete ich keinen Gedanken.

Tragische Selbstsucht. Sie hatten nichts. Nur diesen kleinen Hund und den nahm ich ihnen aus einer Laune heraus auch noch weg. Leider konnte das Tier meine Liebe auf den ersten Blick nicht erwidern und biss mir sogleich kräftig in die Hand. Nicht gerade fest, es war mehr ein Zwicken und doch genug, um mich in Tränen der Wut auszubrechen lassen. Von diesem Augenblick an hatte ich kein Interesse mehr an einer tollwütigen Bestie, die den Herrn biss. Fort sollte er, aus meinem Blick. Ich befahl dem Adjutanten Martin, dieses Höllenwesen aus der Kutsche zu werfen. Oder noch besser, es später im Fluss zu ersäufen, so stark erregte ich mich ob des Aufbegehrens des niedlichen Welpen.

Im Nachhinein kann ich nur den Kopf über mein damaliges Verhalten schütteln und es belächeln. Das kleine Wesen starb im Übrigen nicht eines nassen, sondern vielmehr später eines natürlichen Todes. Martin führte den Befehl eines Elfjährigen nicht aus, sondern behielt den Hund bei sich. Er nannte ihn Hagen, nach dem finsteren Tronjer. Eine vernünftige Lösung. Der Adjutant und sein Hund verließen uns später. Heiraten wollte er irgendwo. Wer weiß, was aus ihm geworden ist. Ich habe nie wieder etwas von Martin und Hagen gehört.

Als törichter Knabe war unsereins empört über das Tier, dabei hätte ich für die Lektion dankbar sein müssen, denn ich verdiente den Respekt dieser Kreatur schlicht nicht. Warum? Nun, weil ich nicht den Willen zeigte, ihn zu unterwerfen und zu einem treuen Gefährten zu machen. Ganz simpel. Meine Macht war geliehen, keine eigene. Zwar besaß ich eine durchaus starke Persönlichkeit, aber keinen Schliff und noch weniger Disziplin. Eine spätere Erkenntnis, versteht sich. Von einem Jungen sollte man eine derartige Selbstkritik nicht verlangen. Nur Selbsttäuschung macht die Menschen größer und erhaben.

Natürlich, ich wuchs immer mit dem festen Glauben heran, besser zu sein. Ja, ich war ein göttlicher Sohn. Thronfolger und Erbprinz. Nur die jetzige Distanz und Erfahrung ermöglicht es mir, mein früheres Leben zu beobachten und zu bewerten. Hätte man mich beispielsweise kurz vor meiner Studienzeit gefragt, mein Lebensrückblick hätte sich nie mit irgendwelchen Erklärungen meines Lebens beschäftigt, nur mit Selbstverständlichkeiten. Klarheit des Moments. Man ist, wer man ist.

Aber was soll das Gerede? Natürlich hält sich mein Stolz darüber in Grenzen, dass Bedienstete gehen mussten. Es zeugte nicht von tiefer Überlegung und stellte unnötige Schäden dar, die mir keinerlei Nutzen brachten. Dabei ist es, trotz aller Leichtigkeit und allen Spotts, im Grunde genommen eine meiner Stärken, die Dinge durchdenken zu können. Diese Geschichten zeigen am Ende nicht meinen wahren Charakter. Sie machen aber deutlich, wie mich mein Umfeld und die Privilegien korrumpierten. Oder war es nur die Langeweile? Es ist schwierig, wenn man bereits alles hat und doch so viel mehr vom Leben verlangt.

Ich sehe, es gelingt mir, die gewünschte Distanz zu halten und meine Geschichte Stück für Stück abzuschließen. Die Bilder der Vergangenheit. Sie kehren wieder und wieder, bis es mir gelingen wird, sie endlich verblasen zu lassen. Überwindung. Ich muss die Geschichte beenden. Das, was mich hält, hinter mich bringen. Sonst bleibe ich ein Gefangener der Unendlichkeit für alle Zeiten. Durch einen Zauber gebannt. Ich muss vergessen. Auch sie. Auch die Liebe. Auch Elena. Nur ohne Gedanken ist man frei. Immer wieder erzählen. Das Ende finden. Für den ewigen Frieden. Das unendliche Glück. Es muss gelingen, Es wird gelingen. Unsereins ist stark.

9. Elena

Ich hasse dich. Aus dunkelstem Herzen. Aber was sage ich da? Verzeih es mir, Gottfried. Ich liebe dich, nie habe ich etwas oder jemanden mehr geliebt als dich. Ja, Liebe, das größte Geschenk, als du sie erwidern konntest. Der grausamste Fluch, als du gegangen bist. Mein Kopf ist voller Bilder von dir, von uns. Gab es eine Zeit ohne dich, ohne unsere Liebe? Vorher nur Zwänge. Doch, wer die Enge nicht kennt, kann oft die Freiheit nicht schätzen – und wir waren frei.

Was war das für eine Kindheit und Jugend. Regeln! Regeln! Regeln! Das Verhalten beim Aufstehen. Zu Tische. Beim Weinen. Im Gespräch. Beim Gehen. Wie man zu lächeln hatte. Gerade Haltung. Die Frau hat zu schweigen, es sei denn, sie hieß Mathilde. Erwartungen. Pflichterfüllungen. Gläubig. Heirat. Kinder. Ohne eigenen Willen. Das war das mir zugedachte Schicksal.

Auf der anderen Seite allerdings wäre es für dich vielleicht besser gewesen. Denn letztlich haben wir uns doch nur kennengelernt, weil wir uns beide zur gleichen Zeit am selben Ort befanden. Wäre ich eine Prinzessin im Käfig geworden, du wärest nie vor dieser Entscheidung gestanden. Oder doch? War es Schicksal und Bestimmung? Zweifel und unbeantwortete Fragen.

Aber trotz allem kann ich diese Zeit nicht missen. Du warst es, der mir die Unbeschwertheit eines Kindes zurückgegeben hat. Du hast mir gezeigt, was es heißt, wahre Liebe zu erfahren.

Was soll ich nur tun? Du bist tot. Gottfried ist tot. Und Elena ist es auch. Alles abgestorben. Nichts mehr lebendig.

Ruhig, Elena! Gib dem zarten Faden eine Chance! Versuche es! Ja, früher.

Das schöne Kleid, die herrliche Puppe, der wunderbare Garten. Aber all diese Dinge waren nur eine Art Kompensation für die nie vorhandene Freiheit. Niemals mehr. Alles andere war nichts mehr als Lüge. Lüge. Das Kind war glücklich, weil es noch keine Grenze sah. Die heranwachsende Frau allerdings nahm sie mit jedem Tag mehr wahr und fühlte, wie wenig sie dem drohenden Kerker entgegenhalten konnte. Enge. Falsche Traditionen einer verstaubten, untergehenden Kaste. Ein Sich-selbst-Belügen.

Im Grunde genommen hatte ich bis zu meinem

Liebsten nur einen einzigen Menschen getroffen, der mir in dieser Periode ein inniges Lächeln auf das Gesicht zaubern konnte. Nur dieser entfernte Verwandte verstand es, mich den goldenen Käfig vergessen zu lassen. Johann von Werner sein Name. Acht Jahre älter als ich und doch auf gewisse Weise viel jünger. Viel zu selten besuchte Johann uns. Viel zu selten. Er war ein wunderbarer Dichter und Geschichtenerzähler. Immer, wenn er zu uns kam, wusste er mich mit seinem Einfallsreichtum und seiner großen Kunst zu bezaubern. Ich erinnere mich noch genau an eine der schönsten Erzählungen. Sie handelte von einem Stern, der auf die Erde fiel und zerbrach. Aus dem Himmelskörper kletterte ein kleines Mädchen. Verloren und alleine. Es wanderte auf Erden, suchte einen Sinn und fand ihn am Ende in der Liebe. Eine wunderschöne Geschichte. Beruhigendes Bild. Ich habe sie nie vergessen. Der zarte Johann erzählte mir, es wäre keine Erfindung, sondern er hätte dieses Sternenkind wirklich getroffen.

Doch ich lachte nur.

Es ist zu traurig, dass der Verwandte die Liebe niemals fand. Nicht einmal das war diesem einfühlsamen Menschen vergönnt. Zu wenig, zu schwach. Alles an ihm wirkte so fein und elegant, aber auch so verloren und zerbrechlich. Ja, leider auch so verloren und zerbrechlich. Oder degradiere ich ihn nicht gerade zum Klischee des verlorenen Dichters? Eindimensional und ohne Vielschichtigkeit? Gaukelt mir die Erinnerung seine Schwäche nur vor, damit mein Liebster umso gewaltiger erscheint? Nein, Johanns Wesen muss doch so beschrieben werden, wie es sich zeigte, oder nicht? Einzig zu mir besaß er Vertrauen. Nur zu mir. Vielleicht ist die liebe Seele letztlich daran gescheitert. Man unterstellte ihm Weichlichkeit und Schwermut, Tante Mathilde bezichtigte ihn indirekt bei einer Gelegenheit sogar der Homosexualität. Grundlose Diffamierung. Im Grunde ein unschuldiges Lamm. Gemacht zu dem schwarzes Schaf in der Herde und selbst meine Eltern standen ihm bei seinen wenigen Besuchen im Jahr mit kritischem Blick gegenüber. Doch, was hatte das schon zu bedeuten, übernahmen sie doch stets irgendwann die konforme Meinung und behielten die eigene für sich. Keiner von ihnen wusste, was für ein Mensch er wirklich war.

Dabei war er so begabt. Ich weiß nicht, woran und mit welchen Kriterien man einen Künstler im Allgemeinen misst. Für meinen Fall messe ich jenes an dem, was seine Worte, seine Bilder, seine Töne in mir bewirken und aus dieser Sicht gab es für mich niemals einen größeren als Johann von Werner.

Ich weiß noch, als er mir zu meinem fünfzehnten Geburtstag ein Büchlein voll mit Gedichten und Erzählungen schenkte. Es war das schönste Geschenk, das ich bis dahin bekommen hatte. Handgeschrieben, mit wundervollen Mustern verziert. Gemacht für mich, weil ich sein Vertrauen hatte. Ich, Elena. Manchmal hatte ich auch den Eindruck, er wäre in mich verliebt. Mag sein, dass es so gewesen ist. So genau wollte ich das auch nicht wissen; ich genoss lieber seine schwärmerische Unterwürfigkeit.

In gewisser Hinsicht war er sowohl der Traum als auch der Albtraum einer jeden Frau. Einerseits einfühlsam, wärmend und liebenswürdig. Auf der anderen Seite aber schwach und verzweifelt. So sehr ich seine guten Seiten auch zu schätzen wusste, so sehr schreckten mich die schlechten, kriecherischen davon ab, mich ihm näher zu fühlen.

Das Ideal ist ein Aspekt der Liebe, doch wohnt ihr noch mehr inne. Jede Frau möchte erhoben werden und den Thron besteigen. Keine jedoch will dort verkümmern und als Ideal jeder Freude und Körperlichkeit entsagen. Besingt mich, aber lasst mich auch mit einstimmen! Mir wurde schon in diesem Alter klar, dass ich einen Mann brauchte, der mich aus dieser Welt hinaus führte, nicht einen, der an ihr zerbrach. Stärke, nicht Schwäche musste es sein. Ich bin nun einmal eine Frau und will auch eine bleiben. Nicht Unterdrückung suchte ich, sondern die Stärke, die mit der Gewalt meines Willens umgehen konnte. Wer eine freiwillige Zähmung mit Schwäche und Unterwerfung verwechselt, unterliegt einem Irrtum.

Der zarte Verwandte aber musste immer gehalten werden, er konnte nicht halten. Ich wollte alles davon geben und alles nehmen. Johann von Werner starb kurz vor meinem sechzehnten Geburtstag im Alter von nur dreiundzwanzig Jahren an einer Lungenentzündung. Ihm fehlte schlicht die Kraft, sich wieder zu erholen. Menschen wie die alte Hexe leisteten sicher auch ihren Beitrag. Traurig und labil nahm er nur den grausamen und düsteren Winter wahr. Diese Welt war zu kalt für ihn. Er sehnte sich nach Wärme und Geborgenheit und konnte sie nirgendwo finden. Es war eine Tragödie. Der Mensch, der so vieles so schön beschrieb, der die liebsten und wärmsten Worte fand, war am Ende blind für all das, was er beschrieben hatte. Zum Schluss gab es nur noch die traurigen Geschichten einer verzweifelten Seele, die auf eine Erlösung in einer neuen Welt hoffte.

Sein Büchlein habe ich immer noch. Die meisten Gedichte kann ich sogar auswendig. Selbst die Geschichten vermag ich fast alle zu erzählen. Manche sind so tief traurig und grausam. Es bleibt die Verzweiflung. Am liebsten möchte ich sie vergessen, doch es war Johanns Verzweiflung, die sich in ihnen widerspiegelte, und damit waren sie auch ein Teil von ihm. Man muss den Menschen doch in Erinnerung halten, wie er war, oder nicht? Man darf nichts vergessen, oder?

Ich weinte an seinem Grab. Träne um Träne. Wie um einen Bruder. Ich glaube, niemand außer mir hat ihn wirklich je verstanden. Sie waren zu blind um zu erkennen, welche zerbrechliche Seele in ihm wohnte. Die wenigsten wussten, was für ein großer Künstler er war. Dieses wunderbare Geschenk war ein Unikat, ein unersetzliches Einzelstück. Johann hatte nie versucht, auch nur den kleinsten Teil seines Schaffens zu veröffentlichen. Ein Zauderer bis zum Schluss. Man fand, und ich habe danach gefragt, auch keine Schriftstücke in seinem Nachlass. Wahrscheinlich hatte er sie während seines Todeskampfes vernichten lassen. Und so bin ich letztlich die Einzige, die noch etwas von ihm hat. Ich alleine. Seine Auserwählte.

Es ist grausam. Am Grab las ich eines seiner Gedichte vor. Ich weiß nicht einmal, warum ich ausgerechnet jenes wählte, aber just an dem Tag, an dem er zu Grabe getragen wurde, fiel der erste Schnee. So trat ich voller Mut vor und sprach einfach.

Weiße Flocken von dort oben,
Tausendfache, glitzernd Pracht,
feiernd sie das Leben loben,
weit klingend in der Winternacht.

Zarte Wesen aus den Sphären,
zurückgekehrte liebend' Seelen,
fröhlich sie den Himmel ehren,
laut singend aus den vielen Kehlen.

Schöne Funken zwischen Sternen,

mehr als nasser, kalter Schnee,
will von euch das Sein erlernen,
bevor auch ich alsbald vergeh.

Während ich redete, rieselten die Flocken tausendfach auf uns herunter. Zauberhafte Szene. Stille. Schnee. Vielleicht war auch Johann dabei. Fröhlich singend im himmlischen Chor. Alle waren sie gerührt, aber keiner von ihnen wusste, wer das Gedicht geschrieben hatte. Ich habe es ihnen nie gesagt. Wozu auch? Damit sie den Dichter liebten und achten? Er selbst schrieb einst:

So viele Menschen – und doch keiner da.
So viele Worte – welche sind nun wahr?
So viele Tränen – nur sind sie auch echt?
So viele Zeilen – aber was ist schon Recht?
So viel Zeit – und auch wieder nicht!
So viel Dunkel – wie wenig Licht!
So viel Kälte – immer nur Winter.
So viel Macht – mit den Falschen dahinter.
So viel lachen – und doch kein Glück.
So viel Trauer – nichts kommt zurück!
So, ja so soll es wohl sein.

Ich fühl mich einsam, ich bin allein.

Es waren seine Gefühle. Nein, es war richtig, niemanden etwas zu sagen. Ja, sie würden den Künstler schätzen, aber was war mit dem Menschen? Was war mit ihm? Die Ungerechtigkeit triumphierte.

War ich meinem Johann nicht ebenso nahe wie meinem Liebsten? Wenn auch nur auf eine geistige Art und Weise? So ist die Liebe doch keine Einmaligkeit? Vielleicht hätte Gottfried auch ihn befreien können. Ja, Gottfried hätte auch meinem Bruder im Gefühl geholfen! Meinem großen, kleinen, verzweifelten Bruder.

Doch was rede ich da? Johann war nur ein schwaches, unbeholfenes Kind. Ich rede meine damaligen Gefühle groß, um die heutigen klein werden zu lassen. Passe alles an, damit es wie eine Wiederholung aussieht! Doch gelingen will es nicht.

Johann umschmeichelte mich und das fand mein Gefallen. Mit wem sonst durfte ich mich auch länger ohne Aufsicht unterhalten? Bis auf die eigene Verwandtschaft nur mit von Mathilde handverlesenen Menschen. In dieser verfluchten Enge. Er unterwarf sich mir, brachte Abwechslung.

Zweifellos tat er das. Vielleicht wollte Johann mehr. Ich nicht. Ich schätzte ihn auf eine gewisse Art und Weise. Das war es aber dann auch. Den Vergleich mit meinem Liebsten verlor er auf allen Ebenen.

Aber Gottfried ist tot. Er ist tot. Nichts kann mich trösten! Nicht einmal Johanns Gedichte! Warum halten sie mich nicht? Nichts hilft mir. Ich bin verdammt und verflucht! So helft mir doch. Die Sterne, sie funkeln nicht mehr, der Mond für immer hinter den Wolken verdeckt. Der Himmel grau, die Sonne nur Erinnerung. Die Bäche versiegt, die Felder verdorren. Meine Welt besteht nur noch aus Leid, aus unendlichem Leid. Was soll ich nur tun? Es macht mich wahnsinnig. Ich liebte ihn nicht nur, wir waren eins und es bleibt nichts!

10. Gottfried

Wie bei jedem männlichen Wesen kreisen meine Gedanken irgendwann mehr und mehr um das andere Geschlecht. Ob es unsereins peinlich ist, darüber zu sprechen? Warum sollte es? Mein Credo ist die spöttische Distanz. In meiner Lage gibt es nur eine Moral, eine Ethik – und das ist die meinige. Zudem bemerkte ich doch recht früh, dass die körperliche Liebe keinesfalls schädlich sein konnte. Moralvorstellungen der Kirchen? Ich bitte doch, unsereins nicht zum Lachen zu reizen. Sitte? Anstand? Selbst die Biologisierung unser aller Leben war da kein Fortschritt. Statt auf göttliche Erklärung schob man alles auf den Fortpflanzungsdrang des Individuums. Wie armselig.

Machen wir uns nichts vor: All das Keuschheitsgerede existierte doch von Anfang nur der Kontrolle wegen. Mir sind Fälle bekannt, in denen einige Herren aus feinsten Kreisen am Sonnabend auf ihren Guthaben Orgien abhielten, an denen alle Fruchtbarkeitsgötter ihre helle Freude gehabt hätte. Aber was geschieht? Anstatt mit diesen veralteten stillen Regeln und Sitten endgültig zu brechen, saßen dieselben Herren, am nächsten Tag wieder auf den Kirchenbänken, um ihre Frömmigkeit zur Schau zu stellen.

Irgendwie fällt mir in diesem Zusammenhang immer ein interessanter Fall der Sodomie ein. Kurz bevor ich des Studierens wegen in die Stadt zog, erwischte man zwei männliche Arbeiter beim gemeinsamen Beischlaf. Irgendwelche Christenmenschen hatten natürlich nichts Besseres zu tun, als sofort zum Priester zu eilen und dem das Gesehene zu berichten. Die Ironie der Geschichte war, dass Jakobus, so nannte sich der Gottesgesandte, eine enge und selbstverständlich geheime Beziehung hatte zu Adam, dem Küster. Was für eine Zwickmühle! Die wackeren Christenmenschen erwarteten nun von einem Homosexuellen, dass er die gleichgeschlechtliche Liebe verdammte. Und was geschah? Natürlich wünschte der Priester die beiden mit allem ihm zustehenden Mittel in die Hölle. Er verstieß sie mit Worten, die bei den Gemeinen noch immer wirkten, aus der Gemeinschaft der Normalität und brandmarkte ihr Anderssein. Was weiter passierte? Nun, die beiden wurden aus der Fabrik entlassen und der Obrigkeit übergeben, die sie in eines der Zuchthäuser steckte. Homosexualität ist ein

Straftatbestand.

Auf seine Weise merkwürdig, oder? Die Moralisten hatten sich eine raffinierte Falle geschaffen, aus der sie sich selbst nicht mehr befreien konnten. Ich glaube nicht einmal, dass Jakobus die beiden verfluchte, vielmehr denke ich, die ganze Schmachrede über die Unnatürlichkeit galt einzig ihm selbst. Im Grunde war auch er ein Opfer. Drohte ihm nun doch für seine Triebhaftigkeit die ewige Verdammnis? Es ist schon ein Kreuz mit dem Glauben, besonders dann, wenn er uns nicht mehr dient, sondern uns beherrscht. Schwache Menschen haben ihre inneren Qualen in der Regel auch verdient. Der gute Jakobus übrigens, und es sei ihm gegönnt, lebte sein Lasterleben erst einmal noch eine kurze Weile weiter, was aber auch nur zu verständlich war, denn seine eigenen Sünden transferierte der Kluge immer auf die, die unter ihm stehen.

Um bei der Religion zu bleiben: Auch der Bock konnte nichts dafür, dass er mit der Schuld der anderen in die Wüste geschickt wurde. Später allerdings, sollte auch noch Jakobus seine gerechte Strafe erfahren. Doch hiervon an einer anderen Stelle mehr. Die Linie von ihm zu meiner Person ist verblüffend, gleich, wenn wir auch nie ein Wort miteinander gewechselt haben.

Was meine Wenigkeit betraf, war ich nach der gängigen Vorstellung ein höchst unmoralischer Mensch. Nicht, weil ich den Verkehr suchte und genoss. Nein, weil ich es nicht innerlich bereute.

Mein erstes Weib, ich war gerade vierzehn Jahre alt, hieß Ida und war bei uns angestellt. Eine einfache Köchin, weder besonders schön noch anziehend, und schon gar nicht mehr jung, doch Ida führte mich in die Welt der Geschlechtlichkeit ein. Wie genau es dazu kam, weiß ich nicht mehr. Ich glaube, ich lief gerade an ihrer Kammer, direkt neben der Küche vorbei, als sie sich nackt vor dem Spiegel betrachtete. Manche Teile des Körpers erwiesen sich als sehr üppig – und zwar auf eine solche Weise, dass ich an der offenen Tür stehen blieb. Natürlich wusste auch sie, dass ich dort vorbeikommen musste und sie provozierte bewusst meine Blicke auf ihre sehr großen, wenn auch hängenden Brüste.

Aber ich schweife ab. In jedem Fall bemerkte mich die Köchin mit dem üppigen Vorbau und bat mich in ihre Kammer. Der Rest ist Geschichte und ich möchte nicht mehr darauf eingehen. Der Frühling trug Blüten und das nicht nur einmal. Ungeübt kam der erste Sturm bei den anfänglichen Versuchen etwas zu schnell und erst beim dritten Mal hatte ich die notwendige Beherrschung, die bei Ida zu einer grunzenden Befriedigung führte.

Nie wieder sollte ich mich mit so wenig Qualität zufriedengeben. Nur für diesen Auftakt war sie durchaus genehm. Für dieses eine Mal war es genau richtig. Schließlich, so dachte ich, hat doch alles einen Anfang.

Ida wurde nur wenige Wochen später aus unseren Diensten entlassen. Ein Junge begann damals so lange am Essen herum zu kritisieren, bis die Köchin gehen musste. Kein feiner Zug, aber besser als irgendwelche Abhängigkeiten, denn sie versuchte nach der Kopulation, mich zu manipulieren und mit meiner Hilfe mehr freie Tage und bessere Schichten zu erlangen. Sie loszuwerden, war Kalkül und Plan. Etwas völlig anderes, als die törichte Sache mit dem Welpen. Die Macht, die Ida durch die Sache über mich bekommen hatte, musste ihr wieder genommen werden.

Man verstehe mich bitte richtig. Ich grollte ihr nicht, und auch der Versuch, Vorteile für sich zu erlangen, erschien unsereins verständlich. Ich konnte ihre Beweggründe nachvollziehen. Nur fand ich es nicht akzeptabel, dass das auf meine Kosten geschehen sollte. So handelte ich bar jeglicher Emotionen und tat, was ich für notwendig hielt. Es gelang und ein Vierzehnjähriger hielt sich nun für klug, unangreifbar und wahnsinnig erfahren.

Nachdem ich nun in die Mysterien der körperlichen Liebe eingeweiht war, fiel es mir natürlich leicht, bei den wesentlich attraktiveren Wesen aktiv zu werden. Vielleicht war ich nur ein Halbwüchsiger, aber gleichzeitig auch der Sohn meines Vaters, dem Herrn meiner damaligen Welt, immerhin gab es rund um unsere Fabriken inzwischen eine richtige kleine Stadt mit einer ureigenen Infrastruktur.

Zurück zu dem Weibsgesindel. Nun aber zu sagen, dass ich meine Position ausnutzte, wäre mir gegenüber ungerecht, denn schließlich hatten sie fast alle den Traum vom Prinzen, der sie erwählt und sie in das große Schloss, man konnte unser Anwesen durchaus für ein solches halten, führen würde. Das Weib an sich, im Besonderen das niedere, neigt wohl zur absoluten Naivität. Wie können sie nur glauben, dass sie ein Höherer erwählt? Welch falscher Wahn!

Liebe, und ich weiß, dass es diese absolute Kraft tatsächlich gibt, funktioniert stets nur unter Gleichrangigen. Damit meine ich weder Adel, Stand, Reichtum oder Rasse, ich spreche von der Seele. Totale Unterwerfung ohne das Fordern einer Gegenleistung ist keine Liebe, sondern nur Charakterschwäche. Schon das Beispiel meiner Eltern zeigte mir, wie so etwas enden konnte – und doch, all die Götter mögen es mir verzeihen!, ging auch ich in die Falle.

Aber ich sollte es erklären. Mein Leben bestand zu jener Zeit einzig aus dem Streben nach Vergnügen. Keine Verantwortung, keine Sorgen belasteten mich. Ich hatte alles, was man haben konnte und das, was ich nicht hatte, nahm ich mir. Wer hätte mich daran hindern sollen? Einzig mein Vater wäre dazu in der Lage gewesen, aber hatte mir der nicht erst beigebracht, dass ein von Heldern keine Einschränkung kennen muss? War es nicht das Ziel meiner Erziehung gewesen, mich zum nehmenden Herrn und keinesfalls zum dankbaren Knecht zu machen?

Nun mag der eine oder andere meinen, ein Leben ohne Sorgen um das tägliche Brot wäre ein glücklicheres. Dies ist ein falscher Gedanke.

Natürlich musste ich nie um das Überleben kämpfen, doch dafür war ich verdammt immer mehr zu erleben. Ja, das ist auch ein Fluch! Die mangelnde Abwechslung konnte tödlich sein. Und so kam es, dass ich abstumpfte. Ein schöner Anzug? Ich hatte hunderte! Meine Spielzeuge? Sie füllten Räume und langweilten mich! Meine Frauen? Das Fabrikdorf bot in dieser Hinsicht einige Möglichkeiten. Insgesamt gesehen, war mein Leben zu diesem Zeitpunkt vielleicht noch schlechter als das des hungerleidenden Arbeiters. Viel öder und langweiliger! Ob ich übertreibe? Nun, der Gemeine weiß nur zu genau, worüber er sich freuen würde, ich jedoch war nur auf der Jagd nach neuen Reizen. Warum das so erschien? Woher sollte ich das wissen? Vielleicht hätte mir jemand in jungen Jahren zeigen sollen, dass es noch eine andere Welt gibt als die, in der nur der Stärkste und Kälteste regiert. Aber ich möchte mich keinesfalls beschweren. Nun, aus der Ferne betrachtet, weiß ich, warum ich so handelte und so war, wie ich gewesen bin.

Jedenfalls brachte mich diese ziellose Vergnügungssucht erstmals an ungeahnte Grenzen. Von meinem Vater gesetzt, sollten sie mein Leben von einem zu anderen Tag komplett verändern. Kurz gesagt, jeden Abend ein neues Schlösschen öffnen? Irgendwann musste es zu pikanten Situationen kommen. Das mit dem allabendlichen Wechsel ist selbstverständlich nicht wörtlich zu verstehen. Ich prahle nur. Es versteht sich wohl aus meiner männlichen Natur heraus, lieber ein delikates Abenteuer mehr hinzuzufügen, als eines hinfortzunehmen. Doch sollte man mich nicht missverstehen. Ich war nie ein Prahlhans oder Aufschneider gewesen. Wem gegenüber hätte ich mich auch mit meinen Eroberungen schmücken sollen? Schließlich war ich der einzige Hahn im Korb, der einzige Prinz im großen Schloss. Die Frauen sahen wohl primär meine inneren Werte, wobei zu bemerken, war, dass ich meine metaphorische Geldbörse auch in der Jacke trug. Der Gedanke des Nutzens wurde auf jeder Seite gepflegt.

Doch nun zu meinem Verhängnis. Sie hieß Anna und war zur damaligen Zeit siebzehn Jahre alt. Mein Vater befreite sie, nach mehrfachem Bitten ihrer Eltern, aus der Fabrik und gab ihr eine Stelle als Dienstmädchen. Sie war ein neues Ziel und ehrlich gesagt dauerte es nicht einmal zwei Tage, bis sie das Schlafgemach mit mir teilte. Persönliches Interesse? Beiderseitig nicht vorhanden. Lust? Die verspürten wir. Natur. Willen. Zwang oder Druck musste ich niemals ausüben und wollte es auch nicht. Was gibt es nicht alles für Mittel: die Blase einer Kuh, Honig, bestimmte Kräutersalben – aber woher hätte ich davon wissen sollen? Schließlich ging bisher immer alles gut.

Ja, bisher. Und so eröffnete mir die Dienstmagd, einige Zeit später, dass sie ein Kind von mir unter dem Herzen trug. Vermutlich hätte man alles leicht unter den Tisch kehren können, wenn nicht der Onkel der werdenden Mutter eben jener Adam gewesen wäre, der dem Pfaffen Jakobus des Nachts beilag. Im Nachhinein lässt es sich nicht mehr genau nachvollziehen, wie es tatsächlich war, aber später ging ich davon aus, dass Anna zu Adam ging und dem ihr Leid klagte. Als Folge bat dieser Jakobus etwas zu unternehmen, damit die Sache eben nicht vertuscht werden konnte.

Und was tat der Pfaffe? Dieser kleine, unwürdige Wurm! Er verkündete die Schwangerschaft inklusive Hochzeit von Gottfried von Heldern und der Dienstmagd! Welch Dreistigkeit! Welch Schelmenstück! Was wagte dieses Wesen? Um der Nichte seines Geliebten zu helfen – und natürlich nebenbei oder hauptsächlich den eigenen Einfluss zu steigern –, setzte sich ein kleiner perverser Priester über die Ordnung der Welt hinweg. Auf der anderen Seite, und aus der Ferne betrachtet, war es gar kein schlechter Versuch. Man stelle sich vor, unsere Familie hätte der Kirche noch Respekt gezollt und sich, wie es andere nach wie vor tun, mit kirchlichen Fahnen geschmückt: Ich hätte keine andere Wahl gehabt. Hätte unsereins einen Gottesmann als Lügner beschimpfen sollen? Von meinen Liebschaften wusste jeder, und mir war auch bekannt, dass sich die Gemeinen schon den ein oder anderen Spitznamen für meine Abenteuerlust erdacht hatten. Während ich nichts ahnend weiter mein überaus lustreiches Leben genoss, bereitete man meine Hochzeit vor. Eigentlich merkwürdig, da war man im Begriff sich für immer zu binden und bemerkte es nicht.

Nicht? Zumindest solange nicht, bis mich Fridericus Rex in den Salon bestellte und mir die Problematik auf seine Art und Weise näher brachte. Nie hatte ich ihn so wütend erlebt.

Aber man darf sich nicht täuschen lassen! Es ging ihm nicht darum, mit wem ich das Bett teilte, sondern einzig darum, dass ich die Kontrolle verloren hätte. Er warf mir vor, die Familie in ein schlechtes Licht zu rücken. Die Schwangerschaft spielte keine Rolle, dieses Problem hätte man lösen können. Was aber war mit dem Manöver des Pfaffen? Vater war der Meinung, dass nun jeder meinen müsste, die von Helderns ließen sich diktieren, wie sie zu handeln hatten. Dass wir Narren wären, mit denen man es bunt treiben konnte. Eine Herausforderung und Provokation. Zudem würde ihn die Geschichte in den wichtigen Kreisen zum Gespött machen und vielleicht sogar seine Aufnahme in einen exklusiven Männerbund verhindern, zu dem sonst nur richtige Adlige zugelassen werden würden. Ja, das mochte ihn in Rage versetzen. Aber war es in Wahrheit nicht auch so, dass die Geschichte ihn an seine eigene niedere Herkunft erinnerte? Die ewig gleiche Geschichte. Unglücklich nur, dass sich die Erinnerung nun in meiner Person manifestierte.

Ungefähr zwei Stunden überschüttete mich der große Herr von Heldern mit Vorwürfen, bevor er mir erklärte, dass ich meine Sachen packen sollte. Verblüfft sah ich ihn an. Sachen packen? Wohin sollte ich gehen? Doch bevor ich auch nur eine Frage stellen konnte, eröffnete mir der Alte, dass er mich zum Studieren in die nächstgrößere Stadt schicken und sich hier um alles Weitere kümmern werde. Ich wollte widersprechen, doch er ließ es nicht zu. Zum ersten Mal in meinem Leben wurde ich eingeschränkt und mir blieb letztlich nichts anderes übrig, als all mein Hab und Gut zusammen zu nehmen und mich reisefertig zu machen. Ich hatte überzogen und Fridericus Rex brüskiert.

Mein Vater war Herr! Er befahl und alle anderen gehorchten, das zeichnet die Großen aus. Er wollte ein König sein. Aus eigener Stärke und dann dieses. Von kleinen Geistern.

Ich jedenfalls befand mich nur wenige Tage später auf dem Weg in die Universitätsstadt, um irgendetwas zu studieren, das mich weder interessierte, noch sonderlich erregte. Das Küken war doch gerade in seinen frühen Zwanzigern und schon fiel es aus dem Nest! Was mit Anna geschah, der schwangeren Dienstmagd? Nun, ich weiß es nicht so genau und möchte es auch nicht wissen. Fakt war, dass sie das Kind bei einem Sturz verlor. Ein Unfall, so sagte man mir.

Die einen sagten, Vater hätte sie mit Geld bestochen, andere, dass sie das Kind verloren hätte. Wie ich aus einer Bemerkung am Rande erfuhr, war wohl beides richtig. Das würde zu ihm passen, denn trotz aller Borniertheit hatte er einen gewissen Gerechtigkeitssinn, der ihn erkennen lassen musste, dass die arme Anna in diesem Spiel nur eine Figur war und niemand, der die Sache an sich einleitete oder gar lenkte. Sie zu strafen oder ächten, wäre unangemessen gewesen und hätte, auch wenn sie mir nichts bedeutete, meine Missbilligung gefunden. In jedem Falle verließ sie anschließend das Land und wanderte mit ihren Eltern in die unabhängigen englischen Kolonien aus.

Den beiden Bettgefährten Jakobus und Adam erging es erheblich schlechter: Vater sorgte beim Bischof dafür, dass Jakobus von der Sakristei in das Zuchthaus kam, wo er für seine falsche Fleischeslust wohl noch einige Jahrzehnte bleiben wird. Adam? Adam entging seiner Verhaftung nur knapp und ward anschließend nie mehr gesehen.

Auch ich wurde vertrieben, in die unbekannte Ferne. Man gab mir nicht einmal die Zeit, über das nachzudenken, was kommen mochte. Ein paar Stunden später näherte ich mich, in der Kutsche sitzend, langsam aber sicher einem großen neuen Kapitel meines Lebens.

11. Elena

Die Zeit mit Gottfried, ich möchte sie nicht missen. All der jetzigen Verzweiflung zum Trotze, war es die schönste, die einzige meines Lebens. Nun habe ich nichts mehr. Alles ist bedeutungslos. Nur noch ein Verlangen. Bar jeglicher Hoffnung. Erfrorene Blume. Der Schmerz verbrennt mich. Nimmt mir die Seele. Bin ich noch auf Erden oder schon im tiefsten Abgrund der Hölle? Leid, dieses unendliche Leid. Ich suche das Licht, doch war nicht ich die, die es gelöscht hatte? Der Gedanke an ihn beherrscht jeden Atemzug. Verdrängt die Welt. Sie war bloße Kulisse für die Bühne unseres Freudenstückes. Wozu brauche ich die Statisten und Requisiten noch?

Wie konnte ich nur zweifeln? Wehe dem, der schwach ist! Was habe ich getan? Liebe sollte immer nur auf sich hören und wie handelte ich? Ich tötete unsere Liebe. Ich vernichtete Gottfried. Feige Verräterin. Dämon der Verzweiflung. Verschwinde! Licht. Das ist kein Funken mehr. Wie kann ich einen finden? Nüchternheit. Raus aus dem Meer des Gefühls! Zurück. Zurück. Die Puppe! Das Porzellangesicht. Bilder. Fetzen. Die heranwachsende Frau.

Ich hatte in meinem Leben vor ihm nicht sonderlich viel gesehen. Unser Gut und die Ländereien. Immer wieder Kirchen und Kapellen. Wer könnte die langweiligen Ausflüge mit dem alten Drachen vergessen? Gelegentlich auch die Schlösser und Landsitze des umliegenden Hochadels. Vom wirklichen Leben, wie es die Mehrzahl der Menschen dort draußen führte, hatte ich nur wenig Kenntnis. Mehr aus Büchern und Erzählungen. Tote Materie, die keine Lebendigkeit spüren ließ. Das Einzige, was man mir über die Welt da draußen immer und immer wieder zu verstehen gab, war, dass die Gemeinen dort schlechter waren als wir.

Natürlich hatte ich auch keine Ahnung von der teilweisen Not der Gemeinen oder wie es war, wenn man seine Tage dem Erwerb des Lebensunterhaltes schenken musste. Wie auch? Wozu denn? Ich war eine adelige Dame und mein Los bereits durch die Geburt bestimmt: Vorbereitung und Erziehung zur guten Partie. Handelsware. Heirat, Kinder und Tod. Materiell bekam ich alles, was diesem Ziel diente, doch was nützen nun die schönsten und teuersten Dinge, wenn man dafür in ein Korsett aus Erwartungen und Verhaltensregeln gedrückt wurde? Wer legte diesen Kodex fest? Wer ist der

Kerkermeister? Die Mathildes dieser Welt? Damit die Johanns verkümmerten?

Es war kein Moment, sondern ein Prozess. Gefühlte Enge und Angst vor dem Käfig. Nein, ich litt nicht an Hunger und nicht an dem Gedanken an ein Morgen, aber ich starb im Inneren. Von Anfang an. Wenn ich als Kind Widerworte gab, dann stellte ich freilich nicht einen abstrakten Freiheitsbegriff in den Vordergrund. So bin ich nicht. Das ist mir zu kalt. Ich lebe und liebe meine Emotionen. Mit allen Hoch und Tiefs. Die Wut stieg an, wenn ich im Sommer nicht herumtollen durfte, damit meine Haut sich nicht braun färbte. Oder wenn ich mich nicht meiner Schuhe entledigen konnte, um einmal die Füße in einen Bach zu hängen. Wie groß war dann die Freude, wenn ich mich doch darüber hinwegsetzte. Kleine Nadelstiche nur, aber immerhin. Trotzdem war die Freiheit mein Antrieb. Nur versteckt hinter dem Vorhang. Ein fühlender Mensch bin ich und die Erwartungen raubten mir den Atem. Wer hatte das Recht, mir die Freiheit zu rauben? Die Umstände? Die Üblichkeit? Stillstand ist der Tod jener, die sich auf die Dauer eines Zustandes berufen. Dem Ruf der Freiheit wollte ich folgen. Diese Wahrheit entdeckte ich sehr früh in mir, doch wie konnte man damit die eigene Welt umgestalten? Wie aus einem Gefühl eine Handlung werden lassen? Wie nur eine solche Schlacht erfolgreich bestreiten?

Sitten. Glaube. Weltanschauungen. Das schlimmste Beispiel blieb dabei die alte Hexe Mathilde, diese christliche, lebenstrübende Anarchistin. Man verstehe mich nicht falsch. Ich lehne den Glauben nicht grundsätzlich ab, habe ihn aber mir schon in jungen Jahren sehr vereinfacht und war keinesfalls bereit, die erfundenen Normen des Drachens auf irgendeine Art und Weise zu akzeptieren. Nach ihrer Meinung, zweifellos eine frei erfundene, gab der Herrgott einst den besten Menschen unter seinem Firmament die Talente, um all die, die weniger gut waren, in das Licht zu führen. Vom Höchsten persönlich auserwählt, wurden sie zu den natürlichen Führern des einfachen Volkes. Zum Adel. Wenn das Edle sich mit dem weniger Guten vermischte, konnte nur etwas Schlechteres dabei entstehen. Und war es nicht auch im Sinne all dieser armen und verlorenen Menschen, wenn das Gute in der Welt nicht schwächer wurde? Wer sollte ihnen sonst den Weg in Gottes Reich weisen? Immer wieder betonte sie dabei, dass gerade sie, als Erbin des Lanzenträgers, sich dieser schweren

Verantwortung bewusst war. Niemals dürfte man zulassen, dass das Niedere über das Schicksal eines Volkes entscheiden würde, denn dies brächte besagtem Volke den sicheren Untergang. Eine reaktionäre Weltanschauung.

Als wäre Mathilde nicht auch ohne dieses Gerede eine Zumutung gewesen. Es gab nun einmal eine neue Zeit. Überall schossen die Fabriken aus dem Boden, und sie gehörten vielerorts nicht dem Adel, sondern tüchtigen Gemeinen. Was sollte es bringen, die bewusst auszugrenzen? Was nur? Vielleicht strebten sie am Anfang nach dem Prunk und dem Glanz der edlen Geschlechter, aber wie lange wird es dauern, bis sie erkennen, dass sie der neue Adel sind? Ist Geld stärker als Blut? Ist es nicht besser, wenn blutendes Gold regiert? Nicht alle Adelsgeschlechter waren blind. Viele verbündeten sich mit den Kapitalisten oder wurden selbst welche. Doch diese Häuser hatten keine heilige Mathilde.

Ich weiß noch, als Vater einen Mann empfing, der Teppiche aus den französischen Kolonien importierte. Feinste Ware! Sie fand meinen Gefallen. An ihr gab es nichts auszusetzen. Es wäre mit Sicherheit ein lohnendes Geschäft geworden, wenn nicht Mathilde, auf welchem dunklen Wege auch immer, von dem geplanten Erwerb erfahren hätte. Natürlich betete sie wieder einmal ihre Litaneien herunter. Wie ein Leierkasten immer und immer wieder. Am Ende kaufte Vater die Teppiche von einem von Mathilde empfohlenen englischen Aristokraten – für einen fast doppelt so hohen Preis. Die Hexe war der Meinung, dass man den Adel unterstützen müsste, wo man konnte und so hatten es gefälligst alle zu sehen.

Handeln dürfte man mit den Gemeinen nur aus erhabener Stellung, niemals in gleichgestellter. Früher wäre ein solcher Lump froh gewesen, wenn der Fürst gerade bei ihm gekauft hätte und heute, so seufzte sie immer wieder, wären sie der Meinung, dass das Geld eine Gleichwertigkeit gebracht hätte.

Mit solchen und ähnlichen Vorgehensweisen erreichte sie natürlich ihr Ziel: eine Isolierung ihres Einflusskreises vor den angeblich bösen und unreinen Mächten. Dass ein solches Verhalten die finanzielle Situation der Adelshäuser nicht verbesserte; interessierte die Heilige nicht. Vater und all die anderen dagegen schon. Nicht umsonst gingen so viele alte Besitztümer in die Hände der Kapitalisten. Hatten nicht auch wir schon Land abgegeben, das nur noch Verluste abwarf und wie viel des Umlands war noch in blaublütiger Hand?

Auf der anderen Seite zeigte diese Entwicklung aber auch, wie wenig der alte Adel von der modernen Wirtschaft und neuen Produktionsmethoden verstand oder gewillt war, sich mit ihnen auseinanderzusetzen. Die Kapitalisten waren zweifellos oft die besseren Geschäftsleute, und die standhafte Weigerung bestimmter Adelskreise erschien mir grotesk, mit ihnen zu kooperieren.

Bei allen Göttern! Man grenzte nur eine einzige Gruppe aus: sich selbst. Wieso unternahm nie jemand etwas dagegen? Wieso nicht? Vielleicht weil sie insgeheim Mathilde zustimmten? Es ist schließlich etwas Besonderes, schlicht besser zu sein. Ist es nicht eine Schwäche der Menschen, sich gegenüber anderen Menschen erhaben zu fühlen? Manchmal hörte ich Vater, in aller Heimlichkeit natürlich, über Mathilde schimpfen, aber Mutter verteidigte sie und schob alles auf einen umherziehenden Zisterzienser-Mönch, der ihr all das Gerede über Göttlichkeit und die Vormachtstellung der edlen Blutlinien erst eingeredet hätte. Böse Zungen behaupteten sogar, sie hätte ein Verhältnis mit diesem Herrn Lanz gehabt – wie der Name des Mönchs doch zur Familienlegende um das heilige Relikt passte! Angeblich gelang es ihm,

Mathildes göttlichem Sendungsbewusstsein noch einen Schuss Biologie zu gießen und eine krude Mixtur des Wahnsinns war geschaffen. Ich selbst habe diesen Mann nie gesehen. Nach Erzählungen war er Sohn eines sizilianischen Barons. Ein hagerer, junger Mann, vielleicht gerade ein paar Jahre älter als ich, mit einer Brille. Ob so eine Person meine energische und leider auch starke Tante, beeinflussen konnte? Sicher war das nur eine Erfindung meiner Mutter, um die widerwärtige Rolle der alten Hexe zu entschuldigen. Die arme Mathilde, die von ihrem Liebhaber verlassen wurde und nun für immer darunter litt. Nicht auszuhalten. Und ein Verhältnis mit einer Heiligen? Welcher junge Mann, es sei denn er hätte einen Pferdefuß und Hörner auf seinem Haupt, würde ein Verhältnis mit einer Frau wie Mathilde beginnen? Verkümmerte Blume. Nein, lebenslanges Dauerwelken. Welch widerwärtige Vorstellung. Zudem ein Mönch? Die Keuschheit aufgeben für sie? Unmöglich. Mutter wollte mit dieser Geschichte doch nur einen weiteren Mythos stricken.

Zudem besaß die Hexe bereits ein Leben zuvor und verhielt sich in stetiger Kontinuität. Dieses kleine Mönchlein half demnach höchstens, ihren Wahnsinn noch gezielter einzusetzen, aber bringen musste er ihn nicht mehr. Überhaupt, was wäre es für ein Skandal gewesen, wenn eine Beziehung mit diesem Herrn Lanz publik geworden wäre. Ein feiner Skandal! Ob meine Mutter dieses Aufsehen vielleicht forcieren wollte? Ich kann mir das kaum vorstellen, denn es entsprach nicht ihrer schwachen Natur. Ich hätte es mit Freuden getan.

Doch sie? Sie versuchte gar nicht, Mathilde zu widerstehen, während Vater es in seinen besten Zeiten gut und gerne an die sechs Minuten durchhielt. Es ist traurig, dass es sich bei der Minutenangabe nicht um einen kecken Scherz handelt, denn irgendwann begann ich bei einer Gelegenheit die Sekunden zu zählen, bis er erneut fiel. Besagter Rekord wurde übrigens aufgestellt, als ich als siebenjähriges Mädchen Mathilde die Zunge herausgestreckt hatte, nachdem sie der Meinung gewesen war, mein Gesichtsausdruck wäre allzu fröhlich und zu wenig fromm. Ja, ganze sechs Minuten stand er auf meiner Seite. Anschließend durfte ich das außerbiblische Evangelium nach Thomas, von dem uns irgendein Vorfahr eine Abschrift hinterlassen hatte, zweimal abschreiben. Das Gefühl und ihr empörter Gesichtsausdruck waren es wert gewesen.

Ja, Tante Mathildes Diktat hat mein Leben immer beeinflusst und es ist mir nicht möglich, eine andere Vergangenheit, als die mit der allgegenwärtigen Heiligen zu sehen. Hatte ich mich je insgeheim gefragt, ob die alte Hexe nicht alles das verkörperte, was ich auch wollte? Hatte sie es nicht geschafft, sich ihre eigene Welt zu schaffen? War sie nicht stark? Ja, diese Frage habe ich mir gestellt. Aber war sie in Wahrheit nicht nur getrieben? Agierte sie nicht nur auf Basis ihrer Ängste, ihrer Wut und ihrer Zwänge, während mein Wille die Freiheit antrieb? Vielleicht war das bei ihr einst auch so gewesen, doch diesen Kampf hatte sie verloren. Nein, wir waren uns nicht ähnlich, sondern eher zwei Extreme und damit für mich das warnende Beispiel. Ich habe nichts Zerstörerisches in meiner Natur, und wenn Gottfried nicht gewesen wäre, hätte sie irgendwann auch mein Leben erdrückt, das ist sicher. Natürlich hat sie es versucht, aber Mathilde hat es nicht geschafft.

Nein, nicht sie hat es vollbracht. Nicht sie, sondern ich. Ich habe alles vernichtet. Niemand sonst. Vielleicht ist das Böse doch in mir? Die Wesen näher verwandt, als die Selbsteinsicht es zulassen will? Es war kein Unglück kein Zufall, keine Laune;

nur meine Tat, mein Fehler. Sollte ich mit jemanden über die wahren Umstände reden? Wer würde mir glauben? Wer nur? Wer? Es klingt zu fantastisch, fast wie aus einem Märchen. Die Erlösung so nah. Das Einzige, was ich aber kannte, war Furcht. Furcht vor dem Unbekannten, Furcht vor dem so sehr Anderen und Furcht vor dem Lösen.

Ich dachte, ich müsste ihn vor einem Irrtum bewahren. Warum entschied er sich so? Nein, warum entschied ich so? Er tat, was er tun musste, ich allerdings versagte. Warum hast du nicht noch mehr versucht, mich von deinem Weg zu überzeugen? Warum denn nicht? Aber schiebe ich nicht nur meine Verantwortung und Schuld weiter? Meine Liebe versagte. Sie vertraute nicht, sie verriet den Liebsten und vernichtete ihn. Wie soll man mir jemals verzeihen? Ich bin allein, so schrecklich allein! Alles kalt, alles kahl. Wie soll ich damit fertigwerden? Warum mussten all diese Dinge zusammentreffen? Ein ganz normales Leben, warum nicht ein ganz normales Leben?

Warum wurden wir mit Mächten konfrontiert, denen wir nicht gewachsen sein konnten? Wir waren doch nur zwei sich liebende Menschen. Für ein gemeinsames Leben und einen gemeinsamen Tod bestimmt, keinesfalls aber für die Ewigkeit. Welche finsteren Mächte gaben uns solche Möglichkeiten? Wir hätten für immer leben und alle Zeiten überdauern können. Liebe soll stärker sein als der Tod, so heißt es so schön, und es ist wahr, ich liebe ihn über sein Ende hinaus, doch eine Erwiderung der Gefühle werde ich nie mehr erleben: kein Lächeln, kein zärtliches Über-die-Wangen-Streicheln, keinen Kuss. Erstarrt im Winter. Was bleibt mir noch? Niemand kann mir helfen. Der Dolch der Schuld steckt in meinem pochenden Herz und diese klaffende Wunde wird niemals heilen.

12. Gottfried

Die große Universitätsstadt. Mein Exil aufgrund meiner bösen Tat. Die ersten Tage in meiner neuen Heimat waren gar schrecklich. Öde, gähnende Langeweile! Fridericus Rex hatte dafür gesorgt, dass ich ein Zimmer im Hause einer angesehenen Familie, der Kohlmanns, bekam, doch natürlich waren diese Räumlichkeiten überhaupt nicht mit meinen bisherigen zu vergleichen. Doch weit schlimmer gestalteten sich diese ganzen Zwänge. Ob nun die gemeinsamen Essen mit den Kohlmanns oder der Zapfenstreich, den diese Preußenfamilie wohl für angebracht hielt, bevor sich die Tore schlossen. Alles erinnerte an eine Kaserne der schlimmsten Art.

Spießiges Bürgerhaus. Biedere Einrichtung. Dunkle Eiche. Alles finster. Modriger Geruch, der nur von dem des Tabaks überdeckt wurde, den der Herr des Hauses gerne konsumierte. Überall Erinnerungsstücke an den Krieg von Siebzigeinundsiebzig. Hier eine Kugel. Dort ein Uniform-Fragment. Betrachtete man dazu noch die Personen, mit denen man tagein, tagaus zu tun haben musste, so mochte man den eigenen Magen bedauern.

Familienoberhaupt Heinrich Kohlmann, ein ehemaliger preußischen Offizier, mit mächtigem Schnurrbart und der Neigung, stetig die Kriegsdenkmünze als eine Art Orden zu tragen. Den soldatischen Ton schien er ebenfalls beibehalten zu haben und führte seine Familie wie ein Regiment im knappen und herrischen Befehlston.

Seine Ehefrau Carolina, weitaus jünger, halbwegs ansehnlich, aber so brav und bieder wirkend, dass es wunderte, wie sie es, trotz aller angenommenen Sittlichkeit und Moral zuwege gebracht hatte, eine Tochter zu gebären. Das Mädchen, eine Heranwachsende, trug den Namen Wilhelmine und das war auch das einzig Schöne an ihr. Ein Pummel mit krummen Zähnen und schiefer Nase.

Im Kasernenalltag hatten diese beiden Frauen jedoch kaum einen relevanten Anteil an Gesprächen, die über bestätigenden Gehorsam hinaus gingen. Der Vater sprach, ging gelegentlich an seinen Veteranenstammtisch und verdarb allen die restliche Zeit. Die Familie blieb brav und bieder im Anwesen und verließ es nur zum Gottesdienst. Eine wahre Musterfamilie. Altbekannte Rollen, von schwachen Menschen nachgeäfft. Nicht mehr.

Das Leben an sich war bei den Kohlmanns recht eng geschnürt. Für alles gab es Regeln und Ordnungen. Kohlmann legte mir sogar eine Liste mit Verhaltensregeln vor. Unsereins überflog sie kurz. Freuden und Vergnügen wurden verneint. Dieses aber zumindest konsequent. Ausgangssperre, Kleiderordnung, die Art der Ansprache in der Familie, Zeit mit dem Fräulein Tochter verbringen, ohne sich ihr wirklich zu nähern. Ich warf das Papier lachend weg. Ich glaube, sie wussten wohl nicht, wenn sie sich da ins Haus geholt hatten. Sie würden es lernen.

Ja, so waren sie, die Kohlmanns. Menschen, die lieber ein vorgegebenes Muster übernahmen, als sich selbst eines zu schaffen. Dominiert von Patriarch Heinrich, der am Mittagstisch stets über den Kaiser und seine Leistungen als Offizier 1870/71 dozierte. Es muss sehr interessant gewesen sein, die Landkarten für den Adjutanten des Adjutanten des Adjutanten von von Moltke stetig bereitzuhalten. Und gab es die Kriegsdenkmünze nicht für jeden Teilnehmer von 1870/71? Wo waren die richtigen Orden? Fragen? Nein. Es war mir gleich. Alles so langweilig, dass eine Wiedergabe töten würde. Nichts für unsereins. Aber was interessierten mich die

Kohlmanns?

Ich fragte mich damals, woher ein – und ich sage dies im besten Sinne – Windhund wie mein Vater mit solch gegensätzlichen Menschen zusammengekommen war. Später erfuhr ich, dass Heinrich Kohlmann wohl für kurze Zeit nach dem Krieg Einkäufer für ein preußisches Konsortium gewesen sein soll und aus diesem Grund Vaters Manufakturen besucht hatte. So haben sie sich wohl kennengelernt.

Aber nun endgültig genug von den Kohlköpfen. Ein Mann wie ich nimmt solche Laiendarsteller, die krampfhaft Normalität heuchelten, keinesfalls ernst. Wenn ich daher von Zwängen und der Enge berichte, versteht es sich, dass ich diesen Zustand bestenfalls als temporär betrachtete. Nicht auf Dauer akzeptabel.

Große Worte, denen Taten folgen mussten. Zu Beginn jedoch brauchte ich erst einmal Orientierung. Wo gab es was in dieser Stadt zu finden? Schließlich war alles neu und dann existiere da auch noch, so ganz am Rande, das Studium.

Studieren? Dies war der nächste Punkt, der mir deutlich missfiel. Während sich früher ein

Privatlehrer um mein Wissen kümmerte, musste ich nun zu Vorlesungen meines universellen Studiums an die Universität. Was das bedeutete? Das hieß, dass andere meinen Tagesablauf bestimmten. Die Kohlmanns, die Vorlesungen … ich drehte mich um feste Termine, nicht mehr die Welt um mich.

Was war nur aus meinem Leben geworden? Mir ging es nun wie einem jener Arbeiter in den Fabriken. Man hatte mir alle Entscheidungen genommen und mich in etwas gezwungen, ohne dass ich mich recht dagegen wehren konnte. Plötzlich steckte meine Wenigkeit in diesem Kreislauf, und ohnmächtig musste ich zusehen, wie der Hunger nach dem Erleben und nach der Befriedigung der Bedürfnisse immer ungesättigter blieb. Wie konnte ich entkommen? Wie sich wehren? Wie?

Ich war nicht mehr zu Hause und hatte Konsequenzen zu befürchten? Dorthin zurück? Wissen die Götter! Ich hatte es versucht. Schon nach dem ersten gemeinsamen Mittagessen mit den Kohlmanns, schickte ich einen Boten in die Heimat, um nach Amnestie zu fragen. Natürlich nicht auf eine devote Art und Weise oder gar bettelnd, sondern mit kühlen Argumenten garniert. Zudem war ich nicht von der Ernsthaftigkeit der Absicht des Vaters überzeugt. Aus meiner Sicht wollte er mich nur kurz schockieren, doch der alte Herr ließ mir mitteilen, dass er mich erst nach der Studienzeit wiederzusehen wünschte. Besuchen könnte ich ihn gerne, aber zurückkommen erst, wenn der Knabe zum Mann geworden war. Scheinbar trug er mir mein kleines Missgeschick noch immer nach. Oder dachte er vielleicht schon daran, mich durch Härte und Leid, wie er es auch erlebt hatte, zu seinem Nachfolger aufzubauen? Wollte er mir zeigen, dass ich das schöne Leben erst dann wirklich zu schätzen weiß, wenn ich die anderen Seiten kennengelernt hatte? Für mich spielten all diese Überlegungen allerdings keine Rolle.

Ich räume ein, ich begann einige Minuten zu zetern und zu klagen, und mir fiel nicht einmal mehr auf, dass ich mehr und mehr zum alten Waschweib verkam. Dabei hätte mir eigentlich damals schon klar sein können, dass genau hier sich die Spreu vom Weizen trennte, mit einem Unterschied: Dieses Mal handelte es sich nicht um Theorie, sondern um die Praxis.

Der Schwache jammert und nimmt die Situation hin, der Starke versucht sie entweder langsam von innen oder schnell als Revolutionär zu verändern.

Was war ich nun? Stark oder schwach? Einer, der nur redet oder einer, der auch handelt? Einer, der sich beugt, oder einer der verändert? Unterwerfe ich mich oder unterwerfe ich? War es das, was Vater wollte? Wollte er sehen, wer und was ich bin? Natürlich entwickelten sich diese Gedanken erst im Laufe des Leidens und erst nach Tagen der Finsternis konnte ich diese brennende Frage beantworten: Nichts und niemand nimmt Gottfried von Helden die Luft zum Atmen. Es war Zeit, etwas zu tun. Es galt, die Spielregeln zu verändern. Schluss mit den Vertröstungen. Das Jetzt zählte. Nein, das Warten auf eine Erlösung ist eine christliche Fehleinschätzung. Sie kommt nicht von alleine. Man muss sie sich selbst herbeiholen. Dinge mögen sich ändern. Interessen und Kräfte verschieben. Aber auf andere hoffen und das eigene Schicksal in deren Hände legen? Nein! Unsereins ist kein Spielball.

Es war meine Bewährungsprobe: unterjocht zu werden oder frei zu sein. Ob ich übertreibe? Nein, ich übertreibe nicht. Ich lebe nur einmal und in diesem Leben wollte ich nur das tun, zu dem es mich gelüstete. Mit dem Kleinreden beginnen persönliche Niederlagen und auf diese kann unsereins verzichten.

Welches System, und sei es nur das der

Kohlmanns, hat das Recht mich einzuschränken? Nicht ich muss mit den Zwängen leben, sondern die Zwänge der anderen mit mir. Sollten sie mir jemals wieder zu nahe kommen, ich schwor ihnen die Vernichtung. Man muss mich schon richtig verstehen: Bis ich durch ein Unglück in die Stadt musste, kannte ich keine Einschränkungen, ich war von Natur aus Herr, weil mein Vater Herr war. Bei den Kohlmanns war ich nur ein zu disziplinierender junger Mann, dem man den Weg noch zeigen musste. An der Universität nur einer von sehr vielen. Zum ersten Mal nicht Mittelpunkt. Nicht mehr Autorität. Diese Position musste ich mir erst erkämpfen und genau darum ging es: Konnte ich kämpfen und zu den Starken gehören oder aber unterwarf ich mich jedem, der Druck ausübte? Wohin mich diese Schlachten führen sollten? Ich wusste es nicht. Ich kann nur sagen, dass es in meinem Wesen lag, Zwänge jeder Art zu verneinen. Und das nicht durch unkontrollierte Impulsivität, sondern durch Logik und Verstand. Es ist mein fester und unerschütterlicher Glaube, dass ich immer, gleich armer Bettler oder heimlicher Sohn des Papstes, so geworden wäre, wie ich jetzt war. Erziehung beeinflusst nur die Kleingeistigen, die Großen schütteln sie bei Bedarf ab.

Der Übergang vom Schlaraffenland in die Stadt war für mich prägend. Zum ersten Mal musste ich mich mit mir selbst auseinandersetzen, musste mich fragen, wer und was ich bin. Nicht nachäffen! Selbst kämpfen! Vielleicht verschwende ich aus diesem Grunde so viele Worte auf diese wenigen Wochen, vielleicht neige ich aber auch zur pathetischen Übertreibung. Aber im Nachhinein haben schon viele den Trotz eines Heranwachsenden als Rebellentum verkauft. Spielte es wirklich eine Rolle, ob ich damals genauso dachte oder ob ich dem Ausbrechen aus dem Käfig im Laufe der Jahre nur mehr und mehr Bedeutung zugestand?

Es sei gleich. Zur gleichen Zeit begann ich mich erstmals für meine neue Umgebung zu interessieren. Überall gab es Möglichkeiten, den Tag vergnüglich zu töten. Ja, da gab es die Universität, aber auch die Wirtshäuser, Festivitäten oder Cafés, in denen man seine Tage verbringen konnte. Es war erstaunlich, wie schnell unsereins lernte, mit verschiedenen Menschen auszukommen, denn als selbstverständlich erschien mir das nicht, war ich doch ein verwöhntes Einzelkind. Man hätte anderes annehmen können, doch war ich weder von unansehnlicher Gestalt, noch von unfreundlicher Natur. Sicher war es auch nicht hinderlich, die ein oder andere Lokalrunde spendieren zu können, denn so erwarb man sich sehr schnell die Aufmerksamkeit vieler Personen und wurde ein gern gesehener Gast in vielen Etablissements. Von richtig zwielichtigem Gesindel hielt ich mich fern, ich hatte von Natur aus ein gesundes Gefühl für Menschen, und bei den Frauen fand ich Mittel, um einen weiteren Zeugungsvorgang zu vermeiden. Dabei möchte ich betonen, dass mich die käufliche Liebe nie interessierte. Warum auch? Sicher fand sich in den Wirtshäusern keine adlige Dame. Dafür aber ehrenwerte Bürgerinnen und hartarbeitende Schönheiten, mit denen man erst ins Gespräch kam und dann im Bette landete. Mich dünkte, das erste Weib sank mit mir zwei Wochen nach meiner Ankunft darnieder. Ich lernte schnell und es waren Zeiten des Aufbruchs.

Ähnlich verhielt es sich mit dem Laster Alkohol. Mit dem hatte ich zuvor wenig zu tun. Natürlich trank man auch auf Vaters Anwesen einen guten Wein, aber der rundete etwas ab. Hier zechte ich zum Vergnügen. Erst wenig, dann zu viel und letztlich fand ich ein gutes Maß.

Namen? Gesichter? Unsereins muss gestehen,

dass kaum etwas in Erinnerung blieb. Die Zechkumpanen blieben ebenso austauschbar wie die Damen. Dafür ging alles zu schnell. Ich stürzte mich ins Leben. Es ging alleine um meine Person. Um den flüchtigen Moment. Nichts sonst. Vielleicht hatte ich manches Herz gebrochen, ohne es zu merken. Die Ich-Bezogenheit zeigte sich zu stark, um Derartiges zu erkennen. Unsereins feierte das Leben und ansonsten vor allem sich selbst.

Ja, sehr schnell ertastete ich mir meinen Weg in die Freiheit. Wie sich sicherlich nachvollziehen lässt, passte mein Lebenswandel nicht so ganz zu den Regeln der Kohlmanns. Das immer geplante Mittagessen ignorierte ich ebenso wie den Zapfenstreich, den Patriarch Heinrich mit seiner kleinen Trompete zelebrierte. War ich ein hirnloser Soldat, der zum Appell anzutreten hatte? Allerdings neigte ich natürlich nicht zu emotionalen Überreaktionen, sondern plante und kalkulierte meine Schritte genau, indem ich die Regeln aufweichte und damit Schritt für Schritt vernichtete. Ein reiner Machtkampf auf Basis von Verstand, Wille und Ausdauer, den unsereins innerhalb kürzester Zeit gewann.

Unsereins will allerdings nicht verschweigen, dass

ich doch einmal auch pünktlich in die Kohlmann'sche Kaserne erschien. Das hätte unserem Soldaten allerdings weniger gefallen, wenn er es gewusst hätte. Wie es dazu kam? Nun, es ist eine kuriose Geschichte.

Es war an einem Dienstag und aus mir nicht mehr bekanntem Grund vertrug ich den Wein an diesem Tage kaum. Der gute Heinrich selbst befand sich beim Stammtisch der Kriegsveteranen und so bekam er von meiner rechtzeitigen Meldung nichts mit. Ich wankte in mein Zimmer, und gerade, als ich mich auf mein Bett fallen lassen wollte, trat des Soldaten Ehefrau in meine Kammer. Der Alkohol hatte mich geschwächt und alles ging so schnell. In Windeseile entblößte sie sich. Anschließend mich und schon war der Liebesakt im Gange. Es fiel kein Wort. Lustvolles Schweigen. Ich gestehe, mir gefiel, was passierte. Leider geschah etwas, was mich sehr unangenehm berührte. Kurz vor dem Höhepunkt stöhne sie doch einige Worte. Sie bestätigte die Kraft meiner Lenden und die Art und Weise, wie ich ihr Lust verschaffte, und verglich mich im gleichen Satz mit meinem Vater. Offenbar wurde diese Minne bereits vorher von einem von Heldern ausgebeutet. Während Carolina fröhlich stöhnend ihre Erfüllung fand, kam es mir nur sehr schwach. Nein, tendenziell gar nicht. Schweigend verließ sie mich; zurück blieb ich mit einem schalen Gefühl. Ich kam des Dienstags nie mehr rechtzeitig. Man versteht mich sicher.

Trotz dieser Episode fand ich immer mehr gefallen an meinem Exil. Allein, ist dies verwunderlich? Der Himmel wurde blau, die Sonne schien im hellen Glanz. Ich sollte noch mehr Plattitüden bemühen! Ein Gefangener? Das war nur ein kurzes Gefühl, bis ich mich orientiert hatte.

Bei den Kohlmanns musste ich übrigens ausziehen. Der alte Heinrich schrieb meinem Vater einen Brief, in dem er sich über meine mangelnde Disziplin und meinen schlechten Ruf empörte – meine Lokalrunden hatten sich wohl schnell herumgesprochen. Den Alten schien es amüsiert zu haben, denn nur einen Tag später schickte mir Vater ausreichend Geld für eine standesgemäße Bleibe. In einem Brief erklärte er mir, dass Kohlmann wohl darauf spekuliert hatte, dass ich seine Tochter irgendwann ehelichen würde. Einen kurzen Moment überlegte ich doch tatsächlich, ob dieses nicht vielleicht Inzucht wäre, doch zum Glück hatte die Gute ihre Nase und den Damenbart unzweifelhaft von Patriarch Heinrich.

Nichtsdestotrotz, die Tücken der Ehe schienen überall auf mich zu warten! Der sehr verehrte Herr von Heldern war zudem der Meinung, ich hätte nun gesehen, dass die Welt auch Schattenseiten hatte und könnte nun nach Hause zurückkommen. Wie ich es geahnt hatte! Nur eine Scheinverbannung! Demnach war sein Zorn verraucht und es war wirklich so gewesen, wie ich es mir gedacht hatte: Fridericus Rex wollte, dass ich das schöne Leben zu schätzen wusste, und dies kann man wohl nur, wenn es vorübergehend eingeschränkt wird.

Wahrscheinlich ist es wahr, dass der Mensch vieles für zu selbstverständlich hält und erst ein Verlust des Gewohnten uns auf die Wichtigkeit aufmerksam macht. Ich konnte wieder nach Hause. Doch wollte ich es auch?

Nein, das wollte ich nicht! Was sollte unsereins daheim auch erwarten? Ödnis? Langeweile? Die gleichen kargen Gesichter? Kannte ich dort nicht schon alles? Und hier war so vieles noch unentdeckt. Ich schrieb dem alten Herren zurück, dass ich noch bleiben und weiterstudieren wollte. Er verstand es und ließ mir über einen Bankier eine stattliche Summe zukommen, mit der ich mir ein würdiges Domizil aneignen sollte, um nicht auf irgendeine

Bleibe angewiesen zu sein. Doch die Suche nach einer eigenen Unterkunft hatte Zeit. Erst wollte ich so vieles sehen. Alles war in Gänze neu für mich. Die Neugier war fast so groß wie der Jagdinstinkt nach neuen Reizen. Dazu diese Mengen an wunderschönen Frauen: ein Paradies für jemanden, den weder finanzielle noch sonstige Sorgen plagten und der bei seinen Mitmenschen weder vom Aussehen her noch vom Benehmen Abscheu erzeugte. Es war mein neues Universum der Freuden, mein Glitzer und mein Glanz: Die neue Welt wartete nur darauf erobert zu werden.

13. Elena

Ich weiß noch genau, wie ich ihn kennenlernte. Oder nein, eigentlich muss man alles im Ganzen sehen. Wie ich in jene Stadt kam, wie ich ihn traf. Willen und Schicksal. Kann man beides trennen? Ich muss es verneinen. Merkwürdig, eigentlich hatte gerade die verhasste Mathilde dabei, ohne ihr Wollen versteht sich, einen großen Beitrag geleistet. Was als Unglück begann, sollte zu einem großen Glück werden.

Es war am Ende eines schönen Sommers, als die von allen bewunderte Hexe uns wieder einmal auf unserem Anwesen beehrte. Gegen diese Art von Besuch konnte man sich nicht erwehren, man musste ihn ertragen. Zu diesem Treffen hatte sie noch einen weiteren Gast mitgebracht, den fast schon greisen Fürsten zu Hohenstein. Während der Adlige sich von der langen Reise in seinen Gemächern erholte, bat der Drachen mich und meine Eltern in das Jägerzimmer. Wohlgemerkt bat sie uns, in unseren eigenen vier Wänden. Dort angekommen kam sie auch unverblümt zur Sache: Fürst Adelbert von Hohenstein wäre ein sehr mächtiger Adeliger und das Haus Rathau hätte keinen männlichen Erben. Zu seinem großen Bedauern hatte der alte Mann seine Frau vor wenigen Monaten verloren und fühlte sich nun verlassen. Er bräuchte sofort ein Weib, weil er sonst vor Einsamkeit stürbe. Warum also nicht Elena, also mich, mit dem Tattergreis vermählen? Außerdem hätte er sich sofort in ein Porträt meiner selbst verliebt, das die Heilige ihm gezeigt hatte – und schließlich sei ich beinahe zwanzig Jahre alt und damit im richtigen Alter.

Man sah meinen Eltern das Entsetzen an. Mir stockte ebenso der Atem. Empörung. Wut. Hilflosigkeit. Verzweiflung. Verachtung. Und der gute, alte Hass.

Trotzdem forderte mich Mathilde auf, den Raum zu verlassen, um mit meinen Eltern Näheres behufs der Hochzeit zu besprechen.

Ich war wie paralysiert. Und vor allem Hass. Was sollte ich nur tun? Der große Fürst war ein alter Mann. Schon alleine der Gedanken daran, dass er sich an meinem Körper verging – nein, das durfte nicht sein! Nein. Mutter? Vater? Doch was sollten sie tun? Hatten sich bisher nicht alle Mathilde gefügt? Ich bemerkte, wie die Wut in mir anstieg. Nein, ich werde den Raum nicht verlassen. Totenruhe herrschte im Zimmer.

Auf einmal ergriff mein Vater das Wort und unterbrach die Stille. Natürlich wagte auch er nicht, Mathilde offen Paroli zu bieten, aber dennoch schien er ernsthaft Widerstand leisten zu wollen. Die Zeit lief. Mein Vater. Ungekannter Mut. Fast schon tollkühn.

Er sprach gegen die Heirat. Mit Fiktionen freilich, aber er tat es. Rührend. Einsatz für mich. Für mich, Elena, wenn auch auf wenig schmeichelhafte Art und Weise: Meine Erziehung wäre ungenügend. Ich würde zu ungestümen Verhalten neigen. Das müsste sie, die Tante, selbst wissen. Deswegen hätte man bereits ein Arrangement mit einer hoch angesehenen Adelsfamilie getroffen, die helfen sollte, die Unebenheiten zu beseitigen.

Wir näherten uns einem neuen Höhepunkt an Widerstand.

Ehrenwerte Leute wären es, die sich sehr auf mich freuten und die man nicht enttäuschen dürfte. Sie hätten bereits eine Unterkunft in ihrem Anwesen eingerichtet. Zudem wäre ich im Moment noch viel zu ungebildet, um den Fürsten angemessen und kultiviert zu unterhalten. Eine Vertiefung meiner

Kenntnisse würde mich zu einer noch besseren Partie machen und meine Eignung für die Kindererziehung erhöhen. In der Stadt, in der die Familie ansässig wäre, gäbe es eigens Vorlesungen für adlige Damen, um sie auf die neue Zeit vorzubereiten. An einer hoch angesehenen Universität, die auch viele Angehörige des Hochadels besucht hätten.

Natürlich entgegnete Mathilde sofort, dass für eine Frau Bildung nicht nottue, sogar ungewöhnlich wäre, und dass der Fürst am allerwenigsten an einer Konversation interessiert war. Vater geriet ins Wanken, Mutter war bereits gefallen.

Ich registrierte, dass die Argumentation eine zurechtgelegte war, denn zu so einer Spontanität war er im Normalfalle nicht fähig. Mehr Widerstand gab es nicht! Enttäuschung? Nein, erfüllte Erwartung. Wie konnte ich mir nur etwas anderes einbilden? Ein lächerlicher Sturm im Wasserglas. Was für schwache Menschen! Sie sehen zu, wie ihre einzige Tochter verschachert wurde, und fragten nicht einmal nach dem Gewinn.

Der Redeanteil kippte bedenklich zugunsten der Hexe. Seit wann Frauen im Reich studierten, was das für Vorlesungen sein sollten, von denen hatte sie noch nie etwas gehört, und ob man dort etwas mit dem gewöhnlichen Pöbel zu tun hätte? Inzwischen waren die Eltern beide gefallen, und man meinte, in der Ferne schon die Kirchenglocken läuten zu hören, da nahm ich all die aufgestaute Wut und rief schlicht: Nein!

Ich weiß, ich hätte bitten oder irgendeine Lüge auftischen können, wie es mein Vater tat, denn ein Erziehungsstudium war nie ein Thema gewesen. Das Vortäuschen einer Erbkrankheit, samt langwierigem Kuraufenthalt mit langer Verlobungszeit erschien auch ganz interessant.

Doch ich entschied mich für eine kurze Äußerung, die deutlich machte, dass es keiner Ausrede bedurfte, sondern ein schlichter Wille zum Widerstand. Kampfbereit hielt ich meine Hände in den Hüften und wartete aufrecht auf den nächsten Angriff. Hier wartete kein junges Mädchen, das man mit Bibelstunden bestrafen konnte. Hier war sie: eine erwachsene Frau. Soll sie nur kommen, die Hexe! Ich hatte nichts zu verlieren, aber genug Hass für viele böse Worte.

Meine Eltern sahen mich entsetzt an. Mutter kreidebleich, während Vater nach Luft rang, rot anlief und überhaupt nicht mehr wusste, wohin mit den Blicken und Händen. Ein lächerliches Männlein, das nicht einmal die eigene Tochter schützen konnte. Heute weiß ich, wie erbärmlich er neben Gottfried gewirkt hätte.

Der Drache sah mich völlig verdutzt an und die Sekunden vergingen. Ich erwartete einen Redeschwall und ein wütendes Gesicht, doch nichts geschah. Vielmehr musterte sie mich und bemerkte nur knapp und schnippisch, dass sie dem Fürsten mitteilen werde, dass ich zur Erziehung, die durch einige Kurse an der Universität ergänzt werden würde, in die nahe Stadt geschickt werde und man ein befreundeten Adelshaus bereits um Aufnahme gebeten hatte. Diese Freundlichkeit wolle man nicht zurückweisen. Die Hochzeit würde auf unbestimmte Zeit verschoben werden. Das war es. Das Ungeheuer verließ den Raum und ließ mich und meine Eltern zurück. Schweigen.

Ein triumphales Gefühl zog auf, doch schienen es die beiden anderen Personen im Raum nicht mit mir teilen zu wollen. Immerhin hatte Vater seinen erbärmlichen Rekord gebrochen.

Natürlich war mir bewusst, dass sie nur von mir

abgelassen hatte, weil sie sehr schnell eine fügsame Kandidatin brauchte und, wie ich bald darauf erfuhr, Ersatz zur Verfügung stand. Ihr zeitlicher Druck war mein Glück, denn welche Kandidatin vermittelt wurde, schien sie nicht zu interessieren.

Ja, Tante Mathilde konnte einfallsreich sein. Zu uns, wir sind ja ihre eigene Brut, kam sie allerdings, ohne sich vorher selbst den Weg mit roten Rosen gestreut zu haben. Dabei ist es nicht vonnöten zu diskutieren. Bei meinen Eltern genügte zweifelsfrei ihr Befehl. Dieses Mal aber stand ihr eine ebenbürtige Gegnerin gegenüber: Elena von Rathau!

Doch ist es nicht zu leugnen, wäre die Heilige ihren üblichen Weg des Ränkespiels gegangen, wäre ich heute die Fürstin von Hohenstein. Aber sie war sich eben ihrer Sache zu sicher. Viel zu sicher. Tante Mathilde und der Fürst von Hohenstein reisten noch am selben Tag zu einer Cousine zweiten Grades. Vermutlich hatte auch hier ein Porträt seine Liebe erweckt. Selbstverständlich war mir bewusst, dass mich der Drache nie wieder unterschätzen würde, aber ich zelebrierte den Moment. Auf den kommt es doch an, nicht?

Während meine Eltern eigentlich nie wirklich

daran dachten, mich zur Erziehung oder gar zum Studium in eine unbekannte Stadt zu schicken, sondern diese Idee nur dazu nutzen, um gegen Mathilde zu argumentieren, konnte ich ihr mit jedem weiteren Tag mehr und mehr abgewinnen. Nicht, weil ich mit der Frauenbewegung sympathisierte, die das Recht zum Universitätsbesuch Ende des 19. Jahrhunderts durchgesetzt hatte oder gar weil ich irgendeine Formung benötigte, sondern weil es mir Luft zum Atmen verhieß.

War es denn unüblich, adelige Frauen einen derartigen Weg gehen zu lassen? Nein, nicht unbedingt, nur der Grad der Freiheit konnte selten vorausberechnet werden. Doch dass dieser möglichst hoch lag, dafür konnte man noch kämpfen, wenn der erste Schritt getan war.

Denn, machen wir uns nichts vor, wenn das Loslösen nicht gelänge, würde mein Sieg letztlich nur ein kurzfristiger bleiben, wie das Herausstrecken der Zunge. Ein erhabenes Gefühl, aber die Konsequenzen würden folgen. Ich hatte sie überrumpelt. Sicher spann sie bereits an Plänen, um sich an mir zu rächen und uns so unter Druck zu setzen, dass eine baldige Heirat unvermeidlich war. Letztendlich würde auch das Biest irgendwann wiederkommen und dann konnte mich nichts mehr retten. Nicht einmal mein Wille. Beim nächsten Mal würde Mathilde sicher auch ihren Einfluss nutzen und nicht auf die Kraft der persönlichen Ansprache allein vertrauen.

Außerdem erschien mir alles, auch ohne die Heilige, eng genug. Warum nicht das Korsett lösen und in das Mäntelchen des Studierens steigen? Von nun an lag ich meinen Eltern beinahe täglich damit in den Ohren und irgendwann konnten sie sich meinem Wunsche nicht mehr verschließen. Warum sollte immer nur die Hexe der Nutznießer der Schwäche sein? Ein günstiger Moment, denn war Mathilde nicht gerade mit den Vorbereitungen einer Hochzeit beschäftigt? Wie lange hatte ich Zeit? Drei Wochen? Vielleicht vier?

Für eine Weile konnte ich die Einzige sein, die meine Eltern manipulierte. Dabei zeigte ich großes Geschick, aber wen wunderte es, hatte ich in der Familie doch eine unübertroffene Lehrmeisterin. Ich sagte ihnen, auch wenn es nicht der Wahrheit entsprach, dass ich sie für immer hassen und all meine Kinder gegen sie aufhetzen würde. Sprach von Selbstmord und vom Ende meines Lebens. Weinte. Schrie. Zeigte kühle Verachtung und ignorierte diese

Menschen.

Man verstehe mich nicht falsch, all das habe ich in diesen Momenten wirklich empfunden. Ich bin keine Heuchlerin. Meine Gefühle sind immer echt und ehrlich. Ich handele so, wie es mir mein Herz geraten hatte. Eine kalte Berechnung liegt mir vollkommen fern. Krank würde ich werden, wenn ich meine Emotionen nicht ausleben könnte oder sie zugunsten eines Zieles ignorieren müsste. Wenn ich schrie, dann aus tiefster Überzeugung, wenn ich weinte, so war es aus dem gleichen Grund.

Am Ende brauchte ich zwar wesentlich länger als die ominösen sechs Minuten, aber nach zwei Wochen massiven Drucks ließ Vater einen Privatgelehrten aus der nahen Universitätsstaat kommen und sich von ihm über standesgemäße Möglichkeiten für mich aufklären. Selbstverständlich bestand ich auf meine Anwesenheit, damit meine Eltern nicht den Mut verlören, und entschied auch bei der Auswahl der unterbringenden Adelsfamilie mit. Ich präferierte ein möglichst altes Grafenpaar ohne heiratsfähigen Sohn im Hause. Dies alles in der Hoffnung, so ein Maximum an Freiheit gewinnen zu können. Irgendwelche Privatstunden lehnte ich ab. Alles sollte in der Universität stattfinden.

Überraschenderweise regte sich keinerlei Widerstand gegen meine Wünsche. Man merkte, dass eine gewisse Geierin seine Kreise gerade an anderer Stelle zog.

Und ihr Himmel!, wie leicht doch Vater und Mutter zu steuern und manipulieren waren! Wäre es in diesem Fall nicht zu meinem Nutzen gewesen, man müsste sich fast dafür schämen.

Wenn ich so über sie rede, dann soll das nicht bedeuten, dass ich meine Eltern nicht liebte. Nein, das tat ich wirklich. Doch es war eine seltsame Liebe, die ihre Schwäche ausblenden musste. Eine, für die es der Stärke bedurfte, den guten Kern im Inneren zu erkennen, da die Taten im Äußeren so oft zu enttäuschend waren. Insgeheim wusste ich, dass sie ihre einzige Tochter ebenso liebten, aber stetig an sich selbst scheiterten.

Es sei egal. In der Summe gelang es mir, mein Ziel zu erreichen, wenn auch vermutlich nur aufgrund der Abwesenheit der alten Hexe.

Eine Woche später war ich auf dem Weg in die Stadt. Ja, ich sollte eine spezielle Ausbildung für adelige Damen erhalten. Etikette. Verhalten. Konversationsthemen aus der Wissenschaft für die gesellschaftlichen Pflichten. So stand es im Kontrakt, den ich in rasender Geschwindigkeit fixieren ließ.

Darauf konnte man sich einigen. Was ich wirklich studieren wollte? Ach, natürlich das Leben. Was denn sonst? Es war gerade Herbst geworden und vom Fenster meines Zugabteiles – es leben die neuen Transportmittel! – sah ich die Blätter fallen. Was mir diese Reise wohl bringen würde? Nur eine Flucht, nur ein Hinauszögern oder die wirkliche Befreiung? Nachdenklich zog ich Johanns kleines Büchlein hervor.

Herbstgedanken

Graue Wolken, Regenwetter,

vom Wind gequälte treibend Blätter.

Vogelscharen, leere Felder,

kahl, ohne Kleid die vielen Wälder.

Trübsinn, wirre Trauer,

Nebel macht die Welt viel rauer.

Doch auch Pfützen, Drachen,

unbekümmert heit'res Kinderlachen.

Früchte, bunte Farben

langsam schließen sich die tiefsten Narben.

Wärmen, sich einander halten,

liebend schützen vor dem kommend Kalten.
Ein stilles Vergehen im farbigen Reich,
traurig und schön ist der Herbst zugleich.

Zweifellos ein schönes Gedicht, doch Trauer empfand ich keine. Schöner Herbst. Beginn eines neuen Abschnittes meines Lebens. Ein Abenteuer bar jeglicher Gefahr? Wie würde es wohl sein?

Zum ersten Mal verließ ich den sicheren Schoß meiner Familie. Hatten sie bisher nicht alles für mich geregelt? Ja, es hat auch gute Seiten, wenn man sich um nichts zu kümmern hat. Ich war unsicherer als je zuvor. Was, wenn mir die Stadt nicht gefiel? Wenn die Menschen, die mich beherbergten, noch schrecklicher waren als Mathilde? Altersstarrsinn, statt Altersmilde? Hätte ich doch die junge Familie mit den vielen Kindern wählen sollen? Ob es doch eine falsche, rein emotionale Entscheidung war? Eine solche Ungewissheit hatte mein geregeltes Leben bis dato nie gekannt.

Unsinn. Nur Premierenfieber. Furcht vor dem eigenen Schatten. Eine kluge Frau vertraut auf ihr Bauchgefühl. Unsicherheit? Nein! Spannung, Neugier und Freude.

Was hatte ich da im Zug nur für negative Gedanken. Doch die Freiheit ist mehr wert als die Bequemlichkeit des Bekannten. Angst hat man zumeist vor dem unentdeckten Land, gleich was es auch wirklich in sich birgt. Einmal Blut geleckt, wird es keinen Schritt zurück geben. Ich wollte leben. Ich wollte das Neue. Es würde mein Leben bereichern. Ich sah für das Morgen nur Sonne, keinen Regen!

Nach einer kurzen Phase, in der mich ein mulmiges Gefühls beherrschte, erschien das Nein, das ich der alten Hexe entgegengeworfen hatte, nun wie ein umgelegter Hebel, der das Mühlrad in Betrieb setzte. Die Schleusen des Selbstbewusstseins waren offen und sie sollten sich nie wieder schließen! So mein fester Vorsatz!

Mathilde? Wie ich kurz vor meiner Abreise erfuhr, waren der alte Fürst und die entfernte Cousine inzwischen verheiratet. Schade, dass ich Mathildes pikiertes Gesicht nicht sehen konnte, als sie von meiner Abreise erfuhr. Es wäre mir eine Freude gewesen. Vielleicht hätte ich wieder die Zunge herausgestreckt. Oder besser noch, überhaupt nichts gesagt und nur meinen Blick und mein Schweigen wirken lassen.

Doch, jetzt soll der Blick auf die nahe Zukunft gerichtet werden! All die neuen Eindrücke! Es würde auch faszinierend sein, sich frei unter Gleichaltrigen bewegen zu können, und wie sollte ich ahnen, was mich noch erwartete? Ein unvorstellbar schönes Glück, denn ich begegnete ihm.

14. Gottfried

Preußen ging im Reich auf, aber ich wollte kein Preuße werden. Kurz gesagt, meine Zeit bei der ehrenwerten Offiziersfamilie Kohlmann war in unglaublicher Schnelle beendet. Eine kurze Episode, die durch eine Willensleistung überstanden werden konnte. Unsereins würde weder den modrigen Geruch vermissen, noch die Nachstellungen von Ehefrau Carolina.

Ich nahm mir ein Zimmer in einem noblen Hotel, ganz in der Nähe der Universität, aber viel Zeit verbrachte ich dort nicht. Weder in meinen Räumlichkeiten noch an der Lehranstalt. Wichtiger war mir das Leben in all seinen Facetten. Die Nacht zeigte sich dabei als genehmerer Kumpan als der Tag. Wie sich mein Verhältnis zu anderen Menschen gestaltete? Mein gesamtes Kommunikationsverhalten wurde durch eine gewisse Oberflächlichkeit geprägt. Viele Bekanntschaften, aber kaum mehr Namen im Gedächtnis und die Gesichter bereits wenige Minuten danach vergessen.

Einmal zechte ich mit einem jungen Grafen aus der Pfalz. Als ich ihn, seinen Rausch ausschlafend, auf der Straße fand, hatte ich seinen Namen bereits vergessen. Doch es waren lustige Stunden gewesen. Ein netter Kerl, aber kein Freund, denn dafür schlicht zu uninteressant. Nein, es gab keinen Grund, mich an öde Gewöhnlichkeit zu binden.

So hielt ich es mit den meisten Menschen. Keine Tiefe. Ein Leben für die Unterhaltung. Unbeliebt bin ich nie gewesen, aber dafür stets unverbindlich. Ausgestattet mit einem Charme, der Nähe suggerierte, aber mein Innerstes außen vor ließ. Es war keine Seltenheit, dass mir ein Wildfremder im Wirtshaus seine komplette Lebensgeschichte, einschließlich aller Sünden, beichtete, ich aber über meine Person, trotz aller Nachfragen, nur Floskeln bot.

Solche Worte klingen eitel und doch sind sie die Wahrheit und ein Produkt eines innigen Prozesses der Reflexion. Ich konnte Menschen inspirieren, gab ihnen vielleicht eine gewisse Wärme, hatte aber keinerlei Interesse, mich vor anderen zu öffnen. Selbst mit einer großen Menge von Alkohol im Blut und bei aller Lust auf das Leben, triumphierte am Ende immer der Verstand über das Gefühl.

Frauen? Selbstredend, war ich keinem Erlebnis abgeneigt, entwickelte aber mit der Zeit und nach einigen Erlebnissen, ein gesundes Gespür für die Bedürfnisse der jeweiligen Dame. Damit meine ich nicht meine Leistungen beim Beischlaf, sondern, dass ich es vermied, unnötig Herzen zu brechen, und lieber Abstand hielt, wenn die Absicht offensichtlich wurde. Das war natürlich etwas, was ich erst lernen musste. Allerdings gelang mir das erstaunlich schnell.

Anfangs war ich in dieser Hinsicht zweifellos achtlos. Doch eines Abends, als ich gerade auf dem Weg in ein Wirtshaus war, sah ich am Straßenrand eine junge Frau, die gerade heftig mit dem Wind und ihrem Kleid kämpfte. Ganz Kavalier half ich ihr und wir kamen schnell ins Gespräch. Sie hieß Helga und war die Tochter eines Kaufmannes mit mittelmäßigem Vermögen. Da ich in meiner Freizeitgestaltung völlig ungebunden war, verabredeten wir uns, gingen in eine für die Dame akzeptable Wirtschaft und verbrachten dort den Abend. Wie üblich brachte ich meine ganze Bandbreite an witzigen Erzählungen, Reiseberichten, Angeberei und Charme ein, um sie zu unterhalten – und es schien ihr zu gefallen.

Als ich sie nach Hause bringen wollte, bestand sie darauf, mich zu meinem Hotel zu begleiten, was ich, man verstehe mich, nicht ablehnen wollte. Unsereins machte ihr deutlich, dass ich lediglich Vergnügen suchte und sie antwortete, dass es ihr ebenso ginge. Im Zimmer entkleideten wir uns schnell und waren alsbald zur Unzucht bereit, da begann ich innezuhalten. Nicht aufgrund fehlender Manneskraft, versteht sich, sondern wegen ihres Blickes. Ihre Augen verrieten sie: Da war nicht die Suche nach Spaß, Lust oder Freude, sondern jene nach Liebe. Etwas, was ich ihr nicht geben konnte, da ich Helga zwar Sympathien entgegenbrachte, aber keinerlei tiefere Gefühle spürte. Ich gab ihr meine Bedenken zu verstehen. Sie zog sich wieder an, bedankte sich mit einem Kuss und ging.

Es wäre es nicht wert gewesen, sie für ein wenig Freude zu zerbrechen. Vielleicht hätte ich nur wenige Wochen zuvor auf eine andere Art und Weise reagiert, getragen von einer großen Egozentrik. Aber nun erschien mir mein Verhalten als das richtige. Ach, Unsinn! Es lag mir, im Grunde genommen, immer fern, Menschen aus reinen Gefühlswallungen heraus zu schaden. Musste es jedoch aus rationalen Erwägungen heraus geschehen, so hätte ich auch weiterhin keine Skrupel gehabt.

Genau da lag der Grund, warum ich mit Carolina Kohlmann schlief und mit Helga nicht: Die

Kohlmanns versuchten meine Freiheit einzuschränken und alles schien gerechtfertigt, was mir nützlich hätte sein können, um diesen Versuch scheitern zu lassen. Dass meine übrigen Eskapaden genügten, damit sich die Sache von selbst erledigte, wusste ich damals nicht. Faktisch herrschte Krieg und im Krieg ist alles erlaubt! Für meine Freiheit hätte ich schon selbst einen Skandal angezettelt, wenn es hätte sein müssen. Ganz kühl. Völlig ohne Emotionen, auch wenn mich Kohlmann in dem Brief an den alten Herren, dessen Abschrift mir inzwischen vorlag, übel verleumdete. Es war von meiner Seite aus nichts Persönliches.

Wo war ich? Ach ja, bei Carolina und Helga. Die Kaufmannstochter dagegen hatte mir kein Leid zugefügt. Sie stand mir nicht im Weg. Es wäre falsch gewesen, sie auszunutzen und ihren prächtigen Leib zu genießen. Nie wären bei mir Gefühle für sie entstanden; und schon gar nicht in der Intensität, wie sie später für Elena vom ersten Augenblick an vorherrschten.

Egal! In jedem Fall kämpfte ich für mich und meine Freiheit. Ich bin aber kein Barbar, der Vernichtungsfeldzüge führte, um der Lust an der Zerstörung willen. Ob ich die gute Helga noch einmal wiedersah? Doch, durchaus. Gelegentlich. Wir sprachen zwar nie mehr miteinander, doch schenkte sie mir stets ein Lächeln, wenn sie mich aus der Ferne sah. Das reichte uns beiden. Und ihre männliche Begleitung, die ab einem bestimmten Zeitpunkt stets an ihrem Arm ging und sie noch mehr erstrahlen ließ, hätte mit Sicherheit kein Interesse daran gehabt, unsereins näher kennenzulernen. Doch genug davon.

Natürlich besuchte ich auch gelegentlich die Vorlesungen, beteiligte mich aber selten an irgendwelchen Diskussionen. Man verstehe mich nicht falsch, ich besitze einen durchaus regen Geist, verfüge durch die Privatlehrer über eine umfangreiche Bildung und empfand die Intensivierung des Wissens an der Universität durchaus als Bereicherung, doch fehlte mir zu oft der Bezug zur Realität. Wenn Studenten und Professoren über Ökonomie diskutierten, aber noch nie eine Fabrik von innen gesehen hatten, hielt unsereins das für bedenklich.

Die Diskrepanz zwischen den Büchern und dem Leben war gewaltig. Hörte ich etwas über Warenprozesse und den Verkauf, so versuchte ich die durchaus gute Theorie in die Praxis zu übertragen. Beispielsweise überlegte ich mir, beim Zechen natürlich, mit welchen Mitteln aus den Schriften man beispielsweise ein Wirtshaus für Gäste attraktiver machen könnte und diskutierte das sogar mit dem Wirt. Für meine Kameraden blieben diese Dinge aber oft abstrakt. Aus dieser Sicht war der Universitätsbesuch keinesfalls unnütz, denn es half mir, meine Gedanken weiter zu präzisieren und zu kanalisieren. Einen Abschluss strebte ich im Übrigen nie wirklich an. Wozu auch?

Nach dem Ende der Vorlesungen gehörte mein Kopf einzig mir und nicht irgendwelchen Theorien. Das Leben wartete dort draußen, nicht in Büchern. Wissenschaft ist das Abbild einer wahrgenommenen Realität, nicht umgekehrt.

Lieber zog ich durch die Gassen dieser wunderbaren Stadt. Was die verschiedenen Geschäfte doch für mannigfaltige Güter anboten! Die neueste Mode aus Paris, edler Bernsteinschmuck aus dem Norden, wunderbare Teppiche aus dem Orient.

Leider kaufte ich von allem etwas zu viel, und alsbald quoll mein Hotelzimmer über mit Dingen, die mir aus oft unbekannten Gründen in irgendeinem Moment einmal gefallen haben. Wohin nur mit all den Kuriositäten?

Besonders eine Leidenschaft, vielleicht einst vom Vater geweckt, trat immer mehr aus mir hervor. Wie viele Zeitgenossen begann auch ich, alte Kunstschätze zu sammeln. Die Papyrusrolle aus Ägypten, die Keilschrifttafel aus Uruk, die Totenmaske aus Peru – alles Schätze, an denen ein stilvoller Mensch nicht vorbeigehen durfte. Anfangs überlegte ich, ob ich nicht einen Teil nach Hause senden sollte, aber wozu eine Sammlung, wenn ich sie nicht stetig betrachten konnte? Besonders heikel wurde die Situation, als mir ein Kunsthändler einen kompletten Sarkophag anbot, inklusive der dazugehörigen Mumie versteht sich. Nachdem ich den Fund durch einen Fachmann prüfen ließ – windige Händler boten in diesen Zeiten, in denen jeder irgendwelche Ausgrabungsstücke in den Vitrinen liegen hatte, nicht selten billige Kopien oder gar Fälschungen an–, wusste ich, dass dieses mehr als zweitausendfünfhundert Jahre alte Artefakt eine Perle meiner Sammlung werden könnte.

Nur leider betrug die Höhe des Gebildes beinahe zwei Meter und damit überforderte es die Tür zu meinem Hotelzimmer vollkommen. Unsereins musste handeln und sich auf die Suche nach einer geeigneteren Behausung begeben. Mieten? Kaufen! Die finanzielle Zusage von Fridericus Rex setzte ich voraus. Ich ließ Makler kommen, besichtigte Häuser, Villen, doch erst einmal wollte sich nichts finden. Heruntergekommen. Optisch unsäglich. Überteuert. Ruinen. Nicht standesgemäß. Zu kleine Räume. Kein Garten. Wie schwer es doch war, sich etwas Genehmes anzueignen!

Von diesem kleinen Rückschlag ließ ich mir natürlich nicht die Tage und schon gar nicht die Nächte verderben. Wahrlich, es war eine lustige und interessante Zeit.

15. Elena

Der Bahnhof. Endlich angekommen. Rege Betriebsamkeit und mehr Menschen, als ich bislang in meinem ganzen Leben gesehen hatte. Neue Gerüche und Geräusche. Da war ich nun und versuchte, mich an das Leben außerhalb des Käfigs zu gewöhnen. Alles neu. Alles ungewohnt. Aufregend. Hektisch. Kein Vergleich zu der gemütlichen Ruhe im Käfig. Belebte Straßen und ein Gewirr an Stimmen. Ich verspürte keine Furcht, sondern nur Neugier. Ob die Freiheit schon gewonnen war?

Leider war dem nicht so, denn überraschenderweise empfing mich bereits am Bahnhof eine schüchterne junge Frau, die sich mir vom ersten Moment an als Freundin anbiederte. Harte Worte, aber vor Wahrheit triefend. Von meinen Eltern wäre sie geschickt, aber es bedurfte keiner großen Intelligenz zu erkennen, dass die alte Hexe auch hier die Strippen zog. Die ›Kreuz Dame‹, wie ich Reinhilda von Wehr in ihrer Abwesenheit nannte, in Anlehnung an das überdimensionierte christliche Symbol, das sie stets als Anhänger trug, war im gleichen Alter, jedoch lediglich von niederem

Adel. Verarmte Familie, aufgewachsen als Zofe bei einem reicheren Geschlecht. Starke katholische Prägung. Tief gläubig. Immer auf der Hut vor der Sünde. Nicht hässlich, aber unscheinbar. Auch, weil sie wenig aus sich machte oder es nie gelernt hatte. Es bedurfte nur weniger geschickter Fragen und es stellte sich heraus, dass der Drache bei ihrer aufnehmenden Familie immer wieder einkehrte. Selbstverständlich durfte auch sie manche Bibelstunden genießen und kannte die Enge des Korsetts.

Damit endeten die Gemeinsamkeiten, denn im Gegensatz zu mir schien sie den Kerker zu akzeptieren, wenn nicht gar zu mögen. Ein devotes Wesen, ohne Persönlichkeit und bereits im ersten Moment stieg ein ungutes Gefühl in mir auf, denn alsbald ich sie anblickte, sah ich nur die alte Hexe. Reinhilda von Wehr war nur ein Lakai, ein Stellvertreter, der sich zwischen mich und meine Freiheit stellen wollte. Ich würde sie beobachten und, so gut es ging, abschütteln.

Untergebracht war ich bei der vornehmen und adligen Familie von Hoheneck. Von ihnen hatte ich mir im Vorfeld, als einige zur Auswahl standen, am meisten versprochen. Einem Paar, deren Kinder heute lieber in den Metropolen Karriere machten, als bei ihren Eltern zu bleiben. Rührselige, uralte Leutchen. Er noch zu Lebzeiten Napoleon Bonapartes geboren und mittlerweile halb blind. Die Gräfin traf vor wenigen Wochen der Schlag und der hinterließ schwere Zeichnungen an Körper und Geist. Sie war nicht mehr ganz klar. Wolfram von Hoheneck kümmerte sich liebevoll um seine Ehefrau Nilena, obwohl sein Körper selbst kaum mehr dazu in der Lage war. Es gab etwas Liebevolles zwischen den beiden. Nichts, was sich beschreiben ließe, aber man konnte es fühlen. Viel mehr als bei meinen Eltern.

In einem Kaminzimmer hing ein Bild, das die beiden in jungen Jahren zeigte. Der Graf war einst ein gut aussehender Mann gewesen und die Gräfin eine schöne Frau. Die Äußerlichkeiten gingen dahin und doch liebte er sein Weib noch immer, auch wenn sie wenig mitbekam. Das musste Liebe sein. Etwas wahrhaft Erstrebenswertes. So romantisch und imponierend!

Ich mochte die beiden und bemühte mich, ihnen wie eine Tochter zu sein, unterhielt sie mit Klatschgeschichten aus dem Adel und hörte ihren Erzählungen zu. Merkwürdigerweise fiel es mir überhaupt nicht schwer, Konversation zu betreiben, obwohl mein reges Talent hierzu zu Hause gerne unterdrückt wurde und ich dort kaum geistreiche Gesprächspartner hatte. Die Natur bricht wohl irgendwann durch. So musste es wohl sein. Ich fühlte mich frei und daher redete ich auch so, wenngleich natürlich in dem Rahmen, der von meinem Stand erwartet wurde. Das versteht sich von selbst.

Der Graf erzählte mir, wie er sein Eheweib kennengelernt hatte. Es war 1842, als er während eines Manövers bei der Familie Nilenas einquartiert worden war. Liebe auf den ersten Blick. Alles passte. Hochzeit. Kinder und ein glückliches Leben. Einfach nur wunderbar. Wolfram erzählte von vielen gemeinsamen Reisen nach Italien, Spanien oder Frankreich und von der Angst, sie nie wieder zu sehen, als er in den Jahren 1870 und 1871 in den Krieg ziehen musste. Doch ihre Liebe überstand alles.

Sie dagegen lächelte nur, während er erzählte. Ich vermute, die Gräfin verstand, trotz der Krankheit, die ihren Geist erfasst hatte. Vielleicht nicht mehr jedes Wort, aber bedarf es der Worte, wenn das Gefühl stimmte?

Ja, ich hatte es gut getroffen mit den von Hohenecks. Die Umstände verhießen eine gewisse Freiheit, die ich nutzen wollte. Doch, und auch das muss gesagt werden, schloss ich die alten Leutchen auch in mein Herz.

Fand ich auf dem Markt etwas Feines, so brachte ich es mit. Sah ich eine schöne Blume, so pflückte ich sie und gab sie Nilena, die sich, fast einem Kinde gleich, immer über derartige Gesten freute. Die dankbaren Blicke der beiden Alten genügten mir, denn ihre Liebe rührte mich, und es kostete manche Träne mitzubekommen, wenn die Gräfin ihren Ehemann an manchen Tagen gar nicht mehr erkannte. Ein schreckliches Los, das zum Glück immer wieder durch lichte Phasen unterbrochen wurde. Ich bewunderte beider Kraft und wünschte einen wunderbaren Lebensabend.

Erziehungsversuche und Belehrungen? Gab es seitens derer von Hoheneck nicht. Ob dieses nun der Situation geschuldet war oder gar nicht ihrer Natur entsprach, interessierte mich dagegen wenig. Es gefiel mir, wie es sich entwickelte, denn das Schicksal schien meinen Mut zum Widerstand zu belohnen und unterstützen.

Während ich mich mit den von Hohenecks schnell verstand, blieb Reinhilda, die auch bei ihnen untergebracht war, stets eine Randfigur, die entweder stumm am Tische saß oder gleich die Einsamkeit ihres persönlichen Raumes vorzog. Sie war es wohl nicht gewohnt zu reden, wenn höhergestellte Personen parlierten und ich machte auch keine Anstalten, sie auf irgendeine Art und Weise einzubeziehen. Nein, ich durfte mich nicht von ihrem harmlosen Äußeren täuschen lassen, denn sie war nichts weniger als der verlängerte Arm der Teufelin.

Die ersten Wochen in meiner neuen Heimat vergingen wie im Fluge, obwohl das Studium noch gar nicht begonnen hatte, und ich lernte sehr schnell, die Freiheit als Wert an sich zu schätzen. Das Flanieren, die neuen Menschen. So viele Eindrücke. Viele Verehrer, auch wenn ich für keinen auch nur im Ansatze mein Herz oder gar meinen Schoß öffnete. Letzteres, weil es mein Wille war – nicht, weil es die Gesellschaft wollte. Und was hieß Verehrer? Man sollte es richtig einordnen: Scheue Blicke verrieten mir die Verehrung. Eine selbstbewusste Frau spürt das Verlangen der Männerwelt. Das lernte ich in rasendem Tempo. Wie sie schüchtern wegblickten, nur aufgrund eines

Lächelns. Ich genoss ihre Blicke. Zumindest auf eine gewisse Art und Weise. Den Mut, auf mich zuzukommen, hatte keiner dieser Männer; und Feiglinge interessierten mich nicht. Eine Dame hat Ansprüche.

16. Gottfried

Die Tage vergingen und langsam zog die Langeweile auf. Immer die gleichen Wirtshäuser. Stets die gleichen Menschentypen mit ähnlichen Geschichten. Unsereins reduzierte die Wirtshausbesuche und fand alternativ Zerstreuung in den Salons und Klubs der besseren Gesellschaft. Dort aufgenommen zu werden, stellte, dank der reinen Menge an schnödem Mammon, kein Problem dar, und da ich nicht, wie Fridericus Rex es tat, die speziellen Etablissements für den Hochadel anvisierte, war ich dort wohlgelitten.

Es gab ganz harmlose Zusammenkünfte. Man plauderte über die Politik, sortierte den Heiratsmarkt. Es wurde Kaffee, Kuchen und vielleicht ein guter Wein gereicht, während ein Klavierspieler das Szenario untermalte. Die Salons interessierten mich weniger. Mich reizten mehr jene, die das gewisse Etwas hatten.

Einmal ging ich nachmittags zu einem Kaffeekränzchen, hatte keinerlei Erwartungen und weilte urplötzlich einer Séance bei, bei welcher der Geist einer verstorbenen Tante beschworen wurde. Selbstredend war es nichts mehr als Betrug, denn der

Geisterrufer bediente geschickt Fäden und Hebel, die den übrigen Gästen, die nur zu gerne glauben wollten, verborgen blieben, aber dennoch blieb es eine beeindruckende Illusion.

Beliebt war auch die Vermischung östlicher Glaubensvorstellungen mit westlicher Geschichte und Traditionen. Vorführungen von Menschen mit okkulten Kräften, gleich ob mit Glaskugel oder den viel gerühmten Tarot-Karten, waren immer dabei. Nein, man mochte es nicht glauben. In der Öffentlichkeit zeigten sie sich als normale Menschen, doch sobald die Türen sich schlossen, wurden Dämonen beschworen, längst vergessene Götter verehrt und die merkwürdigsten Weltansichten getauscht. Hinzu kam noch, dass bei mancher der Zusammenkünfte der Geist durch Drogen aller Art berauscht wurde, aber über so etwas sprach man nicht. Ich fragte mich auch des Öfteren, ob erst diese neue Generation sich einen neuen spirituellen Weg suchte oder ob die vorherigen ihren nur geschickt verbergen konnten. Vater hatte mit Teufelsbeschwörungen und Ähnlichem nichts am Hut und er hätte es auch auf Dauer, da war ich mir ganz sicher, nicht vor mir verstecken können.

Ob diese Neuorientierung die Folge aus dem

Machtverlust der Kirche war? Ein Versuch irgendeinen neuen Glauben zu finden? Oder waren es jene Funken, die durch die Geschichte niemals verlöschten? Angst vor einem neuen Zeitalter der Technik? Da hatte die Menschheit einen Stand erreicht, bei dem morgen alles möglich sein konnte. Ein großer Teil der Elite dieser Gesellschaft suchte Zuflucht im Unerklärlichen. Ich muss zugeben, dass ich damals insgeheim über diese Menschen gelacht habe. Hatte die Menschheit nicht Jahrhunderte gebraucht, um die Geister und Dämonen zu vertreiben, die unsere Vorfahren in jedem Stein und Strauch vermuteten? Und jetzt?

Vielleicht machten wir uns mit dem Glauben an eine zukünftige Allmacht der Wissenschaft etwas vor. Ja, bei allen Himmeln, woher weiß ich denn, ob ein Apfel tatsächlich um der Schwerkraft willen zu Boden fällt? Wäre es nicht auch möglich, dass wir erst einen Apfel sehen, der sich vom Zweig löst, dieser Apfel dann unsichtbar für unser Auge wird und in der Luft etwas unterhalb ein weiterer erscheint, der dann wiederum verschwindet und dem auf dem Boden liegenden weicht? Natürlich müssten es sehr viele Bilder von Äpfel sein, vielleicht ein Vorgang, wie bei den in den letzten Jahren erprobten laufenden Bildern? Auch dort zeigen viele gezeichnete oder fotografierte Bilder hintereinander eine scheinbare Bewegung oder Aktion auf, die es in Wirklichkeit nicht geben musste. Warum sollte die mit dem Apfel nicht auch so sein? Was bei Bildern funktioniert, könnte doch durchaus auch mit festen Körpern möglich sein? Vielleicht ist es sogar so, dass die angesprochenen Körper erst dann fest werden, wenn wir sie wahrnehmen und vielleicht schränkt uns gerade diese Wahrnehmung so ein, dass wir die wirklichen Gesetzmäßigkeiten nicht erkennen können.

Man bedenke: Wir können mehr schlecht als recht sehen, hören, riechen und tasten. All unsere Sinne könnten mühelos getäuscht werden. Was würde geschehen, wenn wir einst alles sehen könnten? Was würden wir entdecken? Überall sind Zweifel angebracht.

Ja, die Welt zeigte sich bunt, aber brauchte man einen anderen Glauben als den an sich selbst? Ist es nicht so, dass die Zugehörigkeit zu einer Kirche oder einem der großen und kleinen Kulte nicht nur die Unfähigkeit des Einzelnen aufzeigt, an sich selbst zu glauben? Oder irrte ich mich? Vielleicht war es für die meisten auch nicht mehr als für mich: Es war etwas anderes, aufreibend auf eine gewisse Weise.

In meiner Situation ist dies wohl unumgänglich, die Angelegenheit etwas differenzierter zu betrachten. Schließlich erlebe ich gerade den unumstößlichen Beweis für die Existenz übernatürlicher Kräfte. Genau das lässt mich nun laut auflachen.

Ist es nicht urkomisch, auf welche primitive Art und Weise diese Kreaturen Geister und Höllenwesen beschwören wollten? Sie haben überhaupt kein Verständnis für das, was sie sind, nämlich am Ende nichts als Schein. Ich aber bin ein Gott. Unendlich. Unbesiegbar. Doch ich verliere die Distanz und schweife ab. Ich muss mich auf meine Geschichte konzentrieren und mit den letzten Gedanken an mein Menschsein abschließen.

Richtig, die Klubs und Salons waren ein neuer Aspekt. In jenen lernte ich auch einen alten Kaufmann kennen, der mir einen Makler für besondere Objekte empfahl. Ob sich nicht bereits damit mein Schicksal erfüllte?

In jedem Fall stand am nächsten Tag eine Kutsche vor meiner Tür und brachte mich zu einem imposanten Anwesen. Dieses erfüllte alle

Anforderungen: Es war geräumig, ohne vor Größe schon leer zu wirken. Die Lage war geradezu ideal, genau in der Mitte zwischen meinen täglichen Anlaufstellen. Zentral, aber mit seinem Garten doch irgendwie auch ruhig und abgeschieden. Zusätzlich bestätigten mir Gutachten, dass die Bausubstanz in den nächsten Jahren ein sicheres Wohnen gewährleistete. Wie auch immer, es war in einem überragenden Zustand.

Was für ein Anwesen! Prächtiges Eingangstor! Langer Weg durch eine kleine Gartenanlage. Klassizistische Säulen. Flügeltür. Der Marmor in der Eingangshalle. Verspielte Treppe, die in den zweiten Stock führte. Hell und prächtig. Nicht verschnörkelt, aber ein kleiner, vorzüglich passender Tempel. Natürlich stellte ich auch die Frage nach dem Vorbesitzer, da es sicher nicht normal war, dass ein solches Kleinod einfach so aus den Händen gegeben wurde. Man teilte mir mit, dass dort bis vor kurzem der letzte Abkömmling einer alten Adelsfamilie wohnte und dieser dann im seligen Alter von 107 Jahren verstarb.

Das erzählte mir zumindest der empfohlene Makler, der mich durch das Haus führte. Ein seltsames und unheimliches Exemplar der Gattung

Mensch. Schemenhaft mit fliehendem Gesicht und eine wahrnehmbare Kälte ausstrahlend. Wir unterhielten uns kurz und ich erwähnte beiläufig meine Langeweile, worauf der Makler erwiderte, dass man eben jene schnell vertreiben könne, wenn man die Spielregeln änderte. Ich sagte ihm, dass er das beruhigt tun könnte und ich für jede Abwechslung dankbar wäre. Merkwürdig, dass ich mich daran noch erinnere, während so viele andere Begebenheiten im Nebel der Erinnerungen verschwunden sind. Doch es ist belanglos, ich habe den namenlosen Makler, diese kalte Kreatur, niemals wiedergesehen und die Spielregel bestimmte nur ich.

Alles in allem zeigte ich mich von dem ganzen Anwesen restlos begeistert. Es war genau das, was ich gesucht hatte. Anmerken ließ ich mir das bei den Verhandlungen aber nicht und so bekam ich zu dem eigentlichen Haus und dem dazugehörigen Grundstück zusätzlich das ganze Inventar. Vaters Bankiers regelten das Finanzielle, beschafften zuverlässiges Personal und nur wenige Tage später zog ich in meinen neuen Tempel. Die Mumie konnte kommen!

17. Elena

Das neue Leben! Nein, ich stürzte mich nicht fiebertrunken hinein. Glaubt man dieses, so ist das ein Irrtum, aber ich ging mit kleinen, tapferen Schritten voran. Frei zu sein, heißt auch, bewusst Gelegenheiten zu versäumen. Ich hatte mein bisheriges Leben in der Isolation verbracht, in einem dunklen Kerker, der mir erst jetzt wie ein solcher vorkam, aber ich bin niemand, der ins Licht stürmt und sich blenden lässt. Ob das Leben da draußen mein Dasein im Inneren und in meinen Träumen ersetzten wird, bezweifelte ich, aber es würde es bereichern. Da war ich sicher und ich bemerkte es bereits. In welchem Umfang, bestimmte ich. Mit freiem Willen und in meinem Tempo. Ganz so, wie ich Vertrauen gewann oder verlor. Auch das war nun mir überlassen und eine weitere Seite der Freiheit, die mir ein wohliges Gefühl der Geborgenheit gab. Wie ich es liebte, durch die Parks zu spazieren, mich in die Kaffeehäuser zu stürzen oder gar ein kurzes Gespräch mit einem Galan zu beginnen. Meiner lieben Gastfamilie bereitete ich keinerlei Kummer, denn ich tat nichts Ungebührliches, auch wenn ich so vieles nachzuholen hatte. Zudem kam es mir auch gar nicht in den Sinn, diesen lieben Menschen etwas anzutun. Vielmehr versuchte ich, sie so gut zu unterstützen, wie es mir möglich war.

Zudem besuchte ich Kurse, die in den Räumlichkeiten der örtlichen Universität stattfanden. Anfangs war ich ein wenig enttäuscht, dass sie nur an zwei Tagen der Woche für wenige Stunden stattfanden, doch das legte sich bald, denn die neue Umgebung bot Reize genug. Etwas mehr störte mich dagegen, dass es sich als schwierig erwies, in diesen Vorlesungen interessante persönliche Kontakte zu knüpfen. Selbstverständlich kam ich mit vielen jungen Frauen ins Gespräch. Sie suchten sogar meine Nähe, doch leider war keine einzige unter ihnen, welche bereit war, die anerzogenen Verhaltensmuster ein wenig zu lockern. Die Konversationen erwiesen sich als ebenso interessant wie die mit den Teilnehmern von Tante Mathildes Bibelstunden. Doch auch das empfand ich nicht als sonderlich tragisch, denn ich war keinesfalls gezwungen, mehr Zeit als nötig mit ihnen zu verbringen, auch wenn ich überall zum Tee oder Essen eingeladen wurde und diese Einladungen auch der Form wegen wahrnahm.

Männer gab es in diesen Kursen selbstverständlich keine, aber dafür an der Universität selbst. Ihre Blicke konnten von einer selbstbewussten Frau kaum übersehen werden, aber den Mut, mich anzusprechen, brachte bis dato keiner von ihnen auf. Es hätte sich bei einer adligen Dame auch nicht geziemt, aber wer weiß? Vielleicht hätte ich die Frechheit belohnt? Das wäre ganz darauf angekommen, wie mir der jeweilige junge Mann gefallen hätte.

Die Dinge liefen in meinem Sinne. Es gab nur eine Sache, die zunehmend unerträglicher wurde: Die penetrante Anwesenheit der Herz Dame, die wie eine Klette an mir hing. Zwar hatte niemand ein Studiengeld für sie entrichtet, und ich hatte zumindest in den Vorlesungen vor ihr meine Ruhe, aber egal wo ich ansonsten hinging, sie bestand darauf, mich zu begleiten und suchte dabei stetig das Gespräch, das sie mit irgendwelchen Belanglosigkeiten füllte. Ihre Ansichten waren dabei peinlich und reaktionär. Sah mich ein Mann an, so kicherte sie und wollte mit mir hinterher einen Rosenkranz beten. Ob sie sich gekreuzigt hätte, wenn je ein Mannsbild einen Blick in ihre Richtung geworfen hätte?

Überhaupt der Glaube! Wie gerne hätte sie mich dazu bewegt, zweimal in der Woche den Gottesdienst und einmal die Beichte zu besuchen.

Der niedere Adel war an Peinlichkeit kaum zu überbieten. Und so eine musste ich in die Häuser meiner Studienkolleginnen mitnehmen.

Dabei war es sehr offensichtlich, dass Reinhilda Anschluss und eine Freundin suchte und hoffte, sie in mir, einer weitaus willensstärkeren Person, auch zu finden. Unterwürfig und anhänglich, wie ein kleiner Hund.

Dadurch aber vergrößerte sie meine Abneigung gegen ihre Person noch, denn unzweifelhaft stellte sie nicht mehr als ein Büttel der alten Hexe dar. Ich fühlte, dass sie eine jener schwachen Personen war, die zwar glaubte, ein treue Freundin zu sein, sich aber am Ende doch jedem kleinen Druck unterwerfen musste. Eine derartige Haltung empfand ich als weitaus erbärmlicher als das offen auftretende Diktat der Tante.

Trotzdem wollte ich dem Drachen nicht zu schnell Munition liefern. Daher war ich zu Reinhilda stets freundlich und spielte ihr falsches Spiel mit, sorgte aber dafür, dass sie es nicht mitbekam, wenn ich das Haus verließ. Einmal schloss ich sie sogar ein und brach den Schlüssel ab. Natürlich aufgrund eines Versehens.

Ja, ich erinnere mich noch ganz genau. Das war an diesem besonderen Tag. Vielleicht der wichtigste in meinem Leben.

Er hatte ganz normal begonnen, denn ich flanierte ein wenig in der Nähe der Universität. Dann kam jener Moment, der alles verändern sollte. Ich spürte eine Präsenz, drehte mich um und dann sah ich ihn: Gottfried von Heldern. Seine Art zu gehen, sein ganzes Äußeres und das was er ausstrahlte. Er musste aus dem Hauptgebäude der Universität gekommen sein. Es ist gleich, nur Kopfmenschen würden nun Details beschreiben. Ich aber fühlte und darauf kommt es an. Schicksalsbegegnung. Der Sonnenaufgang, den man nie vergisst. Der Blitz. Über so etwas denkt keine Frau nach. Es geschieht! Irgendwie wirkte er allerdings etwas niedergeschlagen, wenn nicht gar unglücklich.

Die Blicke trafen sich, wie sich so viele treffen, doch war es mehr, als nur eine zufällige Begegnung. So viel mehr. Was passierte da nur in meinem Magen? Wieso sprang dieser Moment in meinen Kopf und sollte ihn fortan beherrschen? Unsere erste Begegnung, sie dauerte nur Sekunden, und doch wusste ich, dass ich ihn wiedersehen wollte. Mein Verstand versuchte, verlorenes Terrain zurückzugewinnen, und sagte mir wieder und wieder, dass diese Szene bedeutungslos war, doch wer glaubt schon dem Hirn, wenn das Herz spricht? Aber wie an ihn herankommen? Wer war er überhaupt? Woher kam er? Was interessierte ihn? Die Kleidung zeigte mir, dass er ebenfalls aus gutem Hause stammen musste. Sicher ein Student! Vielleicht ein Prinz? Machte es das schwieriger oder einfacher? Schließlich waren wir keine Gemeinen, die sich an jeder Straßenecke über Gott und die Welt unterhalten konnten. Ein zu offenes Auftreten wäre weder standesgemäß noch sonderlich klug gewesen. Plötzlich wieder im Käfig? Wenn auch nur in Gedanken? Nein, eine zu offene Vorgehensweise entsprach auch nicht meinem Wesen. Eine selbstbewusste Frau bietet sich nun einmal nicht wie eine Straßendirne an. Sie möchte erobert werden, begehrenswert sein. Er soll kommen. Doch auch dann werde ich ihn erst prüfen. Einmal wärmer, einmal kälter sein. Ihn sanft abweisen und doch wieder ermutigen. Ein Spiel, das nur der durchhält, der die Stärke und die Ausdauer besitzt, die eine Frau wie ich verlangen kann. Mein Instinkt hämmerte mir die Weisheit förmlich ein. Ja, nur so beweist der Mann seine Tauglichkeit. Was er tun soll? Mich begeistern und auf den Thron setzen, der mir zusteht. Mich verehren, aber auch beherrschen. Unterwerfen werde ich mich jedoch nie. Mein Vertrauen gewinnen und es nie missbrauchen. Sich würdig erweisen. Ich musste es also schaffen, dass ich nah war und doch distanziert, dass ich offen und geheimnisvoll zugleich erschien. Butter mag schmelzen, ich so schnell nicht. Zu schnelle Hingabe lässt ihn vielleicht das Interesse verlieren. Aber was ist, wenn man ihn somit verschrecken würde? Nein! Der Instinkt triumphiert über die Unerfahrenheit. Nein, wer den Mut hatte, Nein zur alten Hexe zu sagen, der behält auch hier alle Zügel in der Hand. Ob aus mir eine naive Vermessenheit sprach?

Nein, nur meine Natur, auch wenn mir das vorher nie bewusst war, weil ich noch nie darüber nachgedacht hatte.

Ja, innerhalb weniger Momente war mir klar, was ich von dem Mann meines Herzens erwartete und spürte, dass der Unbekannte dieses erfüllen konnte, gleichwohl was mir der Verstand auch für Lügen einflüstern wollte. Der Bauch ist ein besserer Ratgeber als das Gehirn, oder nicht? Oder aber glaube ich nur, dass ich damals schon so gedacht habe und die Erinnerung trügt? Spielt es eine Rolle?

Nein, wie nutzlos und irrelevant. Es war so schön und doch ist es vorbei. Gottfried ist tot! Die Verzweiflung! Ich will mich nicht mehr erinnern, es raubt mir die letzte Kraft! Die Momente mit ihm werden immer größer und größer und das Heute und Morgen hatten jede Bedeutung verloren. Wohin soll das führen? Wohin wirst du mich führen? Wohin?

18. Gottfried

Wahrlich bemerkenswert! Innerhalb kürzester Zeit wurde aus einem selbstgerechten Jüngling ein selbstbewusster junger Mann, der ebenso schnell bewies, dass er in der Lage war, alle relevanten Dinge selbst zu organisieren. Finanziell natürlich vom Elternhause abhängig, was ich tunlichst auszublenden versuchte, zelebrierte ich meine neue Selbstständigkeit.

Ein eigenes Anwesen. Der Stolz darauf ließ sich nicht verleugnen. Natürlich mussten findige Handwerker renovieren, erneuern und verschönern, doch da das Monetäre keine Rolle spielte, ging dieses erstaunlich schnell vonstatten. Es dauerte anschließend natürlich auch noch einige Tage, bis ich meine Villa eingerichtet hatte. Schließlich sollte jedes Stück einen würdigen Platz erhalten. Hoher Torbogen, das Grundstück durch den Zaun und die hohen Hecken vor neugierigen Blicken geschützt. Gemähter Rasen, einige Bäume, Garten, ein kleiner Stall, ein Teich, und in der Mitte ein stilvolles zweistöckiges Gebäude im klassizistischen Stil.

Ja, hier ließ es sich leben. Meine weiteren Gedankenspiele befassten sich mit dem Inneren. In den geräumigen Keller, der von der Fläche wohl mindestens so groß war wie die Wohnungen von vier Arbeiterfamilien in Vaters Fabrikdorf, sollte das Lager eingerichtet werden. Gleich ob Wein oder Lebensmittel, dort war ein guter Platz. Für den anderen Teil hatte ich Köstliches geplant: Warum nicht eine Art Gruselkabinett erschaffen für die Freunde der übernatürlichen Phänomene? Hatte ich nicht mehr als genug grauenhafte Götzenfratzen, von meiner neuerworbenen Mumie ganz zu schweigen? Mein Keller konnte etwas werden, um das mich die ganze Gesellschaft beneidete!

Weniger schreckhaft sollte es im Erdgeschoss mit Empfangshalle, Speisesaal, Salon, Kaminzimmer und natürlich der Küche zugehen. Die Bediensteten? Für sie konnte man doch Baracken im Garten aufstellen. Außerdem genügten mir letztlich zwei. Einer, Siegmar, der sich um die Pferde sowie die Grünanlagen außerhalb des Hauses kümmerte, und Ferdinand, der dafür sorgte, dass bei Bedarf das Essen auf dem Tisch stand und nicht der Staub die Überhand gewann. Mussten sie überhaupt hier wohnen? Nein, das war doch reaktionär und so hausten die beiden nicht in Baracken, sondern schliefen bei ihren Familien. Ich bezahlte sie gut, sehr gut und sie leisteten sehr gute Dienste.

Des Nachts aber wollte ich alleine sein. Niemand sollte in meinem Hause wandeln, wenn ich schlief. Das war zweifellos eine Eigenart meinerseits, denn Vaters Anwesen beherbergte stets eine große Anzahl von Bediensteten, aber mir waren unsichtbare Geister lieber als laute und stetige Präsenz. Natürlich hatte ich zusätzlich noch ein paar Männer eingestellt, die das Grundstück Tag und Nacht bewachten, doch die kamen niemals in das Haus und zählten damit nicht zu meinen guten Nebelwesen.

Meine Wohnräume lagen im Obergeschoss. Platz für mehrere Schlaf-, Wohn und Badezimmer sowie für eine nicht zu kleine Bibliothek war dort genug. Fast zweihundertfünfzig Quadratmeter sind durchaus eine beachtenswerte Größe. Im Grunde genommen war dieser Teil des Hauses der beste, um zu leben und vermutlich diente er auch den Vorbesitzern dazu.

Einzig ein kleiner Raum im Obergeschoss blieb mir damals ein Rätsel. Kahl, ohne ein Möbelstück. Die Wände weder tapeziert noch verkleidet. Schlichte Schwärze. Vielleicht gerade einmal zwölf Quadratmeter groß, unter Umständen auch kleiner.

Kein Fenster und damit kein Licht. Das Zimmer lag auch nicht am Rande, sondern relativ zentral. Es konnte daher auch keine Rumpelkammer sein. Unsereins wunderte sich, wie man ein solches Anwesen mit einer derartigen Fehlkonstruktion fast schon entweihen konnte. Wahrlich rätselhaft. Wahrscheinlich diente er einst den jeweiligen Hausherren, um sich ungestört mit den Dienstmägden vergnügen zu können, ohne vom plötzlichen Licht überrascht zu werden. Oder vielleicht konnte sich im Schatten auch der Stallbursche als Herr aufspielen. Vermutlich ein Raum für geheime Gelüste. Was sonst konnte Sinn ergeben? Einerlei, in welches Korsett man den Geist zwängt, die Menschen waren immer gleich und werden es auch immer sein.

Ja, die Menschen, aber bin ich denn noch einer? Nein, wahrlich nicht. Ich bin ein Gott. Die Bilder der Vergangenheit als Sterblicher verschwimmen.

Die Wahrheit hinter den Dingen? Ich kenne sie. Doch wozu soll ich etwas beschreiben, das für alle anderen unerreichbar sein wird? Was wäre auch das Wissen gegen das Erleben?

Letztendlich geht es darum, das Wesentliche und

Wichtige zu erkennen. Löst die Fesseln, öffnet die Tore! Die Welt, sie ist nicht mehr als Schein. Ein verängstigtes Kind geht mit einer Kerze in einen dunklen Raum. Es sieht etwas und aus diesem macht die Wahrnehmung nun eine Realität voller Ungeheuer und schrecklicher Kreaturen. So verhält es sich mit allem, was der Mensch als real wahrnimmt. Nur ein Produkt des Geistes, begrenzt von den Sinnen. Wir wollen wahrnehmen und da unsere Mittel hierfür begrenzt sind und wir nicht dem Wahnsinn anheimfallen dürfen, gaukeln wir uns eine Wirklichkeit vor, die niemals existiert hat. Und dahinter? Der Drang nach Vollendung. Das Einzige, was die Menschen wirklich anstreben, ist die Perfektion und die ist dann erreicht, wenn nichts mehr notwendig ist. Nur ohne Gedanken ist man frei. Ja, ich kenne den Sinn und verstehe alles.

Doch was sage ich? Was nützt mir das Verstehen, wenn ich nicht darin aufgehen kann? Hat mich nicht die menschliche Unfähigkeit in diese ausweglose Situation geführt? Nun bin ich Gott. Ein Gott, dessen Gedanken noch immer in seinem Menschsein verharren. Einer, der damit nicht fertig wird. Wie kann das sein? Ein Teil von mir ist immer noch gefangen, dieses kleine Stückchen lässt mich für immer so denken, so fühlen und so handeln wie der Mann von einst. Die Ungewissheit ist es, die mich quält, sie verhindert die Perfektion. Die Vollendung. Eine Antwort, ich möchte doch nur eine Antwort auf die eine Frage. Aber, nein, nicht denken, ich darf nicht. Aber trotzdem muss ich es wieder und wieder fühlen.

Wer bin ich? Was bin ich? Es zwängt mich zurück in mein Gefängnis. Nein, ich schaffe mir Welten, hole mir den Schein zurück, weil ich nicht mit der totalen Freiheit umgehen kann. Alles andere sind nur Ausflüchte. Oder doch nicht? Hält wirklich Elena mich zurück? Bindet mich ein Gefühl? Nein, nein. So kann, so darf alles nicht sein.

Ich sehe sie erneut. Die Bilder. Die Geschichte des Menschen Gottfried von Heldern. Lasst mich in Frieden! Das Anwesen, ja, da ist es wieder. Muss abschließen. Dafür aber es erneut durchgehen? Jedes Detail? Aber dann muss Schluss sein. Vergessen. Sich von diesem Leben lösen. Ja, dort. Das Haus. Es war ein wirklich guter Kauf. Ja, meine Villa, meine neue Villa. Keller, Eingang und Wohnräume hatte ich. Alles schön, alles herausragend. Nichts zu bemängeln, nichts zu klagen. Streichen, ja streichen lassen. Das könnte man. Damit es noch heller erscheint.

Blieb noch der Dachboden, zum Zeitpunkt des Einzuges noch mit mehr oder weniger brauchbarem Plunder förmlich verschüttet. Der würde wohl mit vergehender Zeit auch für die Aufstellung meiner Kunstschätze dienen. Die Plastiken und Statuen fanden im Garten ausreichend Raum. Überhaupt war es ein sehr glücklicher Umstand, dass das Anwesen über eine gepflegte Grünanlage verfügte. Bei den anderen Angeboten war das Gras dem schnöden Asphalt oder dem Pflaster gewichen.

Alles in allem konnte ich also sehr zufrieden sein. Der Neid der anderen Studierenden war mir in jedem Falle sicher; wer von ihnen konnte schon über ein eigenes Haus bestimmen? Wer hatte eine solche Sammlung? Ausgeschickt, um mehr oder weniger Abbilder ihrer Eltern, meistens des Vaters, zu werden, gedachte man diesen bedauernswerten Geschöpfen selten allzu viel Spielraum zu. Im direkten Vergleich zu mir, versteht sich natürlich.

Um mein aufgetragenes Ziel, einem Studium der Wissenschaften, kümmerte ich mich in dieser Zeit nur begrenzt, viel zu interessant waren da die anderen Facetten des Lebens:

Warum war die Nacht nur so viel liebenswürdiger als der Tag? Manche waren in dieser Zeit der Meinung, ich wäre auf dem besten Wege ein neuer Casanova, Säufer oder Spieler zu werden. Ein allzu christlicher Zeitgenosse sah die Gier nach dem Erleben in meinen Augen. Alles Dinge, die andere in unsereins hineininterpretierten. Das, was sie sehen wollten. Die Spiegel, der zum eigenen Inneren passte und als gute Ratschläge oder Warnungen getarnt wurden. Nichts mehr. Für die Klugen erschien ich zu lasterhaft und für die Lasterhaften zu bedacht. Am Ende lebte ich nur meinen Willen und meine Tage.

Das Grunzen irgendwelcher Schandmäuler interessierte mich nicht. Niemand erschien mir interessant genug, als dass ich auf dessen Wort irgendetwas mehr gegeben hätte als ein wahlweise höfliches oder verächtliches Lächeln.

Bekannte kamen und wurden wieder durch neue ersetzt. Keiner war auf lange Zeit zu gebrauchen. Zu schwach die Charaktere, zu uninteressant das Wesen. Und dann immer diese Erwartungen, sich zu gemeinsamen Idealen und Ideen zu bekennen. Sollte ich zu jenen gehören, die sich sonntagnachmittags in den Cafés trafen und über die herzogen, die nichts anderes am Freitagmorgen taten? Oder jenen philosophischen Zirkeln, die den Tag mit dem Reden über Sinn und Unsinn des Lebens vergeudeten? Zu einer schlagenden Vereinigung! Meinen Vorstellungen entsprach das nicht.

Nein, niemals wollte ich mich festlegen. Ich gehörte nur mir. Sich zu Derartigem zu bekennen, heißt auch immer, sich unterzuordnen. Sich vom Wohlwollen, der Meinung oder der Zuwendung von Dritten abhängig machen? So fern meiner Natur.

Nein, kein Außenseiter. Anführer! Aber Spiritus rector. Zu stolz und zu stark, um jemals eine andere Führung zu akzeptieren als die eigene. Nun gut, es mag sein, dass dies alles etwas zu pathetisch klingt, aber ich war mir schlicht selbst genug Mein Leben, mein Wille, meine Bestimmung. Eine freie Wahl. Eine Entscheidung des Verstandes, die meinem Wesen entsprach.

So dachte ich zumindest, glaubte, unabhängig und frei zu sein, dabei bremste mich nur kein Zwang.

All die Reize in der äußeren Welt sollten meine Sehnsucht im Inneren befriedigen. Eine Illusion, wie ich heute weiß. Der Zweck wurde nie erreicht. Freiheit existiert in Wahrheit nicht. Nur kleiner oder größer ausgelegte Grenzen. Doch ich vermische und vermische. Einst fühlte und handelte ich so, nun weiß ich es besser. Ich rekapituliere mit den früheren Empfindungen, bevor mein neues Sein alles berichtigt. Könnte ich nur alles beenden, alles vergessen! Wie kann ich es je überwinden? Zeit heilt alle Wunden, so sagt man doch. Was aber heilt meine, wenn die Zeit nur noch eine schwache Vorstellung ist? Nun bin ich Gott, doch der Faden will nicht reißen.

19. Elena

Solange

Solange die Sterne am Himmel steh'n,
und nicht beschließen fortzugeh'n,
solange Planeten ihre Kreise zieh'n,
und nicht vor dem Chaos flieh'n,
solange ein Kind die Mutter kennt
und diese es beim Namen nennt,
solange das Kleinste sich noch teilt,
und Mitgefühl weiter unter uns weilt,
solange das Laub nach unten fällt,
und der Baum Teil einer schönen Welt,
solange die Vögel vorwärts fliegen,
solange werden wir uns lieben.

Eines von Johanns Gedichten über die Liebe. Ja, ich bin eine poetische Natur. Solange die Welt sich noch in ihren Fugen hielt, garantierte sie die Erfüllung. Das Gefühl war genug. Was aber, wenn die Gesetzmäßigkeiten nicht mehr galten, wie es mir und Gottfried widerfuhr? Was dann? Das hatte mein kleiner Bruder nicht bedacht. Nicht für sich. Nicht für mich und meinen Liebsten. Zurückgeblieben. Einsamkeit. Weißt du es noch, mein Geliebter? Die

Zukunft. Wir sprachen so oft davon und nun ist alles vorbei. Hinfort. Verweht. Durch meine Schuld. Eine Täterin, die sich selbst beweint und ihre Handlungen verflucht. Was hält mich noch in dieser Welt? Ein paar Bilder? Schemenhafte Erinnerung, die doch immer wieder nur zu uns führt, so sehr ich mich auch auf die anderen Dinge in meinem Leben konzentriere? Alles unwahr und verschwommen.

Bereits die erste Begegnung mit Gottfried band mich für die Ewigkeit. Nur eine kurze Sichtung. Ein Augenblick. Der Blitzeinschlag. Erfasst von des Schicksals Schwingen. Wie soll ich erklären, wie es war, einfach so von der Flut der Gefühle hinfort gespült zu werden? Ohne Widerstand leisten zu können? Kopfmenschen können das vielleicht, doch ich bin keiner. Ein Moment, der alles freisetzt. Eine Krankheit, die den Wahn befeuert. Bei Gottfried gab es keine Inkubationszeit. Keine. Wie schrieb der gute Johann nicht auch?

Liebesphasen

Warm wie ein Sonnenstrahl,
ausgeliefert ohne Wahl.
Schön wie ein Blumenmeer,

trampelnd, unruhig Magenheer.
Launisch wie ein Wettergott,
Angst vorm schleichend Tagestrott.
Grausam wie ein Folterknecht,
verbittert Streben nach dem Recht.
Bezaubernd wie ein Engelchor,
Himmelspfort gleich Höllentor.
Stark wie der gekettet Titan,
Lustempfinden, kranker Wahn.
Glücklich wie die Kindeszeit,
bange Furcht vorm großen Leid.
Stetig weiter in die Höhn,
Liebe ist so seltsam schön.

In meinem Fall war es das Magenheer, das förmlich eine Großoffensive startete. Verwirrter Geist, der sich selbst fesselte. Wie nur ist so ein Wunder möglich? Das Verlangen ermutigte mich, die Sehnsucht auszuleben. Ich handelte aberwitzig, denn ich erkundigte mich nach dir. Erst dezent, dann immer mehr und voller Ungeduld. Es war nicht schwer, einen Diener der von Hohenecks dafür zu gewinnen zu beobachten, in welche Geschäfte und Wirtshäuser du gingst. Ein reines Geschäft für den Angestellten Gernot, der Schweigsamkeit gelobte. So dachte ich, bevor ich kurz darauf erfuhr, dass ihn nicht alleine das Monetäre zur Handlung trieb. Egal. Es spielte keine Rolle.

Eine ungewöhnliche Methode für eine adelige Dame? Wen kümmerte es? Merkwürdigerweise hatte ich keinerlei Scheu davor, Derartiges in die Wege zu leiten. So stark das Gefühl. Keine Zeit für ein intensives Nachdenken.

Reinhilda, bei der ich immer wieder Vorwände fand, um alleine die Welt kennenzulernen, bezog ich selbstredend niemals ein. Oberflächlich plauderte ich mit ihr über belanglose Dinge. Nein, sie war nicht bösartig, aber furchtbar. Das galt auch für ihr ganzes bisheriges Leben, in dem es nichts gab als Fügsamkeit, Gebete und ein Dahinwelken. Alles das, was ich an Menschen verabscheute. Sie betrachtete mich, nach eigenen Worten, als eine große Schwester, obwohl wir beide doch im gleichen Alter waren und sprach offen davon, wie sie mich bewunderte. Kriechende Kröte! Dennoch spürte ich die Ehrlichkeit in ihren Worten und auch, dass sie selbst daran glaubte. Ich dagegen behandelte sie stets mit einer heuchlerischen Freundlichkeit. Ihr Anbiedern ekelte mich einerseits an, auf der anderen Seite empfand ich Mitleid für jene Kreatur, die jede Form der Behandlung, die nicht in Schlechtigkeit ausartete, als Zeichen von Freundschaft oder gar Liebe betrachtete. Einem solchen Menschen darf man niemals Vertrauen entgegenbringen, denn dieser Hund sucht sich schnell ein neues Herrchen.

Daher war ich auch nur ein einziges Mal an ihren Ausführungen interessiert, als sie berichtete, dass sie ein Auge auf einen Diener der von Hohenecks geworfen hatte und sich dafür furchtbar schämte. Ich erschrak, war dieser Diener doch nicht nur ein ungehobelter, hässlicher Klotz, sondern auch noch jener Gernot, mit dem ich in geschäftlicher Verbindung stand. Da ich inzwischen aus einem Gespräch der Bediensteten wusste, dass der gute Mann plante, die von Hohenecks zu verlassen und mit seiner Verlobten, irgendeiner Dienstmagd, bald eine Familie zu gründen, sah ich an dieser Stelle allerdings keinerlei Gefahr. Im Gegenteil, irgendwie rührte mich die Vorstellung sogar, dass ich durch mein Verlangen nach Liebe auch ihm indirekt half, denn es mangelte den beiden nur noch am Geld, um sich eine gemeinsame Existenz auf dem Lande aufbauen zu können. So konnten sich große Gefühle gegenseitig antreiben. Was für eine romantische Vorstellung, wenngleich meine natürlich tiefer und echter waren, als sie es bei diesen einfachen Leutchen je sein konnten.

Darüber gesprochen habe ich mit einem Diener natürlich nie. Derartiges gehörte sich nicht. Auch der Herz Dame erzählte ich von meinem Wissen nichts. Sollte sie doch vergeblich für den Klotz schwärmen, denn ich begriff schnell, dass eine abgelenkte Jungfer besser war als eine stets wachsame.

Mir war es nur recht, wenn diese törichte Gans glaubte, in mir eine Freundin gefunden zu haben, der sie ihr Herzensleid anvertrauen konnte. So wusste ich immer, wie es stand. Dachte ich.

In Sachen Liebe zeichnete sich, dank der gewonnenen Informationen, langsam ein Bild ab und wenn ich es betrachtete, gefiel die Gesamtschau meinem Verstand ganz und gar nicht: ein verzogenes Neureichensöhnchen mit einer Neigung zum leichten Leben. Ein Rebell, der sich nicht anpassen wollte. Arrogant, selbstherrlich und ohne rechte Ernsthaftigkeit. Ein lausiger Student, dem es an der Einstellung und meistens auch an der Anwesenheit fehlte. Überall dabei und doch nirgendwo. So einen Ruf musste man sich in einer derart kurzen Zeit erst einmal erwerben. Wie lange war er in der Stadt gewesen? Wenige Monate? Trotzdem schien ihn niemand wirklich richtig zu kennen oder der Diener stellten die falschen Fragen.

Der Verstand sagte Nein, warnte mich, aber das Herz klopfte weiter. Immer im Takt. So harmonisch und für mich unüberhörbar. Diese warmen Schauer. Von oben bis unten. Sehnsucht, wie sie nicht zu erklären ist. Irrational und doch so schön. Wollen, nur noch ein Wollen! Ein einziges Streben. Der Fluss, gegen dessen Strömung kein Widerstand möglich war. Gegen einen Tunichtgut. Ach, was. Er war ein Diamant und es fehlte nur das feinste Werkzeug, ihn zu bearbeiten. So musste es sein; damit ließ sich die warnende Stimme in meinem Kopf befrieden.

Ich muss einräumen, dass du im Studium wirklich niemals strebsam warst, Liebster. Immerhin versuchtest du, es später vorzutäuschen, um mich zu beeindrucken. Arrogant und selbstherrlich? Nein, vielleicht noch etwas unreif, aber doch etwas von besonderem Wert. Ist es so sonderbar, wenn man sich seiner Außergewöhnlichkeit bewusst ist? Ich denke nicht. Nein, ganz sicher nicht. Es ist schrecklich, wenn der Gedanke an einen Menschen den ganzen Tag, von den Morgen- bis zu den

Abendstunden vorherrscht, doch auch auf seine Art und Weise wundervoll. Mein Herz hatte sich festgelegt. Spontan, schnell und für immer. Kein Zweifel möglich.

Wie aber erreichen, dass er mich wahrnimmt und seine Werbung beginnen konnte? Ja, auch ich liebe die alten Dramen und Märchen. Zumindest bewunderte ich sie einst. Dort wartet die Prinzessin stets darauf, dass der edle Prinz, zumeist in schillernder Rüstung und auf hohem Ross, herbeigeritten kommt und das Weib freit oder sie gar von irgendeiner bösen Qual erlöst. Als kleines Mädchen fand ich den Gedanken durchaus auch reizend. Mit den Jahren hatte die Vorstellung, auf den Recken zu warten, um sich ihm anschließend an den Hals zu werfen, doch deutlich an Attraktivität verloren.

Meine Zwangsverehelichung konnte ich bereits verhindern und das machte mich stolz. Ich war keine Beute und wollte auch nie eine sein! Es ist seltsam, aber schon früh bildete sich mein Wille aus und schuf mein Wollen. Nun endlich, in der Ferne, konnte sich meine wahre Natur auch entfalten: Alleinige Königin wollte ich sein. Gunst und Wohlwollen gewähren. Einem Manne, zu dem ich aufschauen konnte. Einer, der die Ausdauer besitzt, alle Stufen zu meinem Thron hinaufzusteigen. Dann würde ich mich auch herabneigen, aber nie vollkommen unterwerfen. Ob solche Gedanken sich mit den heutigen Erwartungen an eine Frau vereinbaren ließen? Was kümmerte es mich? Ich war adelig und hatte es geschafft, dem engen Korsett zu entfliehen, und lebte in einer gewissen Freiheit. Ich nehme mir nicht nur ein Stück davon! Nein, ich will alles und Gottfried schien dafür mehr als nur geeignet. So etwas spürt eine Frau. Immer, wenn der warme Schauer den Körper durchläuft.

Doch wie an ihn herankommen? Wie es geschickt inszenieren und einrichten? Und wenn ich ihn kalt lasse? Was, wenn er überhaupt nicht auf mich reagiert hätte? Dann hätte natürlich mein Selbstbewusstsein gelitten. Nein, das ist eine schützende Untertreibung. Dann wäre mein Herz zersprungen. Innen, aber nicht nach außen.

Was hatten wir mit unseren Leben nicht alles vor. Für dich wäre ich gerne Mutter unserer Kinder geworden. Aus Liebe, nicht aus Zwang. Bei dir konnte ich auch schwach sein, ohne auch nur einen Hauch meiner Würde zu verlieren. Schnurren wie eine Katze und die Krallen einfahren. Trotzdem bleibt eine Katze immer auch ein wildes Tier. Ein kühner und geschickter Jäger. Eine Jägerin.

Bald wusste ich, wann Gottfried – selten genug – das nächste Mal auf dem Universitätsgelände erscheinen würde. Ich erfuhr es von den vielen Laiendarstellern, die irgendeine Statistenrolle in dem Stück unserer Liebe spielten und nun keinerlei Relevanz mehr besaßen. Es galt, die richtigen Signale zur rechten Zeit zu senden. Neugier zu erwecken, ohne wirkliches Interesse zu zeigen. Die Jagd war eröffnet, und er würde nie erfahren, wer die Beute war.

Was für eine schöne Erinnerung. Kannst du es fühlen, Geliebter? Gleich, in welchen Himmel du aufgestiegen bist, kannst es spüren? Obwohl unsere Zeit zusammen nur so kurz war, wurden wir uns so ähnlich, wie es Menschen guttat, einander ähnlich zu werden. Manches Mal beobachte ich die Welt wie du, sage das, was du gesagt hättest. Harmonie. Anpassung. Vereinigung. Symbiose. Bei der Sprache, der Vermittlung. Bei allem.

Wir hatten doch noch alles vor uns.

20. Gottfried

Mein Leben hatte in dieser Zeit etwas Leichtes. Von der einen Wolke zur anderen. Ohne materielle Sorgen lebte es sich vorzüglich. Wen kümmerte es da, wenn mich die studierende Zunft womöglich als Taugenichts ansah? Sicher, die Namenlosen mochten über unsereins tuscheln, sich an Formen und Verhaltensmustern klammern, doch was sollte es mich kümmern?

Oh, ihr Narren! Warum legt ihr euch immer wieder so schwere Bürden auf? Sind wir nicht schon von Natur aus privilegiert? Können wir uns nicht alles leisten, was wir wollen? Unser Lehrmeister ist das Leben. Als hätten sie mehrere Existenzen zur Verfügung und wahrscheinlich würden sie auch dann keines für die Freuden verwenden. Doch es geht nicht um die Freuden, sondern um Freiheit. Ein Leben auf Knien und in Ketten finden bei unsereins keine Akzeptanz. Das wäre die Mentalität eines Sklaven. Und wenn die Freiheit nur Leiden bringen würde, so wäre sie mir doch stets näher als die Unterwerfung.

Gelegentlich muss man taktisch handeln, zum Schein etwas akzeptieren. Solange der Wille am Ende jedoch auf die Zertrümmerung der Mauern ausgerichtet ist, können diese Elemente ertragen werden. Temporär versteht sich. Ist es daher nicht widersinnig? Kaum ist der Mensch im gewissen Sinne unabhängig, in diesem Fall von Kapital und Arbeit, schon schafft er sich neue Grenzen, selbst wenn sie bloß aus Anstand, Verpflichtungen und Moral bestehen. Der Mensch ist im Irrtum geboren und wird wohl auch als ein solcher sterben.

Man verstehe unsereins nicht falsch. Ich spreche nicht gegen eine Entscheidung, die eine Person bindet. Wenn sich ein Mann der Forschung widmen möchte und so die andere Aspekte aufgibt, so soll er es tun. Nein, ich kann das akzeptieren, solange es freiwillig geschieht. Das ist des Pudels Kern. Bewusst handeln. Kein Treiben im Ozean und genau jenes glaubte ich in vielen Menschen zu erkennen. Auf solche Personen konnte und wollte ich mich nicht einlassen. Obwohl, im Grunde genommen bin ich mir sicher, dass ich für sie ein bewundernswertes Vorbild war. Ich war das, was sie auch gerne gewesen wären, wenn sie nicht dieses oder jenes davon abhalten würde. Dieses oder jenes? Wie lächerlich. Welch Vorstellung! Nichts hält sie wirklich ab! Sie sind schlicht zu feige und zu schwach, um sich selbst kennenzulernen. Dies wäre aber zumindest der erste Schritt. Nein, diese Art von Kreaturen war auf Dauer unerträglich für mich. Natürlich ist mir bewusst, dass viele meiner Worte sehr selbstgerecht und überheblich klingen müssen.

Was war ich, was bin ich? Letztendlich nur ein junger Mann, der ein wenig gegen die Gesellschaft aufbegehrte. Anstatt mich mit den Vorlesungen zu beschäftigen, erwarb ich tagsüber einen Kunstschatz nach dem anderen und nachts frönte ich, nur zu oft mit der Hilfe meines Geldbeutels, den Leidenschaften, die in diesen Tagen leider noch zu oft geheim gehalten werden mussten.

Geschlafen? Geschlafen habe ich wohl auch dann und wann. Nun gut, zugegeben. An die Stelle meiner eigentlichen Aufgabe, der des Studierens und dem damit verbundenen Besuch der Vorlesungen am Tage, traten abenteuerliche und verruchte Aktions- und Nachtveranstaltungen. Die guten alten Geisterbeschwörungen, Kuriositätenschauen, Bälle. Weil ich es wollte. Ohne Zwang. Das Leben meiner Altersgenossen, es war immer so gleich. In Vaters Fabriken hatten wir Normen, um möglichst effektiv Waren herstellen zu können. Hier gab es Normen- und Schablonen-Menschen. Ihr Himmel, ich kann mich nicht einmal an die Namen erinnern! Nur an die Geschichte. Davon gab es ungefähr fünf langweilige Standardtypen, die immer wiederholt und variiert wurden. Nein, je länger ich hier verweilte, desto klarer wurde mir, dass ich es bevorzugte, ein Sonderling zu sein, denn auf meinem Wege gab es zumindest immer wieder einmal neue Reize, denen es nachzugehen galt. Ich fasste wenigstens bis zu den Gitterstäben, während andere an einer Stelle verharrten. Konnte ich darauf nicht stolz sein?

Ja, wahrscheinlich war auch ich nur ein Gefangener, auf der Jagd nach neuen Erlebnissen, nur um die Sehnsucht und Ruhelosigkeit in mir zu befriedigen. Heute könnte man es auf diese Art und Weise betrachten. In Wahrheit war ich ebenso schwach wie alle anderen. Wozu mir jetzt noch etwas vormachen? Es braucht keine Göttlichkeit, um diese Traurigkeit zu erkennen. Dieses ist wohl das Hauptübel des Menschen: Er flößt sich mit der Muttermilch ein, nur glücklich zu sein, wenn er dieses oder jenes Stück von der Welt besitzt oder beherrscht. Mein Glücksersatz war wohl meine Kunstsammlung, aber auch mein ständiges Verlangen nach immer stärkeren Reizen. So ist es wohl, ohne Frage. War ich wirklich freier? Nein, ich war vermutlich nicht wesentlich besser oder freier als all die anderen. Ich gestalte mir meinen Käfig nur bequemer.

Doch was kümmert dieses unsereiner nun noch? Mag ich einst auch eine jener bemitleidenswerten Kreaturen gewesen sein, so habe ich nun jede Schwäche zu Boden geworfen und zertreten. Es ist so schwer, nicht zu relativieren. Gerade in meiner Situation. Ich sehe die Bilder immer wieder und empfinde einen kurzen Moment so, wie ich es damals tat. Klarheit kann nur schwer errungen werden. Sie kostet Kraft. Das Böse bindet mich an diese Bilder. Vieles, was man einst gedacht, gesagt oder gefühlt, kommt dem Erhabenen später so töricht und wenig bedeutsam vor. Im normalen Falle neigen die Menschen dazu, die wenigen Erinnerungen, die ihnen bleiben, der momentanen Weltanschauung anzugleichen und die Vergangenheit im gewissen Sinn abzumildern. Warum tun sie das nur? Auf der einen Seite ist nur das wenigste im oberflächlichen Gedächtnis präsent, auf der anderen aber wird das stetig verändert. Nur den Auserwählten gelingt es, in ihre Vergangenheit zurückzusehen, ohne dass sie zu anderen Menschen werden.

Ich bin anders. Ich kann mich an alles erinnern,

was einst war. Jede Sekunde, jedes Wort, jedes Gefühl, jeden Geruch. Das Erinnern lässt mich alles ein zweites Mal erleben. Irrtum und Schwäche gaukele ich mir nur vor, in Wirklichkeit ist alles klar, alles so präsent. Es ist nur die Konzentration, Gottfried. Es lässt sich alles überwinden. Es muss sich überwinden lassen. Aber warum kommen diese Bilder immer wieder? Verdrängt und doch wieder da. Sie sind doch nur Schein. Es gibt kein Vergehen, keine Vergangenheit. Gibt es keine Erlösung? Irgendetwas hält mich gefangen, hält ein letztes Stück von mir zurück. Ich schwanke zwischen absoluter Perfektion und der Schwäche, zwischen Gott und Mensch. Solange ein Teil des Menschen gefangen ist, denkt und fühlt er wie einer und kann niemals mehr sein. Es gibt keine Kompromisse, nur größere und kleinere Lügen. Was bin ich? Es ging so schnell, es ist nicht zu fassen. Ich kann es nicht verarbeiten, noch nicht begreifen. Meine einzige Chance ist es, es immer und immer wieder zu erleben und auf einen Abschluss zu hoffen. Ein Sieg. Die Überwindung. Eine Lösung muss gefunden sein oder alles ist verloren. Es gibt keine halbe Perfektion. Zurück, zurück zur Schwäche, zurück in die Hölle!

Die Bilder. So real. Nun bin ich wieder der

überhebliche, unabhängige Student, der gerade sein neues Anwesen eingerichtet hat und weitaus lieber für das Vergnügen denn für die Pflicht lebt. Ewig hätte es so weitergehen können, doch eines Tages zeigte mir das Schicksal, dass es noch weitaus größere Glücksgefühle zu erringen gab als die, welche ich bislang gekannt hatte: durch Elena.

21. Elena

Während meine Gefühle in den Höhen schwebten, entwickelten sich die Dinge bei den von Hohenecks leider immer mehr zum Schlechten. Gräfin Nilena hatte erneut einen Anfall und zeigte danach kaum mehr lichte Momente. Der Graf kümmerte sich rührend um seine Frau, doch sah man ihm die Last und Verzweiflung auch äußerlich immer mehr an. Die antrainierte hochadelige Maske der steten Beherrschung fiel; welches fühlende Wesen konnte es ihm verdenken? Er verzichtete in der Folge fast vollständig auf Rasur und Pflege, verließ das Haus nicht mehr, sondern verbrachte den Tag im Schlafgewande bei seiner Nilena. Das musste wahre Liebe sein. Ich versuchte, ihn zu ermutigen, doch es gelang mir nicht. Mehr als einmal sah ich diesen untadeligen Mann weinen und auch ich konnte, ob dieses Leidens, die Tränen nicht zurückhalten.

Heute kann ich seine Lage mehr denn je nachvollziehen, denn was bleibt, wenn die Liebe zerrinnt? Nichts. Gar nichts. Nein, Elena, nicht gehen lassen. Zwing dich zurück. Aber wie? Die Briefe? Ja, meinen Eltern schrieb ich regelmäßig und berichtete, was sie hören wollten. Auch ihre

Antworten bestanden nur aus den üblichen Floskeln. Kein Vermissen. Alles nur Form.

Auch die alte Hexe sandte mir einen Brief. Der Inhalt? Empfehlungen für Gottesdienste, Kleidung oder Verhalten in der Öffentlichkeit. Zudem zählte sie ein Dutzend Orte auf, die eine sittsame Dame vermeiden sollte.

Ich antworte ihr natürlich nicht, aber vermutlich übernahm Reinhilda das für mich. Hinter meinem Rücken. Auf der anderen Seite war die Kreuz Dame mit dem Schwärmen für Diener Gernot beschäftigt. Trotz ihres geringwertigen Adelstitels würde Tante Mathilde eine solche Verirrung verdammen, aber das durfte dem Fräulein von Wehr durchaus bekannt gewesen sein. Trotzdem hieß es: Gernot hier. Gernot da. Einmal beichtete sie mir, dass sie fast den obersten Knopf ihres hochaufgeschlossenen Biederkleides geöffnet hätte, um ihren Hals zu entblößen, als sie ihn in der Nähe ahnte. Ihr fehlte es aber am Ende an Mut. Reinhilda von Wehr war wahrhaftig eine törichte Gans. Wie hektisch sie wurde, wenn der Bedienstete mit der großen Nase, dem rauen Gesicht und den riesigen Händen den Raum betrat. Sie hatte keinerlei Selbstbeherrschung oder gar den Mut, den Mann durch subtile Zeichen auf sich aufmerksam zu machen, wie es jede Frau vermochte. Mir war es allerdings keinesfalls unrecht, dass sie nun ihre Zeit primär damit verschwendete, dem armen Gernot aufzulauern, denn ich hatte in Sachen Liebe eigene Pläne und es galt, die in die Tat umzusetzen.

Leicht gesagt, schwer durchzuführen. Aber es musste sein.

Die örtliche Universität beeindruckte mit ihrer Architektur. Neoklassizismus nennt man dieses wohl und ich wusste durchaus, dass mich Baustile nicht interessierten, sondern ich mich nur ablenken wollte. Hier stand ich nun vor dem großen Vorlesungssaal. Nervosität. Leichtes Schwitzen. Was nur hatte ich an diesem Ort zu suchen? Es war verrückt und unmöglich. Ich war eine vornehme und ehrenhafte junge Dame und benahm mich wie eine aus dem Volke. Was die vorbeilaufenden Menschen nur von mir dachten? Rasender Puls. Doch, wen kümmert Moral und Anstand, wenn das Herz so rasend pochte?

Es war nicht schwer, in Erfahrung zu bringen, wann und wo Gottfrieds Kurse stattfanden. Es war allerdings weitaus schwerer, ihn dort auch anzutreffen, denn der Eifer und er pflegten keine Freundschaft. An diesem einen Tage allerdings weilte das Objekt meines Interesses hier und das Einzige, was ich zu tun hatte, war, irgendwie mit ihm ins Gespräch zu kommen, wenn er den Saal verließ. Nichts sonst. Der Rest würde sich schon ergeben.

Ein einfaches, aber fast aussichtsloses Vorhaben. Ist es nicht ungebührlich, den Zufall zur Wahrscheinlichkeit zu machen? Wie stark mein Verlangen war. Tat eine Dame den ersten Schritt? Nein, das gehörte sich nicht. Aber was scherten mich Konventionen? Sehr viel, wenn ich ehrlich zu mir selbst war. Wenig, wenn ich so dahinplapperte. Man legt eine jahrelange Indoktrinierung nicht ab wie einen Mantel im Winter. Aber wer erst aufgefordert werden muss, darf sich nicht wundern, wenn er auch sonst nur auf Anfrage seine Meinung zum Besten geben darf. Was für ein Wahnsinn, was für ein gewagter Schritt. Eine eingefädelte Begegnung. Was tat ich da nur? War mein Verstand schon so verwirrt? Warum konnte ich diesen Gottfried von Heldern nur nicht mehr vergessen? Der Glockenturm verkündete die volle Stunde und ich nahm erstaunt zur Kenntnis, dass ich nicht etwa Stunden hier stand, sondern erst wenige Minuten. Kein Zeitgefühl. Heiße, brennende

Sonne.

Stundenlang hatte ich an meinem Äußeren gefeilt. Fein die Konturen nachgezogen. Ein wunderschönes blaues Kleid. Ähnlich dem meiner Bernadette, der Puppe aus Jugendtagen. Einen wunderbaren Hut. Wirkte ich in meinem Aufzug vielleicht lächerlich und völlig fehl am Platze? Saß mein Haar? Ich hatte mir solche Mühe gegeben. Die Farben. Sie passten doch? Oder nicht? Zur Ablenkung sagte ich mir eines von Johanns Gedichten leise vor:

Verlangen

Nicht mehr schlafen, nicht mehr essen,
nur noch träumen, nie vergessen.
Lautes Fordern, nur Verlangen,
rot die Ohren, heiß die Wangen.
Zitternd' Hände, banges Sein,
größte Angst: die vorm Allein.
Vertraute Nähe, Sicherheit,
wilde Lust, bloß wenig Zeit.
Treues Halten, lautes Lachen,
höher schweben, nicht erwachen.
Gemeinsam in das helle Licht,
wahre Liebe stirbt doch nicht.

Wahre Liebe? Nie hatte mir jemand gezeigt, was das sein konnte oder zumindest vorgelebt. Meine Eltern nicht, auch sonst niemand. Bei den von Hohenecks sah ich nur noch das Ende, aber nicht die Blüte. Konnte er der eine sein? Ja, das fühlte ich. Wahre Liebe? Möglich, aber in jedem Fall bereits eine Verliebtheit und ein Verlangen, das kaum zu bändigen war. Pochendes Herz.

Doch warum war ausgerechnet dieser Lump, derjenige, der die Heldenrolle in all meinen Träumen spielte? All meine Fantasien drehten sich um ihn. Ich begehrte ihn, ohne ihn zu kennen, wollte mit ihm Handlungen vornehmen, die man öffentlich nicht beschreiben darf, ohne sogleich bar jeglichen Rufes zu sein. Stellte mir mein Leben mit ihm vor. Malte gemeinsame Situationen aus. Szenen, Bilder, Episoden. Im Geiste sprach ich über ein Thema und es entsprang daraus ein Dialog mit ihm. Legte ich ihm die Worte nur in den Mund? Oder ist mein Gefühl so stark, dass ich die Harmonie schon spüren konnte, noch bevor ein persönlicher Kontakt vorhanden war? Wenn aus Sekunden Stunden werden. Was war nur mit mir los? Liebe gab es bei unsereins doch nicht, nur Zweckzusammenkünfte und Zweckverehelichungen. Und nun das. Unbekanntes Land. Es ist mehr als nur Verlangen, viel mehr.

Was aber, wenn er nur mit meinen Gefühlen spielen würde? Wenn ich nur eine von vielen bin und mich am Ende in eine lange Reihe mit gebrochenen Herzen einreihen muss? Nichts als eine Gespielin, ein Spielzeug, das nach dem Gebrauch in die Kiste zurückgelegt wird? Liebe bedeutet Abhängigkeit. Ich wäre gerne freiwillig abhängig. Und wenn die Gefühle ohne Erwiderung bleiben? Was dann? Ich sollte von diesem Ort verschwinden. Ihn vergessen. Nie mehr wiederkehren.

Warum machte er eigentlich nicht den ersten Schritt? Wenn es doch die große Liebe war, warum fühlte er nicht ebenso? Was ist dieser Gottfried von Heldern nur für eine erbärmliche Seele. Schuft. Schurke. Herzensdieb. Ich hasse ihn. Nein, das tue ich nicht. Jetzt rettet mich mein Verstand. Woher sollt er es wissen? Nein, sagt das Herz. Er müsste es wissen. Wenn es wahrhaftig ist, muss er es wissen. Verwirrter Geist. Wie viele Tage sind vergangen?

Solche und ähnliche Gedanken schossen mir durch den Kopf, als ich vor dem Saal auf Gottfried wartete. Niederwerfen wollte ich mich, aber der Stolz würde es immer verhindern. Ich wusste, dass es nicht vernünftig war, aber mein Herz befahl mir, hier zu sein. Zu lange schon beherrschte dieser Mann meine Sinne und spielte mit meinem Leben, ohne es zu merken.

In wenigen Augenblicken sollte sich das Tor öffnen, und ich wusste noch immer nicht, wie ich unser erstes richtiges Zusammentreffen arrangieren sollte. Nur eines spürte ich ganz genau und das nahm mir jegliche Angst: Gottfried würde meine Bestimmung sein.

Wahnwitz in seiner prachtvollsten Größe. Wie kann sich ein Mensch nur so festlegen? Es kommt mir vor, als würde ich es wieder erleben. Was für eine schöne Täuschung. Für einige Sekunden kommt die Hoffnung zurück, nur um ein paar Augenblicke später zerstört zu werden. Bin ich gerade dort? Nein, ich bin hier. Überall Schatten, nichts als Dunkelheit. Selbst die Tage mit Gottfried. Nur das wenige Licht, das ganz Besondere blieb mir erhalten. Was ist mit den vielen Stunden? Wo sind sie hin? Wer betrügt uns um unsere Erinnerung? Wer nur, wer? Er war das Wichtigste in meinem Leben. Das Beste, was mir je passiert ist. Doch warum kann ich mich an so wenig erinnern? Müsste mein Herz nicht jeden Moment, jede Szene, jedes Bild zurückholen können? Dauerte unser Leben einen Tag, wir könnten uns nicht einmal an eine Stunde erinnern. Zurückblickend bleiben uns nur Momente, die wenigen Lichtblicke oder die grausamsten Erfahrungen. Wer betrügt uns nur? Wer betrog mich um Gottfried? Wer ist so grausam? Mir bleibt so wenig für mein Heute und nichts für mein Morgen. Warum soll es weitergehen?

Als ich vor dem Saal wartete, wusste ich, warum ich lebte. Ja, ich wusste es. Ich lebte, damit diese Tür sich öffnen würde und wir beide uns begegnen konnten. Der Rest war nur Staffage. Es waren nur Sekunden, doch kam es mir wie Stunden des Wartens vor. Da plötzlich wurde die Türklinke von innen betätigt. War er wieder der Erste, der den Saal verließ? Ich stand direkt vor der Tür. Was hatte ich überhaupt vor? Wie soll es geschehen? Was dachte ich nur? Hoffte ich auf ein Wunder? Wie sollten wir uns begegnen? Rasendes Herz. Saß meine Frisur noch? Sollte ich lächeln? Oder wirkte jenes wirr? Atmen? Oder doch anhalten, damit die Figur noch straffer wirkte? Was, wenn er mich gar nicht bemerkte? Vielleicht war ich für ihn nur irgendeine

Frau. Nicht die Mühen wert, beachtet zu werden? Langsam öffnete sich die Tür. Einige Momente noch und die ersten Studenten werden durch sie hindurch schreiten.

Noch könnte ich davonlaufen und mein törichtes Tun vergessen. Verliert ein junger Mensch nicht ständig sein Herz? Verwechselt er die Triebe nicht allzu oft mit dem tiefen Gefühl? Vieles war zu verlieren, der Gewinn allerdings ungewiss. Die Tür hatte sich fast ganz geöffnet. Wie viele Stunden konnte Derartiges dauern? Ungeduld. Bangen. Die Stimmen, die Schritte, ich hörte sie nicht. Es war zu spät davonzulaufen. Was, wenn mich irgendwer ansprach? Sollte ich behaupten auf einen der Professoren gewartet haben, während mein Herz lauter klopfte, als es die Posaunen vor Jericho jemals gekonnt hätten? Ein Plan? Eine Erklärung? Es war zu spät. Der Moment der Wahrheit raste heran. Ein letzter Stoß von innen und die Tür ward geöffnet. Irgendwelche Menschen verließen den Saal. So viele, ich sehe sie nicht. Wo war Gottfried? Wo war er nur? War er nicht immer einer der Ersten gewesen? Wo war er nur? Menschen. Mehr Menschen. Doch er kam nicht. Ich wollte mich schon enttäuscht abwenden, als er schließlich doch durch die Tür schritt.

Den Blick abwenden? Nein, den Mutigen gehört die Welt, Elena. Meine Augen suchten seine. Würde er meinen Blick erwidern oder würde er einfach weitergehen, ohne mich jemals zu bemerken? Was für herrliche Augen! Ich sah Gottfried an. Auch er blickte mich an. Allerdings auf eine himmlische Art und Weise. All mein Bangen, all dieser Druck, diese Sorgen. Sie lösten sich in diesen unendlichen Momenten in Luft auf. Während er Schritt für Schritt auf mich zukam, wusste ich, dass ich mich nicht getäuscht hatte: Meine Bestimmung war gefunden. Totaler Sieg. Der Instinkt einer Frau täuscht sich nicht.

22. Gottfried

Es war an einem jener Tage, an denen ich, meiner Müdigkeit zum Trotze, den von der Nacht gepeinigten Leib in einen der Vorlesungssäle schleppte. Unsereins hatte Derartiges natürlich nicht nötig, doch wahrte man den Schein. Im Nachhinein kann ich nicht einmal sagen, warum, aber vielleicht verspürte ich eine gewisse Sehnsucht nach dieser so anderen Welt. Erholsame Langeweile. Warum nicht? Die Müdigkeit ließ mich den Vortrag nur im halb wachen Zustand verfolgen, was darin gipfelte, dass ich beinahe das Ende der Stunde verpasste. Zu erschöpft war mein Körper von den Ereignissen der vergangenen Nacht, über die es aus Gründen der Diskretion nichts zu berichten gibt. Wie auch immer. Heldenhaft raffte ich mich, einzig mit dem Ziel, mein heimisches und erholsames Bett zu erreichen, auf und schleppte mich in Richtung des Ausgangs. Langes Gähnen. Dann geschah etwas Merkwürdiges.

Just in dem Moment, als ich den Saal durch die Tür verließ, sah ich in diese Augen. Diese merkwürdigen suchenden Augen. Sie gehörten einer jungen, außergewöhnlich schönen Frau und schienen mich geradezu zu fixieren. Von einem Augenblick zum anderen war meine Müdigkeit verschwunden. Ich kann es mir nicht erklären, aber auf irgendeine Art und Weise faszinierten mich diese starrenden braunen Augen. Es war seltsam. Unerklärlich. Ich hatte in meinem Leben schon viel erlebt, so viel gesehen. Zumindest bildete ich mir das ein. Wie konnte mich etwas so Gewöhnliches in Erstaunen versetzen? Wie viele flüchtige Blicke gab es jeden Tag? Und nun eine solche Irritation? War es vielleicht nur der Schlafentzug, der in mir die Begeisterung für Blicke weckte? Oder nicht? Langsam ging ich den funkelnden Diamanten entgegen.

Einige Schritte nur und ich stand vor ihr. Ich weiß nicht mehr genau, was ich sagte, aber vermutlich musste ich mich vorgestellt haben, denn das Erste, was aus ihrem Mund kam, war ihr Name: Elena von Rathau. Oder fragte ich sie direkt? Es war eine merkwürdige Begegnung. Keiner von uns schien seine Gedanken sammeln zu können und so kam auch keine rechte Konversation zustande. Zu verwirrt, oder war es doch nur meine Müdigkeit? Was tat ich nur? Ich stand einfach da und starrte das schöne Wesen an.

Schwarze Haare, heller Teint, volle Lippen und eine passende Nase – ein wunderbares Gesicht und dann diese Augen. Der passende Hut. Und das geschmackvolle Kleid verriet eine perfekte Figur und ließ die angenehmen Formen nicht nur erahnen. So mussten Göttinnen aussehen.

Gaffen. Sich nicht lösen können. Wo war die Kontrolle über mein Handeln geblieben? Wo die Souveränität und Selbstsicherheit, die ich selbst bei der schlimmsten Zecherei behielt? Wo die Würde? Ich war schwach und musste in ihren Augen einfach nur lächerlich erscheinen. Klein und erbärmlich. Natürlich versuchte ich, mich zu beherrschen und irgendetwas zu finden, mit dem wir unser Gespräch hätten fortsetzen können, doch es war hoffnungslos. Stammeln. Seit wann stammelte ich? An empfindlicher Stelle getroffen. So unerwartet, so schön. Etwas tun. Handeln. Schnell. Kein Gespräch. Nur Starren und eine kurze Begrüßung.

Am Ende schaffte ich es, sie zu fragen, ob wir uns nicht am frühen Abend in einem der zahlreichen Kaffeehäuser treffen könnten. Dann fiel mir auf, dass es sich, unschwer an der Kleidung und der Haltung zu erkennen, um eine feine Dame handeln musste. Wie konnte ich nur so direkt fragen? Zu meinem großen Glück sagte sie zwar nur ein einziges, aber dafür das einzig richtige Wort: Ja.

Ich verabschiedete mich unter einem Vorwand und ließ mich verwirrt nach Hause fahren. Vollkommene Überforderung. Urgewalt. Sammeln. Ich musste mich sammeln. Weg, nur weg. Ich lief davon, wie ein kleiner Junge, den man beim Eierdiebstahl erwischt hatte. Was hatte mich nur so aus der Fassung gebracht? War ich nicht ein Meister des gepflegten Dialoges? Waren es normalerweise nicht die Damen, denen nichts anderes übrig blieb, als schmachtend vor mir zu stehen? Einbildung ist kein guter Meister. Die Müdigkeit. Es musste diese verdammte Müdigkeit gewesen sein. Vielleicht wirkte auch das ein oder andere Getränk des Vorabends nach? Die Augen der grünen Fee führten zweifellos auch zu einem nicht zu unterschätzendem Trance-Gefühl.

Endlich zurück in den eigenen vier Wänden. Müde fiel ich auf mein Bett. Es erschien mir, als forderte das Alter einen sehr frühen Tribut. Irgendetwas hatte mich innerlich aufgewühlt. War es diese Frau gewesen? Natürlich, was auch sonst? Doch wie konnte das sein?

Es handelte sich doch nur um eine Frau. Nein, um eine Erscheinung. Irgendetwas anderes musste mich befallen haben. Ein Schmerz, der mir dieses Wesen als Erlösung vorgaukelte. Vielleicht waren es die Zähne? Es musste doch eine rationale Erklärung geben. Ich konnte mich doch nicht augenblicklich verliebt haben. Derartige Gefühlsduselei war meiner Natur doch vollkommen fremd.

Zu erregt, um dem Ruhebedürfnis zu erliegen, dachte ich nach. Zumindest versuchte ich es, nur konnte ich nicht einen einzigen klaren Gedanken fassen.

Wie denn auch? In meiner Wohnung war alles für das Leben eingerichtet, nicht für die Ruhe. Staunen sollte man über die Wunder, stets etwas Neues finden und nicht in kurzer Zeit in sich selbst versinken. Was sonst so gut für mich sein mochte, war nun störend. Eine Mumie aus fernen Landen mag ein wundervolles Anschauungsobjekt sein, in diesen Momenten irritierte mich ihre Anwesenheit. Und das Licht – es war einfach zu hell. Ich musste raus, aber bevor ich das Haus verlassen konnte, fiel mir dieser eine spezielle Raum ein. Noch immer stand er leer. Ein kleiner, kalter und dunkler Raum, ohne Licht, der noch keine Eignung gefunden hatte. Des Öfteren hatte ich mich gefragt, warum man genau dort auf Fenster verzichtet hatte, nun aber erschien mir dieser Schandfleck des Paradieses als ein geeigneter Besinnungsort, um einen Moment von den Ablenkungen dieser Welt zu entfliehen.

Nur mit einer Kerze bewaffnet, betrat ich die Dunkelheit, setzte mich genau in die Mitte des komplett leeren Raumes, schloss die Tür und versuchte wieder Herr meiner Gedanken zu werden. Ich löschte die mitgebrachte Kerze. Immer nur diese herrlichen Augen. So wenige Kontrolle. Als hätte ein Blitz eingeschlagen. Ein Schwindel? Hypnose? Ich hatte viele Kuriositätenschauen gesehen. Oder doch gar eine Form des Gefühls? Ja, die Liebe sie kam mir erst spät in den Sinn, als ich in diesem kleinen dunklen Raum saß und doch fiel sie mir letztlich ein. Was verwirrte sonst in diesem Maße? Aber wie sollte mir so etwas geschehen? Nie war ich anfällig für dieses Gespenst, das seit Tausenden von Jahren durch die Menschheitsgeschichte streifte. Keine Frau vermochte es, mich über den Beischlaf hinaus zu faszinieren.

Und nun durften einige wenige Sekunden genügt haben, um mich mit dem feurigen Fluch zu brandmarken? Doch wie sollte es möglich sein, einen Menschen zu lieben, den man gerade das erste Mal gesehen hat? Die blaue Blume war doch schon vor Jahrhunderten verwelkt. Es kann nicht mehr als eine kleine Verliebtheit sein, wenn überhaupt und damit doch mehr, als ich je zu fühlen vermochte.

Wie merkwürdig mir zumute war. Mein ganzes Leben lang drehten sich all meine Gedanken einzig und allein um mich und mein Leben. Zwischenmenschliche Beziehungen konnten nützlich sein. Ja, genau das war es. Sie waren entweder von Nutzen oder verzichtbar. Selbst die Beziehung zu meinem Vater war im Grunde genommen nicht vielmehr als reiner Respekt, aber keinesfalls Liebe. Liebe? Was sollte das überhaupt sein? Natürlich hatte ich viel darüber gelesen, schließlich wird dieses Phänomen schon seit vielen Jahrhunderten von den Gelehrten betrachtet, doch erläutern können sie es nicht.

Vielleicht ist es eine Krankheit, die den Menschen unfähig werden lässt, ohne einen anderen zu leben? Eine Art Geistesschwäche? Doch wie lässt es sich dann erklären, dass auch die Großen daran erkrankten?

Tief in mir fühlte ich, dass ich lieben konnte, dass ich lieben wollte. Doch ich fürchtete mich davor, durch das brennende Tor zu gehen. Wie konnte ich sicher sein, dass jemand mit mir gemeinsam ging?

Wie konnte ich von einem anderen Menschen überzeugt werden? War bedingungslose Loyalität nicht einzig nur von mir selbst zu erwarten? Welchem Menschen sollte ich so sehr vertrauen können, dass ich das Risiko des Sich-für-immer-Verlierens eingehen durfte?

Elena von Rathau vielleicht? Die irrsinnigsten Dinge wurden aus Liebe begangen. Brennende Herzen, verbranntes Troja. Bin ich nun auch ein Irrer? Was dachte ich da nur? Ein einziges Mal gesehen. Wie kam ich darauf, an ein Leben mit dieser Person zu denken? Wahnsinn. Kompletter Irrwitz.

23. Elena

Für eine Dame meines Standes hatte ich viel gewagt. Zwar war es nur ein kurzer Moment gewesen, aber er genügte, um mein Herz endgültig und für immer zu fesseln. Entflammt und verloren. Nun galt es nur noch, auch das seinige einzufangen. Mein Gott, wie lange dachte ich darüber nach, was ich zu unserem ersten Treffen anziehen sollte. Welche Farben würden ihm wohl gefallen? Einen Hut tragen? Was für Schuhe? Eine Tasche? Alles sollte perfekt sein. Nie war ich mir um meine Wirkung auf andere Menschen unsicherer. Auf einmal springen Gedanken in den Kopf, die jede Selbstverständlichkeit nehmen. Was ist mit der kleinen Hautunreinheit? Entspricht die Nase einem Ideal der Antike? Und wie gar schrecklich Haare sein können. Nein, nur kein Makel und keine Unsicherheit. Würde nicht jeder kleiner Fehler mich zum Opfer dieses Schuftes machen? Aber, wenn ich nicht für den Besitzer meines pochenden Herzens schön sein wollte, für wenn denn dann? Was nutze es mir, wenn mir andere zu Füßen lagen, wenn mein Liebesobjekt mich wegen eines kleinen Fehlers verschmähte? Wie war ich aufgeregt und alles nur der Liebe wegen. Nur deswegen. Nur um dieses Gefühls

Willen.

Er sah aus der Nähe wirklich blendend aus. Das markante Gesicht. Die bräunlichen Haare und die vornehme Haut. Ohne Zweifel war der Körper ohne Tadel. Seine Stimme, sein Blick und seine Gesten erzeugten sofort eine unbeschreibliche Vertrautheit. Auch besaß er eine selbstbewusste und starke Aura, der man sich kaum entziehen konnte. Ja, das musste er sein, der Richtige. Nur an seinem Kleidungsstil ließ sich noch arbeiten. Zwar trug er feine Waren, aber bei der Zusammenstellung fehlte definitiv noch die führende Hand einer Frau mit Geschmack. Kleider machen Leute? Unsinn. Ein guter Anzug erzeugt keinen Mann, wenn auch nackt keiner dastehen würde. Er veredelt ihn nur.

Merkwürdig, wie anders die Welt geworden war. Alles erschien in einem helleren Lichte. So viel schöner, größer und bunter. Irgendwie scheint man erneut zum Kinde zu werden, doch dieser Vergleich würde dem nicht gerecht. Ein Kind kann die Schönheit dieser Welt oftmals nicht schätzen, bevor es nicht in den dunkeln Abgrund geblickt hat. Die Liebe gab mir die Unbeschwertheit. Alles war so leicht, so sorgenfrei. Nichts spielte mehr eine Rolle, nichts außer uns. Selbst das Leid der von Hohenecks, die lächerliche Liebestrunkenheit von Reinhilda oder der Gedanke an die alte Hexe verblassten dagegen.

Es war eine neue Welt. Ein König und eine Königin. Wahre Liebe ist das höchste der Gefühle, nichts zählt mehr, nichts ist größer. Niemand kann sie erschüttern oder gar zerstören. Zart und verletzlich nach innen, unverwundbar und hart nach außen.

So schön, doch wo hat die Liebe mich nur hingeführt? Wir waren im Himmel, nun bleibt mir nichts als Verzweiflung. Ich hasse dieses Gefühl. Ich wünschte, ich hätte niemals lieben können. Tod und Verderben waren die Konsequenz. Lieben ist, sein Leben bereitwillig einem anderen opfern. Doch was, wenn der andere fort ist? Dann ist auch das Leben fort. Zurück bleibt der dunkle Schatten, der Abglanz dessen, was einst froh und lebendig war. Die leere Hülle ohne Herz und Seele imitiert die Menschen bis zum Tode hin. Liebe ist grausam. Ich schwebte in die höchsten Himmel, nur um in der Hölle der Einsamkeit zu landen. Was tun? Oh, Gottfried. Warum nur? War unsere Liebe verflucht? Was durfte an diesem Glück nicht sein? Ich verstehe es nicht, werde es nie verstehen. Geblieben ist allein die Dunkelheit. Alles Gefühl ist gestorben, die Wünsche und Hoffnungen sind zu Grabe getragen. Nichts ist mir geblieben. Niemand vermag es mich zu trösten. Keine Geste, kein Lächeln kann den inneren Schmerz lindern. Mein Leben besteht nur noch aus der Reaktion, aus dem Auswendiggelerntem.

Unter einem Lindenbaum
hatt ich einst den einen Traum:
nicht mehr länger an diesem Ort,
der Wind blies mich weit, weit fort,
bis in ein Land das Sella hieß –
es war das reinste Paradies.
Zwar gab es dort kein Silber, kein Gold,
dafür des totalen Glückes hold.
Nur glücklich war ich, dort zu sein,
nie, nie wollt ich zurück und heim.
Es gab dort nichts, doch hat ich alles,
die reinste Erfüllung eines jeden Falles.
War die Linde, war die Welt,
war die Menschen, war, was gefällt.
Nichts braucht ich mehr, war einfach da,
war alles, doch nie allein – wunderbar.
Doch plötzlich kam ein Wind daher,
er entzog mich dem so viel, viel mehr.
Ich erwachte aus dem wahren Traum

und saß verzweifelt unterm' Lindenbaum.

Gott, was soll dieses Rezitieren von Gedichten? Es liegt kein Sinn darin. Der Dichter? Tot. Mein Liebster. Tot. Worte sind nutzlos. Alles ist nutzlos. Kein Halt. Der Wille lässt sich nicht erzwingen. Funktionieren. Wozu? Wie eine dieser neuartigen Maschinen reagiere ich auf meine Umwelt. Der einzige Zweck des Schattens. Mein bewusstes Handeln habe ich in dem Moment verloren, in dem ich Gottfried verlor. Wehe mir. Ich bin nur eine Frau, die sich gegen die Mächte des Bösen stellte. Nur eine Frau. Doch hatte ich nicht die mächtigste Waffe der Weltgeschichte, die Liebe, auf meiner Seite? Oder habe ich lediglich die große Möglichkeit verkannt, die mir offenbart wurde? Hätte ich eine Göttin werden können? Ein wahrhaftig überirdisches Wesen? Unsterblich? Beinahe allmächtig? Unendlich glücklich?

Hätte. Hätte. Was aber ist? Für mich existiert nichts mehr. Nun ist alles unwichtig, Gleichgültigkeit erfüllt meine Welt. Ich falle und falle und bete darum aufzukommen, auf dass dieser Albtraum ein Ende nehme, doch was dann? Was ist dann? Diese

Gedanken. Ich hasse diese Gedanken. Ein Tag zerstörte meine Seele. Verflucht sei dieser Tag! Verflucht sei Elena von Rathau!

24. Gottfried

Was macht einen Gott aus? Was macht mich aus? Lange habe ich darüber nachgedacht und doch ist es schwer, die Erkenntnisse in Worte zu fassen. Was für ein Gottesbild mag überhaupt gelten? Vielleicht sollte man lieber damit beginnen, was der Mensch ist oder zu sein glaubt.

Nun, viele dieser Kreaturen fühlen sich als ein Rädchen in einer großen Maschine. Als Bestandteil einer bestehenden Ordnung und Welt. Das ist wahrlich die niedrigste Form des Menschseins und wenn unsereins darüber nachdenkt, dann lag mir diese schon immer fern. Ich stand stets auf einer höheren Ebene. Ist man nicht zumindest die eigene Welt? Wer weiß, schon ob die angenommene Realität um uns herum noch existiert, wenn wir die Augen schließen. Nein, der Mensch ist kein Rädchen, kein Darsteller auf einer Bühne oder eine bloße Figur. Er ist das ganze Theaterstück, denn ohne ihn und seine Wahrnehmung existiert nichts. Doch auch in dieser Aufführung gibt es eine Kausalität. Irgendwelche Regel und Gesetze. Mein jetziger Zustand beweist unzweifelhaft, dass diese Aufführung auch nur Täuschung sein kann. Es ist ein göttlicher

Blickwinkel.

Die eingeschränkte Sicht des Menschen jedoch, kann diese Wahrheit nicht erkennen. Bestenfalls nur einen winzigen Teil sehen. Und doch, um nicht in den Wahnsinn zu verfallen, muss dieses kleine Stück genügen, um alles ausreichend zu erklären. Was kann dabei anderes herauskommen, als eine Realität des Scheins und der Illusionen?

Zweifelsohne bin ich unsterblich. Die Körperlichkeit existiert nicht mehr. Bedürfnisse wie Hunger oder Schlaf sind nur noch Erinnerungsfetzen. Alles ist möglich. Ich nehme mich nicht als Protagonist in einem Roman wahr. Auch nicht mehr als der Roman selbst, sondern ich bin der Schriftsteller, der alle Schriftstücke erschafft. Doch bin ich bereits allmächtig? Oder nur ein Mensch, der über sich hinausgewachsen ist und nur einen Operettenolympier spielt?

Im Grund genommen weiß ich, dass der letzte Schritt fehlt: Der einzige und allmächtige Gott ist voll der zufriedenen Leere. Er ist schlicht nur. Er ist. Unsereins spürt es, am Ende steht das pure Sein, dem alles entspringt. Auch spüre ich, dass ich nicht weit von der Vollkommenheit entfernt sein kann.

Loslassen. Das ist vonnöten. Dem Menschsein entrinnen.

Wahrlich ich bin ein Gott. Ich bin der einzige Gott. Nur ein wenig Überwindung noch.

Meine Gedanken … es dürfte sie nicht mehr geben. Und doch versucht unsereins gerade ein profanes menschliches Gefühl namens Liebe zu relativieren. Ebenso wie es eine jener schwachen Kreaturen tun würde. Genau so. Ich hänge an Erinnerungsfetzen, die mich erneut zum Menschen degradieren. Die Sinne kehren zurück und zwingen mich wieder und wieder zu unterteilen. Das Glück, ich spüre es nicht mehr. Wie oft soll ich diese Geschichte noch erleben? Ewig die gleichen Bilder. Dieses Elend. Distanz halten, auch wenn es schwerfällt. Reißt mich nicht heraus. Allein schon, wenn ich die Gedanken fasse, sehe ich das Licht nicht mehr. Warum immer wieder die gleichen Szenen? Sie ändern sich nicht mehr.

Nun bin ich nicht mehr Gott, sondern wieder dort. In diesem dunklen Raum, in den ich mich zurückgezogen hatte.

Über die Liebe dachte ich nach, über Elena. Was faszinierte mich nur an diesem Mädchen? Ich kannte sie schließlich nur wenige Augenblicke. Oder lief sie mir vielleicht zu vor über den Weg? Nein, das hätte ich ohne Zweifel in Erinnerung behalten. So viele Gedanken. Sie verwirrten mich und so schloss ich die Augen, um alles zu ordnen.

Alles war schwarz, als ich erwachte. Ich musste gemeinsam mit meinen vielen Gedanken in das Reich der Wachträume entschlummert sein. Noch immer lag ich in jenem schwarzen Raum ohne Licht und Fenster.

Plötzlich erinnerte ich mich. Herzrasen. Explodierender Puls. Meine Verabredung. Die schöne Elena erwartete mich. Was mochte sie nur denken, wenn ich zu spät kommen würde? Wie spät war es eigentlich? Panik zog herauf. Hatte ich mich selbst um meine Möglichkeiten gebracht? Hektisch erhob ich mich und rannte, so gut es die finstere Umgebung zuließ, aus dem Raum. Am frühen Abend wollten wir uns treffen. Hoffentlich hatte ich unser Kennenlernen nicht schon beendet, ehe es richtig begonnen hatte. Ich lief den Gang entlang in Richtung des Schlafgemachs. Was für ein Narr ich war. Schlafen, in einer solchen Situation. Schnell. Schnell.

Doch dann sah ich etwas, das mich innehalten ließ: die alte Standuhr in der Ecke. Meine Gesichtszüge entgleisten. Fassungslosigkeit. Ungläubig blickte ich auf das Ziffernblatt und die Zeiger: Seitdem ich mit meinen Gedanken in den dunklen Raum geflohen war, schien keine einzige Minute vergangen zu sein. Verwirrung. Der Zeitmesser defekt? Nein, er tickte wie eh und je. Meine goldene Taschenuhr ebenso, die zum gleichen Ergebnis kam. Litt unsereins gar an schrecklichen Irritationen des Geistes? Selbstredend dachte ich zuerst auch an einen jener seltsamen Träume? Ob ich im Dunkeln das Zeitgefühl verloren hatte? Ich sah auf die Uhr, merkte mir die exakte Minute und ging zurück in den dunklen Raum. Ich wartete, zählte die Sekunden für mehr als zehn Minuten und lief anschließend erneut zu meiner wunderbaren Standuhr. Wieder musste ich erstaunt feststellen, dass lediglich die Zeit der Wegstrecke vergangen war.

Langsam begann ich an meinem Verstand zu zweifeln. Erst dieses Mädchen, das den Kopf beherrschte und nun die Zeitwirrnis.

Auf einmal rannte ich los. Ich lief von Zimmer zu Zimmer, von Uhr zu Uhr und hoffte, dass wenigstens bei einer einzigen die Zeit vorangeschritten war. Nichts. War ich denn verrückt geworden? Oder handelte es sich gar um einen Streich der Diener? Vielleicht von Fridericus Rex beauftragt? Oder gar den Fluch der Mumie? Unsinn. Was tun?

Da fiel mir eine Kraft ein, die mich weder belügen würde, noch auf irgendeine Art und Weise bestechlich war: die Sonne. Ihr Stand würde mir endgültig Gewissheit geben. Langsam öffnete ich die Tür und ging nach draußen. Nein, nun konnte kein Fehler mehr möglich sein: Die Sonne, die Zeit, das Universum standen still, als Gottfried von Heldern in einem kleinen Raum über sein Liebesleben nachdachte. Welch erhabenes Gefühl. Welch neue Form der Größe.

Noch immer war genug Zeit, um mich auf Elena vorzubereiten. Bis dahin aber trieb mich doch die Neugier zu einem anderen Experiment: Ich holte mir ein Buch aus meiner reichhaltigen Bibliothek, zündete mir eine Kerze an und setzte mich in den dunklen Raum. Seite um Seite verschlang ich. Es war zugegebenermaßen ein sehr wirres Schriftwerk über Rassenlehren und blonde Menschen eines völkischen Sektierers, den Vater finanziell unterstützte, doch das sei ohne Belang. Wie auch immer, irgendwann war auch dieses zugeschlagen. Gespannt verließ ich den Raum und ging zur Standuhr. Das Ergebnis war kaum zu glauben: Ich hatte ein komplettes Buch gelesen und dabei keine Sekunde verloren.

25. Elena

Gekonnt hatte ich mich in eine ansehnliche Form gebracht. Ein wundervolles, wenn auch nicht zu gewagtes Kostüm, passende Schuhe und einen edlen Hut. Lange hatte ich überlegt, gegrübelt, mich aber am Ende, vor lauter Verzweiflung, spontan entschieden. Es ging doch auch nur in eines dieser Kaffeehäuser. In diesem Rahmen durfte es doch nicht zu viel des Guten sein. Gesucht war eine Mischung, die meine natürliche Anmut unterstrich und die aus einer schönen Frau schlicht noch ein wenig mehr machte. Weiß Gott, ich bin mir meiner Wirkung auf Männer durchaus bewusst, nur konnte es nicht schaden, dies zu konzentrieren.

Ins Kaffeehaus. Dabei fiel mir ein, dass mir mein Vater einst berichtet hatte, dass diese Häuser maßgeblich dazu beigetragen haben, die Biersuppe als Frühstück durch den Kaffee abzulösen, doch war eine derartige Information für eine Frau belanglos. Ich vermute, sie sprang mir auch nur deswegen in den Kopf, weil ich irgendeine Ablenkung brauchte, um nicht vollkommen meine innere Ruhe zu verlieren. Eine solche Aufregung verspürte ich, auch wenn man sie mir nach außen, so meine Hoffnung, nicht ansah.

Das Kaffeehaus. Wie kam ich dorthin? Die Erinnerung fehlt. Es spielt auch keine Rolle. Ich wartete vor dem Eingang. Warten. Wo blieb er nur? Unruhiges Unwohlsein. Ob er mich versetzt hat? Vielleicht bejahte er alles nur, weil ich ihn überfiel wie ein Räuber den Fernkaufmann? Was, wenn er es sich nun überlegt hatte? Wo blieb er nur? Was war ich doch für eine törichte Gans! Dieser Schuft! Was erlaubte er sich. Mit mir machte man so etwas nicht. Hitze. Kälte. Und hier stand ich nun. Obwohl es nur Sekunden waren, spürte ich eine Folter für die Ewigkeit. Was für eine törichte Gans ich doch war! Stehengelassen. Was für eine Blamage!

Kurz, bevor ich meiner Verzweiflung erliegen konnte, sah ich ihn aus der Ferne. Da war er. Da war Gottfried und mit jedem Schritt näherte er sich mir. Wie sah ich nur aus? Würde ich ihm gefallen? Was sollte ich überhaupt sagen? Vielleicht hätte ich mir einige Themen überlegen sollen? Biersuppe? Nein, das war kein angemessener Gesprächsinhalt. Was nur? Für wen hielt er mich? Eine Dame oder ein leichtes Mädchen? Mit jedem Schritt, mit dem er sich mir näherte, wurde ich unsicherer. Gut sah er aus. Sehr stilvoll gekleidet. Ausstrahlung. Selbstbewusst.

Vielleicht zu selbstbewusst für einen, der es ehrlich meinen würde? Oder doch nicht? Unsicherheit.

Am liebsten wäre ich davongelaufen, doch dafür war es nun zu spät, denn er stand vor mir. Ich atmete tief durch. Nichts sollte er merken von dem Krieg im Inneren. Bitte keine Schweißperlen. Nervosität vermeiden. Nichts anmerken lassen. Wie die Knie mir zitterten. Meine Sehnsucht stand vor mir.

Er begrüßte mich. Irgendwie flogen wir in das Innere des Kaffeehauses, saßen alsbald am Tisch. Er eröffnete das Gespräch mit der Frage nach meinem Befinden und über die Bestellung kamen wir zu unseren Lebensläufen. Der Inhalt? Nicht wichtig, es zählte nur, dass der Moment passte. Alles erst etwas holprig und reserviert, dann immer flüssiger. Nach kurzer Zeit bemerkte ich, wie ich, ohne es zu wollen, an einer längeren Locke spielte und versuchte diese Ungehörigkeit zu unterdrücken. Leider tastete meine Hand als Nächstes nach dem Löffel, den ich zu einer Kaffeetasse erhalten hatte und ließ ihn zwischen meinen Finger kreisen. Während ich versuchte, jenes zu unterbinden, fiel mir auf, dass ich sehr weit vorne auf meinem Stuhl saß und mit den Füßen wippte. Mit Entsetzen stellte ich fest, dass ich die Kontrolle über meinen Körper zu verlieren drohte. So kam es mir zumindest vor. Allerdings war sein Lächeln zauberhaft, verloren ist man in seinen braunen Augen. So ein souveräner Mann – und ich verhielt mich wie ein frischgeschlüpftes Küken. Um mich ein wenig zu beruhigen und meine Hände zur Vernunft zu bewegen, suchte ich nach Fehlern in seinem Gesicht. Volle Konzentration. Die Ohren waren recht wohl geformt, aber wenn man die Nase für sich betrachtete … Und die Augen? Waren sie richtig positioniert? Doch so sehr ich mich auch bemühte, ich nahm nur noch mit dem Herzen wahr und das hätte mir auch keinen einzigen Fehler melden wollen.

Gottfried gefiel mir. Das war es. Einfache Wahrheit. Auch besaß er ein erstaunliches Wissen, vielmehr, als mancher ihm zugetraut hatte. Seine Art zu sprechen, ausgesprochen sympathisch. Sanfte Stimme. Voller Energie und doch genehm. Seine Gesten, offen und einladend. Die Ausstrahlung, wie ich es mir versprochen hatte. Nur keinen Fehler machen, dachte ich mir, während der Löffel erneut zwischen meinen Finger kreiste und sich die andere Hand überhaupt nicht mehr von der Tasse lösen wollte. Was musste ich doch für ein erbärmliches Bild abgeben.

Verriet mein Körper mich? Machte ich es ihm zu

leicht? Vielleicht sollte ich mich nicht mehr zwingen, ihn direkt ansehen und den Blick nach links und rechts schweifen lassen? Ja, das erschien mir eine gute Idee. Zudem sollte ich meinen Körper mehr straffen.

Während ich intensiv mit mir selbst kämpfte, bemerkte ich überhaupt nicht, dass ich vieles von dem, was er mir vortrug, gar nicht wirklich hörte. Es ist schwierig zu erklären, aber es kam mir nicht auf den Inhalt an, sondern auf den wohligen Schwarm, der mir entgegenkam. Das Gefühl ist es, das angesprochen werden musste, nichts sonst. Sicher versuchte er, mich zu beeindrucken, und er schaffte es auch. Er wusste viel über die Gesellschaft, hatte eine ausgesprochen bemerkenswerte Herkunft, sowie ausgefallene Interessen. Worte waren wohl auch die naturgegebene Art, mit der er in Liebesdingen voranschritt, einem Pfau gleich, der sich aufplusterte. Doch mir gefiel dieser Pfau. Mir gefiel dieses, so ordinär es klingen mag, Balzverhalten. Oder war es nur ein Versuch, ein schnelles Glück zu finden? Musste ich nicht vorsichtig sein? Alles war so ungezwungen, so wunderbar ohne Form. Sollte in einer Liebe nicht auch nur das Gefühl regieren und nicht irgendwelche Verhaltensregeln, die wie das

Damoklesschwert die Gemüter belasteten? Doch ist das nicht vielleicht genau der Weg in die Belanglosigkeit?

Irgendwann kamen wir zum Thema der Unfreiheit und spätestens da bemerkte ich, dass wir uns auf derselben Ebene begegneten. Ich erzählte von Mathilde und das gelang mir auf eine solche Art und Weise, dass er lachen musste. Mit treffenden Bemerkungen brachte er auch mich dazu. Ein inniges, ehrliches Lachen, bis mir auffiel, dass ich meine Worte scheinbar hektisch mit Gesten unterstrich. Viel zu übertrieben für eine Frau meines Standes und womöglich irritierte ich die anderen Gäste.

Um meinen Körper endlich unter Kontrolle zu bekommen, verschränkte ich die Arme und das half zumindest ein wenig. Straffer Körper. Ich hatte ein wenig Kontrolle zurückgewonnen und versuchte, soweit es in diesen Dingen möglich war, alles ein wenig zu steuern. Ja, es fügte sich, was zusammengehörte, doch er sollte spüren, dass ich keine leichte Beute sein würde. Und niemand spielte mit mir. So zeigte ich mein Interesse, so meinte ich, deutlich genug, aber nicht im Überschwang. Den kleinen Finger geben? Den kleinen Finger betrachten, muss genügen. Manches Mal, an dem ich tief und laut aus dem Herzen lachen oder einfach seine Hand berühren wollte, hielt ich mich bewusst zurück. Nein, ein kleines Entgegenkommen musste genügen. Ich bin kein Haus aus Stroh, sondern eine Festung.

Der Abend ging noch einige Zeit so weiter. Gebrochen das Eis. Herrliche Zeiten. Ich hatte alles gesetzt: meine Ehre. Wie hätte man bei einem Misslingen über mich gesprochen? Was für Gerüchte hätten verbreitet werden können? Meinen Stolz, mit der Gefahr von einem Mann zurückgestoßen und erniedrigt zu werden. Und meine Hoffnungen auf ein besseres und schöneres Leben, als es alle anderen führten, die ich kannte.

Als ich mit Gottfried das Kaffeehaus verließ, selbstredend nur, damit er mich an die Türschwelle bringen konnte, hatte ich alles gewonnen.

26. Gottfried

Man versetze sich in meine damalige Lage. Erst die Verwirrung meines Gefühlslebens und als Dreingabe noch die Macht über die Zeit. Angemessen für unsereins, aber dann doch etwas zu viel der Aufregung auf einmal. Natürlich dachte ich darüber nach, warum in diesem Raum die Gesetze der Zeit keine Geltung hatten, ich bin kein Narr, der die Dinge nimmt, wie sie auch kommen mögen, doch eine Erklärung fand ich erst einmal nicht.

Doch was half es unsereins? Er war da und ich nutzte ihn. Meine Wahrnehmung stieg die Treppen empor, während mein Verstand unten zurückblieb. Ärgerlich für unsereins, wo doch der Geist unsere stärkste Waffe ist.

Pathetische Worte, denn an jenem ersten Tag blieb nur Verwunderung und atemloses Staunen. Zudem hatte ich mich zu beeilen, denn die bezaubernde Elena erwartete mich in einem nahen Kaffeehaus. Rasch kleidete ich mich mit meinem schönsten Anzug und nach einer halben Stunde war es doch tatsächlich gelungen, die widerspenstige Haarsträhne zu zähmen, die stetig aus dem Rahmen fallen wollte. Perfekt wollte ich sein und nicht umsonst hatte ich vorab alles durchdacht: Frauen müssen beeindruckt werden.

Von meinen Taten und Leistungen, von denen es zugegebenermaßen noch nicht so viele gab, von meinem Aussehen, von meiner Persönlichkeit. Nur kein ungehobelter Ausdruck, wie man ihn in den Gassen hörte. Keine Zeit mehr, mir Informationen über dieses wunderbare Wesen einholen zu lassen. Zu kurzfristig, zu spät. Nichts gefiel mir weniger als ein Mangel an Informationen. Dienten sie doch, mir alle Möglichkeiten vorab im Geiste auszumalen. Das mag überraschen, doch unsereins ist selbst im hemmungslosen Treiben niemals ohne Organisation und Kontrolle. Doch nun hatte ich nichts. Ich wagte mich ins Unbekannte.

Aber das Fräulein von Rathau musste aus reichem Hause stammen, so sorgsam das Erscheinungsbild, so edel die Kleidung. Eine Kaufmannstochter? Nein, die Haltung und die Sprache vermittelten keine derartige Botschaft. Eine Adelige. Niederer Adel? Nein, sicher nicht. Gräfin? Fürstin? Oder höher? Hatte ich sie überhaupt standesgemäß angesprochen? Mit meinem einfachen ›Sie‹? Wie heißt das noch? Erlaucht, Durchlaucht, Hoheit oder gar Prinzessin? Es kam ganz auf den Titel an, den ich nicht kannte.

Ein unangenehmer Gedanke, vielleicht schon an dieser Stelle töricht gehandelt zu haben.

Doch warum machte diese edle Frau mich auf sich aufmerksam? Das war in diesen Kreisen unüblich, dafür aber überaus reizvoll.

Vielleicht scherte sie sich nicht um Konventionen? So musste es sein, sonst hätte sie mich nicht – man bedenke, dass wir uns nur wenige Augenblicke sahen – so in ihren Bann ziehen können. Ein Gefühl der Unsicherheit kam auf, aber ich tat, wie ich es immer getan hatte, verdrängte die Emotionen und hörte ganz auf den Verstand: ohne Interesse kein Arrangement. Sehr simpel, aber vollkommen korrekt.

Und von meiner Seite? Liebe auf den ersten Blick? Nein, das konnte nicht sein. Dagegen fühlte ich mich doch gefeit, oder nicht? Neugier war es, redete ich mir ein. Neugier, Aufregung und etwas erfrischend Erquickliches. Wie oft erlebte man es, dass eine schöne, junge Dame von besserem Stand auf einen Herrn zuging? In der Öffentlichkeit.

Es war an der Zeit, das Kaffeehaus aufzusuchen, und ich muss gestehen, dass ich, im Gegensatz zu meinen sonstigen Treffen mit der Damenwelt, überaus nervös war und mir das nicht erklären konnte. Die mir eigene Souveränität? Dahingeschieden. Alles noch einmal durchdenken?

Noch einmal in den dunklen Raum? Nein. Ich würde auf meine Fähigkeiten zur Improvisation setzten, die ich allerdings lieber auf einen gut durchdachten Plan stützte, als ins Blaue hinaus zu wirken. Doch auch das konnte ich, wenngleich es keine Präferenz darstelle.

Während ich mir in der Kutsche noch einige Phrasen und Späße ausdachte, mit denen ich stille Perioden überbrücken konnte, fuhr meine Vehikel vor und da sah ich sie. Atemberaubend. Wunderschön und alles gedroschene Stroh war vergessen. Ich weiß nicht mehr, wie wir ins Kaffeehaus kamen, aber da saßen wir nun und ich redete und redete. Mein Ziel war es, erst einmal, alles am Laufen zu halten und ein schnelles Gehen ihrerseits auf jeden Fall zu vermeiden.

Leider schien dieses nicht besonders gut anzukommen, denn alsbald spielte sie gelangweilt an ihrem Haar und schien jeden Gegenstand interessanter zu finden als meine Ausführungen. Offenbar hatte ich sie nicht genügend beeindruckt, und so erzählte ich Elena von den Ausgrabungen und machte meine persönliche Sammlung auch ein wenig größer, als sie war, nur um mich ins rechte Licht zu rücken.

Doch es schien mir nicht zu gelingen, diese Frau zu fesseln. Sie wippte auf den Füßen und sah sich im Raum nach einem besseren um. Zum Zerzweifeln. Ungekannte Panik. Ratterndes Gehirn. Verlust jeder Selbstverständlichkeit. Ich versagte tatsächlich, als es darauf anzukommen schien. Und unsereins kennt dieses Gefühl gar nicht. Wo genau blieb meine Fesselungskunst? Wo der Charme? Was war nur los mit mir?

Meine Angst, dass sie sich unter einem Vorwand verabschieden konnten, wuchs stetig. Dann kam das Thema urplötzlich auf die persönliche Freiheit. Elena erzählte mir von ihrer Familie, der gar schrecklichen Tante und mir gelang es, ihr ein Lachen zu entlocken und damit Boden gutzumachen. Das erste Lachen. Die erste gewonnene Schlacht.

Doch dabei blieb es erst einmal und eine merkwürdige Kühle zog ein. Was hatte ich nur falsch gemacht? Oder war es gar mein Ruf? Meine Stimme? Meine ganze Art, mich zu bewegen? Oder gar die

Haarsträhne? Alles Gedanken, die ich mir nie zuvor gemacht hatte. Vor lauter Zweifel und Anstrengung konnte ich mich nicht einmal an ihrem entzückenden Äußeren erfreuen. Inzwischen waren Stunden vergangen, es hätte aber auch, wie passend, eine Ewigkeit sein dürfen. Verflogen. Schlicht verflogen. Gleich wie, diese wunderbare Frau war nicht gegangen. Also doch kein Desaster und Versagen, obwohl ich, was mir aber erst hinterher auffiel, ihren Adelstitel nicht durch eine angemessene Ansprache würdigte.

Insgesamt ein kleiner Sieg im kommenden Krieg. Ich durfte sie sogar bis vor die Türschwelle begleiten und erhielt die Aussicht auf ein Wiedersehen. Nichts wollte ich zum damaligen Zeitpunkt mehr.

27. Elena

Trostlos ist alles. Leere. Bar jeglichem Sinn. Ich sitze hier und möchte die Welt außerhalb dieser Räume vergessen. All die Straßen, Menschen und Gebäude. Die Farben der Natur. Jede Pracht und Lebendigkeit. Da ist nichts Lohnenswertes mehr. Kein Grund, diese jämmerliche Existenz fortzusetzen. Das Ende ist immer meine große Liebe. Klammern? An was nur? Ein Gedicht aus dem Gedächtnis?

Erkenntnis

Immer suchen, niemals finden,
unbekannt ist Weg und Ziel.
Langsam die Kräfte schwinden,
wollte alles, nichts und viel zu viel.

Rauschend die vielen Momente,
wie schnell ziehen sie vorbei.
Schon droht das nahe Ende
Vergehen, Tod – Verzweiflungsschrei.

Ungewisses Schaudern,
wie weit ist's noch zu gehen?

Verflucht sei mein Zaudern,
Hektisch sein, doch immer stehen.

Verpasst die offn'en Türen,
Die Freiheit, die war immer da,
nur Herzen in den Himmel führen,
einzig der liebend' Weg ist wahr.

Nun sich die Tore schließen,
Finsternis verdrängt das Licht,
meine letzten Tränen fließen,
Es ist Zeit für's Endgericht.

Falsche Götter, kranker Glaube
nehmen uns das inn're Kind.
Es bleibt nur vom toten Staube,
bald fortgeweht vom Schicksalswind.

Mein Herz hat nur Trauriges zu bieten. Die Liebe …
an die glaubte ich vom ersten Moment an und unser
Treffen im Kaffeehaus schien das Tor für eine große
Zukunft weit geöffnet zu haben.

Obwohl mich sein Auftritt überzeugte und viele

Zweifel bezüglich seiner Lebenseinstellung verscheuchte, warnte mich mein Verstand immer noch davor, zu leicht meinem Herzen zu folgen.

Was, wenn es doch nur ein geschickt inszeniertes Spiel gewesen war? So sehr ich die Bereitschaft fühlte, mich fallenzulassen, so sehr spürte ich, dass dieses nur mit absolutem Vertrauen möglich sein konnte. Zweifelsohne hatte er sich zu beweisen. Dauerhaft. Oder aber für immer aus meinem Leben zu gehen. So sei es. Schließlich stand vor ihm eine Frau, die mehr zu bieten hatte als andere weibliche Wesen. Dafür sollte sich jedes Opfer lohnen.

Das Verlangen erweckte in mir ein glühendes Feuer, und gerade deswegen, um nicht leichtfertig für immer gefangen zu werden, lehnte ich die nächsten fünf Vorschläge für ein Treffen ab, die mir ein Diener per Brief zustellte. Nicht auf eine radikale Art und Weise. Man verstehe mich nicht falsch. Immer mit zarten Andeutungen versehen, dass es das nächste Mal sein würde, wenn ich das Bitten erhören könnte. Es war zu wenig, um Sicherheit zu gewähren, aber genug, um das Interesse aufrecht zu erhalten. Nein, ich mochte dieses Vorgehen nicht, aber ich bin, was ich bin, und mir erschien dieser Weg als der einzig wahrhaftige. Mein Herz darf nicht gebrochen werden. Ich hatte schlicht zu schnell an Distanz vermissen lassen, indem ich mit ihm sprach wie mit einem Vertrauten und auf standesgemäße Floskeln verzichtete. Das sollte ein wenig korrigiert werden. Nein, ich bin kein leichtes Mädchen und niemals durfte ein derartiger Eindruck entstehen.

Zappeln lassen, einem Fisch an der Angel gleich. Sollte ein Mann diesen Pfad nicht zu gehen bereit sein, so ist er niemand, der meinen Ansprüchen genügt. Simplifiziert und doch von einer bestechenden Klarheit. Dass ich innerlich betete, dass er es weiter versuchen würde und hoffte, er würde meine Gesten richtig deuten, ist auch ein Teil der Wahrheit. Für mich. Nicht für die Welt. Niemand sollte je erfahren, was wirklich in mir vorging. Ein gar seltsames Gemisch aus Stolz, Hoffnung und Bangen. Ich konnte nicht gegen meine Natur handeln und diese gebot mir Vorsicht. Auf der anderen Seite wollte ich ihn nicht verschrecken. Eine grausame Situation, getragen von Unsicherheit. Ich wollte fühlen, nicht mir den Kopf zertrümmern. Die sechste Anfrage erhörte ich schließlich. Ich hielt es vor Sehnsucht nicht mehr aus.

Das ist die Wahrheit.

Dann jedoch durchfuhr es mich wie ein Blitz. Agierte ich nicht zu offen? Nicht wegen Gottfried, aber was war mit den von Hohenecks? Ach, was für eine unsinnige Befürchtung. Der Graf wachte Tag und Nacht treu am Krankenbett seiner dahinsiechenden Ehefrau. Es war so traurig anzusehen und doch ein wundervolles Beispiel für Hingabe und Liebe in schlechten Tagen. Beide lebten nun in ihrer eigenen Welt. Für mich ein weiterer Beweis, dass das Gefühl stärker ist als der Verstand. Letzterer hätte ihm sagen müssen, dass die arme Nilena geistig immer mehr verfiel und nichts mehr von seinem emsigen Bemühen registriere. Der Kopf hätte ihm zur Aufgabe geraten. Nicht aber das Gefühl, das so viel stärker ist als alles andere, und ich bin sicher, die Gräfin spürte seine Liebe, wenn sie es auch nicht mehr zu zeigen fähig war. Ja, so musste es gewesen sein.

In den wenigen Momenten, in denen der Graf sein Umfeld noch bemerkte, sprach er davon, die verwirrte Nilena noch einmal zu allen Orten zu führen, die sie einst besucht hatten. Alleine schon der Gedanke daran rührte mich und trieb mir die Tränen in den Augen, denn was wäre das für eine große romantische Geste. Ich fühlte mit ihnen, konnte aber nichts tun. Wie gerne hätte ich das schwere Los der beiden erleichtert, doch in diesen letzten Momenten einer großen Liebe war kein Platz für eine Fremde.

Um seine Geschäfte kümmerte sich der Graf gar nicht mehr. Die geschäftliche Korrespondenz erledigte ein Advokat und die private stapelte sich seit Wochen auf seinem Schreibtisch. Doch was interessierten irgendwelche Briefe, wenn die Liebe im Vordergrund stand?

Nein, diese guten Leute waren keine Gefahr für mein pochendes und verletzliches Herz. Ich bin sicher, die von Hohenecks hätten sogar Verständnis für mich gehabt, wenn sie denn etwas geahnt hätten.

Die Dienerschaft? Nein, die war verschwiegen. Auch hatte ich das Gefühl, dass mich die Bediensteten mochten, denn ich begegnete ihnen stets freundlich. Und diejenigen, die mir Informationen beschafften, profitierten zudem monetär von meiner Anwesenheit. Vor allem Gernot, dem großen Schwarm von Reinhilda. Gut, dass die Kreuz Dame nicht wusste, dass der grobschlächtige und hässliche Mann nur von der Ehe mit einer anderen Bediensteten träumte und auf ein Bauernleben in der Ferne sparte. Ebenfalls eine sehr romantische Vorstellung, die ich gerne ein wenig mit meinen Münzen unterstützte. Trotzdem gab es mir eine innere Befriedigung, weil er nicht wusste, dass er eine Anbeterin von niederem Adel hatte und sie nicht, dass sie gegen eine Gemeine bereits verloren hatte. Köstlich.

Und Reinhilda von Wehr selbst? So sehr sie auch ihre Freundschaft zu mir betonte und mir ihre Geheimnisse offenbarte, so habe ich sie nie als Freundin angesehen. Nur als schwachen Platzhalter für Mathilde. Ob das gerecht war? Es spielte keine Rolle und interessierte auch nicht. Ich bin ehrlich und rein bei meinen Gefühlen. Ich hasste den alten Drachen. Und ich verabscheute jeden ihrer Büttel. Ganz einfach, deutlich und klar.

Trotzdem durfte die Kreuz Dame von meinen Eskapaden nichts mitbekommen. Ich musste mir daher eine Geschichte erdenken. Vielleicht eine derartige, dass Gottfried ein Privatdozent wäre? Oder gar ein Kandidat auf das Priesteramt. Nein, Letzteres erschien übertrieben, aber die Sache mit dem Lehrer könnte eine gewisse Glaubwürdigkeit erlangen. Wenn man sie langsam und mit einer originellen Hintergrundgeschichte einführte, konnte es funktionieren. Vielleicht irgendetwas mit Musik?

Warum nicht? In jedem Fall musste es schnell geschehen, bevor sie mehr sah, als sie sehen sollte. Ihre Verliebtheit blendete sie im Moment, aber für wie lange?

Am besten gleich beginnen. Ich betrat ihre Kammer auf der Suche nach ihr. Privatdozent. Das gefiel mir. Und was sah ich? Auf dem Schreibtisch lag ein fast vollendeter Brief, adressiert an die Hexe Mathilde. Panik kam in mir hoch, die aber bald durch eine unbändige Wut ersetzt wurde. Was hatte die Kreuz Dame berichtet? Fieberhaft las ich und erwartete das Schlimmste. Diese Verräterin. Wut. Heuchlerische Schlange. Hinter meinen Rücken mit dem Feind zu korrespondieren. Obwohl der reine Umstand keine Überraschung hätte sein dürfen, war ich zutiefst erregt ob der bösen Tat, die nichts anderes darstelle, als einen Treuebruch. Hatte sie mir nicht ihre Freundschaft geschworen? Und doch hinterging sie mich?

Fieberhaft studierte ich die Korrespondenz. Zu meiner Überraschung fand sich in dem Schreiben jedoch kein einziges Wort von Übel, sondern es war ein einziges Anpreisen meiner Tugend. Wenn ich nicht studierte, würde ich meine Zeit zu Hause verbringen oder in der Kirche. Fast schmeichelhaft.

Eine wahre Freundin. Anrührend. Schützend.

Eine wahre Freundin? Natürlich nicht. Nichts, als eine Verräterin. Sie hinterging mich und warum wohl? Weil die törichte Gans verkommen war und nur an ihre unwichtigen Gefühle und ihre Lüsternheit dachte. Solange ich hierblieb, blieb auch sie. Was für ein niederträchtiger Mensch.

Mir wurde klar, dass ich handeln musste. Reinhilda war ein schwacher Mensch und niemand setzt auf das schlechteste Pferd im Stall. Wie ich sie in diesem Moment hasste. Doch mein Gefühl würde mir helfen, diese Gefahr zu vernichten. Da war ich mir vollkommen sicher.

Aber damit zurück zu meinem Liebsten. Ja, das erste Treffen war schlicht wundervoll verlaufen.

Gottfried sandte mir mittlerweile die sechste Botschaft und sie enthielt eine verwegene Dreistigkeit. Mit einer Kutsche auf das Land fahren? Nur wir beide? Im Grunde genommen war es vollkommen unerhört, Derartiges zu erbeten, nachdem bereits mehrere Wünsche nach einem Treffen in der Öffentlichkeit nicht gewährt wurden, denn wir kannten uns kaum – und in welche Nöte hätten wir kommen können? Wie würde die

Gesellschaft über uns reden? Es war unverschämt, aber es war für mich und zeigte die Bereitschaft auf, für eine Königin Grenzen zu überschreiten. Eine gewisse Verwegenheit war ihm nicht abzusprechen.

Das gefiel mir, entsprach meinen Erwartungen, und ich sagte voller Vorfreude zu – natürlich ließ ich ihn einige Tage warten, bis meine Antwort ihn erreichte. Wieder war es Diener Gernot, der den Brief überbringen durfte. Die Bestätigung gab er mündlich und mit glühendem Herzen wartete ich auf unser nächstes Wiedersehen.

Gott, ich erinnere mich noch, dass ich wieder Stunden brauchte, um mich herzurichten. Noch Minuten, bevor er mich abholte, war ich davon überzeugt, eine liebende Distanz aufrecht erhalten zu können, doch in der Folge wurde es eine der schönsten Aneinanderreihung von Momenten meines Lebens. Ich sehe immer noch die Bilder. Was für eine Inszenierung! Der See, der blaue Himmel. Überall die Lebendigkeit der Natur. Keine weitere Menschenseele weit und breit. Wie ein wundervolles Gemälde und eine Stimmung, die nur die Liebe so schaffen konnte. Ich schwelge darin und für einen kurzen Moment kommt alte Glückseligkeit wieder hoch. Gottfried hatte an alles gedacht. Eine Decke, viele exotische, mir unbekannte Köstlichkeiten und herrlichem Schaumwein. Waren die Löffel etwa aus Gold? Beeindruckend, welche Mühen er sich machte, aber zeigen konnte ich das natürlich nicht. Distanz. Wir unterhielten uns prächtig und ich spürte, wie sich mehr und mehr Vertrauen einstellte. Hier wollte ich mich fallenlassen, durfte es aber nicht. Noch nicht. Selbstredend versuchte er wieder, mich noch mehr von sich einzunehmen, versprach mir sogar, nun intensiver zu studieren, was mir am Ende vollkommen gleichgültig war, denn ich wollte den Mann, nicht den Studenten oder einen Gelehrten, aber er hatte bereits Eindruck gemacht. Er war beachtenswert und damit erschien mir diese Voraussetzung bereits erfüllt. Ja, er hatte es mit den Worten, aber ich hätte diese nicht einmal gebraucht. Geschickt, aber nicht zu glatt. Schmeichelnd, erhebend und neckend. Nicht lästig und obszön. Die Gespräche waren wundervoll, aber sie waren nicht notwendig. In Gottfrieds Nähe verspürte ich ein Wohlgefühl, das ich bislang nie gekannt. Vertrauen und Geborgenheit. Es ist schwierig, in Worte zu fassen.

Am Ende eines wundervollen Tages, an dem ich mich stetig mühte, die Emotionen zu kontrollieren und zumindest noch ein Mindestmaß an Distanz wahrte, ließ ich mich doch zu einer emotionalen Ungehörigkeit hinreißen. Es geschah vor der Haustür meiner Gastfamilie. Ich umarmte Gottfried zum Abschied. Es war unvermeidbar. Ich wollte noch einmal seine Nähe spüren, ihn zumindest ein wenig berühren. Ob mein Liebster überhaupt verstand, was für eine Geste es war? Wie gut, dass mich weder die von Hohenecks noch die Kreuz Dame sahen.

Hätten sie nun gesehen, dass mich ein fremder Mann vor ihrer Tür berührte, wer weiß, was geschehen wäre? Wie auch immer. Ich hoffte, Gottfried wusste das Risiko zu schätzen, das ich nur für ihn einging. Wenn das kein Entgegenkommen war, was dann?

Doch was helfen mir diese Erinnerungen? Mein Liebster schenkte mir ein Leben, wie ich es in meinen kühnsten Träumen nicht hätte erahnen können. Es war einzigartig, zeitlos. Für Menschen mit pochenden Herzen zählen Verhaltensregeln nicht. Welche Kraft auf Erden ist größer als die Liebe? Welche Befehle zählen mehr, als die der stärksten Macht des Universums?

Die Liebe durchdringt jede Mauer. Nichts und

niemand kann sie halten. Sie ist ein Teil einer höheren, göttlichen Welt und mit ihr werden auch die Liebenden zum Teil etwas Höherem. Wahre Liebe kennt keine Grenzen, keine Einschränkungen. Nichts und niemand ist in der Lage, das ganze Leben so zu verändern. Nichts lässt höher schweben, aber auch tiefer fallen.

Was nur ist Liebe? Eigentlich ist es Irrsinn, darüber zu sprechen und so unnütz. Wozu reden? Warum nicht erleben? Liebe ist der einzige Weg, den ich mir Vorstellen konnte und kann.

Für mich jedoch wird es niemals mehr möglich sein, das Heil zu erlangen. Allein bleibe ich zurück. Liebe kann einen Menschen auch um den Verstand bringen, anstatt alles größer und schöner zu machen, genau das Gegenteil bewirken. Höchste Gipfel, tiefstes Fallen. Verfluchte schönste Kraft. Gibt es etwas Grausameres, als wenn das ewige Streben zum Scheitern verurteilt ist? Wahre Liebe schenkt selten einen zweiten Versuch. Mir war er in jedem Fall nicht vergönnt. Oh, Gottfried. Die größte Liebe und das größtes Leid zugleich. Welche Götter spielten mit uns? Dunkler Abgrund. Verflucht. Verdammt. Nur die Verzweiflung bleibt.

28. Gottfried

Der Raum, der mir einen Einblick in die Unendlichkeit gewährte. Urplötzlich war unsereiner ein Mensch mit allen Möglichkeiten des Universums. Größer, als ich sie mir je erträumen konnte. Kleinere Geister mögen es nicht fassen können oder die Furcht hätte sie in den Wahnsinn getrieben, aber mir wurde sehr schnell klar, was für ein Geschenk mir gemacht wurde. Bereits als ich das erste Mal dieses kleine Zimmer betrat, fiel mir die Ruhe auf, die er auf mich übertrug. Ein Raum, der die Welt außerhalb erstarren ließ. Unvorstellbar und doch Realität.

So traten innerhalb kürzester Zeit zwei Wunder in mein Leben: die Unendlichkeit und die Liebe. Beides Dinge, mit denen ich noch vor Kurzem nichts anzufangen wusste. Zwei Urgewalten und ich dazwischen. Was konnte es Schöneres geben? Das Schicksal schien es gut mit mir zu meinen. Ach, Unsinn. Unsereins bekommt nur, was ihm zusteht.

Zunächst dominierte allerdings Elena meine Gedanken. Diese außergewöhnliche, schöne Frau. So vertraut wirkend und doch so viel unbekannter, als all die anderen weiblichen Wesen, denen ich bislang begegnet war. Ich wusste nicht viel, aber ich wusste, dass ich sie wiedersehen musste. Ich wartete einen Tag um die Spannung zu erhalten und ließ Elena durch einen Diener die Einladung zu einem zweiten Treffen in einem Kaffeehaus überbringen.

Die Antwort war vertröstend und ausweichend. Ernüchternd nahm ich zur Kenntnis, dass mein Auftritt nicht einmal im Ansatz so beeindruckend gewesen sein konnte, wie ich es mir erhofft hatte. Diese Einsicht ließ meinen Verstand rotieren und band viele geistige Ressourcen mit dem Grübeln darüber, was sie wohl nun über mich denken mochte. Immerhin ein Lichtblick: Sie wollte zwar kein unmittelbar zweites Treffen, aber dennoch war es keine Absage, sondern das Licht, das durch die offene Tür hindurchschimmerte.

Oder täuschte ich mich und ich las lediglich eine Form einer höflichen Ablehnung? Wie konnte sie es überhaupt wagen, mich zu vertrösten? Mich, Gottfried von Heldern. Niemand durfte sich Derartiges erlauben. Sie tat es aber, was mir wiederum Respekt abnötigte und mein Interesse noch mehr steigerte. Ein Teufelskreis. Also schickte ich erneut eine Nachricht.

Das Spiel wiederholte sich und wurde noch

mehrere Male fortgesetzt. Betrachtet man es nüchtern, hätte ich das Ganze auch beenden können. Was sollte man mit einer Frau anfangen, die derartig zögerlich vorging?

Meine aufkommenden Gefühle rieten mir, Abstand von dem Gedanken an Elena zu nehmen und mich so selbst zu schützen. Unsereins fühlte eine Schwäche, eine Verletzlichkeit, die nicht so recht zu meinen bisherigen Erfahrungen passen wollte. Doch zu meinem Glück triumphierte am Ende nicht das Gefühl, sondern der analysierende Verstand, der ihr Verhalten wieder und wieder durchrechnete: Aus welchem Grund hätte sie mich ansprechen sollen? Wozu ein Treffen? Unsereins kannte ihre Geschichte und auch das Risiko, das sie als Dame von Adel einging.

Vielleicht musste ich meinen Wert beweisen? Sie weitaus mehr beeindrucken? Immerhin antwortete sie und ist das nicht ein Zeichen der Gunst? Oder doch nur Spielerei einer eingebildeten Göre? Natürlich war ich davon überzeugt, dass ein gewisses Interesse bestand, doch was, wenn eine zu große Skepsis vorlag? Wenn mein Ruf zu ihr vorgedrungen war und böswillige Geschichten ein falsches Bild von meiner Persönlichkeit zeichneten?

Nie kümmerte ich mich um all die anderen Menschen. Was, wenn sie ihr abrieten, sich weiter auf mich einzulassen? Was, wenn manch einer von den nächtlichen Erlebnissen berichtete? Was würde sie von mir denken? Sie musste mich für ein Scheusal halten.

Und damit hatte ich einen Wendepunkt in meinem Leben erreicht, denn zum ersten Mal war es von Bedeutung, was ein Dritter von mir hielt. Nicht einmal Vater hatte jemals eine solche Bedeutung. Ich sollte wirklich ein besserer Student sein. Einer, den eine solche Dame vorzeigen konnte. Ich gab mich doch nicht auf, wenn ich ihr entgegenkam? Schließlich würde ich es freiwillig angehen. Daher beschränkte ich mich nicht. Oder doch? Ratlosigkeit. Was war nur mit mir los? Woher diese Schwäche? Welcher Dämon ergriff Besitz von mir? Diese Frau. Ich kannte sie kaum. Wieso veränderte sie mein Leben, meine Sicht der Dinge? Was für eine teuflische Macht. Nein. Das durfte nicht sein. Niemand besaß Macht über mich. Niemand. Oder doch? Verwirrend und doch interessant zugleich.

Zum ersten Mal in meinem Leben überkam mich eine gewisse aggressive Unsicherheit und ich begann intensiv über mich und meine Wirkung nachzudenken. Richtig gelingen wollte mir jenes nicht, denn zu sehr wurde ich abgelenkt. Die Abhilfe gestaltete sich nicht schwierig; ich zog mich in den schwarzen Raum zurück.

Auf den ersten Blick ein Widerspruch, denn ein Zimmer, in dem die Zeit nicht verging, erschien wenig hilfreich, um die Wartezeit auf eine Antwort zu überbrücken; allerdings überkam mich in diesem Raum eine unbeschreibliche Ruhe, die nun dringend vonnöten war. Klarheit, Konzentration, keine Ablenkung. Nein, es war nicht nur die Zeitlosigkeit. Es gab dort so viel mehr zu finden als bloße Dunkelheit.

Während ich in dem Raum saß und darüber sinnierte, wie ich ihr Herz erobern konnte, geschah etwas, das sich kaum beschreiben lässt, aber so prägend wurde, dass ich es nicht vorenthalten will.

Ich saß, ganz profan und schlicht, da und sah auf die Flamme der mitgebrachten Kerze. Alles wirkte so beruhigend und für einen Moment konnte ich all das dort draußen vergessen. Ruhe kehrte ein. Die Gedanken wichen aus meinem Kopf und eine angenehme Leere machte sich breit. Keine Sorgen. Die ganze Welt bedeutungslos und fern. Der

Verstand von jedem Ballast befreit. Plötzlich aber, es fühlte sich an wie ein Schlaf und doch war ich wach, ging es mir, als liefen Tausende winzige Insekten quer durch meinen Körper. Ungläubig nahm ich die Geschehnisse zur Kenntnis: Ich konnte mich nicht mehr bewegen, nicht mehr rühren. Natürlich versuchte ich es, doch so sehr ich meinen Körper auch bemühte, so wenig tat sich. Erstarrt. Träumte ich? Mein Körper war in eine unheimliche Starre gefallen. In diesen Momenten hatte ich panische Angst. Nie zuvor hatte ich Ähnliches erlebt. Was nur geschah mit mir? Voll bei Bewusstsein und doch konnte ich mich nicht regen. Fast war es so, als wäre ich mit unsichtbaren Seilen gefesselt. Verwirrung. Angst? Was tun? Wehren. Wie ich mich wehrte. Gottfried von Heldern wird immer kämpfen. Immer wieder und wieder.

Dieses merkwürdige Gefühl, die Bewegungslosigkeit und dann diese Fratzen. Überall diese verzerrten Gesichter. Waren meine Augen offen oder geschlossen? Sind sie nur in meinem Kopf?

Fratzen. Was für ein böser Spuk. Grausige, entstellte und auch ganz normale; in der Anordnung ohne jeglichen Sinn und Verstand. Was nur geschah mit mir? Diese Starre, diese hässlichen Gesichter. Noch immer vermochte ich mich nicht zu rühren und musste mich dem Gebotenen hingeben. Lasst mich frei, lasst mich gehen. Was wollt ihr von mir? Ich kann nicht einmal sagen, ob ich meinen Körper selbst spürte oder ob es irgendetwas anderes war. Immer wieder der Versuch, sich doch zu bewegen und immer wieder das gleiche Scheitern. Diese Angst, diese unerklärliche Angst. Unsereins fürchtet sich nicht. Ich musste einen Weg finden, die Kontrolle zurückzugewinnen. Konzentration. Sich ihnen stellen. Widerstand. Jetzt. Wille.

Wenige Augenblicke später war dieser anfänglich schreckliche Zustand verschwunden. Es gelang mir, die Starre zu überwinden.

Wie paralysiert rannte ich aus dem Zimmer. Was nur war mit mir geschehen? Ich hatte schon viel von Hypnose und Trance-Zuständen gehört und auch gesehen, doch ich hielt alles das für das Werk einzelner Scharlatane und Betrüger. Und nun dies.

Viele wären nach so einem Erlebnis vielleicht nie mehr in den Raum zurück. Unsereins durchaus. Es war die Neugier und die Hoffnung darauf, vielleicht über das Unbekannte zu triumphieren. Zudem sagte mir mein Verstand, dass dort nichts Böses warten würde. Nur etwas, was ich bislang nicht verstand. Gefühle sind ein schlechter Ratgeber, Angst der übelste von allen. Also zurück in den Raum.

Der besagte Zustand stellte sich wieder und wieder ein und mit jedem Male verlor ich ein Stückchen Furcht. Vereisung. Das Kribbeln. Die Fratzen. Konzentrieren. Sich nicht gegen die Starre wehren. Nicht auf den Körper konzentrieren. Keinen Kontakt zur Außenwelt herstellen wollen. Keine Furcht. Jenseits der Angst wird der Instinkt mich leiten. Die Fratzen kamen erneut und ich fürchtete mich nicht. Sie erschienen und vergingen. Nicht viel mehr als Vogelscheuchen. Was konnten sie mir schon tun? Im Geiste schob ich sie beiseite und bemerkte alsbald, dass ein Gedanke sie zerschmettern und sie nach meinem Willen erneut formen konnte. Furcht, welche Furcht? Ich begriff, dass diese Wesen meine Dämonen waren und jenseits ihres entstellten Daseins eine vollkommene Ruhe wartete. Vielmehr bin ich überzeugt davon, dass die Angst, die ich verspürte, nicht meine eigene war, sondern die des Kerkers, der mich gefangen hielt. Nachdem ich die Furcht abgelegt hatte und nicht mehr versuchte, in diesen Momenten Herr meiner Sinne zu werden, verschwanden auch die schrecklichen Gesichter. Die Mauern des Gefängnisses waren nicht hoch genug, um mich zu halten. Mit aller Kraft und mit schrecklichster Macht versuchte man, mich davon abzuhalten, in die Freiheit zu entfliehen. Langsam, aber sicher erkannte ich, dass das Erstarren des Körpers keine Einschränkung war, sondern eine Befreiung.

Ja, das musste es sein. Ich erlebte die Befreiung und dieser Zustand flößte mir zunächst Angst ein. Durch einen starken Willen, ließ sie sich besiegen und die Tore zur Freiheit öffneten sich. Stück für Stück. Mehr und mehr.

Langsam oder gar schnell? Nun, der Raum war das Tor zur Unendlichkeit. Wer konnte schon messen, wie viel Zeit vergangen war, um zu dieser Erkenntnis zu kommen? Doch nur ein Narr, würde ihn auf den Aspekt der Unendlichkeit reduzieren. Das wusste ich jetzt. Was für ein Erlebnis.

Trotzdem blieb die Welt dort draußen vereist, und als ich das Zimmer verließ, hatte sich nichts an dem Zustand des Wartens auf Elenas Antwort geändert. Gezwungenermaßen musste ich außerhalb meines kleinen Paradieses verbleiben. Unsereins sinnierte daher erneut. Ohne Klarheit und Ruhe. Meine Sammlung antiker Kostbarkeiten bot leider keinen Reiz. Sich vielleicht in der Stadt ablenken? Ein Wirtshausbesuch? Nein, all das interessierte nicht.

Letztendlich kam ich zu dem Entschluss, dass die Zeit des Zögerns vorbei sein sollte. Erneut schickte ich einen Diener. Dieses Mal jedoch nicht mit einer Einladung in ein beliebiges Kaffeehaus, sondern mit einer zu einem gemeinsamen Ausflug, wie er unter unverheirateten und fast unbekannten nicht üblich, vielleicht sogar unanständig war. Von ihrer gesellschaftlichen Stellung einmal ganz abgesehen.

Ob ich zu viel verlangte und ihr somit eine Entscheidungsschlacht aufnötigte? Warum? Ich war des Wartens leid. Ich hatte einen Eindruck von ihrer Persönlichkeit und der Instinkt sprach zu mir. Entweder dieser Eindruck war richtig oder nicht. Kein dazwischen. Keine halben Dinge.

Wenn es sie nach Freiheit dürstete, wie Elena berichtete, dann würde sie mir folgen und hätte nur auf ein außergewöhnliches Zeichen gewartet. Wenn nicht, dann sollte ich ein Grab für meine Illusionen ausheben. Die Würfel sind gefallen. Ich übernehme wieder die Initiative und mache mich nicht mehr von ihren Antworten abhängig. Ja oder nein.

Zu meiner Überraschung kam die Antwort relativ schnell, und zu meiner großen Freude durfte ich feststellen, dass Elena von Rathau genau der Mensch sein könnte, den ich an meiner Seite haben wollte.

Doch was rede ich da? Diese Erinnerungen sind so durchzogen von Schwäche, dass sie mich binden. Die lebendigen Fratzen. Das letzte Stück Mensch. All das ist viel zu lebendig. Ich erlebe es erneut. Wo bleibt die distanzierte Betrachtung? Der Abschluss? Unerreichbar, solange ich alles mitfühle und erneut durchleide. Ungöttlich. Nur menschlich.

Verflucht sei dieses Gefühl! Es bindet mich für alle Zeiten. Wie kann es sein, dass mein Körper dem tristen Kerker entkommen ist, meine Gedanken und Gefühle ihn aber nicht verlassen können, obwohl mir bewusst ist, dem Ort der Knechtschaft entronnen zu sein? Wie nur, wie nur? Alles kehrt wieder, alles kommt zurück. Ein Raum ohne Zeit, dieses junge wunderschöne Mädchen. Sie sollte doch für immer bei mir bleiben, für immer.

Wie war das noch? Ja, der sechste Versuch war der mutigste, aber zugleich auch der, der erfolgreich war. Also bereitete ich alles vor. Ein Ausflug an einem See, die bereitgestellte Decke und Köstlichkeiten aus verschiedenen Ländern. Gekühlte Getränke mit eigens angeschafftem Eis.

Eine wunderbare Erinnerung? Nein, eine Falle, die mich zurück auf den Boden des Menschseins werfen will. Distanz halten, so schön es auch war. Nicht erneut erleben. Unsereins darf nur Beobachter sein. Nicht mehr.

Kurze Zeit darauf saß ich mit ihr in einer Kutsche – ich hatte das Gefährt extra säubern lassen – und wenige Augenblicke später an diesem See. Das blaue Band des Himmels und die milden Temperaturen waren ein gutes Omen.

Meine Diener hatten vorab alles aufgebaut und dafür gesorgt, dass uns keiner stören würde. Wir redeten miteinander. Es waren wundervolle Gespräche. Ich verspürte eine merkwürdige Mischung aus Vertrautheit und Distanz. Eine hervorzuhebende Entwicklung, die allerdings ihre Vollendung noch nicht gefunden hatte.

Mundeten ihr die Speisen nicht oder lag es am Schaumwein? Ja, das musste es sein, denn das Eis war inzwischen, wen wunderte es, geschmolzen. Vielleicht war der Wein für sie unangenehm warm und sie ließ sich deswegen nicht gänzlich fallen? Ich versuchte, diesen Lapsus wettzumachen, indem ich ein wenig bei meinen wissenschaftlichen Ambitionen übertrieb und von meinen Möglichkeiten im Studium erzählte. Das schien sie etwas milder zu stimmen, auch wenn sie das Goldgeschirr heimlich musterte und womöglich einen Schmutzrest entdeckte, der sie irritierte. Bis auf diese, mit Recht nennenswerten Mängel, verlief alles vollkommen, was hieß, dass die Zeit mit diesem wunderbaren Wesen im Fluge verging.

Ganz am Ende. Rückfahrt. Wir standen an der Pforte der von Hohenecks. Abschied. Wir sahen uns traurig, aber zufrieden an. Elena lächelte. Ich ebenfalls. Der Worte brauchte es nicht. Ob noch etwas passieren würde? Es schien nicht so. Ich wollte mich zum Gehen abwenden. Doch plötzlich trat sie auf mich zu, umarmte mich, trat zurück und war alsbald hinter der Eingangstür verschwunden.

Erst verspürte ich eine gewisse Enttäuschung, hatte ich doch auf mehr gehofft. Das Herz pochte. Dann jedoch gelang es meinem Verstand, wieder die Kontrolle zurückzugewinnen.

Enttäuschung? Welche Ignoranz ich doch an den

Tag legte. In Wahrheit riskierte sie mit einem derartigen Verhalten mehr, als ich je für eine Sache eingesetzt hatte. Schlicht alles. Sie missachtete unzweifelhaft viele Regeln und Normen, die ihr gesellschaftlicher Stand vorgaben. Nur für mich, Gottfried von Heldern.

Enttäuschung? Was wollte ich denn noch? Diese Umarmung war daher in Wahrheit mehr, als ich je zu träumen gewagt hätte, und genau jene Geste, die ich für das Wissen benötigte, diesen Kampf bis zum glücklichen Ende weiterzuführen. Komme, was wolle.

29. Elena

Man sagt, zwei Menschen werden sich ähnlich, wenn sie nur genug Zeit wollend miteinander verbringen. Die Gewohnheiten, die Sprache, die Art und Weise zu denken gleichen sich mit jeder Minute mehr, bis es schließlich nur noch einen einzigen Herzschlag gibt. So ist die Liebe wohl, so muss sie sein. Es sind die Höhen, für die wir Menschen leben, aber auch die Tiefen. Mit der Mittelmäßigkeit, welche die Freiheit immer auf später vertröstet oder nur marginal kennt, hätten wir unser Leben verschenkt. Und doch ist es eine verfluchte Entscheidung. Liebe ist jene große Abhängigkeit, die man mit dem Öffnen des Herzens freiwillig eingeht. Diese verdammte Krankheit, die mich dazu zwingt, in der Schönheit des Lichtes zu verbrennen. Wäre die Bedeutungslosigkeit nicht besser gewesen? Gibt es etwas Grausameres, als von höheren Sphären zurück in das Dunkle zu fallen? Höhenflüge enden. Das Licht ist nur noch eine Sehnsucht, die den Verstand verzehrt. Was ist Schicksal, was Bestimmung? Warum nur ist all das geschehen? Ich verstehe es nicht. Was sprach dagegen, dass sich zwei Menschen für immer finden?

Meine Gedanken kreisen um die Vergangenheit

und kehren zu diesem wunderbaren Tag zurück. Gefühlsrauschen. Ein Liebesfluss und Harmonie. Nach unserem Ausflug war ich tief im Inneren davon überzeugt, dass Gottfried genau das darstellte, was ich wollte. Kein Zweifel möglich. Vertrieben die Schatten der Unsicherheit. Nein, Gottfried war kein tugendhafter Ritter, wie sie in den alten Geschichten beschrieben werden.

Doch Liebe ist mehr als ein Pferd und eine glänzende Rüstung. Das bemerkte ich schnell, als ich ihm näher kam. Anfangs schämte ich mich und konnte meine Reaktion kaum deuten. Es begann ein Kampf im Inneren, den mir niemand, so hoffte ich, äußerlich ansah, denn ich spürte, wie sehr ich mich ihm hingeben wollte. Nicht als Ideal, sondern mit meinem Körper. Es mag ungebührlich klingen, aber ich meinte dieses in voller Gänze. Ein Thema, über das man nicht sprach und dann nur auf negative Art und Weise. Trotzdem waren da nicht nur Gefühle des Glücks, wenn ich an ihn dachte, sondern auch welche der Lust und des Begehrens. Nie zuvor hatte ich Derartiges empfunden. War dieses ungebührlich oder irgendwie frevelhaft? Nein, das konnte es nicht sein, oder? Es war natürlich, nicht? Ein Teil des Ganzen. Ja, ich wollte ihn mit Haut und Haaren.

Vollkommen. Daher fasste ich den Entschluss, dass, falls er sich als würdig erweisen sollte, das Tor nicht verschlossen bleiben würde. Falls. Ein kleines Wort mit größter Bedeutung.

Auf der anderen Seite allerdings galt es natürlich zugleich mich zu schützen. Was, wenn er nur ein geschickter Schauspieler war? Ein widerlicher Teufel und Verführer, dem es nur darum ging, mich als Trophäe zu gewinnen? Nein, dieses Gefühl hatte ich wahrlich nicht und obwohl ich eine Frau bin, die zuerst den Emotionen folgte, konnte ich die warnenden Stimmen nicht vollständig ignorieren. Er hatte sich bewährt, mich nicht enttäuscht, aber er musste diesen Weg fortsetzen. Das war der Schlüssel zu meinem Herzen und wenn er für immer hinein wollte, dann musste er genau diesen passenden haben. Verglichen mit dem Idealbild des Ritters war Gottfried nicht vollkommen. Nur suchte ich eine heuchlerische Keuschheit oder scheue Liebe? Die Geschichte von den Recken sind törichte Lügen für kleine und naive Mädchen. Für niemanden aus Fleisch und Blut anstrebenswert. Für mich war Gottfried daher perfekt. Kleinere Fehler, die mein Liebster noch haben sollte, konnte ich sicher zum Guten verwenden. Waren nicht Frauen Meisterinnen der Erziehung? Das war und blieb meine Überzeugung.

Ich räume ebenso ein, dass ich mich innerlich tadelte, ihn nach unserem wunderbaren Ausflug umarmt zu haben. Zu forsch? Zu leicht? Hatte ich einen schlechten Eindruck erweckt? Doch, das Gefühl überwältigte mich für einen kurzen Moment und Vergangenes lässt sich nun nicht mehr ändern.

In der Folgezeit trafen wir uns immer häufiger. Zumeist in öffentlichen Parks oder Kaffeehäusern. Eine Einladung in sein Hause lehnte ich, als Dame von Rang, erst einmal ab. Zu Umarmungen kam es erst einmal nicht mehr, aber gerne gewährte ich den Handkuss, diese alte Form der Zuneigung. Ich liebte die Art, wie er versuchte, mich in dieser Phase der Werbung zu beeindrucken. Kaum ein Treffen verging, an dem er nicht eine kleine Aufmerksamkeit für mich hatte. Auch fiel mir auf, dass er persönlich einiges tat, um den guten Eindruck weiter zu verstärken. So schien er sich von Woche zu Woche neue Anzüge geleistet zu haben. Das Haar war immer akkurat geschoren und, ich mag mich irren, dass sich auch sein Gefühl für die optimale Zusammenstellung von Kleidung, Schuhen, Hut und Accessoires immer weiter verbesserte.

Zweifelsohne hatte Gottfried Geschmack, aber dieses erklärt sich von selbst, sonst würde er nicht meine Nähe suchen. Immer noch versuchte ich, äußerlich ein wenig distanziert zu wirken, während ich ihm innerlich längst verfallen war. Es gelang natürlich immer weniger, denn ich liebte alsbald alles an ihm. Sein Aussehen, das Auftreten, sein Innerstes. Ich konnte lachen, verblüfft sein und mich eines Tages vielleicht sogar vollständig fallenlassen. Wie gesagt, begeisterte mich alles an diesem Mann. Kein Teil der Masse, vielmehr ein einzigartiges Unikat. Selbstverständlich gab es auch noch immer die Informationen, die für mich zusammengetragen wurden. Man sollte sie nicht leichtfertig ignorieren: Ein Lebemann, der nichts taugte, nichts war und nichts erreichen wollte. Dekadenter Sohn eines Emporkömmlings, eines Neureichen, den man nicht einmal dulden sollte. Nur oberflächlichen Kontakt mit anderen Studenten oder Professoren. Stets darauf bedacht, nicht als einer der ihren erkannt zu werden. In der Universität völlig falsch platziert. Eine jener blutsaugenden Kreaturen aus den Erzählungen die des Nachts erwachen und zu Leben beginnen. In dubiosen Kreisen soll er sich aufgehalten haben. Am Studium kein Interesse, dafür umso mehr am verruchten Sein. Frauengeschichten, wilde Orgien, man munkelte hinter vorgehaltener Hand sogar von gar schrecklichen Verbrechen, die in seinem Auftrag geschehen sein sollten. Mit jeder neuen Stimme, die der Diener zitierte, wurde der Beelzebub in ihm wahrhaftig.

Eigentlich hätten mich die grausigen Geschichten bereits davon abhalten sollen, ihn kennenzulernen. Doch, und diese Bemerkung sei erlaubt, von wem kamen die Erzählungen? War es nicht jener Einheitsbrei, nicht weiß, nicht einmal schwarz, sondern lediglich grau, der jeden verdammte, der nicht so war, wie er?

Jene Masse ohne Verstand, die stets die Größe und den Willen anderer beneidet, selbst aber zu schwach ist, aus den starren Mustern herauszubrechen. Die Reinhildas dieser Welt oder die farblosen Eltern.

Ja, ich muss es zugeben, dass mir Gottfried mit jeder Geschichte besser gefiel. Warum? Weil mein Herz nach Schurken oder Räuber dürstet? Wahrlich nicht.

Nein, weil ich kein ungebührliches Verhalten sah, sondern den Wunsch nach Lebendigkeit, den ich so gut nachvollziehen konnte. Mag sein, dass Gottfried dabei gelegentlich übertrieb oder in falsche Bahnen gelenkt wurde. Dieses konnte allerdings von einer tatkräftigen Frau korrigiert werden, und ich war durchaus bereit, diese Aufgabe auch zu übernehmen. Das Leben in Freiheit, das ich wollte, wurde von ihm gelebt. Es war Bestimmung. Sich in jenen Mann zu verlieben, der mir die Freiheit schenken konnte, nach der ich immer suchte. Konnte es ein Zufall sein? Was wäre es für ein Unglück gewesen, wenn meine Gefühle einem aus dem Grau gegolten hätten? Sie hätten mich in ein Gefängnis geworfen, aus dem ich niemals mehr entkommen wäre. Dieser Mann aber war der Richtige für meine Liebe, für all meine Hoffnungen. Hätte ich sonst je den Mut gehabt, ihn anzusprechen? Ansprechen. Im Grunde genommen, ist es undenkbar. Ein Zwiespalt aus dem anerzogenen und dem instinktiven Denken. Ob ich mich davor fürchtete, dass meine Aktivitäten meinen Eltern und dem alten Drachen zugetragen wurden? Natürlich blieb stets eine gewisse Angst im Hinterkopf. Ich fühlte mich stark, doch kannte ich die Zwänge und sie machten mich wütend. Warum ließ man mich nicht glücklich sein? Ich hasste die Vorstellung, dass andere mein Leben bestimmen wollten. Doch würden sie mich je in Ruhe lassen, wenn ich nichts tat? Ja, ich musste handeln und tat es auch.

Es ist erstaunlich, wie wenig ein Diener im Jahr verdiente. Dafür fehlte mir bislang das Bewusstsein. Nach einem Gespräch wusste ich es und kraft meiner Emotionen hatte ich keinerlei Berührungsängste, meine Idee vorzutragen. Auf der einen Seite stand die Liebe. Die von Gernot. Die meinige. Auf der anderen Seite der Hass, gesandt von der alten Hexe und vertreten durch Reinhilda von Wehr. Ich stritt daher für die gerechte Sache. Es genügten einige Münzen und Diener Gernot verführte die sittsame Reinhilda.

Was war das für eine Szene, als ich sie, wie geplant, beim Verkehr in einer Besenkammer erwischte. Die törichte Gans ließ sich bereits nach einem Tag verführen. Was für ein schwacher Charakter. Was für eine unwürdige Frau!

Der Rest ist schnell erzählt. Während Gernot fluchtartig und wie abgesprochen, den Raum verließ, begann die Kreuz Dame bereits damit, irgendetwas zu stammeln. Hochrot der Kopf, die Scham mit der Decke bedeckt. Ich musste mich zurückhalten, um nicht laut aufzulachen, schaffte es aber doch, ein ernsthaftes Gesicht zu machen. Sie beschwor mich, niemanden etwas davon zu erzählen und wie sehr sie sich fürchtete, in ein Kloster gesteckt zu werden. Geschickt bohrte ich weiter nach und am Ende gestand sie mir ihren Verrat und ihren Kontakt zu der bösen Mathilde. Ich gab mich gönnerhaft und gelobte ein Schweigen, wenn auch sie weiterhin nur Positives berichtete.

Seltsam, welche Instinkte in einer Frau aktiviert werden können, ohne je eine einzige Erfahrung gesammelt zu haben. Mit der Geburt gegeben, mit dem Tode genommen. Im Rückblick schaudert es mich, wie ich zu so etwas fähig sein konnte. Einen Diener zu bestechen. Für so eine Tat. Es war pure Emotion. Wilde Impulsivität, weil sie mein Leben bedrohte. Die gerechte Strafe für persönlichen Verrat, und dabei interessiert es nicht, ob dieser nun klein oder groß war. Ich bin sicher, es wäre nur eine Frage der Zeit gewesen, bis die angebliche Freundin vollkommen gefehlt hätte. Überhaupt, was war diese Reinhilda für eine Frau, die sich dem Erstbesten hingab? Ja, ich will es nicht leugnen. Eine gewisse innere Befriedigung war vorhanden. Geltungssucht. Die heuchlerische Dirne, hatte bekommen, was sie verdiente. Man komme mir nicht mit Moral! Niemand hatte sie gezwungen, sich zwischen mir und meine Freiheit zu stellen. Sie war hier, weil die Hexe es wollte. Das war alles.

Der Drache stand meinem Glück im Wege, daher musste ich alles tun, damit mein Glück gewährleistet wurde. Bauernopfer? Nein, sie war kein Bauernopfer. Große Schwester? Ich hatte ihr nie Treueschwüre geleistet. Aus gutem Grunde. Sie konnte sich nicht beschweren. Hatte die Kreuz Dame nicht Zeit genug, mir alles zu offenbaren? Ja, die gab es. Doch ging es um die törichte Gans? Nein, es war ein erneuter Sieg gegen die verhasste Tante. Für die Liebe.

Da mir Reinhilda nun ungern unter die Augen trat, war der Weg frei für diesen Mann, die Persönlichkeit und das, wofür er stand. Das wollte ich. Mehr gibt es nicht auszuführen und dafür musste ich alles tun.

Doch halt. Vergangenheit. Vorübergezogen. Unsere Liebe war immer warm und schön. Ich will nicht daran denken, wie wir scheiterten. Ich will es nicht. Bitte, nur einige Momente, die mich an die Zeit ohne Leid denken lassen. Nicht das Ende, nur das Dabei.

30. Gottfried

Ich bin, das ist nicht zu leugnen. Nur, was bin ich? Ewig die gleiche Frage und stets nur eine Antwort: Der Mensch in mir ist überwunden, die Allmacht aber noch immer fern. Warum reißt der letzte Faden nicht? Jene Fetzen, die mich an ein Dasein erinnern und mir die Unendlichkeit verweigern. Wie nur kann ich erlöst werden? Immer wieder gehe ich die Geschichte des Menschen Gottfried im Geiste durch, finde aber keine Tür ins Licht, sondern verzettele mich in Details, springe zurück und finde keinen Frieden. Nur ohne Gedanken ist man frei und ich muss sie besiegen, wie es mir mit den schrecklichen Fratzen gelang. Es gibt keinen anderen Weg. Stellen, Konfrontieren, Siegen. Wieder sehe ich mich. So klar. Wird es dieses Mal eine Auslösung geben?

Ja, ich habe Elena umworben. Nach unserem Ausflug folgte Treffen um Treffen und doch schien ich, allen Anstrengungen zum Trotze, nicht voranzukommen. Unsereins strebt nach der Perfektion und neigt gelegentlich zur Ungeduld.

Mein Bemühen war dabei sehr redlich. Erst machte ich ihr kleine Geschenke, dann größere. Blumen, Schmuck, Bilder. Leistete mir eine komplett neue Garderobe, versuchte, ihr jeden Wunsch von den Augen abzulesen, doch zu meinem Unglück genügten alle meine Anstrengungen nicht einmal mehr für eine Umarmung. Etwas, das zwar ungehörig, aber bereits erreicht war. Ein Handkuss war das Höchste, was die Götter mir zu schenken bereit waren. Vielleicht hörte ich ihr zu aufmerksam zu und erzeugte dadurch nur eine freundschaftliche Verbundenheit, die keinerlei Gelüste aufkommen ließ? Es war doch nicht falsch, sich für sie und ihr Leben zu interessieren, oder? Ihre Erziehung, die Tante und die erbärmlichen Eltern. All der Druck, der auf ihr lastete. Erzählte man all das einer Person, die einem gleichgültig war? Sah sie mich denn eher als Bruder, denn als Mann? Bemerkte Elena mein Begehren nicht? Oder genoss gar meine Qual?

Ich besann mich, nachdem Äußerlichkeiten nicht den gewünschten Effekt brachten, mehr auf meine innere Entwicklung. Daher nutzte unsereins den schwarzen Raum, um all die Inhalte des Studiums auch tatsächlich zu konsumieren und mir Brauchbares für den Liebeskampf anzueignen. Zeit sollte nicht das Problem sein und die Unendlichkeit musste für jeden Reifeprozess genügen.

Gelegentlich suchte ich aber nur die Entspannung,

die ich auch fand. Die Fratzen, wohl letztlich nur Manifestationen meiner Ängste vor der unbekannten Dunkelheit, besaßen keine Macht mehr. Den Zustand der Ruhe fand ich nun viel schneller und konnte den Schritt der gefühlten Unbeweglichkeit, als auch die Phase des Kribbelns überspringen. Es ist schwierig zu beschreiben, doch es war kein langsames und zähes Übergleiten mehr, sondern wie ein Sprung von der Spitze eines Berges: Von einem auf den anderen Moment war die Entspannung und Klarheit erreicht. Nur angenehme Leere.

Wenn ich es wollte, schufen meine Gedanken Bilder und ganze Welten. So real. Alles das in diesem kleinen, schwarzen Raum. Befahl ich mir, ein Gefühl der Kälte zu empfinden, so fror ich. Gleiches galt für die Hitze. Es erschien mir fast, als würde unsereins eine Maschine einstellen. War ich doch bereits von der Natur ein kontrollierter Verstandesmensch, so steigerten diese Möglichkeiten meine Neigungen noch ins Unermessliche.

Als könnte man auf all das zugreifen, was den Menschen ausmacht. Kontrollieren und verändern. Alles, außer der Liebe, denn der Gedanke an Elena war es, der die Leere immer wieder lieblich durchbrach.

Ja, es waren gleich zwei gewaltige Kräfte, die auf mich einwirkten. Das Haus verließ ich dagegen immer weniger und wenn, dann achtete peinlich darauf, dass ich in keine Situation geriet, die mir zum Nachteil ausgelegt werden konnte.

Erst befürchtete ich, dass mir dieser Verzicht schwerfallen würde. Aber einerseits half mir der Gedanke an Elena; auf der anderen Seite schien dieser schwarze Raum die Unruhe, die zu meinen nächtlichen Eskapaden geführt hatte, vollständig zu bändigen. Nicht, dass meine Lust auf das Leben erloschen war.

Nein, aber meine Gier nach Reizen wurde kanalisiert und als das enttarnt, was sie war: ein Irrtum. Ein reines Betäuben, um sich nicht mit der eigenen Leere befassen zu müssen. Eine Erkenntnis, die erwuchs. Keine, die vom Himmel fiel. Immer mehr, wenn ich mein kleines Paradies in der Dunkelheit betrat. Wer weiß wie lange ich dafür benötigte? Es spielte keine Rolle, denn in diesem Raum verging bekanntlich keine Zeit. Er konnte mir fast alles geben, was ich lange Zeit dort draußen vergeblich suchte.

Vielleicht hätte ich, trotz aller persönlichen Stärke,

die ich mir selbst einredete, ohne das Zimmer die Werbung aufgegeben. Ständig dieses Schwanken zwischen dem Hirne und dem Gefühl. Zu unklar erschienen mir die Zeichen, zu distanziert das Verhalten, aber auch hier ordnete diese mysteriöse Macht meine Gedanken. Mussten ihre Gefühle nicht ähnlich sein? Sie war eine Adlige und wagte mehr, als sie durfte. Überhaupt schien der Kontakt mit mir keinerlei Schwierigkeiten mit sich zu bringen. Ein Umstand, der mich ein wenig verwunderte, den ich aber akzeptierte. Trotzdem war sie eine Frau. Konnte ich von einer so jungen Liebe mehr verlangen? Nein, das konnte ich nicht. Die zarte Pflanze des Vertrauens keimte und es lag an mir, sie zum Blühen zu bringen. Ja, ich war mir sicher, dass sie mein Bemühen schätzte, aber ich besaß noch nicht ihr volles Vertrauen. Darum galt es zu kämpfen. Gleichzeitig spürte ich die Frucht. Furcht, sie zu verlieren, bevor wir uns richtig gefunden hatten. Bisher waren alle Frauen, mit denen ich es zu tun hatte, unterwürfig und gehorsam. Sie nicht. Was aber, wenn die Eltern über ihre Zukunft bestimmten? So ist es doch nach wie vor üblich, oder? Völlig gleich, wie schwach sie waren, denn gab es da nicht noch diese omnipräsente Tante?

Zweifellos war Elena bemüht, sich als starkes und unabhängiges Wesen zu präsentieren. Doch ist mir durchaus bewusst, dass es einen unsichtbaren Käfig gab, dessen Enge sie sich kaum entziehen konnte und dessen Gitterstäbe sie bereits auf das äußerste dehnte?

Ihre Erzählungen über den Einfluss ihrer Verwandten löste bei unsereins keine Freude aus. Wie sollte unsere Zukunft aussehen? Jene, die über den Moment und das Glück der nächsten Minuten hinausging? Sorgen um das Schicksal, noch bevor ich sie sicher für mich gewonnen hatte. Wie alles ordnen? Wie zwei Leben dauerhaft zu einem machen? Wie weise und vorausschauend handeln?

War ich nicht selbst gerade erst der Enge entronnen? Vielem konnte ich mich entziehen, eine gewisse Freiheit war errungen. Nun galt es auch sie zu holen. Weg von den Normen. Mit mir konnte Elena, die sein, die sie wirklich war. Kein Verhaltensmuster, keine Regel. Wie sie nicht abschrecken, sondern gewinnen? So, dass sie am Ende auch die Radikalität nicht fürchten würde? Elena war, sie ist, so beeindruckend, doch wie lange brauchte es, bis aus dem Wundervollen auch etwas Starkes wurde? Entgegenkommen wollte ich ihr, alles leichter machen. Ihr Mut musste erst geweckt werden. Ja, so sollte es sein.

Wie real alles wieder wird. Als würde ich es direkt erleben. Doch, bin ich nicht weit darüber hinaus? Warum lasse ich mich erneut einfangen? Stehe ich nicht über allen Systemen? Ich erkenne und erzittere. Kein Geist kann meine Größe fassen. Ich stehe über allen. Der Masse, ihren Bändigern, allen Göttern. Für mich existierten keine Zeit und kein Raum. Über allem bin ich, über allem steht mein Wort. Nur ein kleiner Schritt zur Allmacht. Warum nur kann ich ihn nicht gehen? Erinnerungen immer wieder. Eine ewige Schleife. Wie kann ich sie bekämpfen, die ewige Qual? Vom Mensch aus finsterstem Verlies zum Gott in Ketten. Was nur ist grausamer? Der Mensch kennt sein Schicksal nicht. Ich bin das Schicksal.

31. Elena

Jeder Moment mit Gottfried war einzigartig, und was zählte mehr, als der perfekte Augenblick, jener Wimpernschlag des vollkommenen Glücks? Daher war ich stets bemüht, jene Momente immer weiter zu steigern. Um die Zukunft kümmerte ich mich nicht. Warum auch? Warteten dort nicht nur Sorgen und allerlei Schwierigkeiten? Für mich zählte das Hier und Jetzt. Nichts sonst. Das bin ich und alles andere hieß, sich selbst zu verleugnen.

Nebengeräusche wie das Klagen meiner selbst ernannten kleinen Schwester, die mir weinend berichtete, dass der Diener Gernot recht bald nach der peinlichen Szene das Haus von Hoheneck auf Dauer verlassen hatte, ignorierte ich. Amüsierte mich aber innerlich darüber, dass die Herz Dame nicht wusste, dass der grobe Klotz nun schlicht genügend finanzielle Mittel zusammenhatte, um der Frau seines Herzens ein Leben zu bieten. So entsprang aus einer Kraft, gesandt von der alten Hexe, die das Böse wollte, am Ende die Liebe, auch wenn es nicht die von Reinhilda war, sondern die von Gernot, dem einfachen Diener. Seine Bereitschaft, alles für die Geliebte zu geben, rührte mich im Inneren zutiefst.

Das ist Liebe. Das ist Gefühl. Bei aller Wut und all dem Hass auf jene, die meinem Glück im Weg standen, freute ich mich doch aus tiefstem Herzen für diesen groben Klotz. Das Gerede der ehemaligen Jungfrau tat ich dagegen mit einigen Kalenderblattweisheiten ab. Die Herz Dame hatte sich als unwürdig erwiesen, als falsche Schlange, die hinter meinem Rücken mit dem Feind korrespondierte und die gerechte Strafe erhalten. Sie zog sich in der Folge immer mehr zurück, worüber ich nicht allzu unglücklich war, und widmete sich mehr Kirche, Altar und Gebet.

Ich selbst verspürte eine Ungeduld, die kaum zu beschreiben ist, denn ich wollte endlich mehr. Nein, die Momente mit Gottfried waren und blieben wunderbar, doch mein Inneres, meine Furcht vor Verletzungen und Fehlern, zwang mich noch zu einer Distanziertheit, die ich endlich ablegen wollte. Sich vollkommen fallenlassen können. Totales Vertrauen. Zu wissen, was man möchte, bedeutet leider nicht, dass man auch die Mittel und Wege findet, die Ziele zu erreichen. Es musste doch möglich sein. Gelang es manchen Menschen, wie auch meinen Eltern, ein Leben lang nicht? Wen kümmerte es? Ich bin ich. Ich bin Elena von Rathau. Warum nur tat Gottfried nichts? Wir traten auf der Stelle.

Wieder sollte es zu einem Treffen kommen. Erneut ein Kaffeehaus. Man verstehe mich nicht falsch! Ich liebte diese Treffen, aber ich hasste die Ungewissheit. Selbstverständlich achtete ich auch heute sorgsam auf meine Kleidung und war voller Vorfreude, wenn auch mein Herz leicht durch meine Erwartungen getrübt wurde. Die Kutsche fuhr vor und trotz meiner Gedanken überwog die Freude des Augenblickes. Zu meiner Überraschung ging es jedoch nicht zu einem Kaffeehaus, sondern erneut zu einem See. Davon hatte mein Liebster nichts erwähnt. Irritation.

Was geschah nur? Plötzlich ging mir alles, was mir vorher zäh und langsam vorkam, viel zu schnell. Was plante er nur? In der Kutsche sagte er kaum ein Wort und ich brachte keines heraus. Die Sache mit der Herz Dame erwähnte ich natürlich nicht, schließlich sollte er nicht erfahren, wie weit ich für ihn gehen würde. Nein, nur ein wenig Austausch über das Wetter. Als wenn mich das interessierte. Was ging nur vor sich?

Das Seeufer. Mein Herz pochte. Warum nur? Aus der Kutsche konnte ich sehen, dass zu meiner vollkommenen Irritation nichts vorbereitet war. Kein goldenes Besteck, kein Schaumwein. Was sollte nun geschehen? Die Tür ging auf und bevor ich mich versah, hatte Gottfried bereits das nahe Seeufer erreicht.

Merkwürdig berührt, stieg auch ich aus der Kutsche und folgte ihm einige Schritte bis in Ufernähe. Abstand halten. Das hämmerte mir zumindest mein Kopf ein. Also blieb ich stehen, auch wenn er nur einige Meter weiter unübersehbar auf mich wartete. Auf einmal verspürte ich ein merkwürdiges Unbehagen. Ich kann es kaum erklären. Was sollte nun geschehen? Ich ging nicht weiter auf ihn zu, sondern bog rechts ab und nutzte einen nahen Strauch, um mich … wie soll ich es ausdrücken? …vor dem Kommenden zu schützten.

Wo nur war mein Mut geblieben? Weibliche Intuition irrt nicht. Nein, dort würde ich Sicherheit genießen. Ich möchte nicht hier sein. Ausgeliefert. Keine Kontrolle über nichts. Da stand er und wartete noch immer. Seiner Miene war wenig abzulesen. Er wollte die Distanz brechen. Wollte ich das nicht auch? Oder doch nicht? Nach meinem Mut hatte ich bereits geforscht. In den Gedanken ist alles so einfach und so schön. In der Realität sind die

Schwierigkeiten größer. Man muss mich doch verstehen! War mein Verhalten nicht nur natürlich? Wollte ich das nicht? Immer die gleiche Frage? Überforderung. Das war es. Nein, nicht Überforderung. Überraschung. Weil er einfach handelte und mich vor eine Entscheidung stellte. Dieser Schuft! Keine Chance, mich vorzubereiten oder langsam hineinzuschlittern. Schreckliche Geschwindigkeit. Unwohlsein. Konnte es nicht spontan regnen oder schneien, damit wir zur Kutsche zurückmussten?

Doch er wartete noch immer. Wir unterhielten uns aus einigen Metern Entfernung und Gottfried wirkte sichtlich irritiert. Über die Pflanzen und die Fische im See.

Aus mir nicht bekannten Gründen fühlte ich mich dabei wie zur Säule erstarrt. Es musste doch gar komisch wirken, wie ich mich unübersehbar hinter diesem Busch versteckte. Unschicklich und unwürdig. Hier stand ich nun, ich konnte nicht anders. Versteckte mich vor ihm. Elena Victoria Mathilde Louise Anna Maria von Rathau versteckte sich hinter einem Strauch. Was, wenn er mir Schreckliches antun wollte? Dann würde mich auch ein Busch nicht schützen und zudem glaubte ich daran nicht wirklich.

Ich erlebe es wieder. Als fände es in diesem Moment statt. Warum nur bringt er mich in so eine Situation. Ich hasse ihn. Soll ich schreien? Vielleicht erlöste mich ein Jägersmann aus diesem Unheil. Was tun? Ablenken. Irgendwie ablenken. Soll doch er etwas machen. Hatte nicht Gottfried diese Lage geschaffen? Welche Pein! Dort wartete er auf mich und ich zählte die Beeren an einem Strauch. Schöne rote, saftige Beeren. Und so viele.

Nein. Nein. Nein, so unwürdig verhalte ich mich nicht. Das bin nicht ich. Einfach vom Gefühl leiten lassen. Ich nahm allen Mut zusammen und schaffte es, mich langsam zu bewegen. Vollkommen von jeglicher Eleganz befreit, bewegte ich mich langsam vor das wilde Gebüsch und kam ihm mit winzigen Schritten und unsicherem Blick entgegen. Stolpernd, gebückt. Mit jedem Schritt sicherer. Aufrecht. Stolz. Wild. Entschlossen.

Nach halber Strecke hatte auch dieser Schuft ein Einsehen und lief mir entgegen. Vollkommen ungebührlich, versteht sich. Der Rest lässt sich schwer in Worte fassen. Erst fanden sich unsere Lippen und dann explodierten die Himmel. Ein liebendes Herz wollte mehr und es bekam alles. Wirklich alles.

32. Gottfried

Da saß ich nun mit jenen Büchern und Schriften, die ich vorher keines Blickes gewürdigt hatte. Eindruck wollte ich schinden. Eine Kerze gab mir Licht in der Finsternis. Niemals würde sie abbrennen. Ein ewiges Leuchten in der Dunkelheit. Manches Mal sah ich auch nur die Flamme an. Keinen Millimeter bewegte sie sich. Nirgendwo Luft und doch kein Ersticken. Kein Flackern, nur die Unendlichkeit.

Wie viele Ideen und Gedanken in mir steckten. Wie viele Stimmen. Doch erst jetzt konnte ich sie hören. So viel hatten sie zu erzählen, so viel. Zu Beginn versuchte ich, mir den Raum noch bequemer zu machen. Einen wunderbaren, alten Sessel hatte ich schon bereit gestellt, aber je öfter ich in das Zimmer ging, desto mehr wurde mir zur Gewissheit, dass ich ihn nicht benötigte. Alles war gut, so wie es war. Man fühlte sich, nach dem Ablegen der Scheu, wohl dort, obwohl es so ungemütlich erschien. Doch wie soll ich es nur beschreiben? Es ist schwierig, etwas zu erklären, was über den menschlichen Verstand hinaus geht. Während draußen die Welt stillstand, geschah in diesem Raum nichts. Es ist der ewig gleiche Moment. Man empfindet nur das Hier und Jetzt. Ein

Zeitgefühl existiert nicht. Das alte Denken funktionierte nicht mehr. Es spielte auch keine Rolle. Ich saß in dem Raum und die Zeit hatte keine Bedeutung mehr für mich. Der Drang, alles nach ihr zu richten, war wie ausgelöscht. Anfangs nutze ich ihn nur, um Elena mit meinem neu entdeckten Lerneifer zu beeindrucken und über mein Leben zu sinnieren. Das Innere stärken, um das Äußere zu erringen. Dabei fiel mir erst gar nicht auf, dass man dort im Dunkeln niemals müde oder erschöpft war, wenn man erst einmal die Angst vor der Finsternis überwunden hatte.

Natürlich habe ich vieles ausprobiert. Ich ging ermattet hinein, hungrig, zum Umfallen schläfrig, doch jede dieser unangenehmen Empfindungen verschwand sofort, nachdem ich das Zimmer betreten und die Tür geschlossen hatte. Essen dagegen war durchaus möglich, doch wozu etwas zu sich nehmen, wenn der Körper nicht danach verlangte? Alles schmeckte fahl und bar jeglichen Esprits. Obwohl ich während dieser Zeit niemals ernsthaft erkrankte, bin ich sicher, dass jedes Symptom in ihm verschwunden wäre. Auch Probleme lösten sich in Nichts auf. Sorgen spielten keine Rolle mehr, obwohl jenes natürlich davon abhing, wie sehr man sich fallen ließ. Alles erschien entfernt, man sah es aus der Distanz, war nicht mehr betroffen. Innere Ruhe. Wichtiges vom Unwichtigen trennen.

Dieser Zustand blieb auch, sobald man den Raum wieder verlassen hatte. Zumindest eine Weile. Dieses wunderbare Zimmer schenkte Ruhe und Besinnung. Viel mehr, als es irgendetwas anderes auf der Welt konnte. Alles wurde in die richtige Verhältnismäßigkeit gesetzt. Alles war so klar, ohne Schwierigkeit. Kein Ballast konnte mit hineingenommen werden, er blieb an der Schwelle zurück. Einzig allein die Liebe zu einer wunderschönen Frau folgte mir, wie sonst ist es zu erklären, dass mein Lerneifer ungebrochen war? Bei der Liebe relativierte sich nichts, doch lag das daran, dass sie außerhalb vorherrschte oder vielmehr einen wesentlichen Aspekt des individuellen Strebens nach Vollkommenheit darstelle?

Die Antwort bleibt klar: In der Welt da draußen ist nichts als Interpretation. Erfindung der Einschränkung. Alles was aus dieser heraus entsteht, fällt einst mit den Mauern. Nichts als Ablenkung ist es, Verwirrung, Täuschung. Der Schein wird wichtig, er bekommt eine Bedeutung, die ihm nicht zusteht.

Die Menschen sind nur unfähig, es zu erkennen. Sie können es auch nicht.

Obwohl mir all das im Sinne stand und ich es wieder und wieder aufsage, ändert es nichts daran, dass ein Teil von mir noch immer in diesem Kerker sitzt und verzweifelt nach Elena sucht. Die Liebe ist doch nur ein winziges Stück vom Großen. Rein zwar, doch nur ein kleiner Teil. Wie kommt es nur, dass ich alles immer wieder durchleben muss? Warum nur? Meine Sicht ist doch weitaus klarer als zuvor. Meine Sinne haben keine Bedeutung mehr, das Menschsein ist dahin. Warum? Warum? Es darf nicht sein. Alles beginnt stets von vorn. Einem Vogel bin ich gleich, der alles über das Fliegen, das Steigen in die höchsten Höhen weiß und es auch fühlt, aber es niemals vermag, weil die Flügel gebrochen sind. Nein. Nein. Keine Rettung ist in Sicht. Es zwingt mich zurück. Sie haschen mich. Immer und immer wieder.

Ich springe zurück zu der Zeit, bevor wir endgültig zusammen waren. Wie war unsereins doch ungeduldig. Treffen und Treffen und doch kein Ergebnis. Ich verspürte eine innere Unruhe und befürchtete, dass die Möglichkeit, ihre Liebe zu gewinnen, bereits vorübergezogen war. Das dunkle Zimmer beruhigte mich und gab die Möglichkeit, mich innerlich zu festigen, indes wollte die Zeit darin nicht vergehen, die zwischen unseren Begegnungen verstreichen musste. Halbe Perfektion gibt es nicht. Es war wie eine Folter der Seele und so ganz und gar gegen mein Wesen gerichtet. Die Liebe kostete mich die Ruhe. Nein, nicht die Liebe, sondern die Ungewissheit. Unsereins ist niemand, der sich gerne abhängig macht. Freiheit ist mein Credo. Die Zeit soll mir nichts diktieren und das Bangen nicht mein Leben beherrschen. Manch einer mag an Derartigem verzweifeln. Ich nicht. Es ging mir einzig und alleine darum, Elena endgültig für mich zu gewinnen, sie in meine Welt hinüberzuziehen.

Letztendlich wanderte ich zurück in die Unendlichkeit und las ein Buch über die Weltgeschichte. Sinnierte über die vielen Kriege. War nicht die Liebe auch etwas Derartiges? Manche Feldherren waren erfolgreicher, andere weniger. Wallenstein taktierte, suchte nie eine wirkliche Entscheidungsschlacht. Arminius entschied das Schicksal unserer Vorfahren in mehreren direkten Begegnungen. Was nur sollte ich tun? Taktieren? Schrittweise Entwicklung? Oder die Entscheidung suchen. Ich löschte das Licht der Kerze.

Um das Herz einer adeligen Dame buhlte ich. Ach

was, um das Herz einer Göttin. Sie hatte den ersten Schritt gewagt, ich das Spiel mit großem Elan fort- und auf eine gewaltigere Ebene gesetzt. Nun standen wir uns lauernd gegenüber. Jeder auf den nächsten Schritt des anderen wartend. So muss es doch sein? Würde Elena sonst so viel riskieren, wenn sie nicht auch in die große Schlacht ziehen wollte?

Was konnte ich verlieren? Nichts. Eine ungehörige Tat mehr auf dem Kerbholz. Belanglos für jemanden wie mich, der sich nicht um die Gedanken anderer scherte. Was konnte sie verlieren? Ihr gesellschaftliches Ansehen und, viel wichtiger, ihre Freiheit. Es war nicht zu leugnen und so sehr sie auch nach außen den Eindruck erwecken wollte, ihre Freiheit sei eine gefestigte, so sehr war mir klar, dass dieses fragile Gebilde leicht einstürzen konnte und ich eine weitaus größere Verantwortung trug, als der erste Liebessturm mir suggerierte. Überhaupt das Wort Verantwortung. Die hatte ich bislang nur für mich selbst, nun auch für Elena, auch wenn sie das nicht so betrachtete, es vielleicht auch nicht einsehen wollte:

Unsereins konnte sie, freilich ohne es zu wollen, ins Unglück und zurück in den Käfig stürzen. Alleine ihre Tante, von der sie mir auf negativer Art und

Weise erzählte, würde sicher eine Möglichkeit auszunutzen wissen. Doch das war natürlich nicht alles, denn der Gedanke an die Zukunft bereitete mir durchaus Unbehagen: Sie stammte aus altem Adel. Ich war der Sohn eines Emporkömmlings. Ihre Familie wurde von rückwärtsgewandten und überheblichen Kräften beherrscht. Genau von jenen, denen sich Fridericus Rex immer wieder andiente und die unsereins nicht als gleichwertig betrachteten.

Trotz allem, eine Situation, die man überwinden konnte. Allerdings nur mit bedingungslosem Vertrauen und das, so meinte ich, besaß ich noch nicht. Frisch. Zerbrechlich und wenn ich die Sache so fortführte, würde es vielleicht auch nie so sein, dass das Schiff durch alle Stürme gehen konnte. Taktieren? Nein, ich bin nicht Wallenstein. Ich will die Entscheidung.

So handelte ich am Ende auch. Kein Verzögern mehr. Ich lud Elena zum Schein in ein Kaffeehaus ein, doch in Wahrheit fuhren wir wieder zu dem Ort, nach dessen Besuch die erste und leider letzte Umarmung erfolge.

Der See … hier sollte es sich entscheiden. Ich war bereit. Innerlich zitternd, bangend, aber ich war bereit. Wir stiegen aus der Kutsche und ich ging ein paar Schritte voraus. Bis zum Ufer und drehte mich dort um.

Elena muss instinktiv geahnt haben, dass dieser Tag kein gewöhnlicher war, wobei es biedere Gewöhnlichkeit bei uns natürlich niemals gab, denn ehe ich mich versah, schien sie sich halb hinter einem Busch zu verstecken. Was für eine Situation. Ich stand wartend da und sie stand hinter einem Gestrüpp, das die Sicht auf sie zum Teil verdeckte. Zweifellos eine bewusst gewählte Barriere und optische Abgrenzung. Ich spürte die Enttäuschung in mir aufsteigen.

Distanz war aufgebaut. Entscheidungsschlacht. Was für ein Unsinn. Ich belagerte einen Strauch. Was hatte ich nur getan? Wie konnte ich mich nur auf Derartiges fixieren? Wie nur diese fantastische Frau in eine solche Lage bringen? Ein junger Mann. Peinlich berührt. Erstarrt und ich wünschte mir, ich hätte im Boden verschwinden können.

Es war ein Irrtum und ich ein lächerlicher Narr, der eine adelige Dame in eine unzumutbare Situation gebracht hatte. Ich wollte auf sie zugehen, mich entschuldigen und dann aus ihrem Leben verschwinden. Doch ich konnte es nicht. Zu forsch und zu keck. Welcher Wahnsinn hatte mich befallen anzunehmen, ich könnte Erfolg haben? Abgehoben. Wie Ikarus aus den Höhen gestürzt. War das das Ende? Oder noch auf irgendeine Art und Weise verzeihbar?

Elena musste nichts sagen, auch wenn sie sich bemühte, die peinlichen Augenblicke mit Belanglosigkeiten zu füllen, denn das Szenario sprach für sich. Zeitgleich wagte sie sich, und dieses rechnete ich ihr hoch an, hinter dem Strauch hervor und tippelte mit winzigen Schritten auf mich zu. Wie ich mich schämte. Alles verloren. Ein Versagen.

Und doch kam sie weiter auf mich zu. Verwirrung. Warum? Hoffnung? Mein Verstand und mein Instinkt wurden plötzlich nicht mehr von diesem unguten Gefühl beeinträchtigt. Ich setzte einen Schritt neben dem anderen. Beschleunigen. Wie lächerlich ich wirken musste. Purer Instinkt. Nichts sagen. Nichts erklären. Laufen.

Wir trafen aufeinander, was wörtlich zu verstehen ist und fielen förmlich übereinander her. Nie wieder erlebte ich einen solchen Sturm der Leidenschaft, die natürlich ihre Spuren an unserer Kleidung hinterließen, derer wir uns sehr schnell entledigten. Ja, Entscheidungsschlacht. Unsereins hatte sie gesucht. Unsereins hatte gewonnen. Triumph. Totaler Sieg. Ich war der Kaiser des Erdenrundes.

33. Elena

Sommernacht

Im Zauber einer Sommernacht,
dem Freudenfeste ohne Klagen,
hab ich nur an dich gedacht,
bereit, alles nun für uns zu wagen.

Der Sternenhimmel hell und klar,
es leuchtet weit die ganze Pracht,
er ist wie du, so wunderbar.
Glücklich, dem das Herz zulacht.

Gütig blickt der Mond herab,
alle Wolken weichen seinem Licht.
Zusammen singen Fuchs und Rab',
Trauer kennt man heute nicht.

Die eine Blume ewig blüht,
sie lässt die dunklen Schatten tanzen,
keine Sorge man mehr fühlt,
wenn wir sie in die Herzen pflanzen.

Die Liebe schafft bessere Welten
diese eine gehört nur uns allein.
Wahre Hingabe gibt es selten,
lass uns einfach glücklich sein.

Die Zärtlichkeit, die ich gewonnen hatte … nicht zu beschreiben. Jeder Moment war stets der schönste, doch eines überraschte mich doch, weil ich damit nicht gerechnet hatte: Die körperliche Liebe, bisher war sie lediglich ein Konzept meiner unsittlichen Gedanken, fand meinen Gefallen und ich mochte sie nicht mehr missen.

Es geschah einfach so an diesem Tag am See. Ein Sturm, der mich auch den kurzen Schmerz beim ersten Eindringen vergessen ließ. Pures Wollen. Keine Gedanken. So musste es sein.

Mir ist durchaus bewusst, dass eine Dame meines Standes von Reinheit und wahrer Liebe schwärmen darf, aber die Lust außen vor bleiben sollte. Nach meinen ersten Erlebnissen, denen viele weitere folgten, war ich zu Verzicht nicht mehr bereit.

Ja, die Liebe zwischen mir und Gottfried war rein, edel und wahrhaftig. Sie kam dem Ideal nahe, aber sie war auch lustvoll und vom Begehren gezeichnet.

Demnach war sie auch schmutzig und im Schweiße getränkt.

Warum das leugnen? Es gab so vieles zu probieren und noch mehr auszuleben. Ich bin nicht religiös, vielleicht auch nur aus Trotz gegenüber dem alten Drachen, aber ich glaube an einen Schöpfer.

Daher kann ich dem Herrn aus vollstem Herzen danken, dass Gottfrieds Leistungsfähigkeit auch in den schwachen Stunden beachtlich blieb. Bis vor Kurzem dachte ich noch zu sehr in Idealen und wäre nie darauf gekommen, im Reproduktionsprozess einen relevanten Faktor für das persönliche Glück zu sehen. Zu einer wahren Liebe gehört aber auch die Körperlichkeit. Die Hingabe und der Schweiß. Die Höhepunkte. Auf mehr achtete ich nicht. Und sollte ich eine Frucht des edelsten Gefühls tragen, so sollte es so sein. Nichts ging über den Moment.

Nebenbei bemerkt, war Gottfried für die körperliche Liebe geradezu prädestiniert. Nicht nur das einladende Wesen und das hübsche Gesicht, auch seine Gliedmaßen waren alle wohl geraten. Wirklich alle. Gottfried wusste, wie eine Frau im Schlafzimmer behandelt werden musste und vor allem wo. In dieser Hinsicht ist ihm seine Erfahrung zugutezuhalten.

Auch war er stets einsatzbereit. Das scheint, wie ich aus manchem Klatsch erfahren hatte, keineswegs eine Selbstverständlichkeit zu sein. Es gestaltete sich, wie es sein sollte.

Gelegentlich muss eine Frau zwar dem Manne Anweisungen geben, um das Erlebnis zu optimieren, doch justieren kann man nur, wenn das Grundgerüst stimmt. Doch dafür sind wir weiblichen Wesen doch geschaffen, nicht?

Seine Rolle als Liebhaber erfüllte Gottfried perfekt. Ich räume natürlich ein, dass ich keine Vergleichsmöglichkeiten hatte, aber braucht man die, wenn man immer wieder in die Höhen gestoßen wird? Ich denke nicht.

Unsere Treffen wurden intensiver und sorgloser. Ich befürchtete schon, leichtfertig zu werden, nahm aber beruhigt zur Kenntnis, dass Reinhilda ihre Zeit nunmehr in der Kirche verbrachte und mich immer weniger mit ihrer Seelenpein und ihrem kindischen Liebesleben belästigte. Gelegentlich fand ich dann doch tröstende Worte für sie. Weniger aus Verbundenheit oder Mitleid. Nein, vielmehr, weil ich kein Interesse hatte, dass sie zurück nach Hause oder gar in ein Kloster ging und die Hexe eine neue

Gouvernante schicken würde. Dann lieber das bekannte Übel.

Alle Briefe, die von meinen Eltern kamen, beantworte ich mit gewohnter Freundlichkeit. Der alte Drachen hatte mir schon seit Langem keine Nachricht mehr zukommen lassen.

Sorgen machte ich mir nur um die guten von Hohenecks. Wie ich mitbekommen hatte, schien er Graf die Idee, mit seiner kranken Ehefrau noch einmal alle wichtigen Orte ihres Lebens zu bereisen, doch umzusetzen wollen, denn er ließ seinen Anwalt die Vorbereitungen einleiten. Damit war bislang nicht wirklich zu rechnen, schaffte es der arme Mann doch nicht einmal mehr aus dem Nachthemd heraus. Die Pläne erschienen mir daher lediglich als reine Gedankenspiele.

Man verstehe mich nicht falsch! Mein Herz fühlte für die beiden alten Leute, aber es schlug weitaus stärker für meine große Liebe.

Was würde sein, wenn sie tatsächlich aufbrächen? Was wurde aus mir? Ich musste die Entwicklung genau beobachten, denn hier drohte eine veritable Gefahr. Im Moment jedoch war die Konstellation eine günstige und ich hatte mehr Freiheiten als je zuvor in meinem Leben.

Alsbald lud Gottfried mich in seine Villa ein. Alleine und ohne gesellschaftlichen Anlass. Ob ich es ohne Begleitung wagen sollte? Was konnte mir jetzt noch geschehen? Hatte ich nicht alle Klippen gekonnt umschifft? Ich fühlte mich sicher. Zu sicher? Getragen von den Schwingen der Liebe und einer gewissen Naivität?

Das Anwesen gefiel mir. Zauberhafter Bau, klassizistisch mit herrlichen Säulen, ein wunderschöner Garten und innen diese vielen seltenen Artefakte. Sie verliehen dem Ganzen etwas Geheimnisvolles. Dort eine Totenmaske aus Peru, hier eine Figur aus Ägypten.

Alles Vergangenheit. Ich bin der Augenblick. Interessanter Stil. Spielzeuge für Männer, doch auf Dauer wollte eine Dame nicht in einem Museum wohnen. Langfristig galt es, gleich wo der Lebensmittelpunkt einst sein würde, einen Kompromiss zu finden, aber wozu haben so viele Anwesen denn einen Keller? Das würde sich schon geben und selbstverständlich erwähnte ich davon nichts. Die Hand einer Frau lenkt alles zum Guten, das würde mein Liebster schon noch merken.

Nur eines störte mich sofort. Ein schäbiger, kleiner Raum ohne Fenster. Es war kaum nachzuvollziehen, warum jemand in einem so wunderschönen Herrenhaus, einen fensterlosen, kleinen Raum einbauen sollte. In keinem Fall passte er zur Gesamtharmonie des Baus, doch die karge Dunkelheit interessierte mich erst einmal nicht weiter.

Insgesamt war das Haus, trotz all der verstaubten und überflüssigen Gegenstände aus längst verlorenen Zeiten, ein lebendiges Anwesen. Mögen die Kulturen, zu denen manche Vasen gehörten, schon seit Jahrtausenden untergegangen sein, durch Gottfried wurde alles wieder lebendig. All das war dort, weil er es wollte. Sein Wille schuf eine eigene Welt und solange er es mochte, atmete sie wie ein Wesen aus Fleisch und Blut. Natürlich muss ich einräumen, dass mich der Anblick des Toten im Sarkophag zuerst erschaudern ließ. Anfangs hatte ich mich sogar etwas gefürchtet, schließlich waren Geschichten über die Flüche der alten Pharaonen in allen Zeitungen zu finden. Letztendlich überzeugte Gottfried mich aber doch von der Ungefährlichkeit. Meinem Liebsten hatte der Mumifizierte bis dato auch nichts getan. Zusätzlich war der Sarkophag von dickem Glas eingeschlossen.

Darüber hinaus interessierten mich diese alten Artefakte kaum. Ich nahm sie hin, doch wollte ich nicht sie, sondern den Mann. Und hätte Gottfried sich für tote Insekten interessiert, so hätte ich auch hier ein Interesse geheuchelt, nur um ihm nahe zu sein. Ein leichtes Opfer für eine große Belohnung. Zudem würde ich, wie bereits betont, sicher Mittel und Wege finden, die Artefakte auf einem verträglichen Wege zu verändern. Langsam. Stück für Stück. Mit all der Klugheit, die einer Frau eigen war. Leicht würde es nicht werden, doch mit ein wenig Geschick auch nicht unmöglich. Hatte ich nicht wesentlich mehr zu bieten als eine Mumie? Bei seiner Kleidung besaß ich ja bereits Einfluss.

Wie das klingt! Natürlich musste ich mir keinen Mann schaffen. Er war bereits mein Ideal. Ich wollte lediglich das optimieren, was in ihm war, den Diamanten schleifen. Das weibliche Element einbringen, das er, aufgrund des frühen Todes seiner Mutter, nie kennenlernen durfte. Mehr nicht.

An dem, was mein Liebster mitbrachte, gab es nichts zu kritisieren. Überhaupt war Gottfried auch sehr belesen, weitaus mehr, als sein Ruf vermuten ließ, und das machte den Mann an sich noch beeindruckender, als er es bereits war. Zu beinahe jedem Thema wusste er etwas zu berichten, viele seine Ansichten erschienen mir neu, geradezu revolutionär. Ich hörte ihm gerne zu, ohne jedoch dauerhaft auf diese Rolle beschränkt zu sein. Schließlich hatte auch ich viel zu erzählen, eine eigene Meinung und selbst, wenn alles gesagt gewesen wäre, hätten wir immer noch etwas Neues gefunden. Jedes Wort brachte uns näher zusammen, jedes Lachen ließ uns mehr an die gemeinsame Zukunft glauben. Es war alles viel schöner, als ich es mir in meinen tiefsten Träumen hätte ausmalen können. So viel schöner.

Mittlerweile öffnete er sich durchaus. Natürlich erschrak ich, als er mir von dem Vorfall berichtete, der ihn in die ferne Stadt brachte, aber es war Vergangenheit. Ein dummes schwangeres Ding. Erpressung. Reaktion des Vaters. Ohne dieses Unglück hätten wir uns vermutlich nie getroffen.

Immer wenn er von früher berichtete, war es fast entschuldigend. Ich schätzte die Ehrlichkeit. Dabei brauchte er sich für nichts zu entschuldigen. Was früher war, war vergangen. Es zählte nur das Hier und Jetzt. Zufrieden nahm ich dagegen zur Kenntnis, dass er seine Läuterung weiter dadurch unterstrich, dass er versuchte, mich weiter zu beeindrucken. Dies ging so weit, dass er damit begann, regelmäßig die Vorlesungen zu besuchen. Verlangt hätte ich es nie von ihm. Ich liebte ihn, wie er war. Auf der anderen Seite nahm ich diese Veränderungen geschmeichelt entgegen, schließlich tat er es für mich, seine Elena. Später sagte ich ihm, dass mir das Studium nichts bedeuten würde und er gab es erleichtert auf.

Die Wochen vergingen. Aus Vorsicht wurde Offenheit. Langsam, schleichend, dann immer schneller. Nichts geschah. Das Schicksal schien uns gewogen. Den Gedanken, dass Dritte sich gegen unsere Liebe stellen würden, verdrängte ich stets. Er manifestierte sich gelegentlich in grässlichen Träumen, die mich, vom Schweiße getränkt, des Nachts erwachen ließen. Doch Träume sind keine Realität und was waren einige, wenige unruhige Nächte gegen das, was ich gewonnen hatte?

34. Gottfried

Wie zum Himmel fahren, wenn es keinen gibt? Das Paradies ist dann eine Erfindung, wenn es nicht darüber hinausgeht, die vorstellbaren, menschlichen Bedürfnisse zu beinhalten.

Wie auch immer. Wir waren auf eine Weise zusammen, die für unsere Zeit außergewöhnlich war. Gleichberechtigt und sich liebend. Keine Liebelei, kein Ausnutzen, kein Spaß, nicht die pure Lust allein. Wider gesellschaftlicher Konventionen. Nur, und das fällt mir keinesfalls leicht einzugestehen, Liebe. Wie viele Frauen ich kannte? Doch nur sie konnte ich neben mir akzeptieren. Alle anderen waren nur Fleisch. Dumm und zu beinahe nichts zu gebrauchen als für das fleischliche Vergnügen.

Mit Elena war auch der Verkehr mehr als das. Nicht nur Körperlichkeit, sondern Liebe auf allen Ebenen. Ihre Begeisterungsfähigkeit entzückte mich ebenso wie ihre Beweglichkeit und ihr Lernwillen zeigte sich auf erstaunlichste Art und Weise. Hin und wieder übernahm sie auch die Führung. Etwas, was mich bei ihr und in diesen Momenten überhaupt nicht störte. Bedachte man zudem, dass unsereins sie als unberührte Jungfrau, aus einem prüden Umfeld stammend, kennenlernte, ist es nur noch mehr zu bewundern, wie schnell sie sich Scheu und eingeimpfter Sittsamkeit entledigte und ihr Verlangen stetig einforderte. So war sie, meine feine, adlige Dame. Im Übrigen möchte ich jedoch anmerken, dass dieser wunderbare weibliche Körper für die Liebe wie geschaffen war. Warum sollte ich es leugnen? Sie war eine jener Frauen, die genau die Rundungen und Formen hatte, die ein jeder Mann begehrte und die zu Höchstleistungen anspornten. Jederzeit. Immer. Doch möchte ich sie nicht auf den Körper reduzieren.

Ihr Lachen, ihr liebreizendes Wesen. Ich sollte die Aufzählung beenden, denn sie würde in einer endlosen Schwärmerei enden.

Fehler? Bestenfalls winzige Fehlerchen, wie beispielsweise ihre stetigen Versuche, mich ein wenig ... nennen wir es ... zu erziehen. Bei jeder anderen Person hätte das unsereins radikal unterbunden, aber bei ihr? Warum nicht diesen Anzug anziehen, wenn er ihr besser gefiel? Weshalb nicht das Haus ein wenig variantenreicher gestalten? Wäre ich völlig anderer Meinung gewesen, so hätte ich Elena sanft in ihre Schranken verwiesen, aber da wir uns so nahe standen, war auch unser Geschmack vereinbar.

Nuancen spielten in dieser Hinsicht keine Rolle.

Erinnerungen. Alles sollte für ewig sein. Für immer. Was nur ließ die Welt aus den Fugen geraten? Wie kann die verblasste Vergangenheit nur wieder solche Emotionen wecken. Diese Bilder, die ich immer und immer wieder sehen muss. Es schließt nicht ab. Es ist nur die Wiederholung der unendlichen Qual.

Am Ende ist es nur das Streben nach Vollendung. Es ist nur ein übles Spiel. Etwas in mir gaukelt mir vor, Elena wäre der Weg zur Vollkommenheit, aber, das kann doch nicht sein? Nicht für einen Gott. Nur ohne Gedanken ist man frei. Nichts existiert. Alles ist Schein. Ich will Ruhe. Unendliche Ruhe und doch wird sie mir verweigert. Aufgehen. Mich lösen. Nein, ich bin kein Mensch mehr. Ich bin ein Gott. Ihre Gesetze zählen für mich nicht. Gefesselter Titan. Gebunden an eine primitive Stufe des Seins, die sich stetig in den Bildern eines Lebens manifestiert. Das Gerede von Größe. Worte, nichts als Worte.

Meine Gedanken springen wieder zurück und wollen abschließen, um selbst dieses philosophische Paradies zu erreichen, das ich mir zusammenreime. Es gelingt nicht. Ich scheiterte. Wieder erlebe ich das

Menschsein.

Ich war glücklich mit Elena, denn auf einmal hatte ich sie stetig um mich. Anfangs betrachtete ich ihre Pläne mit großer Skepsis. Nicht, weil es an meiner Zuneigung zu ihr mangelte. Nein, das stelle wahrlich keine Quelle irgendwelcher Sorgen dar. Ich sorgte mich vielmehr vor der Reaktion ihrer Familie. Adlige Dame. Ungeniertes Zusammenleben ohne den Bund der Ehe? Prickelndes Gefühl und großer Reiz, aber nicht auf Elenas Kosten. Große Gefahr. Alter Name und nicht ohne Einfluss. Besser, niemanden brüskieren, bevor die Tat nicht vollendet war. So unabhängig unsereins auch sein mochte, meine Liebste war es nicht, auch wenn sie diesen Umstand gerne aus ihren Gedanken verbannte. Sie folgte stets zuerst dem Gefühl, ich vertraute mehr dem Verstand. Dafür waren gelegentlich auch Methoden von Nöten, mit denen ich sie nicht belasten sollte, denn bei den Details, die Elena im Überschwang übersah, reagierte ich im Verborgenen.

So zahlte ich der Dienerschaft der von Hohenecks sowie ihren Professoren eine angemessene Summe, damit sie, falls es jemals dazu kommen sollte, stets die richtige Auskunft über Elenas Tagewerk gaben. Zudem erhielt ich ausreichend Informationen über interne Vorkommnisse, wie dem gesundheitlichen Zustand der Gräfin von Hoheneck.

Auch den Briefverkehr ließ unsereins abfangen, soweit es Elena betraf und er nicht direkt an sie gerichtet war. Tatsächlich gab es diese Korrespondenz aber kaum mehr. Weder von den von Hohenecks noch von Reinhilda von Wehr, dem Büttel, der von meiner Liebsten wenig geliebten Tante.

Für Letztere engagierte ich eigens einen alten, fanatischen Priester mit unangenehmer Ausstrahlung. Meine Liebste hatte mir davon erzählt, wie sie Reinhilda mit einem Diener beim Liebesspiel erwischt hatte und wie schuldig sich diese Kreuz Dame nun fühlte. Daher sorgte ich dafür, dass das schlechte Gewissen durch einen unattraktiven, aber willensstarken Fanatiker erhalten blieb. Ein zufälliges Ansprechen in der Kirche, in die Fräulein von Wehr immer ging, gestalte sich natürlich einfach. Den Rest erledigte eine so erfahrene und morphiumsüchtige Gestalt mit gewohnter Routine.

Unfeine Handlungen? Unsereins betrachtete alles kühl und nüchtern: kein Risiko, wenn es nicht sein musste. Hier nun ganz Wallenstein. Doch das musste meine Liebste nicht interessieren.

Als Ergebnis konnte Elena fast vollkommen frei schalten und walten, wenngleich auch nicht über Nacht bleiben.

Trotz dieser Einschränkung war das Leben mit ihr herrlich, obwohl ich mich auch immer wieder in den schwarzen Raum zurückzog. Auf eine Kerze verzichtete ich längst. Sie war überflüssig. Ich saß dort in der Unendlichkeit, verscheuchte die Fratzen und fühlte mich vollkommen entspannt. Kaum mehr ein Gedanken sprang mir in den Kopf. Auf dem Weg zur Vollkommenheit.

Meiner Liebsten erzählte ich weiterhin erst einmal nichts davon. Es erschien mir unklug. War sie doch noch zu aufgedreht von den jüngsten Ereignissen, die ihr Leben derartig durcheinanderwirbelten. Sie wollte leben und das verstand ich. Mir erging es ähnlich. Die Ruhe würde kommen. Nicht heute, aber sie würde kommen. Sie selbst bekam von meinen Aufenthalten in dem Zimmer nichts mit. Elena mochte sich wundern, dass ich in den Raum ging, doch wusste sie nichts über dessen Natur. Keine Sekunde verging, wenn ich hineinging. Aber nein, es war nicht der richtige Zeitpunkt, sie über das Wunder aufzuklären.

Selbstverständlich hatte ich inzwischen auch recherchiert, doch niemand konnte mir etwas über diesen Raum berichten. Nicht einmal Gerüchte gab es. Recherchen in Ämtern oder Bibliotheken blieben fruchtlos. Es schien so, als hätten alle Vorbesitzer in einem völlig normalen Anwesen von prächtiger Natur gelebt. Ich kontaktierte Mehrere Personen, die einst dort lebten. Merkwürdigerweise konnte sich niemand an ein derartiges Zimmer erinnern. Ich versuchte, den Makler, der mir das Anwesen vermittelt hatte, ausfindig zu machen, doch war er nicht auffindbar. Nirgendwo ein Gewerbe gemeldet. An keiner Stelle bekannt. Ratlos blieb ich zurück, denn unsereins wusste noch immer nicht mehr als vorher, aber war es denn von so großer Relevanz? Der Raum existierte. Und zählte nicht das alleine? Keine Erkenntnis, die unsereins sofort akzeptieren konnte, denn ein Mann des Verstandes, möchte keine Fragen offenlassen. Nach einigen Sitzungen in dem dunklen Raum begann ich allerdings, das Mysterium zu respektieren – wie viele reale Jahre es auch gedauert haben mochte.

35. Elena

Wie konnten sie mir das antun? Waren sie sich der Konsequenzen nicht bewusst? Es war ein Schock für mich zu erfahren, dass der Graf von Hoheneck seine Pläne nun tatsächlich in die Tat umsetzen wollte. Eine Reise zu all den Orten, die für das Ehepaar eine Rolle in ihrem Leben gespielt hatten. Eine Katastrophe! Zu allem Übel eröffnete er mir, dass er alles bereits meinen Eltern in einem persönlichen Brief mitgeteilt hatte. Die Entscheidung, ob ich meinen Aufenthalt fortsetzen würde oder ob die Türen eines anderen noblen Hauses für mich offen stünden, wäre noch offen. Ein Schock.

Die Idee der letzten Reise schien wieder Energien im Grafen freigesetzt zu haben, die ich längst verloren geglaubt hatte. Wochenlang war er nicht in der Lage gewesen, auch nur irgendeinen Brief zu öffnen oder sich gar zu rasieren. Tag und Nacht wachte er vor dem Bett seiner dahinsiechenden Frau und nun rammte er mir den Dolch mitten in mein Herz. Diese Verräter an der Liebe. Was konnte die Gräfin denn noch wahrnehmen? Der Blick starr. Keinerlei Reaktion mehr. Sie war tot. Und der Graf wollte das nicht einsehen. Eine tote Liebe durfte nicht wichtiger sein als eine lebende. Das Verwelkte darf meinem Glück nicht im Wege stehen. Pure Verzweiflung kam auf. Kein klarer Gedanken möglich. Nur Gefühle. So viele Emotionen. Was sollte ich nur tun?

Es tröstete mich auch nicht, dass die Kreuz Dame, samt klerikalem Gefolge, sich entschlossen hatte, die Herrschaften zu begleiten. Natürlich nur zur Pflege der Gräfin und um mit sich selbst und der verlorenen Liebe ins Reine zu kommen. Verständnis? Im Gegenteil, dieser Umstand versetzte mich noch mehr in Wut, da die törichte Gans sicher bereits mehr wusste und sich so der Rückkehr entziehen wollte. Diese Heuchlerin. Wie ich sie hasste!

Doch, was nur tun? Die alte Hexe würde Himmel und Hölle in Bewegung setzen, um mich zurück in den Kerker zu werfen. Im Geiste sah ich bereits ihr hämisches Grinsen. Nein, ich lasse mich nicht besiegen. Ich gönne ihr diesen Triumph nicht. Nein. Hass. Wut. Verzweiflung.

Zu Gottfried gehen und mit ihm fliehen? Ganz weit weg? In die Neue Welt? Noch dürfte der Brief nicht angekommen sein. Wir hatten ja noch Zeit. Auf der anderen Seite wollte ich nicht, dass er mich so schwach und wütend sah. So unkontrolliert. Nein, wenn mich jemals ein Mensch so erleben durfte, dann doch meine große Liebe. Oder nicht? Er war doch der Mann, für den ich ihn hielt? Dann würde er eine Lösung finden. Sicher würde er das, denn das beinhaltete doch sein Wesen. Ganz sicher. So musste es sein.

So ging ich zu Gottfried und schämte mich meiner Tränen nicht, als ich ihm alles berichtete. Zu meiner Überraschung reagierte er merkwürdig kalt und einen kurzen Moment fühlte ich eine unendliche Enttäuschung. Wollte mein Liebster mich fallenlassen, weil es schwierig wurde? Wie konnte das sein? Meine Gefühle ein Irrtum? Hitze. Kälte. Ein Auf und Ab der Emotionen. Meinem Gesicht wollten gerade alle Züge entgleisen, da bemerkte, ich, dass er auf einen Tisch deutete.

Irritiert näherte ich mich dem Tisch und fand dort einige Schriftstücke. Er deutete mir an, sie zu lesen, und ich tat es. Anschließend legte ich sie erschüttert zurück und sah ihn einfach nur an. Er bat mich um Verzeihung. Entschuldigte sich mit großen Worten. Immer wieder, doch das war alles nicht relevant. Langsam erhob ich mich und ging auf ihn zu.

Nun stand ich vor ihm. Tränen in den Augen. Seine sahen mich noch immer fragend an. Dann ging alles schnell. Eine Berührung. Ein Kuss und wenig später lagen wir nackt auf einem Fell direkt vor dem Kamin.

Falls ich noch Zweifel hatte, waren die nun endgültig ausgeräumt, denn ich wusste nun endgültig, dass es von seiner Seite eines war: Liebe.

36. Gottfried

Göttlich sein. Diese Überlegenheit ist unbegreiflich. Es wäre unendliches Glück, wenn diese Qual nicht wäre. Allwissend erscheine ich, und doch kann ich die Frage nach dem Warum nicht lösen. Diese Bilder. Immer und immer wieder diese Bilder.

Elena kam zu mir. Innerlich erschüttert, denn der Alte von Hoheneck hatte ihr eröffnet, dass er sie nicht mehr beherbergen könne und ihre Eltern bereits informiert wären.

Keine Neuigkeit für unsereins, fing ich doch auf unredliche Art und Weise die Briefe ab und war so stets im Bilde. Das geschah auch dieses Mal. Am Ende erhielten Elenas Eltern nicht etwa das Schreiben des Grafen, sondern einen Brief, in dem Elenas Lerneifer und ihre Tugend beschrieben und auf das höchste gelobt wurde. Auch ihre Tante bedachte ich mit einem Schriftstück. Dort tadelte ich meine Liebste ein wenig, weil sie während eines Gottesdienstes den jungen Priester einige Sekunden zu lange angestarrt hätte. Mich dünkt, unsereins hat ein merkwürdiges Humorverständnis, aber ich konnte es nicht unterlassen, Derartiges auszuschmücken. Man verstehe mich in dieser

Hinsicht.

Etwas schwieriger verhielt es sich mit der Kreuz Dame, denn hier kostete es den Priester große Mühe, sie davon zu überzeugen, sich der Reise der von Hohenecks anzuschließen, das aber niemanden mitzuteilen. Angst. Sünde. Buße. Reue. Die ganze Klamottenkiste des Glauben musste er aufbringen und ich viele Münzen für die Morphiumsucht des Mannes. Am Ende sah das Fräulein von Wehr die Reise als eine Sühnereise; sie fürchtete, wenn sie die Reise bekanntmachen würde, zurückgeschickt und in ein Kloster verbannt zu werden. Vielleicht half auch die Drohung meines guten katholischen Mannes, die eifernde Mathilde über den Verlust ihrer Jungfräulichkeit zu informieren? Als Pflicht eines guten Christenmenschen? Beichtgeheimnis? Wen kümmerte es, wenn das Geld im Beutel springt?

Selbstverständlich habe ich alle Korrespondenz verfassen lassen, denn zum einen ist meine Schrift als Linkshänder eine gar grässliche; und zum anderen sind mir die Formen des alten Adels nicht bekannt, auch wenn ich einen Teil davon den anderen Briefen entnehmen konnte. Nein, ich ließ ihn, ohne selbst aufzutreten oder damit ihn Verbindung gebracht werden zu können, anfertigen. So viel Vorsicht musste sein.

Lange hatte unsereins über diese Lösung nachgedacht. Es war zweifellos eine fragile, denn es konnte nicht möglich sein, jegliche Löcher zu stopfen und alle Gefahren zu eliminieren. Temporär in Ordnung, aber keine für eine lange Zeit, denn wie sollte ich verhindern, dass die Reisenden doch noch einmal korrespondierten? Oder dass sich irgendein Besucher bei den von Hohenecks anmeldete und sie nicht antraf? Nein, diese Lösung konnte nur eine vorübergehende bleiben, aber sie erschien mir besser, als keine. Die Zeit drängte. Ich musste mich entscheiden und in meinem dunklen Paradies erschien mir mein beschriebenes Vorgehen als das vernünftigste.

Tatsächlich war daher bereits alles geregelt, als Elena mich besuchte und trotzdem verspürte ich ein tiefes Unbehagen: Mein Kopf sagte mir zwar, dass ich alles richtig gemacht hatte, aber innerlich befürchtete ich, dass Elena meine Methoden ablehnen und es einen unabwendbaren Bruch zwischen uns geben würde.

Hatte ich meine Liebe zerstört, indem ich sie rettete? Betrachtete man es nüchtern, war ich ein

Erpresser, ein Fälscher, ein Intrigant und im gewissen Sinne auch ein Gaukler und Betrüger. Letztendlich eine Person, die für Elena charakterlich ungeeignet war. Vielleicht auch nur eine, die ihr den Weg in die Freiheit ermöglichte. Ja, vielleicht war nur das meine Aufgabe und mein Beitrag zu ihrem Glück?

Ihre Tränen flossen, als sie mir von der Reise der von Hohenecks berichtete. Ich dagegen deutete nur auf den Schreibtisch, auf dem die Briefe lagen. Ob sie mich verdammen würde? Was würde sie nur denken?

Während sie las, begann ich bereits, mich für meine üblen Taten zu entschuldigen. Leider fehlten mir die richtigen Worte und daher setzte ich immer wieder vom Neuen an. Steif und innerlich nervös. Etwas, das völlig ungewohnt wirken musste.

Sie dagegen sagte kein Wort, erhob sich, trat auf mich zu. Einige Sekunden vergingen, die sich wie eine Ewigkeit anfühlten. Dann kam es zur Explosion. Küsse. Intensiv wie nie zuvor. Aus meiner Angst wurden perfekte Momente. Wir sanken auf die teuren Felle hernieder. Das Feuer im Kamin prasselte. Liebe. Immer wieder. Noch intensiver. Die Welt um uns herum nicht mehr wahrnehmend. Sie verstand mich. Ich verstand sie. Kein weiteres Wort mehr von

Nöten. Füreinander geschaffen. Ohne Zweifel. Das teure Fell war im Übrigen nicht mehr zu retten. Ich musste es wegwerfen lassen.

37. Elena

Was für ein unglaublicher Mann! Gottfried riskierte so viel für mich. Alles. Einfach alles. Die große Liebe. Das musste sie sein. Unübersehbar hatte er eine Möglichkeit gefunden, die Korrespondenz der Häuser abzufangen. Vorausschauend. Planend. Kühl, während ich bereits verzweifelte. Ein starker Charakter. Der Fels in der Brandung. Eine wahre Herrschernatur. Ein wirklicher König. Mein König.

Er bedauerte sein Vorgehen. Entschuldigte sich. Es ist wahr. Von meiner Natur her missbillige ich unehrenhafte Taten zutiefst. An seinem Verhalten gab es jedoch nichts zu tadeln. Da die größte Ehre die Liebe darstellt, ist nichts, was dafür getan wird unehrenhaft. Das wahre und tiefe Gefühl steht über allem und seine Handlung war nichts anderes als ein Zeichen größter Liebe und Achtung. Etwas so Großes, Wahres und Reines rechtfertigt schlicht alles.

Ich überlegte einen kurzen Augenblick, ob ich ihm vielleicht doch erzählen sollte, wie ich mit der Kreuz Dame umgesprungen war, beschloss aber, es zu unterlassen. Nein, das musste mein Liebster nicht erfahren. Sein Bild sollte nicht getrübt werden. Auch mit dem Briefverkehr hatte ich nichts zu schaffen.

Das überließ ich Gottfrieds brillantem Verstand. Blindes Vertrauen. Die Königin konnte sich sicher sein, dass er alles zum Besten wenden würde. Wie bislang in jeder Situation.

Wenige Wochen später traten die von Hohenecks ihre Reise an, die törichte Gans Reinhilda mit im Gepäck. Es war ein herzlicher Abschied von den beiden alten Leuten, denen ich nur das Beste wünschte.

Wie vereinbart, verließ auch ich an diesem Tag das Haus dieser adeligen Familie. Nicht aber, um etwa nach Hause zurückzukehren, wie es in den gefälschten Briefen angekündigt wurde, sondern vielmehr, um ganz zu Gottfried zu ziehen.

Ob mir die Entwicklung nicht zu schnell ging? Gestern noch eine Jungfrau im Käfig und heute wild mit einem nicht standesgemäßen Mann lebend? Ja, mein Kopf hämmerte mir allerlei Bedenken ein. Es überfiel mich ein gewisses Unbehagen, doch am Ende siegte das wahre Gefühl. Und wer bereits den ersten Schritt gegangen, darf beim nächsten nicht zaudern. Warum dann nicht auch das Undenkbare wagen? Nur noch ein kleiner Schritt.

Unmöglich? Jeglicher Konvention entgegen? Wen

scherte das? Nein, den Moment nutzen. Jetzt oder nie! Ich will alles. Alles. Ein großer Schritt? Nein, viel weniger schwer, als vor einem Tor einer Universität zu warten, Diener zu bestechen oder hinter einem Strauch hervor zusehen. Viel weniger. Kein großer, nur der letzte, selbstverständliche Sprung.

Was ich mit meinen Eltern zu tun gedachte? Ob ich ein schlechtes Gewissen verspürte? Meine Eltern waren weit weg. Was wussten sie von meinem Leben? Irgendwann, so redete ich mir ein, würden sie vor vollendete Tatsachen gestellt, irgendwann. Was wollten sie tun? Ihre einzige Tochter verlieren, nur weil sie sich ihr Glück selbst sucht? Außerdem würde man es nicht merken können, denn ihre Briefe konnte die Dienerschaft von einem Anwesen zu dem anderen transportieren. Das klappte doch bereits vorzüglich, dachten sie doch, dass ich noch immer bei den von Hohenecks verweilte. Keine Gedanken mehr. Triumph des Gefühls.

Gottfried sah weitaus mehr Schwierigkeiten und konstruierte Szenarien, in denen ich unter Druck geraten könnte, doch darüber wollte ich nicht reden. Das Glück genießen, das zählte. Leben, als ob jeder Tag der letzte wäre. Was kümmerten mich das Morgen oder gar Gedanken über Schwierigkeiten, die vielleicht niemals aufkommen würden? Nein, so bin ich nicht und kein Mensch sollte so sein, denn ein Leben zieht schnell vorbei, völlig gleich ob man das Glück gesucht oder nur die nächste Sorge.

Unterhalt? Geldsorgen würden wir sowieso nicht haben, schließlich gab es noch Gottfrieds Vater. Nach den Erzählungen meines Liebsten war er ein Paradoxon. Sein Vater drängte geradezu in das Korsett, wollte ein Teil der Gesellschaft sein, obwohl niemand das von einem erwartet hätte, der von ganz unten gekommen war. Die wirklich feine Gesellschaft, zumindest die Ewiggestrigen, verabscheuten nichts mehr als Emporkömmlinge. Merkwürdig, nicht? Natürlich war Gottfrieds Familie reich, aber nun einmal nicht von edlem Blut. Aufsteiger, die es nur dank der Umstände einer widrigen Zeit in sonst unerreichte Höhen schafften? So sagte man, hinter vorgehaltener Hand, und blickte neidisch auf sie.

Ich vertrete diese Meinung nicht und schätze Menschen sehr, die aus eigener Kraft etwas erreichen. Ob nun den groben Klotz Gernot oder Gottfried. Männer, die für etwas kämpften und dabei siegreich waren, taugten etwas. Völlig gleich, ob nun gemein oder adelig.

Gleich wie, ich war davon überzeugt, dass zumindest Fridericus Rex, wie Gottfried seinen Vater abschätzig betitelte, über eine Schwiegertochter aus dem Hochadel hocherfreut sein würde. Es würde sich schon regeln, redete ich mir ein, und ignorierte jede dunkle Wolke, die bereits am fernen Himmel zu sehen war.

38. Gottfried

Die von Hohenecks gingen auf Reisen und Elena fand Unterkunft bei meiner Wenigkeit. Ein kurzer Satz für einen epochalen Vorgang. Ich konnte mich nicht beschweren. Die eleganteste und liebevollste Dame des ganzen Landes, des ganzen Erdenrundes – unsereins sollte das Licht nicht unter den Scheffel stellen – war an meiner Seite und wollte mich ebenso sehr, wie ich sie wollte. Mit jedem Tag mehr spürte ich, wie sich unsere Liebe als eine aufrechte und wahre entpuppte. Ich fühlte mich ihrer sicherer und war zudem zutiefst dankbar, dass sich das Vertrauen derartig stark festigte, dass ich nicht länger den strebenden Studenten spielen musste.

Trotzdem blieb ich nicht frei von Bedenken, denn niemand konnte voraussagen, wie lange wir sorgenfrei bleiben würden. Es mochte durchaus sein, dass die von Hohenecks sich nun monatelang voll und ganz auf sich konzentrieren konnten. Auch war es unwahrscheinlich, dass die Kreuz Dame ohne Not auf sich aufmerksam machen würde, aber die Gefahr eines unglücklichen Zufalles konnte nicht von der Hand gewiesen werden.

War es denn wirklich so unwahrscheinlich, dass

der alte Graf auf seinen Reisen andere Adelige traf und das Gespräch auf Elena kam? Letztendlich bewegte man sich bei solchen Reisen unter Gleichen und suchte auch nur die Orte auf, die für die eigenen Kreise exklusiv waren. Oder doch ein Sinneswandel bei einem der Beteiligten? Was, wenn die alte Gräfin starb? Das würde zweifellos Verbreitung finden. Was geschah in so einem Fall? All das hatte unsereins nicht mehr unter Kontrolle, aber es schwebte wie ein Fallbeil über unsere Liebe. Mir war bewusst, dass mein Vorgehen nur eine Atempause darstellte. Mehr nicht. Immer.

Elena redete sehr wenig über dieses Thema, sie verdrängte es augenscheinlich. Daher belästigte ich sie auch nie mit Details. Beispielsweise erfuhr sie nie von dem Priester, der ihrer Anstandsdame auf meine Kosten ein schlechtes Gewissen einredete, aber das musste sie auch nicht. Derartige Dinge wollte ich von ihr fernhalten.

Grundsätzlich war es aber nun so, dass ich für einen weiteren Menschen Verantwortung trug und ich unsere kleine Familie langfristig absichern wollte. Ob es ein plötzlicher Reifeschub war? Wieso plötzlich, wenn ich doch meine Gedanken in der Unendlichkeit des schwarzen Raumes kreisen lassen konnte? Letztendlich änderte sich an meinem Wesen nichts. Ich strebte nach wie vor nach Freiheit und Unabhängigkeit, doch ging es nicht mehr nur um mich.

Es war auch nicht nur Elenas Familie, die mir Kummer bereitete. Nein, auch, dass ich auf finanzielle Zuwendungen von Fridericus Rex angewiesen war, stellte einen untragbaren Zustand dar.

Lange dachte ich darüber nach und am Ende leitete ich erste Schritte ein, mich wirtschaftlich unabhängig von meinem Vater zu machen. Nicht, dass er mir seine Gunst entzogen hätte, nein im Gegenteil, er drängte, nachdem er durch dubiose, mir unbekannte Quellen von meiner Liebsten erfahren hatte, sogar auf einen Besuch, aber es schadete sicher nicht, sich ein wenig zu befreien. Mit Elena sprach ich darüber nicht, aber ich knüpfte einige Kontakte und schuf mir ein Netzwerk, das es mir jederzeit ermöglichte, in den internationalen Handel mit Kunstgegenständen einzusteigen und ihn auszubauen. Eine Absicherung im Schatten.

Währenddessen besuchte ich weiter den schwarzen Raum. Was ich dort tat? Es klingt merkwürdig, aber ich saß einfach nur da. Es beruhigte mich dort zu sein. Außerdem kamen mir die besten Ideen, wie die des Handelns mit antiken Gegenständen, dort.

Elena sagte ich immer noch nichts von diesem geheimnisvollen Wunder. Zu gegebener Zeit wollte ich es ihr erzählen. Bemerken konnte sie, wie mehrfach betont, die erstaunlichen Fähigkeiten des Zimmers nicht. Nicht einmal, als sie schon zu mir gezogen war. Wie auch? Wenn ich in dem dunklen Raum war, verging in der anderen Welt keine Sekunde – und dass ein schwarzer und dunkler Fleck inmitten eines sehr hellen und stilvoll eingerichteten Hauses für eine Frau nicht sonderlich interessant war, erklärt sich auch von selbst. Sie war viel zu sehr damit beschäftigt, die neugewonnene Freiheit für sich auszuloten.

Was kümmerte meine Liebste da ein kleiner Raum, in einem großen Haus? Vielleicht wäre es besser gewesen, ich hätte ihr es in diesen Momenten gesagt, aber irgendwie hatte ich nie das Behagen, dass der richtige Zeitpunkt dafür gekommen war. Obwohl ich regelmäßig dort drinnen verweilte, hatte ich merkwürdigerweise das Gefühl, dass die Enthüllung meines kleinen Geheimnisses uns nur in unserer

Unbeschwertheit stören würde und das war mein Anliegen nicht.

Lieber genoss ich mein neues Leben mit Elena. Vor allem des Nachts gab es noch einiges für sie zu entdecken und so zogen wir von der einen Sensation zur nächsten. Mich selbst langweilte vieles davon inzwischen, doch mit ihr zusammen vergaß ich diese gähnende Ödnis immer wieder. Ich spürte, dass sie vieles nachholen wollte, was mir längst vertraut war. Natürlich wählte ich nur Kreise, in denen ein Mindeststandard von Vermögen und Bildung zu erwarten war. Dass wir dabei Veranstaltungen des Hochadels, der eine Verbindung zu Elenas Familie hätte haben können, vermieden, muss ich, so denke ich, nicht herausstellen. Kein Risiko. Nein, diese exklusiven Runden waren für uns ein Tabu.

Für Elena erschloss sich eine neue, ungekannte Welt. Wie sie staunte und erkennen musste, dass sich hinter dem Deckmäntelchen der ehrenwerten Gesellschaft zumeist dunkelste Abgründe befanden: Drogen, extremer Alkoholgenuss, Kräuter, Pulver spielten durchaus eine Rolle. Je nach Veranstaltung. Einen formellen Ball konnte man nicht mit einer Geisterbeschwörung vergleichen. Einen Empfang nicht mit einem gemütlichen Absinth- und

Rauschmittelabend.

Sie liebte die Oper und das Theater. Bevorzugte die Stücke, die große Gefühle verhießen, war aber auch etwas Seichtem nicht abgeneigt. Lachte, amüsierte sich, war vergnügt. Wir probierten den Wagen ohne Pferde aus und meine Liebste fuhr sogar einige Meter ganz alleine. Wagemutig und furchtlos.

Mit ihr konnte ich sogar gemeinsam auf die Kirmes gehen. Mit einer Adeligen in der Schiffschaukel. Eigentlich unvorstellbar, doch nicht mit meinem Mädchen. Unsereins schoss ihr dort so manchen Preis und einmal hatten wir beide so viel Wein zu uns genommen, dass wir uns gegenseitig stützen mussten. Ungebührlich? Es kümmerte uns nicht, denn wir waren uns selbst genug. Herrliche Zeiten.

Einem Kinde gleich, entdeckte und erkundete Elena die Welt. Niemand hatte sie darauf vorbereitet. Wie aber auch, wenn man sein Leben auf einem Gut auf dem Land verbrachte und zwischen Garten, Bett, Speisesaal und Bibliothek pendelte? Alles sog sie auf. Bälle, Kaffeehäuser, das Streunen über die Märkte, unsere Ausflüge an schönen Tagen. Obwohl mich diese Dinge im Grunde längst ermüdeten, war ich es meiner großen Liebe schuldig, ihr die Reize zu präsentieren, die auch mich eine Zeit lang begeisterten. Meine Liebste wollte die Lebendigkeit sehen? Ich zeigte sie ihr in allen Facetten und entdeckte selbst teilweise die Freude daran wieder. Nein, das entsprach nicht der Wahrheit. Mein Herz wurde nur durch ihr Lachen erwärmt. Durch nichts sonst.

39. Elena

Es war ein neues Leben. Ganz auf Gottfried ausgerichtet. Der Käfig und das viel zu enge Korsett schienen endgültig Vergangenheit zu sein. All die Wunder, die er bereits kannte, wollte ich entdecken. Ausgehen und spüren. Mehr und mehr. Als Krönung unseres Zusammenseins. Ich dürstete nach Leben und labende Quellen gab es so viele.

Mein Auszug bei den von Hohenecks. Mehr als nur ein Gehen. Für mich ein Bruch mit der toten Gefühllosigkeit eines vergessenen Daseins. Ein epochales Erlebnis, auch wenn man es mir äußerlich so gar nicht ansah. Der nächste Schritt in eine bessere Zukunft. Ich möchte spüren. Ich will sein. Für den Moment. Es verlangte mich, in diese bunte Welt einzutauchen und in ihr zu verschwinden. Mit Gottfried. Mit ihm zusammen. Ein Startschuss in die Wirklichkeit. Ein Hohelied auf die Emotionen.

Es gab dort draußen so viel mehr als nur das Grau, das ich bisher zu Hause erleben durfte.

Wie ich es liebte, die Natur kennenzulernen. Spaziergänge. Ausflüge. Wanderungen. Dort das saftige Grün der Wiesen. Die Natur. Der herrliche Geruch. Genauso mochte ich aber die Stadt mit ihrer angenehmen Hektik und den vielen Menschen. Warenhäuser, die Oper, das Theater. Diese Betriebsamkeit. Überall gab es etwas zu entdecken. Doch lernte ich nicht nur den Tag kennen.

Die wahre Welt der Exzesse begann, alsbald die Sonne unterging. Ganze Viertel wurden zu Vergnügungsparks, in denen so viel wunderbares, vergnügliches aber auch Verwerfliches zu sehen war. Alles war so fremd, so einzigartig. Und diese Gelöstheit. Einmal ließ auch ich mich zum übermäßigen Weinkonsum hinreisen. Ich bereue es nicht, denn es war bei einer harmonierenden Gelegenheit. Das Leben kann so schön sein! Wahrlich wundervoll.

Was für eine Diskrepanz zu den Dingen, die mir anerzogen wurden. Mir wurde immer mit auf den Weg gegeben, außerhalb des eigenen Hauses möglichst keine überschwänglichen Gefühle zu zeigen. Ein Lächeln, sicher, daran war nichts Verwerfliches – aber niemals ein lautes Lachen. Dies war einer Dame nicht geziem. Hier nun aber war alles anders. Dank Gottfried – und von einem schlechten Gewissen keine Spur.

Doch das war nur ein Teil der Nacht. Nicht

verschweigen will ich auch die vielen Zirkel, deren liebster Zeitvertreib es war, sich mit den dunklen Mächten zu beschäftigen. Manche nur zur Unterhaltung, andere mit voller Ernsthaftigkeit. Wieder andere betrieben Forschung auf ganz merkwürdigen Feldern. Während sich draußen gerade das Bild vom materiellen und entwickelten Menschen festigte, sprach man hier vom geistigen und in die Welt getretenen. Was für eine großartige Unterhaltung! Wie viel es davon gab! Einmal hatte ich sogar alleine eines dieser neuartigen Automobile bewegt. Ich, die adelige Dame. Ich fuhr einige Meter, doch dann fürchtete der Ingenieur offenkundig, dass ich einen neuen Geschwindigkeitsrekord aufstellen könnte.

Wie springe ich von einem Erlebnis zum anderen, aber die Wahrheit ist, ich liebte alles am Leben.

Die ruhigen Momente in der Natur. Die großartigen Bälle, bei denen sich niemand an uns stieß, da man einerseits unsere Lebensumstände nicht kannte, aber Gottfried als Sohn eines reichen Mannes als gleichrangig bewertet wurde. Und der Tanz zur Musik. Das Wuseln der Menschen auf den Straßen.

Ein schönes Bild mit nur einem kleinen

Schönheitsfehler: Wir mussten den Umgang mit dem Hochadel vermeiden, um es nicht zu Komplikationen kommen zu lassen. Wenn ich mich ehrlich fragte, störte mich dieser Umstand durchaus, schließlich war ich eine Dame von edelstem Geblüt. Aber im Moment war daran nichts zu ändern, denn das Risiko, dass unsere Lebensweise zu den falschen Personen weitergetragen wurde, wäre zu groß gewesen.

Insgesamt führte ich in dieser Zeit ein befriedigendes und erfüllendes Leben. Alles zusammen mit meinem Liebsten. Was konnte schöner sein?

Ich lernte innerhalb kürzester Zeit, dass man sich niemals und zu keinem Zeitpunkt mit ein wenig Freiheit zufriedengeben darf. Keine Kompromisse. Niemals. Wer derart handelt, wird sich auch in dem Moment nicht wehren, wenn ihm des wenige wieder weggenommen wird. So wäre es mir ergangen, wenn mir durch meine Familie der richtige Mann präsentiert worden wäre. In dieser Beziehung machte ich mir niemals etwas vor.

Nun aber wurden die Karten neu gemischt. Unsere Liebe schenkte mir den Mut, allem zu widersagen. Ich war frei. Niemand konnte mich halten, niemand sich uns in die Wege stellen. Nicht mehr das langweilige Leben interessierte mich, sondern das vielschichtige und bunte, das Gottfried mir offenbarte. Welche Risiken auch immer da draußen auf uns warteten. Es war besser, sie einzugehen, als für immer in dieses Korsett eingeschnürt zu werden. Soll meine Familie Gottfried doch verfluchen! Nichts wird unsere Liebe brechen. Es gibt nicht nur dieses eine starre gesellschaftliche System. Alles ist viel weiter und größer, als man glauben mag. Man benötigt nur geöffnete Augen. Zu allen Zeiten war es so und wird es immer sein. So viel mehr wartete auf uns, so viel mehr. Mein Lebenshunger war erwacht. Gestillt musste er werden.

Im Moment war diese Stadt noch das Zentrum unseres Lebens. Doch es gab doch noch so viel mehr. So viele Kuriositäten. So viele fremde und exotische Länder.

Ich wollte sie alle sehen, alsbald dieser schlimme Zustand des Versteckens vorübergezogen war, sollte mich die Welt kennenlernen.

Vielleicht erstmals auf einer Hochzeitsreise?

Meine Hochzeit würde die einer Königin in den Schatten stellen. Ich wollte die freien englischen Kolonien sehen. Italien und all die anderen Länder im Süden. Wie die von Hohenecks in jungen Jahren. Gerne konnten wir auch nach Ägypten oder Mexiko. Das würde Gottfried mit seinem Interesse für alte Artefakte und Geschichte gefallen. Am liebsten hätte ich schon in diesen Momenten jede einzelne Reise geplant.

Ja, meine Familie musste diesen prächtigen Mann einfach akzeptieren. Dann endlich konnte ich standesgemäß leben, wie ich es verdiente. Das Anwesen komplett umbauen und lieblicher gestalten oder gar gleich ein neues, größeres erwerben. Unglaubliche Bälle würde ich geben und alle würden sie mich beneiden. Um Gottfried, um meine Liebe, um meine Freiheit.

In meinem Geiste plante ich bereits die Details unserer sorgenfreien Zukunft. Ja, mein Liebster, diese neue Welt gefiel mir.

40. Gottfried

Elena und ich waren im Liebesrausch und dies brachte natürlich einige Probleme mit sich. Während sie in nur kurzer Zeit versuchte, all das nach zu holen, was ihr bislang entgangen war, verlor ich immer mehr das Interesse an den Amüsements. Ich kann es nicht einmal erklären, aber irgendwie waren sie für mich so grau, wie sie für Elena bunt erschienen.

Ich hoffte, das würde sich bei ihr legen, doch sie sprang von Reiz zu Reiz und war kaum zu bändigen. Mir ward dies alles gleichgültig. Ich wollte sie und deswegen spielte ich das Spiel mit.

Wie ich überhaupt zu dieser Erkenntnis kam? Vielleicht sollte unsereins es erwähnen? Irgendwann, als ich, ohne ihr Wissen, im Raum der Ewigkeit saß, wurde es mir bewusst und ich kann es nur noch einmal hinaus schreien: Jede Emotion, sei es Freude, Leid oder alles andere existiert nur tief in einem selbst. Ein Reiz aus der äußeren Scheinwelt aktiviert nur, ist aber niemals deren Ursprung.

In der Unendlichkeit lässt es sich vortrefflich nachdenken. Über mich, über Elena, über alles. Es schien fast so, als strömten die Fragen und

Antworten in mich hinein, als gäbe es irgendwo einen geistigen Fluss zwischen allem, mit dessen Hilfe nichts mehr unmöglich erscheint. Verständlich, dass bei solch genialen Gedanken mein Wunsch keine wesentliche Rolle mehr in meinem Leben spielte, billige Zaubertricks und vom Schicksal verdorbene Individuen in heruntergekommenen Varietees zu betrachten.

Jenen, die ein um das andere Mal gekommen waren, um den neuen Menschen zu schaffen, brachte unsereins nichts mehr als Verachtung entgegen. Sie hielten sich für groß, weil sie ein wenig weiter sehen konnten als andere, aber ihre Götter lagen nur zu meinen Füßen. Nein, ich wollte nicht in das Gefängnis zurück. Niemals. Alles dort, war so grau, so verdammenswert, alles außer ihr. Auch die fremden Länder, von denen ich Elena anfangs so viel vorgeschwärmt hatte, bedeuteten mir nichts mehr. Meine Sammlung antiker Kunst – ebenso belanglos wie alles, was einst war. Wenn ich ehrlich bin, gab es für mich nur noch zwei Dinge im Leben: Elena und die Zitadelle der Zeit. Keines war stärker als das andere.

Aber wie konnte ich mit ihr über mein Geheimnis reden? Ich musste warten, ja warten. So viele Jahre wurde ihr Lebenshunger isoliert und unterdrückt. Wie konnte ich es ihr verübeln, wenn sie nachholen wollte, was man ihr verweigert hatte? Zudem erfreute ich mich daran, sie bei ihrer Entdeckungsreise zu beobachten. Das war keine Sache des Verstandes. Nur des Herzens.

Noch drängte sie in das Neue und Unbekannte, doch irgendwann wird ihr Hunger gesättigt sein und wir beide könnten zusammen die Wunder der Zeitlosigkeit entdecken.

Ich muss gestehen, dass mir aus diesen Umständen mehr und mehr Probleme herauswuchsen. Zweifellos schafft Nähe auch die Möglichkeit, den Partner zu beobachten und meine Liebste war eine gute Beobachterin. So konnte es ihr kaum entgehen, dass mich die Außenwelt immer weniger interessierte und ich stetig stiller wurde. Selbstverständlich durfte ich ihr noch nicht mitteilen, woran diese Wandlung wirklich lag. Also schob ich Sorgen vor, die ich zwar hatte, aber die mich längst nicht so belasteten, wie ich es vorgab.

Oft, wenn auch nicht immer, nur Nebelkerzen, nichts weniger. Feige Lügen? Vielleicht, aber zu ihrem Schutze und um die beiden Zauber meines

Lebens noch solange zu trennen, bis ich sie verbinden konnte. Ich gestehe, auch unsereins hat ein Gewissen, und ich fühlte mich keinesfalls wohl damit, sie auf diese Art und Weise zu hintergehen, doch sah ich keine andere Möglichkeit. Lange würde ich dieses Spiel nicht treiben können. Dessen war ich mir bewusst. Noch war allerdings der richtige Zeitpunkt nicht gekommen. Nur falsche Emotionen treiben zu einer unglücklichen Handlung. Der Verstand befahl das Warten und dem fügte ich mich.

41. Elena

Meine Kindheit. Die schreckliche Tante. All das lag soweit zurück. Plötzlich hatte ich ein vollkommen neues Leben und eine echte Perspektive für die Zukunft. Natürlich auch durch Gottfried, aber als Erstes stand mein Wille, der mich in die Stadt brachte. Meine Konsequenz, mit der ich das Herz dieses Mannes erobern konnte. Wille, Herz und Leidenschaft sind die Kräfte, die jede Logik überwinden können. Ich konnte wahrlich stolz auf mich sein und war noch längst nicht am Ende.

Natürlich redete ich auch mit meinem Liebsten häufig über die gemeinsame Zukunft. Sogar über Kinder. Ob Mädchen oder Junge, sie wären uns gleich viel wert gewesen. Menschen mit offenen Herzen hätten es werden sollen. Sie sollten ohne Zwänge aufwachsen und freie und verantwortliche Persönlichkeiten werden. Die Namen, es gibt so viele und so schöne auf dieser Welt, hatten wir schon gefunden. Zumindest eine Auswahl von ungefähr hundert Stück für jedes Geschlecht. Er wäre sicher ein hervorragender Vater gewesen. Liebevoll, zärtlich, aber auch streng, wenn nötig. Ich habe ihn niemals verantwortungslos erlebt.

Im Gegenteil, Gottfried war ein Mensch mit einem scharfen Verstand, der seine Schritte klug durchdachte und langfristig plante. Selbst im Nichtstun schien er dieses immer getan zu haben. Daher wurden mir manche Gespräche sehr oft zu ernst und zu detailliert. Dann beendete ich sie schnell mit einem Lachen oder einer neckischen Aufforderung, etwas Unanständiges zu tun, denn mir ging es darum, die Intensität des Momentes zu steigern, nicht um irgendwelche Dinge, die noch in der Ferne lagen.

Mit meinem Elternhaus verkehrte ich weiterhin schriftlich. Sie schienen nichts zu ahnen und die Weitergabe und das Fälschen der sonstigen Briefe funktionierte vorzüglich.

Ich versuchte, mir einzureden, dass Gottfried ihnen gefallen würde. Neben all seinen liebenswerten Eigenschaften, seinem Aussehen und seiner Bildung war er schließlich auch ein Erbe und damit eine durchaus gute Partie. Aus finanzieller Sicht, nicht des Standes wegen. Das gekaufte ›von‹ war in unseren Kreisen verpönt, denn ein jeder wusste, wie wenig diese kleinadligen Titel kosteten und welcher Schlag Männer sie erwarben.

Akzeptanz für Aufsteiger? Nicht bei den wahren Blaublütigen.

Was konnte ich dafür, dass ich in eine ach so edle Familie geboren wurde? Nein. Von ihm würde ich mich niemals trennen. So sollen sie doch kommen. Einschließlich der alten Hexe. Wie schlecht erging es ihrem Büttel Reinhilda.

Ich würde mich vor unsere Liebe stellen. Das wahre Schild. Ich bin ein eigener Mensch. Keine Figur in einem Spiel. Der Käfig ist mir zuwider. Ich bin nicht die duldende Frau, die nichts anderes tut, als ihre Pflicht zu erfüllen. Warum auf die Erwartungen anderer sehen? Ist es nicht mein eigenes Leben? Habe ich nicht jedes Recht, es so auszufüllen und zu gestalten, wie ich es mochte?

Ein innerer Zwist? Auf der einen Seite das Elternhaus und auf der anderen Gottfried? Was war stärker, die Liebe oder das Pflichtgefühl? Die Würfel waren doch spätestens mit meinem Einzug bei Gottfried gefallen. Doch musste es eine Entscheidung geben?

Vielleicht akzeptierten meine Eltern auch stillschweigend meinen Entschluss, ein Leben mit einem Angehörigen des neuen Adels zu führen?

Vielleicht schon aus Vernunftgründen? Denn während die niederen Emporkömmlinge fähig waren, sich einen gewissen Reichtum zu schaffen, stand es um die edlen Adelsfamilien weitaus schlechter. Nicht selten waren sie hoch verschuldet. So schlimm war es in unserer Familie noch nicht, aber trotzdem musste man darauf achten, nicht zum ärmlichen Landadel degradiert zu werden. Man denke an die Kreuz Dame.

Auf der anderen Seite war Ächtung für meine Eltern schlimmer als alles andere. Die Angst vor einem Dasein als Paria weitaus größer als die Liebe zu ihrer Tochter. Oder doch nicht? Im Grunde genommen kenne ich diese Leute gar nicht. Krampfhaft hält ein Teil des Adels an seiner Isolation fest. Merken sie denn nicht, dass sie scheitern werden? Etwas Besseres sein. Von Gott eingesetzt. Diese Narren. Heilige Lanze? Ist sie aus Gold? Wenn nicht, dann war sie in der heutigen Zeit ohne Wert. Andere haben doch auch verstanden. Warum hörte ausgerechnet meine Familie auf eine wahnwitzige Prophetin? Gab es nicht auch progressive Kräfte im Hochadel, die keinerlei Berührungsängste mit den Kapitalisten hatten? Doch nicht wir. Rückständig. Den Untergang werden sie nicht aufhalten können, nur verzögern und doch hielt mich dieser Umstand davon ab, meine Liebe offen zu kommunizieren.

Die Sache belastete mich und daher beschloss ich, sie zu verdrängen. Vielleicht, und so hoffte ich damals, würde die Zeit für mich arbeiten. Ein Kind konnte alles ändern. Ein Enkelkind. Der Adel wird die sogenannten Emporkömmlinge akzeptieren müssen, ansonsten wird er von denen überflügelt. Vieles ändert sich so schnell. Gott, empfing der Kaiser die Kapitalisten nicht auf ähnliche Art und Weise wie die Angehörigen des Hochadels?

Doch noch war ich weder Königin noch Kaiserin. Es blieb bei der eingefädelten Täuschung. Nein, nur der Moment interessierte. Den wollte ich genießen, als wäre es mein letzter. Mögen ganz da hinten auch dunkle Wolken gewesen sein, vielleicht kamen sie niemals bis zu uns? Wozu sich dann sorgen?

Kinder? Es wird keine Kinder geben, niemals. Es waren nur Träume einer jungen Liebe. Einer Liebe, die jäh und auf grausamste Art und Weise beendet wurde. Was bleibt mir schon? Erinnerungen, nichts als Erinnerungen. Alles ist vergangen, neue können niemals mehr geschaffen werden.

Nein, Elena. Nicht fallen. Denk weiter an die

guten Zeiten. Ja, Gottfried eröffnete mir eine wunderbare Welt. So bunt, so lebendig. Ist sie nicht noch immer da? Auch ohne meinen Liebsten?

Gelegentlich schien es so, als würde Gottfried nicht mehr ganz so nach dem Leben streben. Ruhiger. In sich gekehrter. Nur ein falscher Eindruck? Lange überlegte ich, woran das liegen konnte und fand erst einmal keine Erklärung. Dann jedoch kam er zu mir und berichtete mir von Sorgen und Ängsten um unsere Zukunft. So kannte ich ihn nicht, obwohl mir natürlich immer bewusst war, dass er ein planender und kein oberflächlicher Mensch war. Ich dagegen würgte jedes Wort über meine hochadelige Familie ab. Das hätte nur die Stimmung verdorben.

Nach längerer Zeit teilte er mir schließlich den Grund für seine Schweigsamkeit mit: Sein Vater hatte uns aufgefordert, ihn zu besuchen. Davon wusste ich bislang nichts.

Eigentlich hätte ich verwundert sein müssen, denn Gottfried hatte ihm nichts von uns erzählt, aber es wunderte mich nicht. Vater und Sohn waren sich bei ihren Methoden vielleicht gar nicht so unähnlich, wie es mein Liebster beschrieb und so fand wohl auch

Friedrich von Heldern seine Mittel und Wege, um an Informationen zu kommen.

Aus seinen kargen Erzählungen wusste ich, dass das Verhältnis als schwierig anzusehen war. Daher versicherte ich ihm natürlich sofort meine bedingungslose Unterstützung, wenn er sich total von seinem Elternhaus lösen wollte, empfahl ihm aber dennoch zuerst mit seinem Vater zu sprechen. Natürlich würde ich ihn begleiten. Um ihn zu unterstützen, aber auch der Neugier wegen.

Auf der anderen Seite war ich natürlich froh, den Grund für seine Schweigsamkeit erfahren zu haben. Am Ende war es nur die Sorge um unsere gemeinsame Zukunft gewesen, die ihn vorübergehend verstummen ließ. Ja, dieser Mann war alles wert, aber er sollte nicht zu viel denken und planen. Das musste ich ihm noch ein wenig austreiben.

Zu seinem Vater reisen? Fridericus Rex? Den Mann mit dem Minderwertigkeitskomplex? Warum denn nicht? Friedrich von Heldern wollte mich kennenlernen. Mich, seine künftige Schwiegertochter. Das konnte der reiche Kapitalist mit dem gekauften Kleinadeltitel gerne haben.

42. Gottfried

Auf der einen Seite der schwarze Raum, auf der anderen Seite die ganzen Umstände, die unsere Liebe ruinieren konnten. Ein unangenehmes Spannungsfeld und, wie es das Schicksal so wollte, folgten den gedanklichen Sorgen alsbald reale, denn Fridericus Rex drängte zu einem Besuch. Mit meiner Braut.

Wie naiv von mir anzunehmen, dass er mich unbeobachtet ließ. Wer war der Verräter? Einer der Diener? Oder irgendein Büttel, der nur für mich abgestellt wurde? Vielleicht einer der zahlreichen Zechkumpanen? Es spielte keine Rolle.

Ich musste ihm unzweifelhaft gegenübertreten. Gerne hätte ich diesen Besuch in die Unendlichkeit verschoben. Einerseits, weil ich keine Lust verspürte, den Alten zu sehen, da er mich an meine noch immer bestehende Abhängigkeit erinnerte; andererseits hätte ich so einen stetigen Vorwand dafür gehabt, wenn meine Gedanken wieder einmal um das zeitlose Wunder kreisten.

Unübersehbar kratzte der Gedanke an die Familienzusammenführung Elena förmlich auf, und daher drängte sie mich, gemeinsam den alten Herren aufzusuchen. Ich wog die Angelegenheit ab.

Mir gefiel dieser Gedanke nicht und dafür hatte ich, jenseits der Nebelkerzen, eine ganze Flut von Gründen. Ob ihm meine Liebe zu Elena missfallen würde? Nein, sie war schön, klug, gewitzt und eloquent. Zudem noch eine Dame von hohem Stand. Demnach alles, was er sich wünschen konnte.

Doch würde er sie nicht vereinnahmen und benutzen wollen, um selbst die Anerkennung zu erhalten, die ihm fehlte? Würde er uns nicht auffordern, am Familienstammsitz zu leben? Etwas, was ich schon aufgrund des dunklen Geheimnisses nicht konnte und wollte?

Würde er Elena nicht verführen und noch mehr in das vermeintlich bunte Leben stoßen? Was, wenn sie das Leben als Herrin der Fabriken, dem ruhigen Dasein in der Villa vorzog? Es war zumindest nicht ausgeschlossen.

Weltlich konnte ihr so vieles geboten werden und selbstredend hat eine derartige Frau von so gewaltigem Maß ein jedes Recht dazu, jeden Genuss zu fordern.

Was war, wenn die beiden Familien aufeinanderträfen? Konnte Vater seinen Hass besiegen? Konnte er sich überhaupt mit dem selbst ernannten wahren Adel vertragen oder machte er aus seiner potenziellen Schwiegertochter nicht nur einen Pokal, den es herumzuzeigen galt? Ja, das war meine größte Angst. Elena nur als sein Mittel zum Zweck für weitere Anerkennung und Aufstieg. Einen kleinen Adelstitel erhielt man schnell. Ein ›von‹ war käuflich, doch Friedrich von Heldern dürstete es nach mehr. Nein, sie durfte nicht sein Werkzeug werden. Was, wenn er sie herabsetzend behandelte, weil sie gesellschaftlich über ihm stand? Oder umgedreht Elena impulsiv wurde?

Diese Gefahr drohte durchaus. Jeder Punkt ein interessanter Schleier, um meine eigentlichen Gedanken zu verbergen. Meine Lüge, für die ich mich schlecht und unwohl fühlte.

Doch meine Liebste ist eine energische Frau und keiner meiner vorgeschobenen Gründe hielt lange einer logischen Prüfung stand. Dessen war ich mir bewusst. Schlagen kann man unsereins nur mit dem Verstand. Nun war es soweit und alsbald saßen wir in einer Kutsche Richtung Heimat. Meiner Heimat.

Doch was soll diese Geschichte? Sie ereignet sich wieder und wieder. Warum nur? Warum dieser Fluch? Mein Kopf hat längst verstanden. Mein Herz nie. Aber Kopf und Herz sind doch eines? Wie nur kann das sein? Nur die, die in den schlimmsten Kerkern gefangen sind, müssen die beiden trennen. Ich aber bin doch frei, oder nicht? Ein zeitloser unendlicher Gott?

Was bin ich? Bin ich überhaupt? Vielleicht nicht mehr als die Vorstellung aller Verzweiflung. Ein Gott mit menschlichen Maßstäben? Könnte er überhaupt ein höheres Wesen sein? Des Menschen Macht übersteigt die einer Fliege scheinbar um ein Vielfaches. Doch warum herrscht er nicht über die fliegenden Insekten, wie er es über seines gleichen tut? Warum gibt es nicht die gleiche Befriedigung, über ein Insekt oder auch über ein Säugetier zu bestimmen wie über andere Menschen? Weil sie ihm nicht ähnlich sind. So verhält es sich mit einem Gott. Gäbe es diese personifizierte Allmacht, würde er sich nur um das scheinbar Niedere kümmern, wenn er den Niederen ähnlich wäre. Was kümmert sich der Mensch um den Seelenzustand der Fliege? Damit schließt sich entweder seine Allmacht aus, oder all die Heilsversprechen den Menschen betreffend, sind absurde Lügen. Der Wunsch nach Gott und die Gewissheit nach einem Gott entstehen in ihm selbst. Es ist der verzweifelte Wunsch, sich selbst wahrnehmen zu können. Doch da er dies nur mit dem ihm gegebenen Mittel kann, versucht er sich das, was ihm zu fehlen scheint, außerhalb seiner selbst zu erklären. Sieht er jedoch genauer hin, kann er am Ende doch nur sich selbst finden. Aus mir entstehen Welten. Jede davon ist ein belangloses Gefängnis. Doch so sehr ich darum auch weiß, mein Geist wird immer zurück in den Kerker gedrängt, dem ich mit diesem dunklen Wunder schon entkommen war.

Oder doch nicht? Es war und ist doch alles Illusion? Nur Schein? Aber Elena? Wie kann ich über allem stehen und sie gleichzeitig so herbeiwünschen? Ich verstehe nicht. Immer wieder versuche ich, mir zu sagen, dass nicht der Mann oder die Frau existierten, sondern nur das Gefühl zwischen uns. Dieses Gefühl ist wie das Licht, das in das Verlies dringt und uns zeigt, dass es auch dort draußen noch etwas gibt. Aber dann sind die Bilder wieder da: Ich sehe uns und bin erneut gefangen. Wehren muss ich mich. Ich bin alles Vorstellbare. Höher als alle Höhen. Ich bin Gottfried von Heldern. Nein, bin ich nicht. Es kehrt zurück. Was soll ich nur tun?

Da ist sie wieder: bezaubernd und wunderschön. Es liegt an ihr, ich kann sie nicht vergessen. Bin ich nicht ein Gott? Natürlich bin ich einer. Ich muss keine Entscheidungen mehr treffen. Keine neue Welt entsteht mehr. Mein Kreislauf ist abgeschlossen. Es gibt keine Alternative mehr zu meinem Zustand, oder doch?

43. Elena

Der Besuch bei Gottfrieds Vater stand an. Es dauerte lange, meinen Liebsten von der Richtigkeit des Besuchs zu überzeugen. Wie er mich vor seinem Vater schützen wollte! Wie ein Löwe, der sein Junges verteidigt. Mir imponierte das, doch man muss mich nicht schützen. Schließlich habe auch ich Krallen. Und hatten diese nicht bereits weitaus widerliche Tiere zu spüren bekommen? Nein, ich würde schon den richtigen Ton treffen. Immerhin war ich doch ich. Das genügte voll und ganz. Trotzdem nahm ich befriedigt zur Kenntnis, dass er sich Gedanken machte. Genau dieses Verhalten wollte ich bei einem Mann sehen. Ob ich es dann gutheißen werde, stand wiederum auf einem anderen Blatt. Die Logik einer Frau bleibt stets unschlagbar und meine erst recht.

Nach einer mehrstündigen Reise erreichten wir die ersten Ansiedelungen und ich staunte über die Betriebstätigkeit und die vielen Menschen. Es war nicht etwa nur eine Villa, sondern eine kleine Stadt, in der zahlreiche Personen ihrem Alltag nachgingen. Ganz gleich, welches Übel mich auch erwartete, war ich doch davon beeindruckt, dass Friedrich von Heldern dies alles geschaffen hatte, völlig gleich, ob nun eine Hungersnot ihm zu Hilfe kam oder nicht. Vielleicht waren nur Aufsteiger zu Derartigem in der Lage? Kein Vergleich zu den heruntergekommenen Besitztümern vieler Adligen. Wir ließen die kleine Stadt hinter uns, kamen an den Fabriken und Manufakturen vorbei und erreichten schließlich die Grenzen des eigentlichen Haupthauses, das in seiner Größe und Pracht unser Schloss weit in den Schatten stellte. Was für eine Pracht! Und diese Gärten. Sie ähnelten denen von Versailles, auch wenn ich diese nur aus Büchern kannte. Stand dort im Park eine Statue von Friedrich von Heldern?

Wenig später halfen uns zahlreiche Diener aus der Kutsche und führten uns in die Haupthalle. Sofort bemerkte ich, dass das Anwesen bereits über elektrisches Licht verfügte und auch sonst prachtvoll eingerichtet war. Teure Gemälde. Feinste Teppiche. Woher stammte das Holz? Ein großer Schild mit einem Familienwappen? Davon hatte mir mein Liebster nichts erzählt. Imponierend. Zweifellos.

Gottfried hatte mich eindringlich vor seinem Vater gewarnt. Bezüglich seines Verhaltens, seiner Schlichtheit und seiner Verachtung für den Adel, die er auf die fehlende Anerkennung zurückführte, doch ich wollte mir selbst ein Bild machen. Wenig später kam der gute Mann die breite Marmortreppe hinunter und begrüßte mich mit einem Handkuss. Das war er also. Nicht so groß wie Gottfried und die Züge nicht ganz so edel. Auch die Haare hatten ihn verlassen und ich hoffte, meinem Liebsten drohte nicht Ähnliches. Teure Kleidung, aber von vulgärem Geschmack.

In der Folgezeit erwies sich Friedrich von Heldern als aufmerksamer Gastgeber, der durchaus um das Wohl seines Sohnes bemüht und so gar nicht war, wie er mir beschrieben wurde. Wortreich machte er mir Komplimente, stellte viele Fragen zu meiner Familie und bot uns am Ende sogar an, auf dem Anwesen zu leben und die Hochzeit auszurichten. Es war keinesfalls schwierig, ihn zum Lachen zu bringen. Von Unfreundlichkeit, Abneigung gegen den Adel oder kühler Berechnung keine Spur. Er schien mir vielmehr ein energischer Mann zu sein, der lediglich Enttäuschung mit eiskalter Verachtung bestrafte. So mag es Gottfrieds Mutter ergangen sein und all jenen, die zu schwach waren. Ich aber gehöre nicht in diese Kategorie, denn ich war mir meines Wertes wohlauf bewusst. Und so gab ich Widerworte, lachte, scherzte und es war unübersehbar, dass dieser Mann mich genau deswegen zu mögen begann. Ich bemerkte, dass er meinem Charme verfiel.

Das im Übrigen unabhängig davon, ob ich in sein Kalkül passte oder nicht. Auch wenn es meinem Liebsten nicht gefiel, waren sein Vater und er sich nicht unähnlich. Ich spürte, dass auch in Gottfried der Schöpfer einer neuen Welt steckte oder, wenn es vorerst sein musste, der Weltenverderber der alten Ordnungen. Wo war der Unterschied? Friedrich zertrümmerte die alte Welt und hatte eine neue geschaffen, mit ihm im Mittelpunkt und Gottfried tat auf seine Weise doch das Gleiche. Er änderte die Bahnen, für die ich vorgesehen war. Der Unterschied mochte lediglich sein, dass der Vater niemals wirklich eine Person gefunden hatte, die ihm nahe war und die ihm den Weg der Liebe gezeigt hatte, während Gottfried mich besaß.

Eine gute Frau formt ihren Rohdiamanten. Ein simpler Satz, aber tiefe Wahrheit. Dieser durchaus sympathische Mann war kein Vergleich zur schrecklichen Hexe Mathilde. Übrigens glaube ich nicht, dass er seinen Sohn nicht liebte, aber es war eine Liebe, in der ein fehlender Tadel bereits die höchste Form der Anerkennung darstellte. Ein Mensch, völlig unfähig, seine tieferen Gefühle auszudrücken. Verlernt und nun blieb nur noch das Spiel auf einer Bühne. Ich möchte nicht verschweigen, dass Friedrich von Heldern mich in manchen Ansichten auch abstieß, wenn er beispielsweise über den Wert von Menschen sprach. Aber während die Anlagen hierzu bei meinem alten Drachen aus reiner Boshaftigkeit bestanden, wurde dieser Mann augenscheinlich nur deswegen so, weil er stets auf eine raue Welt und harte Herzen traf.

Ich werde es zu verhindern wissen, dass mein Liebster die gleiche Richtung einschlägt. Da half es auch nichts, dass sein Vater betonte, dass er mit zahlreichen Geistesgrößen korrespondierte und sie finanziell oft unterstützte. Die meisten kannte ich nicht. Da war ein Herr Chamberlain aus Wien und anschließend hörte ich nicht mehr hin, denn all diese darwinistischen Rassentheorien interessierten und beeindruckten mich wenig. Belangloses Gerede. Etwas lächelnd zu ertragen, ist allerdings eine Grundfähigkeit einer adligen Dame. Das einzige Detail, das ich aus diesem langweiligen Komplex behalten hatte, war, dass sich auch der Kaiser für diese Herren interessieren würde. Wahrheit? Oder Prahlerei? Am Ende änderte es nichts am Menschen selbst.

Friedrich von Heldern hatte ordentliche Anlagen, wurde aber durch das Leben verdorben. Nein, es fehlte ihm die sanfte Erziehung einer liebenden Frau. So dachte ich zumindest. So ähnlich sich Vater und Sohn waren, so sehr verstand ich aber auch, warum sie sich nicht nahe sein konnten. Das hätte Unterwerfung des einen Charakters unter den anderen gefordert und hierzu waren beide nicht bereit. So würde es, in dieser Hinsicht war ich mir sicher, ein distanziertes Verhältnis bleiben, auch wenn ich mich bemühen würde. Ein Rudel hatte nur ein Führungstier. Zwei Herrschernaturen sind eine zu viele, doch das würde die Biologie regeln.

Obwohl mein Liebster etwas gequält wirkte, als wir abreisten, war ich durchaus zufrieden. Diese Verbindung bescherte mir nicht nur den außergewöhnlichsten und interessantesten Mann auf dem Erdenrund, sondern gleichzeitig auch ein ganzes Königreich, denn Gottfried hatte leicht untertrieben. Gegenüber seiner Familie war die meinige bettelarm. Nicht, dass mir dieses wichtig gewesen wäre, aber welche Frau ist nicht lieber Königin denn Bettelweib?

44. Gottfried

Erleichterung zog auf, als wir das Familienanwesen wieder verlassen konnten. Zu meiner Überraschung zeigte der alte Herr sein galanteres Gesicht und behandelte Elena mit dem notwendigen Respekt. Es schien sogar so, als würde er sie mögen, was allerdings mit Vorbehalt betrachtet werden sollte, denn das Kalkül war bei diesem Mann nicht von Wahrhaftigkeit zu unterscheiden.

In jedem Fall passte eine Dame aus dem Hochadel sehr gut in meines Vaters Pläne, denn sie konnten zweifellos der Schlüssel zu der Tür sein, die er zu öffnen gedachte. Das hatte er wohl mehr im Auge, als die sentimentale Vorstellung von einer Familie oder gar Enkeln. Mir sollte es recht sein. Ich buhlte nicht um seine Zustimmung zu meiner Verbindung, aber ich bekam sie nun eindrucksvoll demonstriert.

Weitaus weniger gefiel mir, dass Elena sich von den Leistungen, die Friedrich von Heldern zweifellos und trotz aller Engstirnigkeit, erbracht hatte, so beeindrucken ließ.

Sie schien den Plänen meines Vaters, dort ansässig zu werden, nicht einmal abgeneigt zu sein, aber dem

374

konnte ich nicht zustimmen, denn ich bin mein eigener Herr und zwei starke Männchen sind zu viel in einem Rudel. Zudem gab es da noch den schwarzen Raum, der schwerlich mitzunehmen und dessen Bedeutung weiter gestiegen war.

Irgendwann musste ich es ihr berichten. Verdrängung oder Ausblendung half überhaupt nicht. Zwei parallele Leben zu führen, schien mir nicht opportun, zumal ich fühlte, dass beide Kräfte sich ergänzten, nicht aber verneinten oder gar ausschlossen.

Trotzdem wusste ich, dass es ein schwieriges Unterfangen werden würde, Elena von dieser absoluten Wahrheit zu überzeugen. Immer wieder versuchte ich, sie darauf vorzubereiten: mit kompliziertesten philosophischen Thesen und einfachsten Alltagsbeispielen. Ob sie mich verstand? Oder sollte ich mir lieber die Frage stellen, ob es jemals für ihr Leben von Bedeutung war? In Elenas Buch, das sie von diesem verstorbenen Verwandten bekommen hatte, gibt es einige Zeilen, die ich in gewisser Weise auf meine Erlebnisse übertrug:

Begrenzung

Hörst Du nicht die Tränen fallen,
wie Schreie durch die Nächte hallen?
Siehst Du nicht die Klingen stechen,
wie die meisten Willen brechen?
Spürst Du nicht, wie Hunger tobt,
wie Gevatter Tod uns lobt?
Hörst Du nicht die Lügen lachen,
das Geräusch aus Höllenrachen?
Siehst Du nicht die Länder brennen?
Wo der Weg? Von dannen rennen?
Spürst Du's nicht? Es ist kein Traum.
Diese Welt - nur finstrer Raum.
Was? Du hörst die Hoffnung rufen?
Ihre Stimm spricht leise von den Stufen:
»Fühle nur, frag weder wie noch wann.
Geh, geh so lang Dein Herz noch kann.«
Siehst Du vielleicht das warme Licht?
Dort. Ja dort ist's dunkel nicht.
Spürst Du das Eine? Wo ist der Garten?
Warum Du? Warum müssen wir noch warten?

Wie schön hätte es sein können. Dieser Raum war
ein Geschenk des Himmels. Er war der Garten Eden.
Wie einst in den Mythen wären wir Adam und Eva
gewesen und doch auch zugleich alle Götter. Ewige

Liebe als Wahrheit, nicht als Stilblüte und Floskel. Wovor fürchten die Menschen sich? Töricht wie sie sind, glauben sie, dass das große Licht ihr kleines, einem Ungeheuer gleich, verschlingen wird. Aber in Wahrheit wird das kleine zum großen. Furcht ist ein Mittel des Gefängnisses. Warum im Finsteren wandeln, warum verzweifelt nach ein wenig Helligkeit suchen, wenn nur die Herzen und der Verstand für das Licht geöffnet werden müssen?

Ich sehe mich immer wieder im Kreis gehen. Immer wieder gehe ich im Kreis. Wie es ihr sagen? Wie macht man es einem Menschen verständlich, dass die Treppen hinauf etwas Wundersames wartet? Wie schafft man es, diese Kräfte nicht bedrohlich und finster wirken zu lassen? Wie nur, wie? Natürlich war mir bewusst, dass dieses Zimmer auch unheimlich wirken musste. So dunkel, so schwarz. Mit Kräften ausgestattet, die sich ein eindimensional denkender Mensch nicht erklären konnte. Trotzdem war ich überzeugt davon, dass es gelingen würde. Schließlich war sie doch eine bewundernswerte Frau, die schon einmal die Fesseln einer anderen Welt abgelegt hatte, um mit mir zusammen zu sein. Warum nicht auch dieses Mal? Mit jedem Moment, der außerhalb des Himmels verging, versuchte ich den Dingen die rechte Richtung zu geben. Wieder und wieder.

Doch was machte sie? Anstatt meinen Ausführungen zu lauschen, sich nach innen zu kehren und wirklich über den Verstand hinauszusehen, wollte sie fort in die Scheinwelt. Das, was mich einst faszinierte, begeisterte nun auch sie schon viel zu lange: die Illusion des Lebens mit seinen merkwürdigsten Erscheinungsformen. Die Freiheit, die so viele Menschen nicht zu haben schienen. Mit jedem Tage wurde es schlimmer. Lange hatte ich mich in Geduld geübt. Gehofft, dass die Reize sich abnutzten. Doch sie wollte mehr und mehr.

So kam es, dass sie mich fast alltäglich dazu drängte, mit ihr hinauszugehen. Immer und immer wieder sprach sie von Reisen in fremde Länder. Ihr Lebenshunger schien nimmermüde und ich hoffte immer noch diesen in meine Bahnen lenken zu können. Was hatte diese Welt schon zu bieten als Täuschung? Warum verstand sei meine zarten Andeutungen und Ausführungen nicht? Sind es nicht stets die gleichen Geschichten, die im Scheine warteten? Manchmal, und das gebe ich zu, mag auch ich nicht richtig gehandelt haben. Als sie mir zum

Beispiel einen antiken und sehr alten Dolch einfach so schenkte, spielte ich ihr Freude vor, obwohl alles Weltliche für mich längst ohne Bedeutung war. Meine Sammlung alter Kunstschätze, die meine Gedanken so oft gefangen hielt, interessierte mich nicht mehr so sehr. Viel mehr genoss ich den Frieden des dunklen Raumes.

Während ich jedoch darüber sinnierte, wie ich Elena in das Geheimnis einführen konnte, setzte die Welt des Scheines einen gewaltigen Schlag an, um unser Zusammensein zu beenden. Erschütternd und plötzlich real. Eine metaphorische Vendetta, wenn auch keine unerwartete. So gewaltig, dass selbst mein unendliches Projekt zurückstehen musste.

45. Elena

Spielend hatten wir die Hürde mit Gottfrieds Vater gemeistert und konnten zufrieden zurückkreisen. Die Perspektiven waren exzellent. Friedrich von Heldern hatte sich ein beachtliches Reich geschaffen, und mein Liebster brachte alle Fähigkeiten seines Vaters und noch viel mehr mit, um daraus ein Imperium zu machen. Dessen war ich mir sicher. Vielleicht musste ich an dieser oder jener Stelle noch einen Beitrag leisten, um die Ecken und Kanten zu glätten, aber hilft nicht jede Frau dabei, das Beste aus dem Manne an ihrer Seite herauszuholen? Täte sie das nicht, sie hätte gänzlich versagt oder sich auf schlimmste Art und Weise geirrt.

Bei aller Euphorie bemerkte ich nicht, dass Gottfried noch etwas stiller geworden war, aber ich schob das auf den Besuch bei seinem Vater. Insgesamt konnte ich zufrieden sein, doch dann geschah etwas Erschütterndes, das alles Wichtige in meinem Leben infrage stellte. Schockierend. Verzweiflung kam auf und Wut folgte ihr.

Wie konnten sie mir Derartiges antun? Warum wollten sie mein Leben zerstören? Lange Zeit hatte ich von meinem Elternhaus harmlose Briefe erhalten, die stets höflich formuliert waren, aber nie konkrete Forderungen stellten. Ich ignorierte sie oder antworte ähnlich ausweichend.

Dann brach meine Welt zusammen, denn die Familie wusste inzwischen von meinem Lebenswandel. Vermutlich durch die Herz Dame. Diese kranke Verräterin. Wie ich sie hasste. Hätte ich sie doch zugrunde gerichtet!

Ich erhielt zwei Briefe. Direkt an die Villa gesandt. Einen von meinen Eltern, in dem sie mich aufforderten, die Beziehung zu beenden und sie mich zur sofortigen Rückkehr drängten. Und einen von Mathilde, in der sie doch tatsächlich mit perfiden Dingen drohte, wenn ich dem Ansinnen nicht Folge leistete. Weiterhin hieß es, dass meine Eltern wegen mir erkrankt wären und der Gram ihr Leben vergiften würde. Ich wäre daran schuld.

Empörung. Wut. Wie konnte sie es wagen? Dieser alte widerliche Drachen. Diese Hexe. Warum wollte sie mich vernichten und mein Leben zerstören? Nie würde ich dem nachkommen. Niemals. Gottfried war mein Leben. Was konnten sie mir schon anhaben? Finanzielle Mittel hatte die Seite meines Liebsten genug und ich war dort willkommen. Und der

Adelstitel? Legte ich nicht in Wahrheit Wert auf mein Geburtsrecht und meinen Stand? Träumte ich nicht vom Leben im hellen Schein?

Ich hörte auf mein Herz. Nein, der Adelstitel interessiert mich nicht. Zumindest nicht, wenn ich zwischen ihm und dem höchsten Gefühl wählen musste. Hinfort damit. Meine Liebe ist der größte Titel. Wollten sie meine Kinder etwa niemals sehen? Ich würde sie ihnen allen entziehen. Auf ewig. In meiner Wut sah ich mich in der deutlich besseren Position und konnte mich kaum beruhigen.

Dann jedoch kam ein Schuldgefühl auf. Ging es meinen Eltern wirklich schlecht? Sicher eine dreiste Lüge! Wie gestaltete sich das mit der gesellschaftlichen Ächtung? Meine interessierte mich nicht mehr, aber die unseres Hauses? Wurde es ausgestoßen und ruiniert? Meinetwegen? Was, wenn Vater deswegen starb? Ich wusste nicht, was stärker war: Schuld oder Wut. Nein, ich werde es allen zeigen. Niemand bestimmt über mein Herz.

Natürlich bekam Gottfried meine Aufregung mit, denn ich trage mein Herz offen vor mir her; er informierte sich umgehend über den Inhalt der Korrespondenz. Ich sagte ihm, wie sehr ich ihn liebte und, dass mich diese Aufforderungen nicht interessieren würden.

Nun, gut ich sagte es nicht, ich schrie, haderte und fluchte, als wäre ich ein Bierkutscher und hätte nicht meinen Liebsten vor mir, sondern den alten Drachen. Völlig unkontrolliert, aber es tat so gut. Und doch wollte ich meinen Eltern keinen Kummer bereiten. Nein, das war nicht mein Problem. Oder doch? Weg mit diesen Briefen. Nein, ich würde nicht gehorchen. Ja, ich wollte die Briefe sogar vor seinen Augen verbrennen. Da sagte Gottfried, dieser Mann des Verstandes, etwas, was alles in blanke Verzweiflung umschlagen ließ. Theatralisch holte ich bereits eine Kerze, während Gottfried, mit der ihm eigenen Ruhe und Souveränität, die Briefe noch einmal las. Was mein Liebster mir mitteilte, erschütterte mich zutiefst, denn, wie dem Brief der Hexe zu entnehmen war, hatte sie meine Eltern offenbar dazu gebracht, juristischen Rat einzuholen.

Dieser behauptete, dass ich als Frau meines Alters unter der Vormundschaft meines Vaters stünde und keinerlei eigenständigen Entscheidungen oder Rechtsgeschäfte tätigen könnte. Irritiert fragte ich meinen Liebsten, ob das sein konnte? Ob sie mich zwingen könnten, nach Hause zu gehen? Gottfried erbat sich einen Moment, um sich zu sammeln, verließ kurz den Raum, kam nach einer Minute zurück und zitierte plötzlich komplette Gesetzestexte. Es gefiel mir nicht, was er sagte, denn ich verstand nur, dass alles tatsächlich schrecklich enden konnte. Mein Verstand kapitulierte. Nur noch ungefiltertes Gefühl. Explosion. Wellen. Gesetze waren doch nur bedrucktes Papier. Eine freie Frau konnte man doch nicht durch Polizeikräfte festsetzen lassen. Unerhört. Ein Mündel? Ich? Geschäftsfähigkeit? Was waren das für schreckliche, kalte Worte? Ich wollte das alles nicht hören und beschwor ihn, mit mir zu fliehen. Vielleicht irgendwo nach Afrika in die Kolonien oder in die Neue Welt. Was war das nur eine Familie, die mir mit vorübergehender Einweisung drohte? Wäre das nicht ein viel größerer Skandal? Natürlich würde sie es im Geheimen versuchen. Ich aber, würde es überall verbreiten. Überhaupt. Waffen. Hier gab es doch welche? Sie bekommen mich nicht. Ich werde mich verteidigen. Bis zum bitteren Ende.

Mein Liebster blieb jedoch noch immer ruhig und schlug etwas vor, das mir den Atem raubte: direkt in die Höhle des Löwen reisen und bei meinen Eltern vorstellig werden. War das klug? Oder lieber nicht?

Ich konnte nicht mehr klar denken und war innerlich so aufgewühlt, dass ich jede Beherrschung verlor. Nun war es nur noch Wut. An Schuld dachte ich nicht mehr. Ich schrie, weinte und zerstörte sogar aus Versehen eine antike Vase. Ich bin ein Gefühlsmensch, aber einer der positive Gefühle möchte und Enttäuschungen und Unsicherheiten nicht zeigt. Jetzt aber lag ein anderer Fall vor. Ich tat dieses nur, weil ich ihm vertraute und ich wusste, dass er es verstehen würde, wenn ich den Gefühlen freien Lauf ließ. Auch das muss in einer Liebe möglich sein und es war möglich. Einfach gehen lassen. In die Höhle des Löwen? War das richtig? Nein, mein Verstand wollte nicht mehr. Soll er für mich denken, wie er es bereits zuvor getan hatte. Ich vertraute ihm blind, so dachte ich. Daher stimmte ich seinem Vorschlag zu, ohne darüber nachzudenken und war schlicht froh, dass er an meiner Seite stand.

46. Gottfried

Lange Zeit beherrschte mich primär der Gedanke, meine beiden Leben zusammenzuführen, das eine in der Dunkelheit und das andere mit der Dame meines Herzens. Andeutungen, die ich immer wieder anstieß, verliefen im Sande. Wieso konnte sie nicht begreifen, dass in Wahrheit all das, was so groß und so frei erschien, in Wirklichkeit der finstere Kerker war? Solange sie das nicht erfassen konnte, wie sollte sie verstehen, dass ein winziger Raum die Erlösung darstellte?

Wieso hast du mir nicht zu gehört? Wieso nur? Manches Mal, anfangs selten, aber später immer öfter, spielte ich mit dem Gedanken, diesen Hort der Ruhe und Wahrheit nicht mehr zu verlassen. Alles was mich draußen erwartete, war schlechter. Alles außer Elena.

Sie trieb mich immer wieder zurück in diese Scheinwelt. Sie allein band meinen Geist, mein Herz, meinen Körper. Lösen von ihr konnte ich mich nicht. Warum auch? Konnten wir nicht zusammen glücklich sein? Sie musste doch nur die Annehmlichkeiten dieses Wunders kennenlernen. Wie aber nur sollte ich es ihr erklären? Irgendwann wurde der Zwiespalt zu groß. Ich musste ihr von meinem kleinen Geheimnis erzählen.

Just in dem Moment, in dem ich vor sie treten wollte, fand ich sie vollkommen aufgelöst. Schnell stellte sich heraus, dass etwas, von dem ich lange ahnte, dass es Probleme aufwerfen konnte, tatsächlich zuspitzte. Die Sorgen der Scheinwelt hatten mich wieder.

Ich studierte die zwei Briefe, die sie von ihren Eltern und dieser Mathilde bekommen hatte, blieb dabei aber ruhig, während meine Liebste außer sich war. Ich zog mich kurz zurück, um die Lage zu bedenken. In der Finsternis nutzte ich, mit einer Kerze in der Hand versteht sich, die Gelegenheit, um die rechtliche Situation umfassend zu studieren. Fachbücher fanden sich durch das Studium im Hause. Überhaupt hatte ich zu jedem Themenfeld einige Exemplare in meiner privaten Bibliothek. Zeit, alles Relevante ausreichend zu würdigen, hatte ich genügend. Die Lektüre stellte mich allerdings nicht zufrieden, denn zu meinem Entsetzen musste ich feststellen, dass Frauen in diesem Land Wesen zweiter Klasse waren. Sie standen unter Vormundschaft des Vaters oder Ehemanns. Die rechtliche Lage war daher alles andere als berauschend und auch die geplante Ausarbeitung eines Bürgerlichen Gesetzbuches für das Reich, würde an der unmündigen Stellung der Frau wenig ändern. Darauf zu warten, war unnötig, zudem konnte es noch Jahre dauern, bis es in Kraft trat.

Was tun? Selbstverständlich konnte man es auf einen Fall des Vormundschaftsgerichtes ankommen lassen, aber was geschah bis dahin? Welche Belastung wäre das? Welche Verfügungsgewalt über sie gab es? Vielleicht drohte eine Trennung, wenn wir auf dem Reichsgebiet blieben? Etwas kreativer sein? Schlicht heiraten? Es sprach nichts dagegen, dass sie mein Weib werden würde. Hochzeit? Eine romantische Vorstellung, aber eine kirchliche Trauung scheiterte an den Konfessionen und für eine gültige Zivilehe bedurfte es der Zustimmung des Vormundes der Frau.

Fliehen? Schon aufgrund des Raumes keine Option. Eine Flucht würde mich ebenso treffen wie der Verlust Elenas. Zudem mussten wir ins Auge fassen, dass diese Mathilde tatsächlich so gewitzt sein konnte, wie Elena sie beschrieb. Natürlich ließ ich mir noch einmal alles über sie berichten. Jede Kleinigkeit und am Ende musste ich konsternieren, dass, wäre ich jene Tante, ich längst Dunkelmänner bestellt hätte, die das Haus beobachteten und jede Bewegung meldeten.

Doch nicht nur Elena war in Gefahr, auch mich konnte man unter Umständen und mit einem geschickten Rechtsverdreher als Entführer anklagen. Eine unangenehme Vorstellung. Die rechtliche war jedoch nur eine Ebene, denn neben den unerhörten juristischen Drohungen, suggerierte der Brief der Tante weiterhin, dass der Gesundheitszustand der geliebten Eltern von Elenas Verhalten abhing. Neben dem juristischen Druck gab es daher noch einen psychologischen.

Was tun? Ich folterte mein Hirn und in der realen Welt mögen wohl Tage und Woche vergangen sein. Ich weiß es nicht, denn ich saß in meinem Wunder und hoffte, dass es mir auch in diesem Fall die Erleuchtung bringen würde. So ruhig ich auch auf Elena wirken mochte, ich wusste, dass ein falscher Schritt alles zerstören konnte.

Sie bot mir an, mit ihr zu fliehen. In ein fernes Land, aber das war, wie bereits durchdacht, für unsereins keine Option: Ein Gottfried von Heldern lief nicht weg. Ein wesentlicher Punkt. Zudem vermutete meine misstrauische Natur tatsächlich eine

Falle, die zuschnappen würde, alsbald wir auszureisen versuchten und fraglos war auch an den wunderbaren Raum zu denken.

Ich dachte nach und quälte meinen Kopf. Am Ende glaubte ich, eine Lösung gefunden zu haben, auch wenn diese mir nicht gefiel. Gelegentlich ist es von Nöten, den Teufel mit dem Beelzebub auszutreiben. Zudem war ich auf einmal sehr dankbar, dass ich meiner Bibliothek eine Zeit lang jeden Schund hinzufügte. Ein kluger Mann erinnert sich an die winzigen Details in dem Moment, in dem er es muss. Es ist schon verwunderlich, was ich dort entdeckte. Doch davon später mehr.

Erleichtert verließ ich mein Paradies und ging zurück zu meiner Liebsten. Für sie war nur ein Moment vergangen und selbstverständlich hatte sich an ihrem Gemütszustand nichts gerändert. Elena wirkte bezaubernd, wenn auch der Anlass ein unglücklicher war. Ich wusste, dass ich nun überzeugend sein musste. Als Erstes galt es, keinen Gedanken an eine Schuld aufkommen zu lassen. Kein schlechtes Gewissen gegenüber den Eltern. Daher versuchte, ich ihre Wut zu steigern und auf ihre Tante zu lenken.

Lieber Wut als Schuldgefühl. Erstere lässt sich nutzen, zweite wäre ein trojanisches Pferd gewesen. Mein Vorhaben gelang, auch wenn es mich eine teure Vase kostete. Ich berichtete meiner Liebsten, auf welche Art und Weise ich dem Übel entgegentreten wolle. Mit ihr gemeinsam. Hand in Hand auf Grundlage unserer Liebe und festen Vertrauens: Sie würde ihren Eltern schreiben und ihr Kommen in einigen Wochen ankündigen. Alleine. Bis dahin würde ich alles vorbereitet haben.

47. Elena

Mehr und mehr kehrte in mir eine innere Zerrissenheit ein. Noch immer war ich empört und wütend darüber, wie man mir meine Liebe entreißen wollte. Juristische Winkelzüge. Was für eine unwürdige Posse für den Hochadel. Und doch nicht undenkbar, denn wir lebten in einer Zeit, in der ganze Königreiche annektiert und deren Vermögen verteilt wurden, während man den dortigen Hochadel zugleich zum Teufel ins Exil jagte. Auch unter Fürsten war der Umgang nicht mehr der feinste. Die neue Zeit und die rasante Entwicklung im Reich brachten Dinge mit sich, die früher kaum denkbar waren. Dieses war aber nicht der Mittelpunkt meiner Besorgnis. Natürlich nicht.

Wir erörterten die Lage noch oft. Mein Liebster ruhig, ich sehr schnell voller Wut. Gelegentlich hasste ich seine Ruhe, auch wenn ich wusste, dass sie nichts mit Teilnahmslosigkeit zu tun hatte. Auch wenn mein Verstand sich weigerte, sich tiefer damit zu beschäftigen, sah ich ein, dass die Rechtslage unklar war und auch eine schnelle Hochzeit an krummen Bedingungen scheiterte. Ja, ich sah es ein. Ich wollte nicht mehr darüber reden. Nur noch weinen. Wie ich sie alle hasste!

Kummer bereitete mir aber der Gedanke an meine Eltern. Litten sie wirklich so darunter? Zerstörte ich sie? Das wollte ich nicht, aber warum waren sie auch so schwach? So sehr in den Fängen der alten Hexe? Oder war es auch ihr Wille? Schätze ich sie falsch ein? Lagerten sie Unangenehmes nur zu diesem Monster aus? Nein, das konnte nicht sein. Es musste das Werk der Teufelin sein.

Warum flohen wir dann nicht? Zur Hölle mit der Heirat. Weil ich dann auch meine Eltern brechen würde, wie Gottfried nicht zu Unrecht argumentierte? Dann hätte der Drache gewonnen. Nein, das durfte nicht sein, oder?

Kein klarer Gedanke. Alles drehte sich. Bitte halte mich! In meiner Verwirrung vertraute ich auf Gottfrieds Urteil, belastete ihn aber nicht zu sehr mit meinen Sorgen, die über die Begriffe ›Mündel‹ und ›Vormundschaft‹ hinausgingen. Dieses war mehr innerer Kampf. Immer wieder. Gedanken. Jene Dinge, die durch die Erziehung selbstverständlich waren. Das Korsett. Diese Enge. Merkwürdig, da nimmt man an, man wäre frei und selbstbestimmt, denkt, man hätte diese innere Stärke gefunden und die Bewährungsprobe öffnet Abgründe, die längst überwunden sein sollten.

Der Vorschlag meines Liebsten war wagemutig. Gab es einen besseren? Ich mochte ihn nicht, konnte aber nicht denken und gab mich vertrauensvoll in seine Hände. Die Nerven. Die Wut. Der Hass.

Die Tage vergingen. Wurden wir beobachtet, wie Gottfried es vermutete? Warum schlugen die Handlanger nicht einfach zu? Weil es noch keinen Rechtstitel gab? Wegen des möglichen gesellschaftlichen Skandals, wenn herauskäme, dass eine Dame des Hochadels derartig behandelt wurde? Oder etwa nur, weil eine Entführung, ein Fluchtversuch meinen Liebsten vor ein Gericht bringen würde und man deswegen abwartete, um ein Maximum an Schaden anzurichten? Nein, das glaubte ich nicht. Eher würde zu Mathilde passen, dass sie sehen wollte, wie ich, unter dem Druck zusammenbrechend, angekrochen kam und mich ihrem Kommando unterwarf. Das roch mehr nach ihrem Stil. Und warum noch etwas tun, wenn ihr Ziel schon scheinbar erreicht war? Immerhin kündigte ich meine Heimkehr zeitnah an.

Keinen klaren Gedanken konnte ich fassen. Was,

wenn das alles ein Hirngespinst war? Eine Kopfgeburt. Gottfried versuchte mich zu beruhigen und seine Kraft gab mir die Kraft, all das durchzustehen. Der Fels in der Brandung.

Nach zwei quälenden Wochen, machten wir uns auf den Weg. Wir beide, obwohl nur ich erwartet wurde. An die Fahrt kann ich mich nicht mehr erinnern. Nur, dass sich plötzlich die Tore öffneten und wir in der Eingangshalle standen. Dort erwarteten die Eltern mich bereits.

Nur war ich nicht alleine. Ob er willkommen war? Nein, sie wussten doch nichts von seinem Kommen, weil ich ihn nicht angekündigt hatte. Überraschung. Ein Überrollen. Er trat schlicht mit ein. Das war der ganze Plan, den er mir mitteilte.

Es erschien mir so zwecklos, aber er glaubte daran. Daher glaubte ich auch. Hatten wir nicht alles zusammen geschafft? So mögen wir es denn versuchen. Zu wütend, um zu denken. Zu traurig. Schlichtes Vertrauen. Er hatte alles durchgeplant, so hoffte und bangte ich.

Da standen wir nun. In der Eingangshalle, die mir nun so fremd vorkam. Mathilde war nicht zugegen. Hier hatten wir großes Glück. Gottfried präsentierte sich von seiner besten Seite, während die beiden, denen doch das Glück der Tochter am wichtigsten sein sollte, kalt und distanziert blieben. Sahen sie denn nicht, was für ein Mensch er war? So gerecht und gut. So liebenswert. So würdig. Es blieb eine schreckliche Atmosphäre.

Während ich in den Räumlichkeiten stand, in denen ich herangewachsen war, fühlte ich mich wie eine Fremde. Ich schwieg. Nicht weil ich wollte, sondern weil Gottfried mich darum bat. Es fiel mir schwer. Die Situation half mir aber zugleich, eine finale Entscheidung zu verfestigen: Sollte man mich weiter unter Druck setzen, würde ich einen klaren Bruch vollziehen, keine Rücksicht auf irgendwelche Familienbande nehmen und mich für ihn entscheiden. Hierzu war ich fest entschlossen und glaubte auch daran.

Doch fliehen? Ja, wenn es zumindest die Liebe erhielt. Während Gottfried versuchte, Konversation zu betreiben, standen meine Eltern nur verdutzt da. Konnte mein Liebster erfolgreich sein? Sie überzeugen? Kraft seiner Persönlichkeit? Hätten die beiden nicht längst die Büttel gerufen, um ihn zu entfernen. Ja, sie mussten beeindruckt sein. Das Schicksal ist doch für diese Liebe, oder?

Just in diesem Moment öffnete sich die Tür der Eingangshalle und Mathilde betrat die Bühne. Oder stand sie da schon? Ich bekomme nicht mehr jedes Detail zusammen. Alles zu schnell. Ich viel zu aufgewühlt.

Der Drache war da. Damit war alles aus. Vater rief, nun mit hochrotem Kopf, nach den Dienern. Gottfried war gescheitert. Vollkommen gescheitert. Panik zog auf. Hektisch sah ich mich um. Wollte schreien, aber konnte es nicht. Seine Idee des schnellen Krieges auf gegnerischem Territorium. Vorbei. Geschlagen. Alles umsonst. Die Hexe war keinesfalls dumm und durchschaute das Szenario in kürzester Zeit. Diese eifernde, schrille Stimme! Sie erhob sie und setzte zu einem ihrer widerwärtigen Monologe an.

Hier also sollte meine Liebe und mein Leben zerbrechen. Verzweifelt sah ich mich um. Die Tür war geschlossen. Ob sie mich überhaupt zurückgehen ließen? Sicher nicht. Und Gottfried? Es würde keinen Kompromiss geben. Niemals. Hatte er eine Waffe? Vielleicht konnten wir uns freikämpfen? Wie waren wir naiv! Hatten nur an unsere Liebe geglaubt. Aufspringen und fliehen? Zu spät. Mein Vater leitete die Diener an, meinen Liebsten hinauszuwerfen. Ich war wie erstarrt. Alles zerbrach. Sollte ich ihn nicht mehr wiedersehen, ich würde meinem Leben ein Ende setzen.

48. Gottfried

Elena. Ein schöner Name. Wenig überraschend leitete er sich von Helena ab und ähnlich wie die antiken Griechen in der Sage war auch ich bereit für eine Frau in den Krieg zu ziehen.

Inzwischen wusste ich auch, wie es zu der dramatischen Zuspitzung der Ereignisse kommen konnte. Die Gräfin von Hoheneck verstarb irgendwann auf der Reise und der Alte hatte nichts Besseres zu tun, als sich kurz darauf von den Klippen zu stürzen. Wie melodramatisch. Leider sprach sich der Tod der beiden in den exklusiven Kreisen schnell herum. Wohl etwas Unvermeidbares. Kurz darauf muss Reinhilda von Wehr in ihren früheren Kreis zurückkehrt sein. Was nun genau der Stein des Anstoßes war, interessierte auch nicht. Es ließ sich nicht mehr ändern und unsereiner machte sich in dieser Hinsicht auch nie etwas vor. Es war mir immer bewusst, dass dieser Konflikt nur verschoben, aber nicht gelöst wurde.

Da saß ich nun in der Kutsche. Man sah mir die innere Anspannung nicht an. Zweifellos ein Vorteil meines Wesens, aber sie war nicht zu leugnen. Während wir uns dem Stammsitz derer von Rathaus näherten, ging ich alles noch einmal im Geiste durch.

In Gedanken schien es einfach. Hineinstürmen, sich festsetzen und nachlegen. Ein recht simpler Plan, der auf die Überrumplung des Feindes setzte. Jedes Wort kalkuliert und doch so schwer abzuwägen. Selbstverständlich habe ich mir von Elena noch einmal jede Geschichte und jedes Detail aus dem Leben ihrer Familie berichten lassen. Wie reagierten diese Personen auf unterschiedlichste Situationen? Mit welcher Wahrscheinlichkeit ließen sie sich zu Handlungen begeistern? Auf Basis dessen baute ich meine Strategie auf.

Zudem hatte ich dafür gesorgt, dass wir den Eltern alleine gegenübertreten würden, denn die Tante, die meine Liebste so sorgte, würde sich an diesem Tag auf einem kirchlichen Ausflug befinden, der über mehrere Ecken von einer der Firmen meines Vaters finanziert wurde. Spenden. Bestechung. Die üblichen Mittel der erfolgreichen Menschen.

Die Möglichkeiten verbessern, das war die Idee. Und Tatsachen schaffen. Ein selbstmörderischer Plan? Wie war das noch, als jemand bei mir einst Tatsachen schaffen wollte? Nun gut, eine Magd war kein Herr. Ob ich handeln musste? Natürlich, denn wer garantierte mir, dass sie Elena nicht holen ließen, wenn sie die Belange der Familie ignorierte? Das Gesetz war auf ihrer Seite, sie hatten es nur noch nicht durchgesetzt. Nein, lieber handelte ich initiativ und verlegte den Kampf auf das Territorium des Feindes. Präventivkrieg. Sturmangriff. Zuviel Blücher? Zu wenig Wallenstein? Kein intelligenter Plan? Man wird sehen.

Wir erreichten schließlich das Anwesen und ich wusste von Elenas Erzählungen, dass beide Eltern sie bereits in der Eingangshalle erwarten würden, sobald das Annähern der Kutsche gemeldet wurde. Das hätten sie immer so getan, warum sollten diese Menschen ihre Gewohnheiten gerade dann ändern, wenn die Situation sich derartig dramatisch zuspitzte? Zudem wussten sie die ungefähre Ankunftszeit. Die ihrer Tochter versteht sich.

Unsereins hatten wir zu erwähnen vergessen. Ich war mir sicher, dass, wenn ich über die kritischen ersten Momente kommen würde, der Sieg möglich sein konnte. Die Kutsche öffnete sich direkt gegenüber der offenen Tür des Anwesens. Elena stieg zuerst hinaus, und ehe sich die Diener versahen, war auch ich mit verwegener Geschwindigkeit dem

Transportmittel entstiegen und stand mit ihr in der Eingangshalle. Wie kalkuliert, erwarteten uns ihre Eltern bereits und starrten verblüfft auf mich. Schnell und geistesgegenwärtig, manch einen mag die Praxis lähmen, auch wenn die Theorie noch so schön erschien, stellte ich mich vor, um jeden Zweifel zu beseitigen, und erntete nur erstauntes Schweigen. Erwartungsgemäß kannten sie meinen Namen schon. Keine Überraschung.

Dann begann ihr Vater zu reden, erwiderte meinen Gruß, redete irgendetwas davon, dass die Beziehung unschicklich wäre und zählte dafür Gründe auf. Meine Liebste hatte schlicht recht, und ich konnte mich glücklich schätzen, ihr vertraut zu haben. Vor mir standen zwei lächerliche Marionetten, die von meinem Auftreten derartig eingeschüchtert waren, dass sie mir erklären mussten, warum sie nicht mehr Freundlichkeit walten lassen konnten. Wäre ein energischer Mensch mein Widerpart gewesen, so hätte man mich sofort entfernt. So aber hatte man den Teufel hereingebeten und er würde nicht mehr gehen. Machbar. Absolut machbar. Mit diesen Worten beruhigte ich mich und wusste nur zu gut, dass alles von mir abhing. Nicht versagen. Ich durfte nicht scheitern. Doch alles schien auf gutem Wege.

So dachte ich zumindest, denn urplötzlich öffnete sich die Tür des Anwesens erneut und eine Frau, deren Vorstellung es nicht bedurfte, betrat die Eingangshalle. Unverkennbar musste es sich dabei um die Mathilde handeln. Nur wie war das möglich? Sie sollte doch gar nicht hier sein. Ich wollte den Feind trennen und die Armeen isoliert schlagen. Umzingelt von Feinden.

Selbstredend war ich nervös und stellte mich der eintretenden Person mit einem Handkuss vor, während Elenas Vater hektisch nach seinen Dienern rief, um mich nun doch zu entfernen. Ohne Zweifel aktivierte die Anwesenheit der Schwägerin diesen blassen Mann. Ein bitterer Moment, denn die Taktik des Stürmens war gescheitert und eine ungewohnte Nervosität stieg in mir auf. Sollte alles scheitern und ich sie verlieren? Nein, ich musste kämpfen, ich würde siegen. Wo denn nur waren die Preußen?

Letztere verspäteten sich ähnlich wie bei Waterloo, erschienen aber gerade noch rechtzeitig auf der Türschwelle. Es hatte mich extreme Überwindung gekostet, aber ohne ihn wäre die Planung nicht möglich gewesen. Nur wenige Meter von mir stand nun Friedrich von Heldern zusammen mit einem, mir nur aus Erzählungen bekanntem,

Mann.

Während mein Vater den Monolog vortrug, von mir in Briefen vorgegeben, den er natürlich eigenwillig abänderte, starrte die liebe Tante nur den Mann an, den der alte Herr mitgebracht hatte.

Da Diplomatie nicht die Stärke des Fridericus Rex war, kam er, nach einer groben Vorstellung seiner selbst, recht schnell zum Punkt und erwähnte, dass er in den letzten beiden Wochen mit horrenden Summen alles zum Verkauf stehende Land rund um die Besitztümer der von Rathaus erworben hätte und die landwirtschaftliche Produktion zum Erliegen bringen würde, wenn die Beleidigungen, die gegen seinen Sohn ausgesprochen wurden, nicht gesühnt werden würden.

Gleichzeitig forderte er, etwas melodramatisch und so gar nicht abgesprochen, Elenas Vater zum Duell der Ehre wegen. Der lief kreidebleich an, schnappte nach Luft und blickte hilfesuchend zu Mathilde. Die jedoch starrte weiterhin nur den Mann in Friedrichs Begleitung an. Selbstverständlich hatte auch Friedrich von Heldern gespürt, was für schwache Menschen ihm gegenüberstanden und er nutzte diese Schwäche schamlos aus. Nein, die ganze

Situation bereitete ihm eine diebische Freude – litt er nicht schon sein ganzes Leben darunter, nur der Aufsteiger zu sein, der von den hohen Adligen ignoriert und abschätzig bedacht wurde? Die Rache des kleinen Mannes.

Elena hatte einmal behauptet, mein Vater wäre mir ähnlich. In gewissen Teilen mag das stimmen, im Wesentlichen aber nicht. Während ich nur meine Pläne verfolgte und mich die Kreaturen, die für das Erreichen meiner Ziele zu beseitigen waren, kaum interessierten, war es für diese engstirnige Figur ein persönliches Anliegen, die eingebildete Rechnung an dieser Stelle zu begleichen. Mein Blick war viel klarer und kühler. Zukunftsorientiert und nicht im Ausnutzen des Momentes verhaftet.

Nach dem Erwähnen des Wortes ›Duell‹ fiel Elenas Mutter, eine völlig unscheinbare Person, in Ohnmacht und hätte es nicht diesen lauten Schlag gegeben, niemand hätte es bemerkt.

Wie nur konnte von diesen Leuten eine solche Prachtfrau abstammen? Noch mehr enttäuschte mich ihre Tante. Ich hatte einen Titanen erwartet und sie deswegen bei der ersten Begegnung nicht dabei haben wollen, doch nun stand sie nur starr und mit geöffnetem Schandmaul da. Was für ein Anblick! Geheuchelte Stärke. Nichts als Erbärmlichkeit. Nur stark, wenn sie alle Trümpfe in der Hand hatte.

Nun gut, woher hätte sie auch wissen sollen, dass der Zisterziensermönch, mit dem sie einst wohl das Bett teilte, heute in gewissen Kreisen, wenn auch nicht denen des Hochadels, ein berühmter Mann war? Eine umfangreiche Bibliothek ist kein Nachteil und der Name des Autors war durchweg einprägsam.

Details. Wie gut, dass Fridericus Rex so voller Stolz mit den diversen Rassentheoretikern korrespondierte. Er hatte uns ja erneut bei seinem Besuch damit gelangweilt. Und von Elena hatte ich mir noch einmal jede Kleinigkeit erzählen lassen. Warum diesen Menschen nicht einladen, um mit ihm über Anzeigen in seinem Blatt und die Finanzierung seines nächsten Buchprojektes zu verhandeln? Mönch war Adolf Josef Lanz nicht mehr, auch nannte er sich nun Lanz von Liebenfels, aber, wen interessierte das? Vater teilte ihm auch nur mit, dass sie Bewunderer besuchen würden. Nun stand er Mathilde gegenüber. Eine gar köstliche Situation. Was für ein Glück, dass ich mir Namen sehr gut merken konnte. Zufall? Schicksal.

Ausschlaggebend? Nein, der Aufkauf des Landes und die Drohung des wirtschaftlichen Ruins hätten wohl genügt, um den Sieg davonzutragen. Der Mönch war nur das Sahnehäubchen. Ein Geschenk unsereins an Elena.

Die Demütigung der Tante? Letztendlich eine glückliche Fügung, denn diese Gegenüberstellung war nie Teil des Planes. Es ging lediglich um die Präsenz. Darum, dass die Eltern von den Besuchern, auch von unserem Rassetheoretiker, sprachen und Mathilde wusste, in was für ein Fahrwasser sie geraten konnte, wenn sie es wagte, sich gegen unsere Liebe zu stellen. Eine zarte Andeutung sollte es werden. Nur ein verständlicher Hauch. Es kam auf eine andere Art und Weise. So war es nun weitaus besser. Schachmatt.

Der Rest war Formsache. Während mein Vater, ohne Entschuldigung und mit ekelhaft zufriedenem Gesichtsausdruck, mit der Kutsche und dem verdatterten Lanz zurückfuhr, zog sich Mathilde gezeichnet zurück. Sie hatte den Wink wohl verstanden und auch, dass sie gegen diese Mächte nicht ankam. Es blieben nur wir und die Eltern. Leichte Opfer. Als wir wieder zurückfuhren, waren wir verlobt und eine Hochzeit sollte innerhalb eines

Jahres stattfinden. Mehr war für unsereins wohl nicht möglich. Doch, das Ergebnis erschien durchaus akzeptabel.

49. Elena

Ich konnte nicht fassen, was ich erleben durfte. Alles hatte sich zum Guten gewendet und die alte Hexe lag zertrümmert am Boden. All das hatte Gottfried vollbracht. Eine Unmöglichkeit. Alle Ketten zerbrochen und eine ganze Welt zerstört.

Die jahrhundertealten Traditionen. Die Sitten und Normen, die so viele fesselten. Hinweggefegt von diesem jungen Mann. Meinem Mann. Gerechtfertigt das Vertrauen. Mein Weltenverderber. Alles jenseits meiner Vorstellungskraft.

Verlobt? Ja, verlobt. Ich konnte es nicht begreifen. Die glücklichste Frau der Welt. Das war ich, Elena von Rathau. Ein Gefühl des Triumphes, das kaum zu bändigen war. Unbeschreibliches Glück. Seid umschlungen, ihr Millionen.

Selbst mit seinem Vater hatte er sich ausgesöhnt oder zumindest eine temporäre Allianz gesucht. Trotz aller Distanz und Kälte zwischen beiden. Für mich. Nur für mich. Unsere Liebe überwand eine jede Grenze und brachte Vater und Sohn, die so lange entzweit, wieder zusammen. Welche Kraft sonst könnte dieses verbringen? Reines Gefühl. Mir fehlen die Worte. Ich sehe die schweigende Hexe, wie sie diesen Fremden anstarrte und völlig aus dem Spiel genommen war. Von nichts wusste ich vorab etwas. Mein Liebster hatte mich nicht eingeweiht. Er wollte stürmen, das war mir bekannt, aber wer noch alles in diesem Spiel involviert war, lag jenseits meines Kenntnisstandes. Sollte ich deswegen ungehalten sein? Nein, es war besser so. Viel intensiver und die Freude ehrlicher und größer. Meine Eltern waren Gottfried, dieser Urgewalt, nicht gewachsen und selbst Mathilde ging vor ihm in die Knie. Wie konnte mein Glück größer sein?

Ich konnte meine Gedanken kaum ordnen, so sehr schwang ich mich in die Höhen. Wie war das nur möglich? Was für ein perfider und perfekter Plan! So ganz jenseits der Gepflogenheiten. Wie konnte Gottfried nur? Und erst sein Vater, der das Schauspiel zu genießen schien. Unschicklich? Vielleicht, aber dennoch bewunderte ich diesen Mut und die Stärke. Völlig gleich, ob das nun zu Recht oder Qual führte, einer derartigen Kraft galt es bedingungslos zu folgen. Diesem war ich mir in jenem Moment sicher.

Und erst die alte Hexe. Zertrümmert. Geschlagen und am Boden. Was konnte schöner sein? Rache für all die gequälten Seelen. Gottfried berichtete mir hinterher, dass es sich bei dem Manne um Adolf Jörg Lanz handelte. Es war jene unglückliche Person, der einst ein enges Verhältnis zu Mathilde nachgesagt wurde. Richtig, den Namen hatte ich selbst erwähnt. Aus was mein Liebster Zusammenhänge stricken konnte! Erstaunlich. Genaueres wollte er mir nicht berichten, aber es genügte vollauf, die große Fürsprecherin des Adels in die Nähe eines gewöhnlichen Menschen zu rücken, der als Mönch zudem noch Keuschheit geschworen hatte.

Da stand sie nun. Wirr blickend, ohne ein Wort zu sprechen. Das Schandmaul geschlossen. Ein herrlicher Anblick. Was war dieses heuchlerische Unwesen nur gegen Gottfried? Welch glückliche Fügung! Doch, was kümmert es mich weiter? Die alte Hexe war gebrochen und ich genoss es.

Verlobt. Richtig, ich war verlobt. Ein wunderbares Gefühl. Heirat? Sicher irgendwann. Als letztes großes Zeichen einer wahren Liebe. Nicht als Sicherheit, denn die hatte ich nun endgültig.

Wo leben? Auf dem Anwesen der von Helderns oder doch bei uns? Was konnte man auf welche Art und Weise umgestalten und auf unsere Bedürfnisse zurechtschneidern? Keinesfalls werde ich eine

Einrichtung übernehmen, die schon andere Leben zugrunde gerichtet hatten. Heruntergekommene Möbel? Alte Tapeten? Nicht mit mir. Das war doch gar nicht zumutbar und schon der Gedanke daran unerträglich. Nein, hier würde ich meine eigenen Ideen umsetzen. Glanz, Pracht und ein raffinierter Stil. Elektrisches Licht brauchten wir unbedingt. Auch diese neuen Toilettenanlagen. Natürlich passte das nicht ganz zu der Weise, wie Gottfried seine Villa bislang eingerichtet hatte. Seufzend musste ich daher konsternieren, dass wahrlich viel der typischen Arbeiten einer Frau auf mich zukam, um ein geschmackvolles und würdiges Leben garantieren zu können.

Die allzu garstigen Objekte, ganze Leichname!, fühlten sich im Keller sicher sehr viel wohler und ungenutzte fensterlose Räume sollte es bei mir nicht geben. Wichtig war ein einheitlicher Stil, der unsere Liebe und auch meine Ansprüche demonstrierte. Auf Gottfrieds Familienanwesen konnte ich Königin sein. Ja, das würde mir gefallen. Auf unserem Gut allerdings würde ich Mathilde durch meine Anwesenheit täglich demütigen. Das gefiel mir noch besser. Sollten meine seligen Eltern einmal vergangen sein, würde ich sie in ein Kloster stecken lassen.

Doch das hatte noch Zeit. In jedem Fall spürte ich förmlich, wie ich in eine neue Phase meines Lebens glitt. Die Freiheit, sie war errungen und nun musste ich sie nur ausfüllen.

Ja, Gottfried hatte sich bewährt. Nicht nur in unserer Liebe, sondern auch gegen eine ganze Welt von Feinden. Kleine Fehler ließen sich ausmerzen. Große gab es keine. Was kann eine Frau mehr wollen? Anziehende Stärke. Beschützend, aber nicht beherrschend. Der starke Recke, der nur zu Ehren einer Königin kämpfte, sie jederzeit mit seiner Kraft überwinden konnte, es aber nie tat, weil er ihre Einzigartigkeit und Herrlichkeit schätzte. Von der Liebe und Zuwendung ganz zu schweigen. Ja, es sollten nur noch Höhepunkte folgen. Jetzt galt es allerdings erst einmal, die gewonnene Freiheit zu zelebrieren und noch so viel wie möglich vom Leben zu haben. Opern, Feste, ausgelassen flanieren. Fremde Länder sehen. Nachdem der Ballast hinfort geworfen, stand nun alles offen. Jeglicher Druck, den ich stets von mir geschoben, nunmehr ein Ding einer verblassenden Vergangenheit. Wir hatten alles gewagt, alles erreicht. Nichts, gar nichts stand uns mehr im Wege.

50. Gottfried

Ein aufgedrehter Schmetterling schwirrte um mich herum. Befreit von all der Last und den Sorgen, erblühte Elena erneut. Strahlend, erleichtert und schlicht glücklich. Was kann es Schöneres geben, als den Menschen, dem mein Herz gehörte, so zu erleben? Für einige Momente vergaß ich selbst den dunklen Raum und ließ mich von der Freude und ihrer Lebendigkeit anstecken.

Wir gingen aus. Beinahe jeden Abend. Einmal in die Oper, dann in genehme Gasthäuser. Hin und wieder auch auf obskure Jahrmärkte, in Museen oder zu spirituellen Sitzungen. Ungezwungenes Lachen. Pure Zufriedenheit. Endlich frei.

Auf einmal gab es zudem Einladungen der selbst ernannten besten Gesellschaft in großer Zahl. Das neue Paar war urplötzlich überall willkommen und gern gesehen. Während Elena an ein Streuen der Verlobung durch ihre Tante glaubte, vermutete unsereins Fridericus Rex dahinter, der sicherlich auch keinerlei Scheu an den Tage gelegt hätte, die nun offizielle Verbindung durch Marktschreier verkünden zu lassen.

Als Fürst von Heldern wurde ich bei solchen

Gelegenheiten tituliert, obwohl sich an meinem Status nichts geändert hatte. Dabei soll nicht unerwähnt bleiben, dass Elena auf diese Ansprache größten Wert legte und den Fehler auch nicht korrigierte.

Derartige Anerkennung und Achtung waren ihr plötzlich von erstaunlicher Wichtigkeit. So sehr, dass wir einen Ball vorzeitig verließen, weil von den Gastgebern die falsche Titulierung gewählt wurde. Die Landgräfin von Rathau und Fürstin von Hahenwall und Heldern reagierte gelegentlich sogar bereits ärgerlich, wenn ich ein wenig darüber spottete, wie ernst sie derartig wertlose Bezeichnungen nahm. Törichter Schein. Sollte man sich nicht selbst genug sein? Doch ich liebte diese Frau, und da es ihr wahrlich Freude bereitete, spielte ich den Fürsten mit Bravour.

Zudem verstand ich sie, denn durch unsere Verlobung eröffneten sich für meine Liebste noch einmal die Tore zu einer Welt, die bereits für immer verloren schien. Eine, in der sie Herrin war, nicht nur eine schweigende Tochter oder gar jemand, der sich um seiner Liebe Willen verstecken musste. Befreit vom Joch, fühlte sie sich nun endgültig frei und bemerkte nicht, dass sich der Schmetterling vielleicht gerade in ein Netz aus Reizen und Äußerlichkeiten verfing. Unsereins würde es beobachten und eingreifen. Für den Moment allerdings war meine Liebste kaum zu halten. Immer hatte sie etwas zu tun, schmiedete Ideen und plante sogar unser Anwesen als Ort für Bälle oder gemütliche Runden zu nutzen. Etwas, was mir kaum gefallen konnte. Leider gab es noch mehr Veränderungen. Ich bemerkte, wie sie klammheimlich Teile meiner Sammlung im Keller verschwinden ließ, sprach sie aber nicht darauf an, denn diese Dinge waren mir inzwischen gleichgültig geworden.

Überhaupt schien sie ihrer verhassten Tante gar nicht so unähnlich zu sein, was die Entfaltung der eigenen Persönlichkeit betraf, aber hier war Schweigen die bessere Alternative. Dieser Eindruck fand besser keine Erwähnung.

Trotzdem, auch wenn mich die gute Mathilde im direkten Duell enttäuschte, so muss ich doch gestehen, dass sie wesentlich mehr beeindruckende als Elenas unscheinbare Mutter. Eine schöne Frau und meiner Liebsten vom Aussehen nicht unähnlich. Ein angenehmes Gesicht, eine vorzeigbare Figur und auch ein beachtenswerter Wille, der nun versuchte, den von Helderns doch noch einen annehmbaren

Adelstitel zukommen zu lassen. So schrieb sie es mir zumindest. Was für eine abenteuerliche Wendung.

Nicht aus Nächstenliebe oder gar Sympathie. Nein, die geheuchelte Freundlichkeit war nur ein kluger Schachzug und nicht schwer zu durchschauen: Mathilde wollte ihre demütigende Niederlage in einen halben Sieg verwandeln. Das Gesicht wahren. Damit man am Ende behaupten konnte, dass eine ebenbürtige Heirat vorlag, gegen die es nie Einwände gab. Hier ein wenig drehen und schon hieß es überall, dass die Erhebung in den beachtenswerten Adel schon lange zuvor geplant war. Ja, sicher würde sich ein passendes Märchen finden lassen. Warum auch nicht? An Streit hatte ich keinerlei Interesse und zudem lag nie eine Fehde zwischen dieser Frau und mir vor. Sie war mir schlicht im Wege. Damit ist alles gesagt. Ihre Gedanken: ein kluges Vorgehen, das ich begrüßte und eine höfliche Antwort meinerseits nach sich zog.

Am Ende würden alle gewinnen: Mathilde behielt ihre außergewöhnliche Stellung innerhalb der Welt des Hochadels. Die Sippe hatte einen neuen finanzkräftigen Flügel. Fridericus Rex würde endlich die Anerkennung finden, die er immer gesucht hatte und unsere Liebe erfuhr keinerlei Behinderung mehr.

Unsereins sah daher keinen Grund, Mathildes Kampf für die eigene Würde zu erschweren. Elena erzählte ich von meinen Gedanken natürlich nichts. Auch den Brief zeigte ich nicht vor, denn ihre Haltung zur eigenen Tante galt als nicht verhandelbar.

Für derartige Überlegungen konnte meine Liebste aber im Moment auch keine Zeit aufbringen, denn Elena genoss lieber die neue Freiheit in vollen Zügen. Und wer konnte es ihr verdenken? Ihr Durst nach Leben schien mit jedem Schluck davon nicht zu schwinden, sondern weiter zu wachsen.

Ich fiel jedoch alsbald wieder in das gewohnte Muster, denn mir wurde vieles schnell gleich und ermüdete mich. Konnte man die Menschen nicht in wenige Typen einteilen? Wiederholte sich nicht alles? Immer wieder die gleichen Dinge, die letztlich nur dazu dienten, die unerklärliche und stetig ignorierte Leere in einem jedem selbst zu füllen? Neue Güter? Vielleicht ein Kleid oder einen Anzug? Schufen doch kein neues Glück. Der hundertste Sonnenuntergang? Der Langweile Untertan. Was interessierte die Menschen nur an stetiger Wiederholung?

Wie oft habe ich, in meinem kleinen dunklen Paradies, über den Sinn des falschen Strebens nachgedacht. Der Mensch strebt einen Idealzustand an. Hierfür muss er dieses dunkle Loch füllen.

Manche versuchen es durch Frauen oder Konsum. Andere durch Wein oder gar Arbeit. Wieder andere bemühen sich, die Leere zu verdrängen. Elena setzte sich möglichst vielen neuen Reizen aus. Sich auszuleben. Sich auch wieder das Gewand der adeligen Form anwerfen. Zumindest dort, wo es ihr passte. Alle Normen und Sitten, die ihr missfielen, beachtete sie dagegen nicht. So legte sie zwar Wert auf ihre Titel, scheute sich aber nicht davor, mit mir in der Öffentlichkeit zu lachen und zu scherzen. Sie schuf sich ihre eigene Wirklichkeit. Zweifellos ihr gutes Recht, getragen von bewundernswertem Willen. Das war die Frau, die ich liebte. Den Moment genießen, als gäbe es keinen weiteren. Ich kann es ihr nicht vorwerfen, denn ich war ebenso, als ich gerade den Käfig verlassen hatte. Nun, vielleicht nicht genauso. Viel weniger Gefühl, mehr Verstand.

Doch sieht man sich an dieser vermuteten Freiheit nicht irgendwann satt? Nein, meine Liebste wohl erst einmal nicht. Sie plante bereits, mich von dem ihr unbekannten Ort der Ruhe wegzureißen und mich in fremde Länder geradezu zu verfrachten. Eine egoistische Gier nach Leben.

Doch ich musste Verständnis haben. Musste warten, bis die Reize ihre Wirkung verloren, denn das konnte und durfte nicht alles sein. Eine Existenz im Käfig? Nein. Eines Tages würde es soweit sein, da war ich mir sicher. Und bis dahin vertrieb mein zweites Paradies jene Unruhe, die Elenas extrovertierte Lebenslust in mich hinein pflanzen wollte.

Gelegentlich fragte ich mich, was aus mir geworden wäre, wenn mir nicht das Wunder des schwarzen Zimmers begegnet wäre. Es ist keinesfalls leicht, sich selbst zu analysieren und ohne Eitelkeit zu betrachten. Mein oberster Drang als törichter Mensch war der zu Freiheit. Hier unterscheide ich mich nicht von meiner Liebsten, wobei ich die These in den Raum stelle, dass mein Willen der stärkere ist, da ich die notwendige Kühle und Stärke besaß, um alles zu vernichten, was sich dem in den Weg stellte. Dies bedeutet nicht, dass Elena auf irgendeine Art und Weise schwach war. Sie trug nur diese Urgewalt nicht in sich. Sie musste es auch nicht, weil es in ihrem Wesen lag, sich eine entsprechende Ergänzung zu suchen und mit genau dieser zu verbünden. Ihre Stärke ist daher daran zu messen, ob sie alles dafür tat, um den Felsen, der jeder Brandung standhielt, zu finden und zu halten. Dieses hatte sie zweifellos getan. Den Rest konnte ihr Wesen selbst gestalten.

Was aus mir geworden wäre? Ich weiß es nicht. Der Wunsch nach Freiheit bedeutet auch immer, Widerstände auszumerzen – wie groß der Drang wohl geworden wäre? Hätte ich nicht irgendwann nach Macht gestrebt, die mir Freiheit ermöglicht hätte? Keine verhunzte Macht, wie sie mein Vater innehat, sondern reine und klare Herrschaft. Oder wäre die Liebe genug gewesen? Geht beides? Macht und Liebe? Oder ist die Liebe nicht letztlich eine Form der Macht? Oder der Wunsch nach Herrschaft nicht umgedreht eine extreme Form der Liebe, wenn auch gelegentlich nur zu sich selbst?

Es sind wirre Fragen, die ich mir stellte. Der schwarze Raum hat mir geholfen, all die Fragen in unendlicher Ruhe zu beantworten. Vielleicht wäre auch der Mensch Gottfried von Heldern an diesen Punkt gelangt? Wer kann es wissen? Vermutlich aber erst in einem Alter, in dem die Erkenntnis nur noch rückblickende Wirkung entfalten konnte. Egal, es musste mir gelingen, meine beiden Welten zu vereinen, dann würde ich die Vollkommenheit erreichen, bei der keine weiteren Gedanken nötig waren. Wie ungeduldig ich war und nicht einmal mein Paradies konnte mir dieses Denken nehmen. Es musste schneller vorangehen.

Die Macht des Zimmers beherrschte ich. In der Liebe gelang es mir nicht nur, alle Gefahren zu vernichten, sondern auch, diese zu neuen Höhen zu bringen. Einer Vereinigung der Kräfte stand nichts mehr im Wege. Ja, wahrlich, es war eine rote Linie. Schicksal. Alles fügte sich und einen jeden Widerstand werde ich mit dem Hammer zerschlagen und in tausend Teile zerspringen lassen. Wer nur sollte uns aufhalten, wenn alle Himmel auf unserer Seite sind?

51. Elena

Das Gefühl von Freiheit ist unbeschreiblich. Ein Titanstreich meines Liebsten. Ein Genius, der das Unmögliche wie ein Kinderspiel aussehen ließ. Bewundernswerter Mann. Meiner durchaus würdig. Ich war zufrieden mit ihm. Im Inneren wusste ich stets, dass er sich bewähren würde und ich wurde niemals enttäuscht.

Ja, nichts stand unserer Liebe mehr im Wege, doch sollte das alles sein? Ich gestehe, dass ich vorher gar nicht so laut daran gedacht hatte, aber die offizielle Verlobung änderte einfach alles. Innerhalb von wenigen Tagen und Wochen. Nunmehr war ich nicht mehr eine Geliebte, die sich vor der Entdeckung durch Gleichrangige fürchten musste, sondern urplötzlich und durch wachsender Verbreitung der neuen Umstände eine öffentlich angesehene und geachtete Person.

Natürlich half ich dabei gebührlich nach und sorgte dafür, dass unsere Diener – wir stellten auf meinen Wunsch einige mehr ein – mit den Angestellten der hochadligen Kreise zusammentrafen und die frohe Botschaft weitertrugen. Dabei achtete ich natürlich darauf, dass es unklar blieb, ob wir bereits geheiratet hatten. Ein wildes Zusammenleben wurde nicht immer positiv aufgenommen, galt gemeinhin sogar als Skandal und daher gestaltete es sich klug, an dieser Stelle etwas abzumildern. Sollte je jemand fragen, so würde ich die Wahrheit ein wenig verbiegen. Tatsächlich fragte aber nie jemand. Das wäre auch nicht opportun gewesen.

In der Regel wurde ich als Elena Victoria Mathilde Louise Anna Maria, Landgräfin von Rathau, Fürstin von Hahenwall und von Heldern angekündigt. Das war der Titel einer verheirateten Frau, die bereits als weiblicher Kopf der Familie angesehen wurde. Das gefiel mir, auch wenn es die Eltern dreist brüskierte, denn korrekt hätte es Prinzessin von Rathau und Erbgräfin von Hahenwall heißen müssen. Doch auf diese Art und Weise entsprach es weitaus mehr der Realität, denn die Herrin war nun einzig und alleine ich alleine.

Gottfried dagegen wurde als Fürst von Heldern tituliert. Es versteht sich von selbst, dass ich das Protokoll diktierte und empfindlich auf Verstöße gegen meine Vorgaben reagierte.

Mein Liebster hatte leider überhaupt keinen Sinn für Titel und den Glanz der Jahrhunderte, machte er sich doch über meine auch noch lustig. Wie gut, dass er noch nicht ahnte, wie es meine Familie, auf mein Drängen hin, eingeleitet hatte, aus seinem gekauften Titel eines Edlen, der auf unterster Ebene stand, alsbald einen Freiherr, Baron oder gar Fürst werden zu lassen. Der alte Drache musste es mit all seinen Beziehungen regeln und wurde dadurch erneut gedemütigt. Ein mir genehmer Nebeneffekt. Ich befürchtete nur, dass Friedrich von Heldern diese Ehre mehr schätzen würde als sein Sohn.

Ob ich mich in ein adeliges Korsett schnürte, wie Gottfried ebenfalls spottete? Unsinn. Meine Titel standen mir zu, so wie mir mein neues Leben gehörte. Alle hatten das zu respektieren, wenn sie sich nicht meinen Zorn zuziehen wollten. Wer konnte mir das auch verdenken oder gar verübeln? Schließlich stammte ich aus einem der edelsten Geschlechter des Reiches und es war mein natürliches Recht, die gebührliche Achtung zu erhalten.

Herrin, nicht mehr nur irgendjemand, der Seinesgleichen aus Furcht meiden und mit den Bürgern vorliebnehmen musste. Die neue Rolle gefiel mir und mit ungeahnter Energie machte ich mich daran, unser neues Leben zu organisieren. Nach unserer Verlobung buhlten diejenigen, die bereits etwas waren und jene die etwas werden wollten, um uns. Beinahe für jeden Wochentag gab es Einladungen. Mal zu einer Tasse Tee, mal zu einem Opernball.

Gottfried interessierte sich dafür nicht, also kümmerte ich mich um diese Ansinnen und entschied auch, im Sinne beider, darüber, wen wir mit unserer Anwesenheit beehrten und wen wir im nassen Regen stehen ließen. Diese Art der Anerkennung machte mir große Freude. Ich war nun kein junges Mädchen mehr, das zungestreckend um ein klein wenig Freiheit rang, sondern eine selbstbewusste Fürstin, die sich für die Rolle der eigenen, noch kleinen Familie einsetzte.

Nein, nicht nur dort, sondern auch in der Gesellschaft. Nicht als ein Rädchen im Ränkespiel anderer, sondern als Spielerin, die selbst an den Strippen ziehen konnte, wenn sie es wollte. Etwas, was mir wahrlich gut stand. Zudem galt es, eine große Hochzeit zu planen und überhaupt eine ganze Zukunft.

Die Heirat natürlich erst, wenn der Romantik genüge getan war. Zwar waren wir pro forma verlobt, aber dieses Aushandeln zwischen Geschäftsleuten ist einer großen Liebe nicht würdig. Zu kühl. Zu wenig prickelnd.

Nein, er musste mich noch einmal fragen. Intim und auf romantische Art und Weise. Ich war sicher, das hatte er auch verstanden. Wenn schon, denn schon. Wie bereits gesagt, hatten wir in dieser Hinsicht noch Zeit. Wichtiger war es mir, die Freiheit zu zelebrieren und zusammen mit meinem Liebsten so viel als möglich von dieser sonderbaren und wunderbaren Welt zu sehen. Dann galt es, den gesellschaftlichen Verpflichtungen nachzukommen, schließlich waren wir nun an der Spitze der Gesellschaft angekommen. Keine Last, sondern Privileg. Das Potenzial, glänzender Mittelpunkt zu sein, unzweifelhaft gegeben. Die Sonne wird nun einmal von den Planeten umrundet. Entzieht sie das Licht, wird das Leben düster, kalt und geht dahin. Die Sonne? Es gab derer zwei. Gottfried und mich.

Ich beschloss, unser Anwesen ein wenig umzugestalten, und stieß kaum auf Widerstand. Offenbar hatte mein Liebster unsere neue Rolle verstanden.

Wie schnell ich in diese Rolle hineinwuchs, aber

wen wunderte es, lag sie mir doch im Blute. Zwang? Nein, es war kein Zwang mich zu repräsentieren und mein Glück zu zeigen. Es war mir Erfüllung. Frei, selbstbestimmt, herrschend.

Überhaupt dieses Anwesen. War es überhaupt noch angemessen für ein solches Paar? Nein, auf Dauer nicht. Ich würde mit meinem Liebsten darüber reden müssen, denn ich war eine Frau mit Ansprüchen. Zum Anwesen der von Rathaus oder der von Helderns? Das war mir gleich. Vielleicht selbst eines errichten lassen? Man würde sehen.

Ein wenig Sorgen machte mir allerdings Gottfried. Manchmal hatte man den Eindruck, dass bei diesem lebenslustigen und voller Kraft steckenden Mann eine gewisse Müdigkeit eingetreten war.

Zu viele Gedanken um die Schöpfung und um das Sein. Vielleicht hatte ihn der Kampf für unsere Liebe ermüdet, schließlich trug doch er die größten Teile der Last. Wie er manches Mal wirkte! Nicht mit der gewohnten spöttischen und ironischen Distanz, die ich so liebte, sondern von tiefgetragenem Ernst. Mein charmanter Taugenichts, würde sich doch nicht zu einem, sich immer mehr zurückziehenden Eigenbrötler entwickeln? Das Leben jenseits seines

Hauses schien ihm egal zu werden.

Vielleicht lag es an mir. Oder war es doch nur Einbildung? Doch eine gewisse Müdigkeit, weil wir so viele Kämpfe würden ausfechten müssen, um unsere Liebe zu festigen? Ja, das musste es sein. Sicher hatte ihn so manches mehr Kraft gekostet, als er zugeben mochte. Und umso mehr ich darüber nachdachte, desto klarer wurde mir, dass er es war, der in den kritischen Situationen die Ruhe behalten hatte, während mich die Emotionen mitrissen und ich mich gelegentlich ganz der Verzweiflung hingab. So geschehen bei den Ereignissen rund um meine Familie. Immerhin eine Krise, die unser ganzes Leben hätte zerstören können. Fürwahr, vielleicht ist es nicht so einfach, die ganze Last der Verantwortung und des Vertrauens zu tragen, das Dritte in einen setzen.

Die Last fällt ab und dann ist da erst einmal nichts mehr. Leere. Der Kampf vorüber. Wohin mit der Anspannung? Abfall. Loch. Ich verstand, aber, nein, über Derartiges redete er nicht und ich war auch nicht unglücklich darüber. Er musste es schlicht nicht, denn die notwendigen Korrekturen in unserem Leben würde fortan ich übernehmen. Sollte mein Liebster sich ruhig erholen, ich würde uns ein paradiesisches Umfeld voller Liebe und Anerkennung schaffen. Er konnte sich auf mich verlassen, wie ich mich auf ihn verließ. Auch ein Gottfried von Heldern durfte kleine Schwächen zeigen und eine Phase der Erholung benötigen.

Auf der anderen Seite war er zärtlich wie eh und je, überschüttete mich mit Komplimenten, trug mich auf Händen, sorgte sich um mich und verstand es auch weiter, meine Gelüste mit großer und ausdauernder Kraft zu befriedigen. Daher sah ich nur eine temporäre Frühlingsmüdigkeit zur falschen Jahreszeit.

Ich würde diesen Menschen schon wieder wachrütteln, dachte ich und überlegte, wie ich ihn erfreuen konnte. Dann fiel mir diese schreckliche Sammlung verstaubter alter Dinger wieder ein, und mir wurde klar, dass das Leben sich nicht auf das Reich begrenzen sollte, sondern uns die ganze Welt gehören musste. Ja, in Ägypten konnte unsere Weltreise beginnen.

52. Gottfried

Jeden Tag bedrängte mich meine Liebste mehr und berichtete mir von noch ausgefalleneren Ideen. Was für ein überflüssiges Nachrennen. Falsche Ideale. Wollte sie nicht frei sein? Nun strebte sie, wohlgemerkt unter falscher Flagge, wieder hinein in einen gesellschaftlichen Käfig. Gerade erst befreit, verfing sie sich in einer neuen Rolle. Die der feinen Damen des Hause und als Teil einer widerlichen Gemeinschaft, die es abzulehnen galt. Wen scherte es, was Dritte dachten und wollten? Gut, vielleicht war es schlicht der Übermut, der sie vergessen ließ, dass sich unsereins nicht einordnete, sondern schlicht existierte.

Ähnlich ist auch die Sache mit dem höherrangigen Adelstitel zu werten. Fridericus Rex musste innerlich explodiert sein vor Freude, als er davon hörte, dass es nun für unsere Familie nach oben ging. Fürst Gottfried. Was für ein lächerliches Wortspiel. Ich war Gottfried von Heldern und mehr musste ich nicht sein. Unsereins war sich selbst genug. Der Rest ist doch nur Schein, um zu verbergen, welche erbärmlichen Kreaturen sich wirklich hinter der Maske versteckten. Nichts sonst. Doch Elena gefiel

Derartiges und daher spielte ich immer unwilliger mit, wenngleich sie auch weiter meine Sticheleien ertragen musste.

Ebenso bedrückte mich jedoch, dass sie stetig davon sprach, sich die Welt anzusehen, womit ich überhaupt nicht einverstanden sein durfte. Was sollte ich noch in fremden Ländern, wenn alles Relevante hier zu finden war? Welchem falschen Reiz folgen? Wie schrieb Elenas Verwandter einst so schön?

Gelenkt von unsichtbaren Händen,
ein Leben in stets gleichen Bahnen.
Ohne dass sie etwas ahnen,
umgeben von Gedankenwänden.

Nichts anderes ist mehr vorstellbar,
eingebranntes falsches Wollen,
nur denken, was sie denken sollen,
traurig aber doch so wahr.

Langer Weg zur Schlachtbank hin,
nicht erwacht aus tiefstem Schlaf.
Niemals mehr als braves Schaf,

verschenkt das Leben, ohne Sinn.

Nicht alles von diesem Menschen gefiel mir, doch einige interessante oder treffende Zeilen hatte ich behalten. Nein, Elena war kein Schaf und sollte auch keine Transformation zu einem Schaf erleben.

Es war daher an der Zeit, meine beiden Leben miteinander zu vereinen. Durch viele Reden hatte ich sie schon darauf vorbereitet, dass nichts so war und ist, wie es schien. Beinahe hätte ich einen guten Moment gefunden, dann kam die Angelegenheit mit ihrer schrecklich blassen Familie dazwischen, die es zu regeln galt. Doch diese Probleme lagen nun schon einige Zeit zurück und waren nunmehr nur noch Schatten der Vergangenheit.

Unsereins ist kein Narr, und daher wusste ich nur zu gut, dass ich die Sache an sich schmackhaft präsentieren musste, denn auf der ersten Blick scheint eine quirlige Welt des falschen Scheins weitaus attraktiver als ein schwarzer Raum bar jeglichen Lichtes. Erst nach langem Nachdenken glaubte ich, eine angemessene Methode gefunden zu haben, Elena in die Mysterien eines kleinen Zimmers einzuführen.

Eine, zugegeben, schon in der Vorstellung sehr erregende Art und Weise. Langes Grübeln. Zweifel. War heute der richtige Tag? Der eine Moment? Nein, lieber noch warten. Hinauszögern. Eine Woche verging? Ist es nun soweit? Tausende Gedanken. Nervosität. Lieber verschieben. Nein, heute zählte es.

Ich bereitete alles vor, in dem ich eine kleine Kerze in das Zimmer stellte. Eine Kerze, einige Kissen, eine Decke. Ich selbst benötigte dort kein Licht mehr. Wozu auch weltliche Helligkeit, wenn nur das Sein an sich zählte? Sie dagegen misstraute, wie fast alle Menschen, der Dunkelheit, die sie in erster Linie mit Furcht und Schrecken verband. Dabei ist es nur das Unbekannte, das von der Wahrheit trennt.

Daher musste alles gut vorbereitet sein. Ein wenig Licht, der Liebste und schon war die Atmosphäre geschaffen, in der die Finsternis zur romantischen Gemütlichkeit bei Kerzenschein wurde. Auch hier ist es nur ein Problem der Wahrnehmung. Ein wenig Zweisamkeit und schon wird aus dem Unheimlichen etwas sehr Angenehmes. Als die kurze Vorbereitung abgeschlossen war, holte ich sie nach oben. Deutete an. Verführung. Geweckte Neugier und Naivität. Necken und reizen. Sie ahnte nichts. Vorher machte ich sie noch, unter einem Vorwand, auf die alte Standuhr aufmerksam. Drei Uhr. Meine Liebste bemerkte es noch. Wir gingen nach oben in den Raum. Natürlich war sie verwundert, schließlich waren wir noch nie dort gewesen.

Sichtlich verwirrt näherte ich mich ihr und küsste sie. Den Gedanken und Fragen keinen Raum lassen. Dieses war das Rezept zur Bekämpfung jeder Furcht. Die Tür schloss sich und nur wenige Augenblicke später, soweit man das in einem zeitlosen Universum sagen konnte, liebten wir uns im Schein einer Kerze, die niemals abrennen würde. Es war genau so, wie ich es mir erhofft hatte. Wir liebten uns so intensiv, so ausdauernd wie nie zuvor. Dieses Zimmer beflügelte. Immer und immer wieder. Dutzende Male? Weitaus öfter. Wir hätte niemals aufhören müssen. Keine Erschöpfung, nur unendlicher Genuss. Doch so durfte es nicht sein. Elena musste diesen Weg bewusst mit mir gehen und nicht auf diese Art und Weise in der Unendlichkeit gefangen sein. Es wäre nicht besser gewesen als der andere Käfig. Darum beendete ich, so schwer es mir fiel, mein Verlangen.

Natürlich war alles von Anfang an sehr gefährlich gewesen. Was nur wäre passiert, wenn mein Wollen ewiglich stärker gewesen wäre als ich? Wie leichtsinnig ich doch war. Was aber konnte auf der anderen Seite schöner sein, als sich ewiglich zu lieben?

Tatsächlich aber hatte ich die Kontrolle. Ich, auch wenn meine Liebste es mir niemals glauben wollte, beherrschte den Raum und nicht er mich. Der Meister der Zeit, nicht der Sklave der Unendlichkeit. Hätte ich sonst unsere Zärtlichkeit unterbrechen können? Es wäre in Ewigkeit so weitergegangen.

Wozu nach draußen gehen, wenn alle Befriedigung im Innern erlangt werden kann? Nach dieser schönen Episode zog ich mich rasch an und gebot, Elena mir zu folgen. Verwirrung und fragende Blicke.

Vor der Standuhr blieb ich erneut stehen. Lächelnd erwarte ich sie. Welch ungläubigen Blick mir meine Liebste zuwarf! Kaum eine Minute war vergangen, was Elena sichtlich irritierte. Selbstverständlich vermutete sie zuerst einen Trick. Wer täte dies nicht? Schließlich hatte gerade ich ihr gesellschaftliche Kreise gezeigt, die mit allen möglichen Kniffen und Betrügereien scheinbar Unmögliches ermöglichten. Elena jedoch fand keine natürliche Erklärung. Da konnte sie meine Taschenuhr noch so oft schütteln, sobald sie den Raum betrat und die Tür geschlossen hatte, blieb sie stehen, während sie außerhalb oder auch nur, wenn Licht in den Raum durch eine geöffnete Tür eindrang, fröhlich weiter tickte. Diese Verwirrung in ihrem Gesicht. Einfach zu köstlich!

Rein, raus. Rein und raus. Wann würde wohl die beruhigende Wirkung des Raumes einsetzen? Ich beschloss, sie eigene Erfahrungen machen zu lassen. Schließlich galt es, ein Wunder zu erfahren. Irgendwann würde sie sicher die Vorzüge dieses Wunders zu schätzen wissen. Vielleicht dauerte es auch noch ein wenig, bis ich mein Hauptanliegen vorbringen konnte, aber irgendwann wird es soweit sein. Wir werden soweit sein. Glücklich in alle Ewigkeit. Ich konnte es kaum erwarten.

53. Elena

Ich weiß noch, dass es ein wunderschöner Tag war. Blauer Himmel. Wolkenlos. In meinen Gedanken sollte alles so einzigartig und fantastisch werden. Erst als der hellste Stern am gesellschaftlichen Himmel etablieren und sich dann den neugierigen Augen entziehen. Auf Reisen gehen und Erinnerungen für die Ewigkeiten schaffen. Wie die von Hohenecks, nur viel größer, intensiver und besser.

In unserem Anwesen gab es wahrlich eine große Bibliothek. Was hatte ich nicht alles gelesen. Von fremden Völkern und ihren Gebräuchen. Von seltsamen Pflanzen und Tieren. Vor meinem geistigen Auge sah ich uns bereits vor der großen Pyramide in Ägypten. Ob es wohl stimmte, dass eine Nacht in ihr einen Menschen entweder genial oder wahnsinnig machte? Nur Geschichten oder Wahrheit? Auch die große Mauer, die das chinesische Volk vor den Hunnen bewahrte, war sicher eine Reise wert. Im Orient soll es ebenso prächtige Überreste einst glorreicher Nationen geben. Man munkelt auch über Tunnel, die tief ins Erdinnere führen und dass dort ein Leben möglich sein soll. Und dann erst unsere Kolonien in der Südsee. Ich liebte die Postkarten, die lange Strände vor klarstem Wasser zeigten. Die Eingeborenen hatten keine Scheu davor, nackend hineinzuspringen und, wer weiß, vielleicht ich auch nicht? Herrliche Aussichten.

Ich war überzeugt davon, dass die Perspektive, all diese Wunder in natura zu erleben, Gottfried aus seinem Winterschlaf erwecken musste. Gerade er, dessen Haus überquoll von antiken Artefakten. Sicher, er hatte schon manches davon gesehen. Allerdings mit den Augen eines Kindes und nicht denen eines Mannes. Doch nicht das Vergangene allein sollte den Reiz unserer Reise ausmachen. Auch die gegenwärtige Kultur und die Lebensweise in fremden Landen, sind mit Sicherheit erlebenswert.

Immer wieder versuchte ich, Gottfried meine Vorstellungen und Ideen schmackhaft darzubieten, doch schienen sie ihn nicht sonderlich zu interessieren. Auf eine unerklärliche Weise hatte er sich verändert. Nicht einmal über mein Geschenk, ein seltenes Fundstück aus einer ägyptischen Grabkammer, schien er sich wirklich zu freuen zu können.

Wo nur lag das Problem? Die großen Schlachten waren doch geschlagen und der Krieg gewonnen.

Keine Notwendigkeit mehr für Sorgen oder gar Trübsal. Hätte ich geahnt, was wirklich in ihm vorging, vielleicht hätte ich alles verhindern können. Doch wie nur soll man so etwas Schreckliches ahnen?

Zudem schien es nur ein Gefühl zu sein, das im Hirne keine Bestätigung fand. Natürlich ließ sein Interesse nach, mit mir dort draußen etwas zu erleben, aber ich schob alles auf die Belastung durch die Ereignisse der jüngsten Vergangenheit. Mir gegenüber war er ein ebenso guter, zärtlicher und liebenswürdiger Mann wie zuvor. Es hatte sich nichts zwischen uns geändert, nur zwischen ihm und der Außenwelt. Der Verstand ist ein schlechter Ratgeber, wenn das Gespür es nicht unterstützt. Das durfte ich bitterlich erfahren.

<u>Blumen im Winter</u>

Blumen im Winter
sind selten und rar.
Nicht der Kälte Kinder
und doch sind sie da.

Lichter im Dunkel,

wie kostbar, wie klar.
In den Augen ein Funkeln,
als Retter sind sie da.

Lachen trotz Sorgen
ist traurig, doch wahr.
Nur Bangen ums Morgen,
zum Glück ist es da.

Liebe wider den Zwängen
wird schöner, so nah.
Entzogen den Fängen,
wie schnell ist sie da.

Gold in den Herzen,
nur tief man es sah.
Platz auch für Schmerzen,
irgendwo ist es da.

Sterben im Leben –
nicht selten, nicht rar.
Nur unnützes Streben,
bin ich nicht schon da?

Ich sehe es noch ganz klar. Er kam zu mir und sagte, mit mir reden müsste er. Sein Gesicht zeigte sich sehr ernst, jedoch nicht so seriös, dass ich Schlimmeres befürchtete. Meine Neugier war geweckt. Er neckte mich. Ewige Flirterei, die nur wieder in den Daunen endete? Ein Rollenspiel? Ich war gerne die strenge Gouvernante. Warum nicht? Mir gefiel es. Wir gingen die Treppen hinauf. Viel sagte mein Liebster nicht und nur ein einziges Mal hielt er kurz an. Auf die alte Uhr deutete er und sagte zu mir, dass ich mir, die Zeit merken sollte. Drei Uhr am Nachmittag. Wir gingen weiter nach oben, Gottfried immer voraus. Zu meiner Verwunderung, öffnete er die Tür zu diesem kleinen schwarzen Zimmer ohne Fenster und ging hinein. Ich zögerte, ihm zu folgen. Was wollte er in diesem kahlen und dunklen Raum, der so gar nicht in dieses prächtige Haus passte? Überhaupt hatte ich schon überlegt, einen Fensterdurchbruch zu beauftragen.

Zögernd folgte ich ihm. Gottfried erwartete mich, auf dem Boden sitzend. Eine kleine Kerze erhellte das Zimmer. Ansonsten gab es dort nichts, außer einer Decke und ein paar Kissen. Wer nur strich die Wände in einem Haus, einem Ort des Lebens, so abgrundtief schwarz? Es kann nur der Teufel gewesen sein. Gottfried gab mir ein Zeichen, mich ihm gegenüber auf den dunklen Fußboden zu setzen. Mit mulmigem Gefühl tat ich, wie er mir geheißen. Alles war so merkwürdig, so unheimlich. Auf der anderen Seite aber durchaus erregend.

Seitdem ich mit Gottfried zusammen war, hatte ich vieles erlebt. Viel Sonderbares. Doch selbst die eine oder andere Geisterbeschwörung ging mir beileibe nicht so unter die Haut wie diese Momente mit einem so vertrauten Menschen. Gespannte Erwartung. Gottfried beugte sich zu mir und küsste mich. Das Feuer in mir entfachte und irgendetwas in dieser Atmosphäre ließ die Flammen noch höher schlagen als je zuvor. Hitze. Gefühl an der richtigen Stelle. Nur noch wollen. Wir liebten uns immer und immer wieder. Es war eine unersättliche Lust. Ja, die Kerze, das Dunkle und zwei Leiber. Ein wunderbares sich immer wiederholendes Vergnügen. Wieder und wieder, bis wir uns schließlich gegenseitig in die Arme nahmen. Nicht vor Erschöpfung, sondern weil mein Liebster unser lustvolles Spiel unterbrach. Eine quälende Tat, war ich doch noch immer bereit. Merkwürdigerweise fühlte ich mich jedoch, nicht wie bei anderen früheren Gelegenheiten in der gleichen

Sache, erschöpft, sondern vielmehr frisch und munter. Auch Gottfried schien es ähnlich zu ergehen. Seltsam, dabei war ich doch diejenige, die sich im Normalfalle relativ schnell nach einer Anstrengung dieses Ausmaßes von der Müdigkeit übermannen ließ. Auf eine solche Art und Weise hatte auch dieser Raum seine Daseinsberechtigung, nahm ich naiv an. Während ich aber noch über Gottfrieds außergewöhnliche und stimulierende Idee nachdachte, zog der sich schon wieder an und machte sich daran, den schwarzen Raum zu verlassen. Ehe ich etwas sagen konnte, gab er mir ein Zeichen, ihm zu folgen.

Schnell zog ich das Kleid über. Erst jetzt bemerkte ich, dass ich in diesem Zimmer nicht fror, obwohl kein Ofen das Zimmer wärmte, sondern nur eine kleine Kerze. Das wallende Blut war wohl stärker als der noch außergewöhnlich kühle Frühling gewesen. Ich folgte Gottfried aus dem Raum und wunderte mich über das Sonnenlicht.

Mein Liebster stand auf der Treppe vor der alten Standuhr. Was wollte er dort? Er deutete mit der Hand auf das Ziffernblatt. Ich blickte dort hin. Nein, das konnte nicht sein. Die Uhr funktionierte nicht mehr und sicher wollte mich Gottfried nur darauf aufmerksam machen. Plötzlich nahm er mich an die Hand und zog mich förmlich nach unten. Dort zu einem Zeitmesser im Salon.

Drei Uhr. Überall drei Uhr. Was sollte das? Waren wir nicht Stunden in dem Raum ohne Fenster? Ich sah ihn fragend an. Er lächelte nur. Warum aber sagte er nichts? Sonst sparte er nie an Worten.

Ich konfrontierte ihn mit meiner Vermutung, dass es ein Trick wäre und irgendeiner der Diener, die stundenweise im Haus waren, dafür verantwortlich sei. Ein Blick durch das Fenster. Die Sonne verriet die Wahrheit: Während der stundenlangen Offenbarung unserer Liebe war keine einzige Sekunde vergangen. Verwirrt sah ich meinen Liebsten an. Es musste ein Traum sein. Nichts als ein merkwürdiger Traum. Wie kann jemand diesen Wahnsinn nur erfassen? Ein Raum ohne Zeit. Wer hatte ihn nur erschaffen? Wie unglaubwürdig diese Geschichte auch klingen mag, sie entsprach der Wahrheit.

Natürlich ging ich erneut, auch mit Gottfrieds goldener Taschenuhr in der Hand, in den dunklen Raum. Mehrmals prüfte ich das Unglaubliche. War das Zimmer mir bereits am Anfang, allein aufgrund des Mangels an Licht, wenig behaglich vorgekommen, glaubte ich nun, den Atem des Teufels förmlich in meinem Nacken zu spüren. Die Uhr tickte noch, solange die Tür offen war, doch alsbald man sie schloss, konnte man im blassen Schein der Kerze keine Bewegung mehr auf dem Zifferblatt erkennen. Die Zeiger standen still. Die Zeit an und für sich stand still. Wie konnte das sein? Unbegreifbar. Magie. Hexenwerk.

Während ich hier für Ewigkeiten stand, blieb alles dort draußen so, wie es war. Jetzt erst fiel mir auch die Kerze auf. Kein Wachs – sie würde wohl in alle Unendlichkeit brennen. Nur, warum? Überforderung. Verwirrtheit. Woher kam dieser Raum? Woher nur? Wer schuf diesen Fluch? Ich konnte diesen Wahnsinn nicht begreifen. Plötzlich schaudere ich.

Wie viele Stunden Gottfried dort schon verweilt hatte? Im Grunde genommen konnte er schon mehrere Leben hier verbracht haben. Wie hätte ich es merken sollen? Das ganze Gerede über den Sinn, Aufbau und Zweck der Welt, die bösen Geister müssen es ihm dort eingeflüstert haben. Ich spürte das Böse und den Wahnsinn.

54. Gottfried

Elena wusste nun von dem Wunder, das es schaffte, mir Ruhe und Frieden zu geben. Wie befürchtet, tat sie sich damit anfangs schwer. Nichts anderes hatte ich erwartet. Wer kann es ihr verdenken? Wahre Wunder sind in der heutigen Welt eine Seltenheit und ein derartiges umso mehr. Für mich jedoch war es ein wichtiger Schritt, denn schon zu lange pendelte ich zwischen ihr und dem Paradies.

Solange der Geist durch diesen Konflikt zerstreut wurde, wurde es fast unmöglich, die beruhigende Klarheit zu genießen, die das Zimmer zu geben bereit war. Ein innerer Zwist, den es zu lösen galt. Der letzte Stein auf dem Weg zur Vollendung.

Schwierig, doch war uns das Schicksal bisher nicht immer wohlgesonnen gewesen? Gelang nicht einfach alles? Gegen die Welt und die Zeit? Nein, einfach würde es für unsereins nicht werden, aber machbar. Wer die eine Welt aus den Angeln hebt, wird auch hier nicht scheitern. Alle bisherigen Schwierigkeiten … nichts als Prüfungen im Kleinen. Immer auf die große Herausforderung hinarbeitend. Das zu begreifen, ist keine einfache Angelegenheit, aber notwendig.

Wie es weitergehen würde? Nun, meine Liebste kannte nun das Geheimnis, und was wir dort taten, gefiel ihr. Im Inneren. Die Auflösung mochte ein Schock gewesen sein, doch Stück für Stück werde ich sie heranführen. Es muss mir gelingen. Es wird gelingen. Ich konnte von ihr doch nicht mehr erwarten als von mir selbst, denn auch bei mir dauerte es, um den wahren Wert des Raumes zu verstehen.

Wie lange missbrauchte ich ihn lediglich dazu, um die Welt da draußen zu verändern und zu beeindrucken? Lernen für ein Studium? Gedanken um irgendwelche Familientragödien?

Nein, auch ich musste mich erst herantasten und diese Zeit würde auch sie bekommen. Ja, erst die Fratzen besiegen. Ein gewaltiger erster Schritt. Gegen die Ängste. So lohnend. An diesem Punkt war meine Liebste noch lange nicht, aber ich war mir sicher, dass ihr Herz ebenso offen für das Mysterium war wie das meinige. Sie vertraute mir doch, oder nicht? Hatte sie das nicht immer schon? War meine Führung nicht stets eine weise und die ins Glück? Gab es je einen Grund, an unsereins zu zweifeln?

Der große Vorschlag würde kommen, aber ich

musste ihr die Zeit geben, die es bedurfte. Noch war es nicht soweit, denn anstatt es einfach existieren zu lassen und die Kraft zu nutzen, versuchte sie, diese Kraft zu ergründen.

Ohne mir etwas davon zu sagen, besorgte sie sich die Baupläne des Hauses und Informationen über dessen Geschichte.

Was wollte sie damit nur erreichen? Glaubte sie, dass irgendein verwunschener Geist aus grauer Vorzeit die Unendlichkeit nur vortäuschte? Geistergeschichten über alte Häuser waren keine Seltenheit.

Doch hatte ich nicht ebenso gehandelt? Sie durchlebte die gleichen Phasen wie ich. Etwas, das mich beruhigte. Selbstverständlich fand sie nichts. Kein verwunschenes Haus. Weder waren dort grässliche Taten verübt worden, noch war irgendetwas über abnorme Ereignisse bekannt.

Es war nicht einmal klar, ob dieser Raum im Zusammenhang mit dem Anwesen zu sehen war oder ob sich hier nur etwas manifestierte, das den Schein durchbrach. Dieser Ort der Einkehr hätte überall sein können. Doch befand er sich im oberen Stock und erwählte uns.

Tage vergingen und ich bemerkte, dass die Phase der Akzeptanz bei ihr länger dauerte als angenommen. Viele Worte. Angst und Frucht. Trotz und das Klammern an die Menschenwelt. Immer wieder dieses Plappern von irgendwelchen Reisen, verliehenen Titeln oder einer Zukunft im Schein.

Wieso versuchte sie nicht, es zu akzeptieren und die Möglichkeiten zu sehen? Mehr und mehr musste ich feststellen, dass sie sich förmlich dagegen wehrte, den Raum als etwas Wunderbares anzusehen.

Fast erschien mir meine Liebste wie einst die Kirche, die alles, und sei es richtig oder nicht, zu zerreden und zu vernichten versuchte, das ihre eigene Sicht gefährden konnte.

Doch es war nie ihre Welt. Sie ließ sich einfangen und durch falsche Verlockungen wieder einkerkern. Wer bestimmt unser Verhalten? Die Gesellschaft? Irgendwelche Reize? All das nichts als ein Verstecken im Schein.

Warum hing sie dieser Illusion an? Verfluchte sie nicht selbst einst die Ketten? Weshalb sie nicht ablegen? Ist Glück verachtenswert? Wären wir erst in diesem Raum, würde alles möglich werden. Was daran ist nicht zu verstehen? Es geht um die

Perfektion, die Veredelung.

Nein, aus diesem Paradies wurde niemand herausgeworfen. Stattdessen konnte man sich an der ungewohnten Frucht laben. Adam und Eva. Elena und Gottfried. Nie hätte ich gedacht, dass es so schwer werden würde, sie auf meine Seite zu ziehen. Hatten wir zusammen nicht schon der Gesellschaft widerstanden? Warum dann nicht auch der ganzen Welt widerstehen?

Auf der anderen Seite kam meine Liebste stetig von der Seite des Gefühls, während bei mir der Kopf dominierte. Vielleicht ging ich die Sache vom falschen Ende her an? Ich betrachtete die Argumente. Suchte nach Logik. Wog ab und die Wahrheit strahlte in beeindruckender Klarheit. Elena dagegen musste die Wahrheit fühlen, nicht denken.

Es lag schlicht daran, dass wir in der Welt da draußen zwei unterschiedliche Menschen mit verschiedenen Herangehensweisen an die Dinge waren. Ergänzend und doch unterschiedlich. Dieses begriff ich und auch, dass dieses Gefühl erst erwachsen musste.

Wie lange dauerte es, bis sie von mir überzeugt werden konnte? Es kam mir wie eine Ewigkeit vor und doch gelang es. Wie kann ich ihr daher vorwerfen, eine gewisse Skepsis walten zu lassen oder es ihr gar verübeln? Nein, das wäre zutiefst ungerecht und überheblich. Ist nicht Ungeduld auch eine menschliche Schwäche und Geduld eine Form der Liebe? Sicher war es nur eine Frage der Zeit, bis sie mich verstand und es selbst wollte. Davon hatten wir unendlich viel.

55. Elena

Man konnte die Boshaftigkeit des Zimmers förmlich spüren. Trügerische Entspannung. Die Gedanken würden freier, behauptete er. Aber wurden sie es auch wirklich? Die Ruhe? Eine Totenruhe. Nichts als Schein. Eine Lähmung. Ein Betäuben der Sinne. Der Apfel im Paradies, der Schlimmeres nach sich zog, auch wenn er köstlich schmeckte. Gottfried sprach von einer Einkehr und einem Hinauswerfen des Unwichtigen aus dem Kopf. Vergleichbar mit einer Lobotomie, bei der mit einem Meißel bestimmte Regionen des Gehirns bearbeitet werden, um die Sinne zu dämpfen. So mussten auch Drogen wirken. All diese Dinge, die helfen sollten, der Realität zu entfliehen. Wie viele Narren haben sich schon mit Pulver und Trank zugrunde gerichtet? Sie alle fühlten sich freier und besser. Für den Moment mochte alles angenehm erscheinen, aber so ist es wohl immer. Die Hinterhältigkeit zeigt sich erst, nachdem die angeblichen Vorzüge vorbehaltlos genossen wurden.

Wie lange er schon in diesem Raum verweilte? Traurige Vorstellung. Alles so dunkel. Nichts kann ohne Licht gedeihen. An etwas Schwarzem ist nichts Gutes zu finden. Gottfried war so ein kluger Mann.

Der Verstand seine schärfste Waffe. Diese Teufelei zerstörte das. Wie könnte man daher annehmen, dort irgendetwas Gutes zu finden?

Es ist eine Falle. Eine Prüfung. Und wenn dieser Raum ein Baum der Erkenntnis wäre, alles Wissen ist nutzlos, wenn es den Menschen letztlich zerstört. Was bringt es, in jungen Jahren am Tod zu verzweifeln? Nimmt man sich damit nicht die Freude am Leben? Ebenso wenig ist es sinnvoll, über Scheinwelten nachzudenken. Man kann ihnen doch nicht entkommen.

War es das, was dieser Raum Gottfried vorgaukelte? Dass man entkommen könnte, wenn man nur lange genug in ihm blieb? Vermutlich. Nicht Gottfried hatte die Kontrolle, wie er immer wieder behauptete. Nein, nicht er. Er musste doch begreifen, dass er nur ein Spielball höherer Mächte war.

Wieso erkannte er das nicht? Spürte er nicht, wie er sich selbst widersprach? Wie konnte etwas Kleines, das nur ein Teil des Großen ist, das Große voll und ganz beherrschen? Was er als Schein ansah, war die Wirklichkeit. Eine, die uns glücklich macht. Nicht aufgrund irgendwelcher Anwesen, Macht oder Titel, sondern der Liebe wegen. Das Gefühl ist das

Maximum. Nicht steigerbar. Der Rest lediglich Beiwerk. Publikum. Ergänzung. In diesem Raum gab es keine Liebe, nur Dunkelheit. Kälte. Wieso aber schenkte er meinen Worten keine Beachtung? Wut zog auf. Doch nicht auf meinen Liebsten, sondern auf das pure Böse, das ihn zu zerstören drohte. Wut und Hass. Noch viel größerer, als der, den ich für die alte Hexe empfand.

Diese teuflische Macht wurde zum erbitterten Feind, denn ich war nicht bereit, meinen Liebsten mit irgendeinem Wahnsinn zu teilen. Das hieße, seinen Untergang tatenlos hinzunehmen. Unvorstellbar. Völlig ausgeschlossen.

Wie sollte es weitergehen? In mir tobte eine Verzweiflung, die ich ihm aber nicht zeigen wollte. Nacht für Nacht lag ich wach und fürchtete mich davor, neben mir nur eine leere Betthälfte zu finden. War er dann nur im Badezimmer? Oder wieder Monate oder Jahre fern von mir? Unerträglicher Zustand.

Es erschien mir wie eine Abhängigkeit. Eine Sucht, die ihn nicht mehr aus ihren Fängen lassen wollte. Gottfried war Ewigkeiten in dem Zimmer und für mich war nicht einmal ein Augenblick vergangen? War ich letztlich nicht nur zweite Wahl?

Ja, könnte man die Geschehnisse in diesem Raum in der Zeit messen, dann verbrachte er sicher weitaus mehr Stunden in der isolierenden Einsamkeit als mit mir. Eine schreckliche Erkenntnis, die mich hinterfragen ließ, welches Vertrauen zwischen uns herrschte und welche Wichtigkeit ich besaß. Zweifel. Ängste. Unverständnis. Wut.

Wie hätte ich es bemerken können? Wie kann überhaupt ein Mensch erdenken, welche Kraft von einem kleinen Raum ausgehen konnte? Die Ahnung war da, aber nicht das Wissen um die Größe der Gefahr. Während ich ein Buch las, war er vielleicht nach menschlichem Ermessen schon Monate in der Einsamkeit.

Es war Wahnsinn. Der Raum veränderte ihn. Er nahm ihm alle Lebensfreude. Vielleicht hatte er recht. Vielleicht ist alles nur Schein. Täuschung ist es lediglich, wenn man sich einbildet, mehr zu sein als nur ein Mensch.

Spürte mein Liebster das Böse nicht? Dieser düstere Ort nährte sich von ihm. Ein Dämon, der sich eines Lebenden bemächtigten wollte. Ein verkommener Geist, der den Verstand täuscht, aber niemals das wahre Gefühl. Dort die Finsternis und draußen das Licht der Sonne. Erblühen Blumen nicht im Hellen und sterben in der Dunkelheit?

Ich hatte mir ein Leben in dieser kalten Welt erkämpft. Wir hatten es zusammen erstritten. Nun war es geschafft und lohnte es sich nicht? Ja, ich wollte Elena von Rathau sein. Ich wollte ihn an meiner Seite. Ich wollte nicht ewig leben, sondern alt werden, Kinder bekommen und ja, irgendwann auch vergehen. Sich überraschen lassen. Jeden Tag auf das Neue. Niemals finstere Gleichförmigkeit erleben.

Heiraten würden wir. Fürst würde er sein. Ein angesehener Mann mit einem Imperium. Die Welt stand uns offen. Wie konnte man nur annehmen, dass es auf wenigen Quadratmetern mehr zu entdecken gab als auf dem Erdenrund?

All die Überraschungen und Sensationen gegen unendliche Monotonie tauschen? Lebendigkeit gegen Starrheit und Vereisung? Ebenso könnte ich für immer schlafen, meine Sinne dauerhaft mit Alkohol betäuben, in ein Koma fallen oder mich gleich suizidieren. Ja, mich gleich zu Tode bringen. Das ist der einzig wahrhaftige Vergleich. Auch dann bekomme ich von des Lebens Freuden nichts mehr mit.

Ich möchte nicht im dunklen Rahmen denken. Ich will den Moment leben. Genau diesen Moment, mit all seiner Pracht und jedem Schein. Das ist meine Bühne. Das ist mein Schauspiel.

Ich bin die Hauptdarstellerin in meinem Stück. Ich bin Elena von Rathau. Nichts sonst. Nur wenn man sich selbst treu ist, hat das Dasein einen Sinn. Mein Liebster verstand das nicht mehr. Armer, verwirrter Geist. Ich sehe einen Baum, einen Strauch einen Stein. Mögen sie auch Illusion sein, für mich sind sie völlig real. Die Sinne existieren nun einmal, ich kann mich schwerlich gegen sie erwehren, ohne zu leiden. Und wenn Leid meine Kostprobe von der Unendlichkeit sein soll, möchte ich darauf verzichten.

Nur ein Mensch. Ich wollte nie mehr sein. Wir hatten doch alles. Diese Welt gehörte doch uns. Materielle Sorgen waren uns fremd, für den Rest existierte unsere Liebe. Wozu nach etwas Höherem streben, wenn das Vorhandene mich voll ausfüllte?

Wenn ich in ein Theater gehe, weiß ich sehr wohl, dass auf der Bühne Schauspieler stehen, die Kostüme tragen und einen Text aufsagen. Das Bühnenbild ist nicht echt, das Licht ist falsch und doch möchte ich die Inszenierung genießen und nicht hinter die Kulissen blicken. Die Kulisse ist das Leben, das dahinter verdirbt es nur.

Das erste Mal liebten wir uns an einem See. Nüchtern betrachtet, waren wir nur zwei kopulierende Tiere an einer grünen Fläche mit Wasser in der Nähe. Das ist die eine Seite der Realität. Die des verwirrten Verstandes. Doch das Gefühl macht den Unterschied. Und in der Wahrheit des Spürens war es ein unvergesslicher Moment. Wir hatten ihn geschaffen. Das war keine Täuschung. Nein, Gottfried irrte sich. Er hatte verlernt, auf sein Gefühl zu hören und drohte nun den Verstand zu verlieren. Es kommt nur darauf an, die Welt da draußen durch den Blick des Herzens zu sehen, dann ist sie wunderschön und wirklich. Mein Liebster sah Illusionen, doch es war der Zauber des Lebens, den er nicht mehr verstand.

Ich nahm seine Einwände und Ausführungen zur Kenntnis. Ruhe, Ausgeglichenheit, ein Überlegenheitsgefühl. Bis auf das teuflische Einfrieren der Zeit, gab es nichts, was nicht auch außerhalb zu finden war. Gottfried sprach davon, dass Herz und Verstand eins wären. Wenn er aber redete, konnte ich aus ihm nur den kühlen Intellekt hören. Intellekt? Wirklich? Nein, ich hörte lediglich einen wahnwitzigen Geist, er rational erschien, aber vom Bösen gezeichnet und manipuliert wurde. Wir hatten doch das Höchste erreicht. Was zählt mehr als eine tiefe und innere Liebe?

Gottfrieds Wahn wurde mit jedem Tag größer. Er bedrängte mich förmlich, mit ihm dort hinein zu gehen. Einmal folgte ich, doch es blieb ein lichtloser, kleiner Raum, der mich verängstigte und den ich hasste. Schnell verließ ich ihn wieder. Ich sah, wie dieses Zimmer ihn veränderte. Schrecklicher Spuk. Die Gedanken springen wirr vor Verzweiflung. Hin und her.

Weder bei den Ämtern, den Behörden, noch bei den Legendenerzählern ließ sich irgendetwas über das Anwesen und ganz speziell dieses eine Zimmer in Erfahrung bringen. Ein ganz gewöhnliches altes Haus, nicht mehr, nicht weniger.

Gottfried hatte mir ganz am Anfang unserer Liebe die Augen für die Wirklichkeit geöffnet. Nun war es an mir, ihm die Augen zu öffnen. Er unterlag einer Täuschung. Mephisto wurde beschworen, um Faustus das Leben zu erleichtern. Diese Teufelei aber will Gottfrieds Leben auf seine Weise beenden.

Nachdenken. Fiebern und immer das gleiche Ergebnis: Wie konnte ein enger, kleiner und dunkler Raum nur mehr Freiheit versprechen als das riesige Erdenrund?

Ich konnte es nicht begreifen. Jeder Tag wurde auf das Neue zur Qual. Natürlich liebten wir uns noch immer, aber der schwarze Schatten wurde größer und größer. Gottfried schwärmte von den Vorzügen, während ich immer wieder versuchte, seine Augen für die Schönheit unserer Welt zu öffnen.

Ich probierte es. Versuchte zu empfinden, was er empfand, aber ich sah nur Dunkelheit und fühlte mich der Sinne beraubt. Ich wollte ihm nicht mehr zuhören, wollte ihn nur bei mir haben. Hier ging es uns doch gut. Was fehlte ihm nur? Alles war doch wunderbar. Was kann ein Mensch mehr anstreben als eine glückliche Liebe? Diese Einflüsterungen trieben Gottfried in den Wahnsinn. Er bildete sich ein, die Erfüllung seiner Gedanken in diesem Zimmer bekommen zu können. Was nur tun?

Ich wusste nur, dass mein Glück mit ihm vollkommen war und ich es nicht und niemals riskieren wollte. Stark musste ich sein. Für uns und unsere Liebe. Mit all meiner Kraft wollte ich versuchen, meinen Liebsten von dieser Wahnvorstellung zu heilen. Immer wieder schwärmte ich ihm davon vor, welche Attraktionen uns in den Vierteln erwarteten, oder davon, was in der Oper lief. So wie er jedes Gespräch auf den Raum lenken wollte, so versuchte ich es auf unsere geplanten Reisen, unsere Zukunft mit Kindern und unser gemeinsames Altern zu lenken.

Manches Mal ging Gottfried auf meine Gedanken ein. In diesen Momenten schien er seine Ideen und Vorstellungen vergessen zu können. Da war er wieder ganz mein Liebster. Natürlich kam ich ihm dann auch mit seinen Themen entgegen. Es mochte ja alles in der Theorie so sein, aber daran sollte doch nicht unser gemeinsames Leben scheitern.

Sinnlose Gespräche. Die Tage vergingen. Zärtlichkeit und Anspannung. Immer wieder dasselbe Thema. Im Kreise drehend. Bis zur Übelkeit. Ich sollte in den Raum kommen. Ihn erleben. Mich an die Wahrheit herantasten.

Eine unerträgliche Situation und niemand da, der sie für mich löste. Daher musste eine Entscheidung fallen. Für was? Für die Liebe. Immer für die Liebe.

So schwer es fallen mochte. Liebe bedeutet doch auch, Opfer zu bringen. Oder nicht? Etwas tun, um des Gefühls Willen, oder? Diese ganzen Emotionen. Doch plötzlich auch Klarheit. Einklang von Geist und Gefühl. Ganz so, wie mein Liebster es sich wünschte. Ja, nun verstand ich, welcher Weg der richtige war und es lag an mir, die Stärke und Kraft aufzubringen, um ihn zu gehen. Ein Prozess. Eine Entwicklung fand ihren Abschluss. Innere Erkenntnisse. Einsicht. Das Herz wies den Weg. Opfer bringen. Entscheiden. Opfer bringen. Ja, Opfer bringen. Was sonst? Ein Opfer bringen. Für uns. Es galt zu planen. Es galt zu handeln.

56. Gottfried

Diese Ruhe und innere Einkehr konnte und wollte ich nicht mehr missen. Klarheit. Kaum mehr Gedanken. Freiheit. Unabhängigkeit von jenen Dingen, die uns banden. Ewig leben. Ich bin unendlich. Aus mir entstehen Welten. Ich bin Alles. Möchte ich zu den Sternen reisen, so reise ich. Möchte ich das Licht der Sonne sein, so bin ich das Licht der Sonne. Ich bin allmächtig, alles was vorstellbar ist. Der Tau am Morgen, der Stein am Wegesrand. Ich bin jede Idee, jedes Gefühl. Die Krankheit und das dazugehörige Heilmittel. Das Leben und Sterben. Ich bin die Zeit, der Raum. Das Schwere und das Leichte. Nichts ist größer, nichts kleiner.

Nein, so war es noch nicht. Aber so konnte es sein. Das spürte ich. Noch hingen meine Gedanken zu sehr an dem schlechten Theaterstück, das auf der Bühne aufgeführt wird, die sie Leben nennen. Eine nahezu ebenso starke Kraft, wie sie mein Paradies hatte, hielt mich dort: die Liebe zu einer Frau.

Zwischen diesen beiden Kräften war ich ein Niemand, nur personifizierte Schwäche. Ein Boot, das in stürmischen Gewässer trieb und das kein

Steuermann mehr manövrieren konnte. Doch ein derartiger Zustand entsprach nicht meinem Wesen. Ich handelte, wie ich es musste. Beide Urgewalten mussten zueinanderfinden, sich binden und so die Vollkommenheit schaffen. Es gab keine andere Lösung. Keinen Kompromiss. Alles andere wäre verachtenswerte Halbheit und ohne Wert. Zusammen in den Raum. Die Türen schließen und gemeinsam in die Vollkommenheit eintauchen. Keine Gedanken mehr, weil alles gelöst und entschieden wäre. Endgültig verschmolzen sein. Den Menschen überwinden. Was kann es Größeres geben als die totale Veredelung? Träumt der Mensch nicht immer vom Garten Eden? Vom Paradiese? Warum fürchtet er sich dann, wenn er vor der Türe steht?

Warum fürchtest du dich, Elena? Warum nur?

Tag für Tag und Woche für Woche kehrte ich in die Welt der Kreaturen zurück und versuchte, meine Liebste von den Vorzügen des Wunders zu überzeugen. Ein wenig hatte ich den Eindruck, als würde sich meine Liebste langsam öffnen und daher dachte ich daran, ihr meine endgültigen Pläne zu enthüllen.

Lichter in der Dunkelheit

Sah zwei Lichter in der Dunkelheit,
unendlich schön, unendlich weit.
Wollt sie ergreifen mit der meinen Hand,
ohn rechten Sinn, ohne Verstand.

Was wohl des Lichtes Ursprung war?
Gold, Silber oder Diamanten gar?
Die Enttäuschung, die war riesengroß,
die Lichter: kein Gold, kein Geld – zwei Augen bloß.

Traurig ich in die Augen sah.
weiß bis heute nicht, was da geschah,
vergaß mich, vergaß die Zeit.
Jetzt sind es vier Augen in der Ewigkeit.

Vier Augen. Augen in der Finsternis? Augen in der
Ewigkeit.

57. Elena

Ich gestehe, dass ich einen Moment lang zweifelte. War unsere Liebe vielleicht nur eine süße Lüge? Sollte sie nicht alles sein, was zählte? Verbrachte er nicht mehr Zeit mit dem teuflischen Nebenbuhler als mit mir? War es nicht Betrug, was er tat? Sein Leben sollte sich um mich drehen. Nur um mich. Mein Liebster, nichts als ein mieser Verräter? Warum verschwieg er es mir solange?

Doch es war nur ein kurzer Hauch des Zweifelns, denn ich wusste nur zu gut, dass es dieser Raum war, der zunehmend seinen Geist verwirrte und keinesfalls fehlende Liebe. Eine Krankheit. Eine dieser Viren, die man vor ein paar Jahren gefunden hatte. Der Wahn musste enden. Das war alles, woran ich dachte.

Mit Gottfried war nicht mehr zu reden. Jeden Reiz, den ich in ihm im Reich der Lebenden offerierte, ignorierte er und redete ihn klein. Nicht einmal meine Körperlichkeit, die ihm stets so viel Lust bereitet hatte, schien ihn mehr zu begeistern. Die Körper blieben kalt, auch wenn sie sich vereinten. Ich spürte, dass es so war. Weiblicher Instinkt. Vorspielen von Normalität, obwohl die Gedanken an anderer Stelle weilten. Der Einfluss dieses Höllentors musste beendet werden. Es würde ihn sonst vernichten.

Mein Liebster war mein Leben und ich würde um ihn kämpfen bis zum bitteren Ende. All die Zeit hatte mich Gottfried mit seiner Stärke getragen. Nun war es vonnöten, ihm dieses zu vergelten. Vertrauen zurückzugeben. All die Schlachten für unsere Liebe hatten ihn scheinbar ermattet und anfällig gemacht für die bösartigen Einflüsterungen der teuflischen Macht. Ja, so war es wohl, denn nicht umsonst berichtete er davon, dass er den Raum lange Zeit nur für weltliche Zwecke nutzte und erst spät langsam aber sicher in den Irrsinn glitt.

Damit war der Beweis erbracht, dass der Wahnwitz erst in jüngster Zeit einsetzte, denn es gab keinen Grund, an seinen Aussagen zu zweifeln. Klarheit nannte er das, aber ähnlich würde wohl auch ein Säufer den alkoholisierten Zustand bezeichnen. Es musste meine Schuld sein. Zu sehr hatte ich mich ausschließlich auf seine Stärke verlassen, ohne zu merken, wie sehr er unter der Last litt.

Du hast alles für uns getragen, Gottfried. Alleine. Während ich wütend und verzweifelt tobte, hieltest du mich. Ich hätte stärker sein müssen, doch ich dachte, du wärst ein unumstößlicher Fels im Sturm des Schicksals. Der warst und bist du auch, doch auch du spürtest die Erschöpfung. Ob ich Ärzte kontaktieren sollte? Nein, das würde ihm nicht gefallen und ich wollte das Vertrauen zwischen uns nicht zerstören.

Nach einigen Wochen zähen Ringes ergab er sich schließlich der unheilvollen Macht. So profan der Satz, so schlimm mein Scheitern.

Er kam zu mir. Mein Gefühl bereitete mich bereits auf das Schlimmste vor. In den teuflischen Raum gehen. Zusammen. Die Türe schließen. Dort bleiben. Für immer. Den Menschen überwinden. Göttlich werden. Schlichter Wahnsinn. Verzweiflung kam auf. Enttäuschung. Der Irrsinn redete aus ihm.

Endlose Liebe? Mit wirrem Blick und glänzenden Augen schwärmte er von der Kälte und Dunkelheit. Von ewigem Glück, das wir dort finden würden. Von der Unendlichkeit. Meine Welt brach zusammen. Hatte ich mich verhört? Er verlangte, dass ich die Lebendigkeit aufgab und unser Grab betrat? Hineingehen und sich dort unendlich lieben. So, wie wir es einst getan hatten. Mir wurde inzwischen übel, wenn ich daran dachte und wie schnell ich in diesem teuflischen Käfig hätte gefangen sein können. Eine Ewigkeit im Dunkeln? Nicht gleich, wie er mir berichtete, aber als Ziel. Was dachte er nur? Nie mehr wollte ich dieses Teufelsloch betreten. Wie konnte er nur annehmen, dass ich dort auch nur einen Hauch von Ruhe finden konnte. Verblendung. Schwachsinn. Warum verlor ich diesen Kampf? Weshalb nur?

Hatten wir nicht alles? Was verlangte er? Alles stürzte in die Verzweiflung. Erst wollte ich ihn anschreien, aber ich konnte nicht. Nicht seine Schuld. Also vereiste ich nach außen. Es kostete mich viel Kraft und Überwindung, aber es gelang. Ein Schauspiel bieten. Sich die elende Not im Inneren nicht anmerken lassen. Stark sein. Für beide. Zurückgeben, was er mir gegeben hatte. Ich zwang mich dazu, jede Emotion zu unterdrücken und eine Rolle zu spielen. Widernatürlich, aber notwendig.

Diese Krankheit! Dieses Gift! So sehr hatte er sich verrannt! Meine Ruhe überraschte mich. Auch, dass ich der Versuchung widerstand, mich meinem Schmerz und der Wut hinzugeben. Wurde ich nicht zu dieser Art der Disziplin erzogen? Also hatte die Qual am Ende doch etwas Gutes? Welch Ironie! Es spielte keine Rolle. Kämpfen, Elena! An seinen

Verstand appellieren. Dort musste er noch erreichbar sein. Musste es einfach. Es ist nur eine weitere Prüfung. Für mich. Für dich. Für uns. Nicht mehr.

Ich erinnerte ihn dann an die Schwierigkeiten unserer Liebe, an unserem Kinderwunsch, der so unerfüllt bleiben würde, und an den Zauber, zusammen alt zu werden und immer neue Facetten des Lebens wahrnehmen zu können. Gemeinsam die vielen Dinge auf der Welt sehen. Heranwachsende Kinder und deren Kinder. Das erste graue Haar. Der Frühling in seiner Pracht, der Sommer in der Blüte, das herbstliche Vergehen und das Erstarren im Winter. Sonne. Licht. Wärme. Auf all das verzichten, heißt, auf das Leben verzichten. Warum verstand er das nicht?

Oder hatte er doch recht? War alles nur Schein, auf den man verzichten sollte, um die Kräfte dahinter intensiver spüren zu können?

Kopfschmerzen. Rasender Puls. Pochendes und stechendes Herz. Nachdenken, ohne dass es zielführend war. Immer wieder. Der Verstand ist meine Waffe nicht. Die Reinheit und Erfüllung ist in der Liebe zu finden. Das ist meine Wahrheit. Wird sie größer, wenn das Essen schmackhaft und das

Wetter gut ist? Nein, sie ist doch immer da. Oder nicht? Ein schöner Moment schafft die Liebe doch nicht erst. Sie existiert bereits. Dieser Augenblick hilft mir aber, sie noch intensiver zu fühlen. Betrachtet man es auf diese Art und Weise, wäre die Welt wirklich nur Schein, die das Innere ins Äußere spiegelt und es damit vielleicht erst schafft. Kompliziertes Gedankengut. Mag sein. Mag sein. Mag so sehr sein. Vielleicht nicht falsch, aber so kalt. So dominiert vom Verstand.

Nein, Elena, versuche weiter, nur zu denken und dich nicht von den Gefühlen ablenken zu lassen. Wenn die Liebe ewiglich ist, dann wäre sie es doch auch in dem dunklen Raum. Wäre sie dann nicht bar jeglicher Ablenkung und damit viel reiner und klarer?

Noch mehr Kopfschmerzen. Brutales Hämmern, als wäre mein Hirn ein Amboss, auf dem gerade das Eisen geschlagen würde. Seine kruden Argumente. Diese brutale Logik. Genoss ich nicht unseren Liebesakt in dem schwarzen Zimmer? Diesen Einwand nannte er mehrmalig. Unersättliche Elena. Ich wollte kein Ende. Ewig hätte es so bleiben können. Verlangen. Lust. Er unterbrach es. Ich wollte nicht aufhören. Weitermachen. Immer weiter. Bis in die Unendlichkeit. Kann etwas böse sein, das derartige Gefühle befördert? Nein.

Doch. Warum höre ich auf den Verstand? Es ist ein Schönreden wider dem Spüren und der Ahnung. Der Raum manipuliert uns. Auch meinen Kopf versucht der Dämon zu verwirren. So ist es doch? Oder nicht? Bin ich vielleicht nur ein Feigling, der zwar die Freiheit erringen wollte, aber nun auf dem halben Weg stehen bleibt? Korrumpiert vom Scheine? Von unwichtigen Dingen? Das Herz rast. Ist mein Kopf gerade zersprungen? Halt. Es dreht sich alles im Kreise.

Eine Entscheidung. Jetzt – und an dieser würde ich festhalten. Sie ist gefallen. Fertig. Unumstößlich. Am Ende, wusste ich, was ich zu tun hatte. Gottfried war meine große, meine einzige Liebe. Wie war das mit dem Bringen eines Opfers. Ja, Opfer bringen. Für die Liebe. Nur für die Liebe.

Erneut sprachen wir über sein Verlangen, das ihn stetig weiter umtrieben. Seinen Wunsch nach ewiger Liebe in dunklen Sphären. Hineingehen und die Welt aus Eis zurücklassen.

Ich sagte ihm, dass ich alles für ihn tun würde. All das, was für unsere Liebe das Beste war. Dafür benötigte ich keinen schwarzen Raum, nur ein wenig

Zeit zur Vorbereitung.

Bald sollte es soweit sein. Leinen lösen. Alles kappen. Die Entscheidung fiel mir nicht leicht. Ich bat ihn, noch ein einziges Mal mit mir hinaus in die Welt zu gehen. Ein letzter Ball. Ein letztes Hurra. Das musste er doch verstehen. Wenn schon ein Abschied für immer bevorstand, dann möchte ich in diesen tanzen. Tanzen und wieder tanzen. Drehen, bis mir schwindlig wurde und ich die Übelkeit und den Schmerz in Kopf und Herzen vergessen konnte. Immer wieder.

Zögernd zeigte Gottfried sich einverstanden, denn er hatte mit einer langen Vorbereitungszeit gerechnet. Wahrscheinlich spürte er, dass meine Antwort auf Liebe, nicht aber auf Überzeugung basierte.

Nur noch wenige Tage. Noch einmal durch die Straßen und Gassen. Dem Vertrauten entsagen. Dem Liebgewonnenen. Alles verändern. Ja, Liebe bringt viele Opfer. Ein Satz, den ich unzählige Male wiederholte und trotzdem zu hassen begann.

Ja, es ist an der Zeit, etwas zurückzugeben. Für deine Stärke. Deinen Mut und deine Kraft. Verlasse dich auf mich. Ich bin da. Ich bin ebenfalls stark. Für uns und unsere Liebe. Gibt es einen größeren Beweis der Liebe einer Frau, als ihm in dunkelster Stunde beizustehen und die Initiative zu ergreifen?

58. Gottfried

Am Ende stand ein Sieg. Elena willigte ein, die Welt des Scheins zu verlassen und sich der wahren Liebe zuzuwenden. Keine Ablenkungen. Kein Altern. Keine Krankheit. Keine Sorgen. Das Glück für ewig konserviert. Was konnte größer sein? Kein rationales Argument und kein falsches Sicherheitsgefühl kamen dagegen an.

All ihre kleinen Wünsche und Hoffnungen verblassten neben dieser großartigen Aussicht. Ihr Kinderwunsch gab mir einen Moment zu denken. Da war ich wieder ganz der schwache Mensch. Aber dann spürte ich erneut das Rufen der Unendlichkeit.

Oh, Elena. Dort drinnen wirst du fühlen, dass dir alle Kinder des Erdenrundes entspringen. Du könntest alles, doch du wirst es nicht mehr wollen, weil du das perfekte Glück gefunden hast. Das Streben nach mehr und mehr wird für uns ein Ende finden. Die menschliche Rastlosigkeit … zu Grabe getragen.

Wir werden in den Raum hineingehen, die Türe schließen und uns der Dunkelheit hingeben. Sie wird uns ins Lichte führen. In die unendliche Zufriedenheit. Nie mehr werden wir diesen Raum verlassen, denn er ist kein Zimmer, sondern schöpft aus der Unendlichkeit.

Sie berichtete mir von den Ängsten, die sie hatte. Auch ich kannte die Fratzen und Dämonen gut, doch ich erinnerte sie daran, wie wir uns einst in jenem Raum liebten und es ohne meine Intervention niemals geendet hätte. Und entsprach es nicht der Wahrheit, dass sie bereits diese Momente genoss? Doch ich unterbrach den Akt, denn sollte es nicht ihre freie Entscheidung sein und kein unmündiges Hinübergleiten? Kein Zwang. Ein bewusstes Wählen.

Meine Liebste entschied sich dafür, mir ein letztes Mal ihr Vertrauen zu schenken. Ihrer inneren Kämpfe war ich mir dabei stets bewusst. Das will ich nicht leugnen. Es hielt sie viel in der Realität des Scheins: Materielles, die Gesellschaft, Anerkennung, die eigene Selbstbetrachtung. Doch es gelang mir, ihr darzulegen, dass das Äußere nur das Innere spiegelte, denn wenn ein Mensch in sich keine Zufriedenheit findet, so wird er es auch in der vorgegaukelten Realität nicht finden können.

Es ist doch so einfach zu erklären: Bin ich verliebt, so finde ich auch im Regen etwas Herrliches. Trägt das Herz Trauer, so ändert daran kein

Sonnentag etwas. Ist das nicht der Beweis, dass alles, was der Mensch wahrnimmt, letztlich irrelevante Täuschung darstellt und keinerlei Einfluss auf das persönliche Glück haben kann? Warum dann nicht auf den Schein verzichten und sich ganz auf das ›Wir‹ konzentrieren? Genau diese Möglichkeit wurde uns geboten. Unendliches Glück ohne Leiden. Ohne Furcht. Ohne Tod und Vergehen. Ein Geschenk, das es anzunehmen galt. Eine Logik, der sich niemand entziehen kann. Auch Elena nicht. Sie teilte mir ihr Einverständnis mit. Es war nicht nötig, es auszusprechen, aber unsereins war sich natürlich vollkommen bewusst, dass einzig das Vertrauen in meine Person den Ausschlag gab. Ihr Entschluss gründete auf Liebe. Nicht auf Einsicht. Meine Liebste legte ihr Schicksal erneut in meine Hände.

Ich war vollen Glückes, ob der guten Nachricht. Einzig die Geschwindigkeit irritierte mich. Gerade noch leistete sie erbitterten Widerstand, nun sollte es schnell gehen. Doch so war sie. In dem Moment, in dem das Gefühl einer Sache die Tore öffnete, gab es für Elena keinen Grund mehr, zu zögern.

Wie damals hinter dem Strauch am See. Es dauerte. Schwanken. Am Ende heftige Explosion. Wir lagen uns in den Armen. Keine Zeit zum

Grübeln. Keine zum Nachdenken. Gleiches Verhalten, derselben wunderbaren Dame. Meiner Dame.

Ich gestehe aber, dass es mich trotzdem unbehaglich stimmte, weil ihr Antrieb augenscheinlich die Liebe war – und nicht die Überzeugung. Das zu übersehen, wäre töricht gewesen. Doch es sollte unsereins nicht stören, denn selten waren sich bei mir Verstand und Instinkt einiger: Die Liebe ist als Grundlage immer genug. Das sahen wir beide auf gleiche Art und Weise.

Nicht untypisch für ihr Wesen, war auch ihr Wunsch, noch einmal Abschied von der Scheinwelt zu nehmen. Ein Ball sollte es sein. Natürlich ging es nicht um schnöden Tanz. Sie mochte vielmehr schon immer eine gewisse Form der Symbolik. Sie zieht sich durch ihr Leben und begann wohl irgendwann bei einer Puppe bis hin zur Tante als Sinnbild alles Schlechten. Und nun ein Ball als Wendepunkt zum Guten. Symbole und Metaphern für ein ganzes Leben. Warum das Menschsein nicht mit einem derartigen Schlusspunkt enden lassen? Ich hatte dafür Verständnis. Ein letzter Tanz. Noch eine Nacht in der Gefangenschaft und dann wartete die göttliche Freiheit.

59. Elena

Der Abend des Endes. Eingeleitet die große Veränderung. Sorgsam kleidete ich mich an. Das blaue Kleid. Herrlich die Figur betonend und bereits mit so vielen neidischen und bewundernden Blicken bedacht. Edelster Schmuck. Das Gesicht ansehnlich geschminkt. Alles abgerundet durch großartige Schuhe. Die Puppe ward zurechtgemacht und bereit für ihren letzten Tanz im alten Leben.

Gut sah mein Liebster aus, trotz der Anspannung in seinem Gesicht. Der feine Anzug stand ihm. Das wunderte auch nicht, hatte ich ihn doch herausgesucht. Ein wahrlich prächtiger Mann. Wir schwiegen, als man uns in der geschlossenen Kutsche zu unserem letzten Ball brachte. Beiden fehlten wohl die Worte.

Dort angekommen kümmerte ich mich, zum ersten Mal seit Langem, nicht um die Etikette, sondern bewegte mich fast unmittelbar zur Tanzfläche. Musik. Wir tanzten. Runde um Runde. Immer im Kreise. Schwindel. Vielleicht ein Glas Champagner? Nein, das Drehen nicht unterbrechen. Das Leben spüren. Fühlen, wofür man kämpft.

All die Menschen um uns herum. Nur

verschwommene Gesichter. Nur Schatten, die heute keine Rolle spielten. Tanzen. Tanzen. Tanzen. Auf die Musik hören. Ausgelassen sein. Doch ein Glas. Und noch eines. Rauschend, wie das Leben sein konnte. Drehen, kreisen, tanzen. Jemand spricht mich an. Ich wiegele ab. Heute keine Gespräche mehr. Dort. Lachende Menschen. Ein scheuer Jüngling, der den Frauen nachsah und vermutlich noch nie eine berührt hatte. Kichern. Fluchen. Die Rosen im Garten. Der wunderbare Brunnen. Ausgelassenheit. Das Klirren der Gläser. Die Musik. Einfach nur das Leben. Die Zeit verging und der Ball kam zu einem Ende. Die Letzten verließen den Ball. Wir waren die Letzten.

Zurück in der Kutsche. Man sollte die Lederbezüge erneuern lassen. Hatte ich je zuvor bemerkt, dass sie eine grässliche Farbe hatte? Anspannung. Schweigsamkeit. Ich hatte richtig gehandelt. Keine Kompromisse.

Eine Entscheidung. Meine Entscheidung. Die Kutsche fuhr die Straßen entlang. Dort das alte Postgebäude. Der kleine Stadtpark. Ein wenig weiter der neue Bahnhof. Die Technik hatte hier ebenso Einzug gehalten wie am Straßenrand, an dem nun erste elektrische Laternen standen. Das war mir bislang nicht einmal aufgefallen. Stetig gab es weitere Wunder zu entdecken.

Es waren nur noch wenige Hundert Meter. Klarer Himmel. Der Mond strahlte freundlich und die Sterne tanzten ebenso wie ich, noch wenige Momente zuvor. Dort die Zufahrt zu unserem Anwesen. Gleich war es soweit. Das Schicksal würde eine Wendung finden.

Plötzlich ein hektisches Klopfen. Irritation. Wohl der Kutscher. Ich reagierte nicht. Gottfried aber sah hinaus und das Entsetzen stand ihm ins Gesicht geschrieben: Die Villa und damit der verdammte schwarze Raum brannte lichterloh. Verwirrt und mit unbeschreiblichem Blick sah er mich an, doch ich sagte nichts. Gar nichts, sondern fühlte nur eine innere Befriedigung.

Es war nicht sonderlich schwierig gewesen, einen Dunkelmann zu finden, der sich als geschickter Brandstifter betätigte. Eine zwielichtige Gestalt beauftragen und ihn so reich belohnen, dass er ausgesorgt hatte? Bitte, ich hatte bei der Kreuz Dame keine Skrupel und an dieser Stelle erst recht nicht. In der Liebe war alles erlaubt.

Es war schade um die vielen alten Stücke und

meine komplette Garderobe, aber unser Leben erschien mir wertvoller als alles andere. Sammlungen, Garderoben, Verwandte, Titel; alles ersetzbar. Nur Gottfried nicht. Ein Opfer für die Liebe. Ein großer Beweis meiner Treue.

Es galt, meinen Liebsten zu retten und dafür tat ich alles. Alles. Ich musste so handeln, um ihn von dem Wahnsinn zu erlösen. Die Wahrheit? Nie soll er von ihr erfahren. Dem Feuer wird die Verzweiflung folgen. Ich werde da sein und ihn halten, bis der böse Bann nur noch eine verblassende Erinnerung ist.

Die Kutsche hielt vor dem Eingangstor zu unserem Grundstück und damit im sicheren Abstand zur brennenden Gefahr. Die Flammen erleuchteten den Himmel und die Hitze war bis hierher zu spüren. Ein gutes Gefühl, auch wenn ich es nicht zeigen durfte. So erwärmt mein Herz, so vereist meine Miene und damit mein Schauspiel nach außen. Später würde ich ihn trösten müssen. Darauf musste ich mich vorbereiten.

Im Grunde genommen wunderte ich mich, dass der Brand noch nicht weiter fortgeschritten war. Man versicherte meinem Mittelsmann, dass es bei günstigen Winden schneller gehen würde. Tat es aber nicht. Doch vielleicht meinte es das Schicksal ähnlich gut mit mir wie einst, als die alte Hexe gedemütigt wurde? Auch damals sollte ich das nicht miterleben. Aber es geschah und ich bin froh darum. Es spielte keine Rolle. Dort ging der letzte tödliche Feind im Rauche auf. Direkt vor meinen Augen.

Nein, hier drohte uns keine Gefahr mehr. Erleichterung. In der Unendlichkeit brannten die Kerzen nicht ab. Der Rest des Anwesens schon. Wie schön so ein Feuer doch sein konnte.

60. Gottfried

Entsetzt sah ich Elena an, dann das Feuer. Immer wieder Elena, das Feuer. Schneller und schneller. Was nur war geschehen? Was? Wie? Bei allen Göttern. Was nur? Es konnte nicht alles verloren sein. Durfte nicht. Durfte einfach nicht. Nein. Nein. Nein. Elena sagte nichts. Auch sie schien geschockt. Egal. Was war nur geschehen? Es brannte vollkommen. Meine Gedanken waren nur bei dem Raum. Bei meinem Paradies, meinem Wunder. Es durfte einfach nicht sein. Nein. Nein. Nein. Alles zerrann. Nein. Nein. Es durfte nicht sein. Nein. Feuer. Überall Feuer.

Tief im Inneren wusste ich, was ich zu tun hatte. Für mich war es bereits zu spät. Ich konnte nicht mehr zurück. Nicht mehr zurück. Noch war nichts verloren. Das Schicksal forderte unsere Liebe heraus. Ein letztes Mal. Noch wütete das Feuer nicht unkontrolliert.

Ich nahm Elenas Hand und sah in ihre Augen. Es würde die letzte Bewährungsprobe für unsere Liebe sein. Sie musste mir nur noch einmal vertrauen. Nur noch dieses eine Mal. Nie hatte ich sie enttäuscht. Ich verdiente mir ihr Vertrauen und stand nun davor, ihr das Paradies zu schenken. Vielleicht ein Wink des Schicksal? Um alles noch leichter zu machen? Ich spürte wie die Sekunden zerrannen und lächelte, während ich ihre Hand nahm. Hoffte, beruhigend zu wirken. Nichts hatte sich geändert. Es war an der Zeit und was anschließend mit dieser Welt geschah, musste uns nicht interessieren.

Ich bedeutete ihr, mit mir zu kommen. Doch sie sah mich nur voller Entsetzen an und zog ihre Hand zurück. Mein Herz zerbrach und im Hintergrund hörte ich sie noch schreien, als ich auf das Anwesen zustürmte.

Folge mir doch. So folge mir. Komm, meine Liebste. Doch hinter mir war niemand. Enttäuschung. Nein, ich konnte nicht zurück in diesen Kerker. Ich musste in das Zimmer. Ich musste. Irgendetwas in mir wollte kein Gefangener mehr sein. Nie mehr im Dunkeln wandeln. Diese Kraft, nach der es mich verlangte, war stark, stärker als der Schein des Lebens selbst.

Alles stand in Flammen. Wärme. Angst vor dem Zuspätkommen. Im unteren Stockwerk verbrannten meine Kunstwerke. Doch sie interessierten mich nicht mehr. Ich fühlte auch keine Hitze. Weder sie noch die Gase konnten mir etwas anhaben. Meine Entscheidung würde endgültig sein, das wusste ich. Aber ich musste sie so treffen. Ich rannte nach oben. Das Feuer wütete überall. Die Macht des Zimmers musste verhindert haben, dass nicht schon längst alles in sich zerfallen war. Ja, es wartete auf uns. Auf mich. Keine Zeit für Gedanken. Das obere Stockwerk. Dort war das Wunder. Hinein, nur hinein. Wo ist sie nur? Die Tür, ich lasse sie noch offen. Elena? Wo bliebst du nur? Zu spät. Der Rauch, keine Zeit mehr. Geschlossen.

Ich hatte es geschafft. Geschafft. Die Ruhe kehrte wieder ein. Ich bin die Unendlichkeit. Es war ein Triumph ohnegleichen. Die Wächter der Scheinwelt wollten mich von der Wahrheit abhalten. Ich aber war stärker als all ihre Macht, größer als das Feuer. Keine Hitze. Keine Flamme drang weiter vor. Ich spürte die Freiheit. Der Schein verschwand. Es gab kein Draußen mehr, alles war hier drinnen. Nun fühlte ich es mehr als zuvor. Erst jetzt erkannte ich den vollen Umfang der Wahrheit. Es war meine einzige Möglichkeit. Ich tastete nach der Tür. Verschwunden. Wozu brauchte ich sie noch? Wenn ich es möchte, erschaffe ich tausende Türen und tausende Leben. Doch warum mich erneut einsperren? Ich bin frei. Ich bin unendlich. Ich bin alles.

61. Elena

Eben noch des Sieges sicher. Das Anwesen brannte. Alles ging so schnell. Gottfried ergriff meine Hand. Dieser wirre Blick. Es war Wahnsinn. Er musste nichts sagen, denn ich wusste, was er vorhatte. Irrsinn. Nein. Nein. Wir sollten uns in den Tod stürzen oder noch schlimmer, wenn wir es schafften, für immer in der Dunkelheit leben. Ich war wie erstarrt. Wie konnte er das von mir verlangen? Kein Wort brachte ich heraus. Genügte ich ihm nicht? War das Leben mit mir keine Erfüllung?

Warum hast du unsere Liebe verraten, Gottfried? Alles Schein. Alles Lüge. Liebe ist nur Lüge. Ich zog meine Hand zurück. Er sah mich kurz an und lächelte. Ein wahnwitziges Lächeln, dann rannte er aus der Kutsche in das brennende Haus. Ich schrie ihm nach, doch er hörte mich nicht. Mein Herz zersprang.

Warum nur, warum? Warum blieb er nicht bei mir, warum? Warum nur? Warum war der Brand nicht längst fortgeschritten? Es musste diese bösartige Magie sein, welche die Flammen zügelte. Mein Liebster. Es war dieser Wahn. Dieser schreckliche und grausame Albtraum. Dabei wollte ich ihn erretten. Trümmer einer Existenz.

Ja, ich brachte ihn um. Trieb ihn hinein. Ich bin seine Mörderin. Ich sah ihn nicht mehr. Starre. Blicke. Irgendwann brannte alles lichterloh. Dann kamen Menschen. Woher? Wer? All das interessierte mich nicht mehr. Vollkommener Zusammenbruch. Scheiterhaufen. Vernichtet. Zerstört. Tod. Ich wollte doch nur unsere Liebe retten. Dieser Teufelsraum musste verschwinden. Er oder ich. Ich teile nicht. Er trieb einen Keil zwischen uns. Ja, ich hasste ihn. Ich hasste ihn abgrundtief. Er wollte mir Gottfried wegnehmen. Doch das konnte ich nicht zulassen. Wir sollten doch ein glückliches Leben haben.

Verdammt sei die Unendlichkeit! Kinder haben und zusammen alt und grau werden, das ist wahres Glück. Ich wollte ihn doch nur zurückholen. Verzweifelt sah ich keinen anderen Ausweg. Was sonst hätte ich tun sollen? Was sonst? Der Keil musste vernichtet werden. Er musste brennen. Immer wieder dieselben Momente.

Immer wieder muss ich sie durchleben. So halte doch ein, Liebster. Bleib bei mir. Überall Flammen. Überall Feuer. Ich wollte ihn halten, doch da war er schon unerreichbar. Überall das Feuer. Nein, nein.

Das durfte nicht sein. Ich sah das Feuer. Das Feuer. Das Feuer. Irgendjemand hielt mich zurück. Mein Liebster verbrannte. Losgerissen, wollte ihm nachstürmen, doch die Verzweiflung lähmte mich. Es war bereits zu spät. Viel zu spät. Ein Teil des Hauses sackte in sich zusammen. Es war ein Wunder, dass es nicht schon vorher zusammengebrochen war. Ein grausames Wunder. Wieder der teuflische Gegenspieler. Er trieb mich zum Mord.

Ich habe Gottfried ermordet. Immer wieder schrie ich Gottfrieds Namen. Vielleicht würde er das Anwesen noch verlassen können? Doch all das Hoffen nützte nichts. Das Gebäude stürzte in sich zusammen und ich spürte, dass ich ihn für immer verloren hatte. Alles war vorbei. Durch meine Schuld. Durch meine große Schuld. Zertrümmert. Kraftlos. Innerlich gestorben. Ich war nicht einmal mehr fähig, seinen Namen zu rufen.

Sie brachten mich weg. Irgendwohin. Irgendwer sagte, dass man keine Leiche gefunden hatte, aber wen wundert das bei den verzehrenden Flammen? Wo war ich? Bei wem? Wie viel Zeit war inzwischen vergangen? Stunden? Tage? Wochen? Dahindämmern. Verzweiflung.

Meine Eltern waren hier. Bedeutungslos wie immer. Gottfrieds Vater ebenso. Nun ein Fürst. Er sicherte mir zu, mich aufzunehmen, doch ich nahm ihn nicht wahr. Er wirkte gebrochen und zerrüttet. Es schien, als liebte er seinen Sohn mehr, als er es je zeigen konnte. Doch war es nicht seine Schuld, dass der dahinschied. Nein, das war es nicht.

So kamen sie. Die Kreuz Dame legte ihre Hand auf meine Schulter und entschwand anschließend.

Am längsten verweilte Mathilde. Nicht als Feindin oder der Häme wegen, sondern als jemand, der mich zu verstehen glaubte. Doch nicht nur die alte Hexe? Sie versprach, dass sie mich künftig dabei unterstützen würde, meine Freiheit auf Dauer zu sichern und irgendwann könnte ich ihren Platz einnehmen. Doch es gibt keine Freiheit mehr für mich und keine warmen Worte konnten das mehr ändern.

Ich sitze einfach nur hier. Hier, nur hier. Was soll ich auch noch mit der Welt da draußen? Ist es nicht eine Ironie des Schicksals, dass mich meine Ablehnung des einen Raumes in einen anderen geführt hat, bei dem sich das Verlassen nicht mehr lohnt? Zerbrochen das Porzellan.

All das, was ich nun im Leiden erfahre, hätte ich auch im Glück haben können. Für immer mit ihm gemeinsam. Alleine. Bittere Erkenntnis. Gescheitert an mir selbst. Am fehlendem Vertrauen.

Wahrscheinlich ist doch alles eine Sache der Wahrnehmung. Wie wunderbar. Vielleicht verstehe ich Gottfried erst jetzt wirklich. Ja, da draußen gibt es nichts, wofür es sich zu leben lohnt. Langsam spüre ich es. Kurz nachdem ich hierher gebracht wurde, kam ein Arzt. Seine Tasche stand offen.

Qualvolles Erwachen, Einsamkeit,
das Leichte wich den Sorgen.
Zur Trauer das schwarze Kleid,
unbedeutend ist der neue Morgen.

Entschwunden ist der eine Teil,
gegangen, für immer getrennt.
Das Schicksal trieb den Keil
in das, was man Liebe nennt.

Alles leer, wozu die Qual?
Was bleibt übrig ohne Dich?

Gestorbenes Leben und keine Wahl:
Helles Licht, so nimm auch mich.

Ich habe, seitdem ich mit meinem Liebsten zusammen war, viele Bücher verschlungen und noch mehr hat er mir berichtet. Er war ein kluger Mann. So klug. So belesen. Manche kuriose Erkenntnis war dabei. Wie dankbar bin ich nun für dieses eine Wissen.

Gottfried hat mich verraten. Nein, ich habe ihn verraten. Oder? War unsere Liebe nicht stark genug? Unser Vertrauen zu schwach? Nein, das ist eine Lüge. Sie war rein und klar und ich werde das, was passiert ist, korrigieren. Bestimmt. Ich werde es. Ich muss es. Dieses Licht. So hell, so klar.

Ob das Gift wohl schon wirkt? In irgendeinem Buch stand, dass es schnell gehen würde, wenn man diese zwei Medikamente kombiniert und eine zu hohe Dosis einnimmt.

Ich spüre, wie ich schwächer werde. Immer schwächer. Niemand wird mich zurückholen. Sind da Menschen, um meinen sterbenden Leib herum? Egal, denn es ist zu spät, um mich weiter an dieses Elend binden können. Zu spät. Ich spüre, wie ich den

Körper verlasse. Nein, es erwartet mich kein dunkler Raum. Es ist wahr. Dort wartet hellstes Licht. Mein Liebster wusste es. Wie schön es ist. Gottfried, ich komme. Wir werden wieder vereint sein. Verspätung. Es ist nur eine kleine Verspätung. Ich komme.

62. Gottfried

Oh, Elena. Was geschah nur mit uns? Warum nur? Ich weiß, dass du mir gefolgt wärst. Doch dieses schreckliche Unglück hat dich zurück in diese Welt des Scheins geworfen. Die Täuschungen und Verwirrungen haben obsiegt. Die schlimmste Tragödie seit Menschengedenken. Die Schlange des Gilgamesch. Sie raubte unserer Liebe die Unsterblichkeit. Keine Körper. Nur noch Sein. Nur noch ein Gefühl, das Gefühl der Liebe, der Vollkommenheit. Du musst verstehen, dass ich keine Wahl hatte. Was hätte das Feuer uns gelassen? Würde ein gesunder Mensch sich die Augen ausstechen, nur weil alle anderen blind sind? Ich war schon zu weit. Kostete zu viel von der wahren Freiheit, als dass ich mich erneut einsperren lassen wollte. Warum bist du mir nicht gefolgt? Warum nur?

Meine Allmacht scheitert an einer Liebe. Unserer Liebe. Immer wieder sehe ich dein Gesicht vor mir. Tat ich, nachdem ich dir das Wunder offenbart hatte, nicht alles, um dir die Angst zu nehmen? Wovor fürchtetest du dich? Wovor nur? Du hältst mich gefangen, Elena. Die Gedanken an uns zwingen mich immer wieder zurück. Warum nur, warum? Ich bin alles, wie kann ich dich nur vermissen? Wie kann es sein, dass mir etwas fehlt? Täusche ich mich vielleicht nur selbst? Bin ich doch kein Gott? Wie ist es nur möglich, dass ich überhaupt zweifle? Wieso nur bist du mir nicht gefolgt, Liebste? Was hat dich zögern lassen? Eine Bewährungsprobe, an der unsere Liebe zerbrach. Warum nur?

Ich bin unendlich. Mein Körper nicht mehr existent. Zumindest nehme ich ihn nicht mehr wahr. Der Faden ist zerschnitten. Nie mehr zurückgedrängt in ein Gefängnis. Gottfried von Heldern gibt es nicht mehr. Es gab ihn nie. Geöffnete Augen erkennen alles.

Gesprengte Ketten, wahrer Traum,
nur ohne Gedanken ist man frei.
Einzig ich bestimme Zeit und Raum,
auf ›Nichts‹ ›Alles‹ die Antwort sei.

Ohne Gestern, Heute, Morgen
existiert man mehr als je zuvor.
Vorbei die Suche, fort die Sorgen,
Ich bin das Licht, ich bin das Tor.

Aus mir entstehen Welten,
doch sie sind bedeutungslos.
Wozu die Nieder'n schelten?
Gott ist immer mehr und groß.

Es gab auch nie einen Raum. Er war nur die Suggestion, die mir half, mich selbst zu erkennen. Endlich bin ich frei. Nichts außer mir existiert. Wäre es von Bedeutung, könnte ich die Welt, die ich verlassen habe, erneut schaffen. Es würde mir keine Schwierigkeit bereiten. Doch wozu? Welchen Sinn würde es machen? Auf meiner Schulter die Sonne, in meiner Hand das Universum, aus meinem Atem die Zeit. Wie belanglos. Ich traf die richtige Entscheidung. Es gibt keinen Raum, keine Zeit. Es gibt nur die Bühne, auf der, je nach Betrachtungsweise, gleichzeitig verschiedene Dramen mit immer denselben Schaustellern aufgeführt werden. Jeder Zuschauer sieht eine andere Geschichte und bemerkt dabei nicht, dass er selbst ein Teil des Stückes ist. Es gibt kein Theater, sondern nur die Bühne, nur die Bühne. Menschsein ist Täuschung. Täuschung.

Euer Atem, eure Gedanken, jedes Wort. Wir sind

eins. Ihr aber könnt nur euch und eure Welt sehen. Gefangen und stets den Traum von Freiheit in sich. Ich bin mehr, als ein Mensch es je sein könnte. Größer als ein jeder Gott. Allem bin ich entronnen, so wie es nur dem Höchsten möglich war.

Ich kenne die Wahrheit. Ich bin die Wahrheit. Das Licht ohne Zweifel. Das Licht ohne Zweifel. Das Licht ohne Zweifel?

Doch warum sehe ich immer wieder diese Bilder? Elena? Kann ich sie nicht Tausende Male wieder erschaffen? Warum beginnt die Geschichte dieser Menschen stets aufs Neue? Ich kann es nicht verstehen. Immer und immer wieder durchlebe ich unsere Geschichte. Warum nur? Warum? Die Gedanken drängen sich in mich, sie beherrschen mich. Kein Abschluss möglich. Keine Distanz vorstellbar. Von vorn. Unendlicher Zyklus.

Ist es nicht ironisch, dass der Schöpfer von seiner Schöpfung in die Knie gezwungen wird? Nein, es ist keine Selbsttäuschung. Ich bin das Einzige. Alles. Es darf nicht anders sein. Ich bin das Glück, die Perfektion. Kein Irrtum möglich.

Wie grausam die Wahrheit doch ist. Wäre ich all das, was ich mir einrede, würde mir nichts fehlen.

Wäre ich der Anfang und das Ende, dann wäre ich ohne je einen Gedanken. Ich aber bestätige meine Macht stetig selbst. Sollte mich der Schein erneut täuschen? Verspottet man mich? Nein, ich bin nicht glücklich.

Elena. Elena. Warum bist du mir nicht gefolgt? Warum nicht? Warum bliebst du zurück? Ich bin so viel mehr als ein Mensch. So groß, dass ich mich nicht mehr an den Welten erfreuen kann, die ich aus mir erschaffe. Ich aber bin mir meiner bewusst. Nur ein Gefangener, auf den Olymp erhoben. Ihr König und doch nicht frei. Mein Verlangen nach Elena ist das Verlangen nach dem, was fehlt, um die Leere zu füllen. Du fehlst mir. Die Perfektion eine Täuschung? Selbstlüge? Wir hätten doch zusammen sein können. Warum hast du mir nie richtig zugehört? Woran scheiterten wir? Zusammen wären wir alles gewesen. Oder nicht? Kein Entkommen mehr möglich. Keine Tür wird sich öffnen und wenn, so bete ich, dass es eine Hölle sein wird, in der mein Gedächtnis und die stetigen Gedanken an meine zerronnene Liebe aus meinem Kopfe und meinem Herzen getilgt sein werden.

Immer wieder durchlebe ich meine Geschichte. Alles ist so real, so echt. Doch ich finde den

Abschluss nicht. Ich muss ihn finden, bevor die Unendlichkeit zu Ende ist. Ich muss, also beginne ich von vorn. Wie war das noch einmal in meiner Kindheit? Unsereins muss das sterbliche Leben überwinden. Wiederholung. Die Schwächen finden. Sie ausmerzen. Immer wieder durchgehen. Einmal werde ich abschließen können. Wie lange bin ich schon hier? Wer bin ich? Existiere ich überhaupt? Wie unwichtig. Was einzig zählt ist das Sein. Nichts mehr. Nichts weniger.

Programm des Erich von Werner Verlages

In einer wunderschönen Nacht fällt ein Stern vom Himmel. Ihm entschlüpft ein kleines Mädchen, ein Sternenkind. Verwirrt und neugierig wandert es umher. Bald trifft das zarte Wesen von den Sternen auf den Raben Albrecht, der ihr zwar den Namen Sara gibt, aber ansonsten nur eines über die Zweibeiner weiß: Sie streben nach der Liebe. Was das aber ist, vermag der Rabe nicht zu sagen. Da auch das Sternenkind Sara noch nie von der Liebe gehört hat, beschließen sie, gemeinsam nach ihr zu suchen und sie zu ergründen.

Weitere Bücher des Autors Andreas Herteux

Erfahren Sie mehr über den Verlag auf:

www.erichvonwernerverlag.de

www.facebook.com/erichvonwernerverlag
www.twitter.com/ErichvonWerner

info@erichvonwernerverlag.de

Impressum
Erich von Werner Verlag
Einzelunternehmen
Andreas Herteux
Birkenfelder Straße 3
97842 Karbach

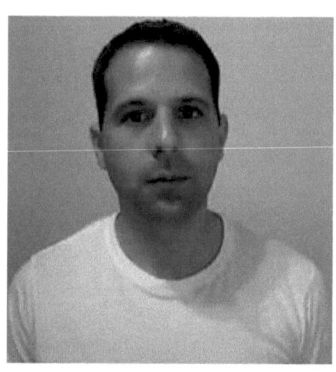

Erfahren Sie mehr über den Autor auf:

www.andreasherteux.jimdo.com

www.facebook.com/andreasherteux